KB252769

사랑하는 어머님께

야곱의 팥죽 한 그릇

권유리야 비평집

야곱의 팥죽 한 그릇

지은이| 권유리야

인쇄일| 초판1쇄 2008년 12월 15일
발행일| 초판1쇄 2008년 12월 20일
펴낸이| 정구형
제작| 한미애 박지연
디자인| 김숙희 노재영 강정수
마케팅| 정찬용
관리| 이은미 박종일
펴낸곳| 새미

등록일 2005 03 15 제17-423호
서울시 강동구 성내동 447-11 현영빌딩 2층
Tel 442-4623 Fax 442-4625
www.kookhak.co.kr
kookhak2001@hanmail.net

ISBN| 978-89-5628-299-2 *93800

가격| 26,000원

* 저자와의 협의하에 인지는 생략합니다.
잘못된 책은 구입하신 곳에서 교환하여 드립니다.

야곱의 팥죽 한 그릇

권유리야
비평집

새미

부끄러운 고백

늘 나이 많은 신인이었다. 대학 자체를 늦게 갔고, 대학원도 늦었고, 그런 만큼 등단 또한 늦었다. 언젠가 어느 신문에서 나이 많은 신인이라고 하니 참 부끄러웠던 기억이 있다. 하지만 공부를 시작한 물리적 시간만 계산하면 등단은 빠른 편에 속한다. 박사 과정에 들어간 지 얼마 되지 않은 2004년 응모한 비평이 '덜컥' 당선되면서 비평가의 길에 접어들었기 때문이다. 원고를 던져놓고 까맣게 잊어버리고 있었으니 당선은 그야말로 '느닷없는' 것이었다. '황홀하다'는 표현이 피부에 와닿지 않아 확인 전화를 했다. 그렇게 비평가가 되었다.

어릴 적부터 그것이 무엇인지 형용하지 못하면서도 비일상적인 것 속에 내재된 가치를 말하고 싶은 욕구가 집요하게 나를 충동질했다. 아버지가 추구한 문학과 어머니가 사랑하는 음악 사이에서 잠시 혼란을 겪었지만, 고민하는 그 순간에도 책을 들고 있었으니 비평가가 된 것은 자연스러운 일인지도 모른다.

한 번도 시인과 소설가를 꿈꾸어 본 적은 없다. 간혹 시나 소설을 쓰다가 제대로 되지 않아 비평가가 되었다는 말을 들으면, 참 낯설어진다. 예나 지금이나 나에게 비평은 대체불가능한 첫사랑이다. 학교를 어슬렁거리는 사람으로서 논문도 끄적거리기는 하지만 어디까지나 나의 정체성은 비평가다. 비평 역시 시인과 소설과 다르지 않은 또 다른 창작이기 때문이다. 음악이나 그림 같은 예술과도 다르지 않은 예술의 한 분야라는 전제하에서, 나는 비평의 독특함과 문학적 향훈에 깊은 관심을 기울였다. 설득이 되지 않는 집단논리와 과도한 자기 확신, 명성으로만 압도하려는 평론에서 나는 참담함을 느꼈다. 골격만 앙상하게 남은 이론의 덩어리를 최신 수입품으로 자랑스레 내놓는 현학가의 문장 앞에서도 슬픔을 느꼈다.

비평가라면, 아니 문학하는 사람이면 누구에게나 신념은 있다. 나에게도 신념이 있다. 이 신념은 집단이 부여한 선험적인 것도 아니고, 이론에 매료되어 여기에 작품을 재단하는 것도 아니다. 무슨무슨 주의에 빠져서 경계를 긋거나, 과도하게 연대를 외치지도 않았다. 실눈 뜨고 밑바닥에 떨어진 삶의 부스러기를 보려는 사람이면 이해할 수 있는 감성비평이 나의 신념이다. 인간은 신이 아니다. 아무리 점잖을 떨어도 허위가 은폐되어 있기 마련이며, 이것이야말로 가장 문학적 감성의 진앙지라는 사실을 인정하는 데서 나의 비평은 출발한다. 완성된 신을 지향하지 않고, 현실의 가장 치졸한 '인간을 발견'하려는 인간에 대한 비평이 내가 생각하는 감성비평이다.

그래서 나는 성경의 인물 중 야곱을 가장 좋아한다. 모세나 바울처럼 리더십과 지성으로 무장하지도 않고, 베드로처럼 열정적으로 전도하지도 않았다. 고통을 승화시킨 욥과도 비교될 만한 인물이 못된다. 오직 자기 욕망에만 골몰하여 형의 축복을 빼앗은 치졸한 인물이 바로 야곱이다. 그럼에도 불구하고 야곱에 더 매료되는 것은 그가 성경에서 가장 인간다운 인물이기 때문이다. 야곱의 욕망과 그로 인한 혹독한 대가, 모든 것을 놓아버린 말년의 고요는 우리 인간이 겪는 삶의 과정을 그대로 보여준다.

비평도 마찬가지가 아닐까. 비평이야말로 가장 인간적인 문학 작업이다. 시와 소설과 달리, 비평은 대상 작품을 가지며 어떤 형태로든 그 대상의 욕망에 대해 비평가의 욕망을 발설한다. 비판의 형식으로 혹은 공감의 형식으로. 선생과 같은 근엄한 존재가 아니라, 대상 작품과 같이 욕망하고 치열하게 다투는 인간으로서의 비평이 인간비평이며 감성비평이다.

이러한 감성의 유전자를 물려준 부모님께 감사드린다. 어떠한 교과서도 문학을 능가할 수 없음을 조용히 알려주셨던 아버지, 마음 가난은 있어도 음악 가난은 없었던 어머니는 내가 받은 가장 큰 축복이다. 부모님이 계시지 않았다면 지금의 비평적 삶은 가능하지 않았을 것이다.

하지만 본격적인 비평수업은 독학(獨學)을 했다는 표현이 정확할 것이다. 문학에 관한 한, 언제나 고독했고, 혼자였다. 사람을 만나고 무언가를 공유하기 시작한 것은 등단 이후의 일이다. 역시 고독한 타인들을 만나면서 그간 나의 고독이 얼마나 견고한 것인가를 확인하면서 역설적으로 풍요로워져 갔다. 비평이든 삶이든 모두가 그런 것이라는 것을. 비평가의 고독, 삶의 고독을 가치 있는 것이라 가르쳐 준 여러 선생님들께 감사 드린다.

비평하는 일이 참 고되다. 독서토론회에 가면 독자들은 비평가가 좀 조용히 해주었으면 하는 눈치고, 행여 비판이라도 하면 작가들은 마치 적군이라도 만난 양 따가운 시선을 보낸다. 이럴 때『오늘의문예비평』동료 편집위원들에게서 큰 위로를 얻는다. 매주 만나 티격태격하면서도 이들로부터 얻는 1주일치의 문학적 자양분은 내 삶의 큰 힘이 됨을 이 자리를 빌어 고백한다.

12월이라고 조급해할 필요는 없다. 부산의 겨울바람은 언제나 느긋하고 따뜻하니까. 어차피 12월이나 1월이나 같은 바람이다.

2008년 12월
사랑에 빚진 자
권유리야

야곱의 팥죽 한 그릇

부끄러운 고백 [1]

1부

1. 신은 비뚤비뚤한 선 위에도 똑바로 글을 쓴다 [21]

  -『아내가 결혼했다』, 『타잔』, 『평풍』의 위험과 냉소

  1) 위험과 냉소의 악순환 [21]
  2) 명료하지 않은 위험 [22]
  3) 냉소, 그러나 위선적인 은폐 [29]
  4) 스러지는 냉소, 질서의 재구성 [35]
  5) 구부러진 길 위의 냉소 [41]

2. 욥[Job]이 존재하는 방식 [43]

  1) 비극과 존재의 심화 -이규정의 『멀고도 먼 길』 [44]
  2) 미적 해탈, 비극에 대한 방심
     -이상섭의 『그곳에는 눈물들이 모인다』 [48]
  3) 절망을 향한 열정, 탐미적 무책임성 -정혜경의 『칠월의 눈』 [52]

3. 나타(懶惰)와 안정을 뒤집어 놓을 듯이 | 57

1) 타성과 관습, 성찰이 누락된 맹목적인 공동체주의 | 57
2) 용기 없음, 낭만으로 은폐 | 62
3) 정해진 답을 반복하는 소설, 내면의 실종 | 66

4. 디아스포라의 유혹, 시대의 욕망이 발화하는 지점 | 71

   - 최근의 탈국서사에 관하여

1) 시대의 왜곡된 양심 | 71
2) 사랑과 배제의 이중창, 휴머니즘이 가지는 두 개의 진심 | 73
3) 잉여인간들의 자학적 자기 확인 | 76
4) 윤리가 저지르는 테러, 가짜 서벌턴 | 80
5) 디아스포라의 유혹, 개념으로서의 서벌턴 | 85

5. 친밀성에 의한 테러, 자본주의가 고안한 교묘한 훈육방식

   - 2000년대 노동시의 여성 예찬에 관하여 | 87

1) 친밀함을 환기하는 온순한 여성 | 87
2) 굳세어라 금순아, 최후의 식민지 | 89
3) 모성이 나쁜 이유, 친밀성에 의한 테러 | 93
4) 사적 영역의 상실, 감성마케팅의 함정 | 98

6. 굿바이 Carr, 그러나 귀족주의는 덫 | 101

1) 역사소설의 새로운 테마 | 101

2) 탐미의 시대, 멋쟁이들의 미적 실존 | 103

3) 귀족들의 몽유夢遊, 존재의 불가해성 | 107

4) 지식 엘리트들의 자폐적 자기만족 | 111

5) 귀족주의의 감옥, 자본주의 소비미학과 야합 | 115

2부

1. 열정없는 로맨스, 위장된 소통 -윤대녕의 『미란』론 | 119

1) 미적 환상에 내재된 어두운 징후 | 119
2) 샴쌍둥이, 단수 혹은 복수 | 121
3) 색채 신비주의와 내면 부재 | 124
4) 정전停電, 그리고 소통 불능 | 130
5) 부유하는 허상들 | 136

2. 낙타와 함께 탱고를 -서영은론 | 139

1) 헨델의 사라방드, 낙타의 걸음걸이 | 139
2) 불륜의 주술이 낳은 절대성 | 146
3) 안간힘으로 지켜내는 소녀성 | 152
4) 손가락 세 개 | 158

3. 폭력의 시대, 반역의 꽃 -박완서론 | 165

1) 진보의 역설 | 165
2) 어둠의 계보학 | 166

3) 고상한 증오, 섬세한 폭력 | 170

4) 고요한 복종, 아름다운 반역 | 174

5) 깃발 없는 생태미학 | 178

4. 타잔이 되고 싶은 푸줏간 사나이, 실패한 자의 유토피아

- 김윤영론 | 181

1) 불행에 대한 예감 | 181

2) 정신적 공복감, 실존적 불안 | 183

3) 유창한 냉소, 감정의 고갈 | 188

4) 각자의 진실, 시한부 진실 | 193

5) 불행을 견디는 법 | 198

5. 지구촌 실향민 - 박민규론 | 201

1) 반反지구적 상상력, 진실의 '바깥' | 201

2) 저항이 곧 타협, 자본주의의 알리바이 | 205

3) 세계화, 무장해제를 당한 자의 체념 | 209

4) '그냥'과 해프닝, 인류의 퇴출을 부르는 주술 | 214

6. 육체의 송가, 몸으로 쌓아올린 소설의 바벨탑 -이문열론1 | 219

1) 이문열 소설과 육체 | 219

2) 육체적 실존 | 221

3) 육체자본과 권력 | 225

4) 몸으로 쌓아올린 소설의 바벨탑 | 232

5) 창세기의 야곱 | 237

7. '小說', 고품격의 미장센 - 이문열론 2 | 239

1) 에덴의 반란 | 239
2) 지성, 권력의 샘 | 241
3) 육체, 권력의 유통기관 | 245
4) 소설, 바벨탑의 언어 | 250
5) 에덴의 송가 | 254

3부

1. 제휴 그 이후, 예기치 않은 낯선 진실들 | 259

- 영화 「300」과 게임 「스파르타: 에인션트 워」의 상호침투

1) 영향에의 갈구, 혼혈이라는 운명 | 259
2) 서사와 비주얼의 제휴, 과잉이 빚어낸 색다른 실험들 | 261
3) 패션이 된 죽음의 저항성, 즐거움 없는 생존 욕구 | 268
4) 육체는 새로운 집단, 아무것도 하지 않음으로써 저항하는
   게으른 비판자 | 275
5) 천국은 침노하는 자의 것 | 281

2. 가장무도회, 21세기 '성형' 나르시스트들 | 285

1) 육체, 소비문화시대의 새로운 징후 | 285

2) 젊음의 이데아, 노년의 종언 | 287

3) 에로티즘의 생산, 성차의 소멸 | 291

4) 하얀 가면, 검은 역사의 망각 | 295

5) 막다른 골목 | 299

3. 문학이벤트; 위기가 허용한 고품격의 엔터테인먼트 산업 | 303

1) 한국문단의 이례적 활기 | 303

2) 전략적 제휴, 문학연합전선의 풀가동 | 305

3) 확인된 영웅들만의 무대 | 309

4) 무지에의 의지, 비평이 실종된 이벤트의 현장 | 314

5) 공익전도사로서의 문학, 빈곤의 은폐와 강화 | 318

4부

1. 바리가 영국으로 간 까닭, '우리'에 대한 지극한 강박 | 323

- 황석영의 『바리데기』

1) 설화의 세계화, '우리'가 불편한 이유 | 323

2) 보편성의 그늘, 집과 수동성 | 325

3) 샤머니즘과 휴머니즘의 착종 | 328

2. 조심스럽지만 피할 수 없는 진단, 윤성희 소설의 곤경 331

　- 윤성희의 『감기』

　　1) 경계 위의 표류, 의도적인 판단 중지 331

　　2) 새로운 방법적 자각 혹은 머뭇거림을 감추려는 은폐물 335

3. 깨진 거울은 하나의 그림을 보여주지 않는다 341

　- 윤영수의 『내 여자친구의 귀여운 연애』 『내 안의 황무지』

　　1) 일탈의 순간 머뭇거리다 342

　　2) 도덕은 반복하기를 좋아한다 346

4. 단지 덧없음이 아닌, 힘 있는 덧없음

　- 한강의 『채식주의자』 351

　　1) 옷을 입는 것보단 벗는 게 자연스럽잖아요 352

　　2) 이제 곧, 말도 생각도 모두 사라질거야 354

　　3) 그녀의 시선은 그 날갯짓을 더 따라하지 못한다 356

5. 마이크로코스모스, 가짜 낙원

　- 김연경의 『내 아내의 모든 것』 359

　　1) 새털처럼 가벼운 증상 359

　　2) 마이크로코스모스, 가짜 낙원 362

　　3) 변신變身, 존재의 회색빛 미래 365

6. 살아있으므로 미쳐가는 모든 것들

- 박완서의 『그 남자네 집』 | 369

1) 허무의 구멍으로 부는 바람 | 369

2) 벌레의 시간, 허무의 시간 | 371

3) 인스턴트 커피믹스의 진실 | 373

7. 호모 루덴스, 놀이하는 인간 - 박민규의 『카스테라』 | 377

1) 잘 '노는' 이야기 | 377

2) 고독과의 놀이 | 379

3) 놀이의 원근법 | 381

4) 놀이를 잃어버린 시대 | 383

8. 씁쓸한, 너무나 씁쓸한 진실 | 385

- 김인숙의 『그 여자의 자서전』, 조명숙의 『나의 얄미운 발렌타인』

1) 허구를 통해 진실이 더욱 단단해지는 역설 | 385

2) 죽음이 관리하는 삶 | 388

1 부

I.

신은 비뚤비뚤한 선 위에도 똑바로 글을 쓴다

-『아내가 결혼했다』, 『타잔』, 『핑퐁』의 위험과 냉소

1) 위험과 냉소의 악순환

위험이 다가오고 있다. 아니 이미 위험의 시대가 되었다. 진보에 신들린 자본주의 신화는 진보를 위해 모든 것의 희생을 요구한다. 자본주의는 고루 분배된 풍요, 유일한 사랑, 다수의 행복, 잘 만들어진 제도 등 모든 것을 규정하고 진보를 위해 모두가 이에 동참할 것을 요구한다. 진보에 어긋나는 모든 것에는 혹독한 비난과 함께 가차 없는 위험의 낙인이 찍힌다. 그러나 모두가 진보에 동참한다는 목표는 꿈일 뿐이다. 그것은 결코 이루어질 수 없는 말 그대로 공상임을 우리는 잘 알고 있다. 이루어질 수 없는 꿈, 이라는 점에서 진보의 욕망이 생산해 낸 '위험은 부당한 것'이다.

냉소는 위험한 존재들이 '부당한 시대에 반응하는 나름의 탈출방식'이다. 자신들을 배제하고, 선택된 자들만의 자본주의적 이상이 얼마나 허황되고 무가치한 것인가를 잘 알고 있는 위험한 존재들은 여기에 냉소를 보낼 수밖에 없다. 선택된 자의 유토피아가 곧 바로 배제된 자의 지옥이라는 사실은 유토피아가 과연 유토피아인가 냉소하게 만든다. 그러나 냉소주의자들이 유토피아적 이상을 믿지 않으면서, 그럼에도 불구하고 자본주의가 제시하는 진보를 향한 열정을 포기하지 않는다면 그것이야말로 더욱 큰 위험이다. 늑대 소년이 늑대들 속에서 마침내 늑대가 되는 것처럼, 냉소주의자들 역시 위험사회를 살아가는 동안 진정으로 위험한 존재가 되어버리는 것이다.

이렇게 위험이 냉소를 낳고, 냉소가 다시 위험의 원인이 되는 악순환의 고리 속에서 박현욱, 박민규, 김윤영의 세 작가의 자취는 뚜렷하다. 세 작가가 이전과는 분명하게 차별화되는 노선을 그리고 있는 것은 이러한 위험과 냉소에 문학적 뿌리를 두고 있기 때문이다. 박현욱의『아내가 결혼했다』(문이당, 2006), 김윤영의『타잔』(실천문학사, 2006), 그리고 박민규의『핑퐁』(창비, 2006)은 위험한 존재들이 유토피아를 신뢰하지 않으면서도 이를 적극적으로 추구하는 양상이 제대로 포착되고 있다. 삶의 목표와 의미를 제공했던 자본주의적 이상이 다른 쪽의 파국을 생산하는 시대, 위험한 존재로 판정받은 세 작품의 인물들이 할 수 있는 것은 그 판정에 부정한 냉소를 보내는 것뿐이다.

2) 명료하지 않은 위험들

자본주의에서 위험은 거대한 사업거리다. 자본주의는 인간 삶에 도사린 위험의 경제적 가치에 커다란 호의를 보여 왔다. 현대의 위험은 과거의 질병, 재해, 자연재해 등과는 양상이 다르다. 현대의 위험산업은 실재하지 않는 위험에 주목한다. 오늘날 번창하고 있는 보험업, 금융, 심지어 웰빙산업은 이러한 가능성으로서의 위험에 주목한 대표적 사례들이다. 사랑, 가난, 무능한 소수자들, 이렇게 선뜻 그렇다고 대답할 수 없는 명료하지 않은 위험이 지금 이 순간에도 우리 앞에서 때를 기다리고 있다고 기획자들은 광고를 한다. 『아내가 결혼했다』, 『타잔』, 『핑퐁』에서 우리는 이렇게 '명료하지 않지만 분명히 존재하는 위험'의 여러 양상들을 다양하게 경험할 수 있다.

『아내가 결혼했다』에서 "일부일처제가 절대 유일의, 절대 불변의 법칙이 아니"라며, "굳이 법적으로 인정받는 부부가 될 필요는 없"다는 아내가 등장하면서 남편의 불행은 시작된다. "좋은 사람이랑 같이 사는 게 참 좋은 일이"라서 남편을 두고 또 다른 남자와 "결혼하겠다는" 아내의 주장은 우리가 그동안 절대선이라고 믿어왔던 사랑의 개념을 정정할 것을 요구한다. 그저 "결혼해서 살아 보니까 좋"아서, 특별한 가족제도를 만들고야 말겠다는 아내의 욕심은 일부일처를 운명으로 알고 있는 남편에게는 그야말로 폭탄선언이다. 따라서 『아내가 결혼했다』에서 주목해야 할 것은 사랑의 실험적 가치가 아니라 '사랑이 보유한 치명적 위험성'이다.

사랑의 역학은 오직 한 가지 법칙만을 따른다. 개인적 욕망에 매달리려는 주관성과 친밀성은 세상의 법도를 알지 못한다는 것이다. 문제는 아내처럼 주관성과 친밀성에 충실할 때, 사랑의 행로는 모든 외적 통제력에서 벗어나 제멋대로 하려는 데 있다. 이럴 때 사랑의 미래는 예상대로 파국이다. 넘쳐나는 사랑을 모두 수용하겠다는 아내의 강력한 메시지로 인해서 평화로운 가정은 한 여자를 사이에 둔 두 남자의 전쟁터로 변하고 만다. 말하자면 친밀성에 의한 테러다. '사랑도 테러'

가 될 수 있다. 개인의 자유가 활개를 치는 시대, 사랑의 강조는 개인들에게는 자유의 폭을 넓혀주었지만 동시에 안전감의 토대도 함께 제거되었다. 사랑의 위험은 그 어느 재난보다도 치명적이다. 불확실한 현실에서 신분, 내 계급, 내 직장, 그 어느 것도 진정한 자신을 보증해주지 못할 때 사랑만은 진정한 자아를 확인시켜 줄 최후의 보루로 여겨왔고, 그것은 또한 사실이다. 그러나 그 사랑에 실패할 때, 그리고 그 사랑이 자신을 배신할 때 그것만큼 안전을 뿌리부터 흔드는 경우는 없다.[1] 남편의 삶이 송두리째 흔들리는 느낌은 사랑하는 아내가 오직 "사랑한다는 이유"로 다른 남자와 결혼했을 때이다. 아내에게는 오직 한 가지 법칙만이 있다. 그것은 사랑이다.

주의해야 할 것은 이렇게 종교화된 사랑을 개인의 문제로 협소화해서는 안 된다는 점이다. 이것은 자본주의의 본질과 관계되어 있기 때문이다. 자본주의는 어떠한 경우에도 사랑을 장려한다. 자본주의의 넘쳐나는 욕망은 언제나 사랑과 연루되어 있다. 사랑에 관한 한, 자본주의는 두 목소리를 동시에 낸다. 자유롭게 사랑하고 욕망하라는 은밀한 유혹과 넘치는 사랑을 견제하라는 가부장적 교훈은 모두 자본주의에서 나온 명령이다. 이러한 두 명령의 틈새에 축구공이 놓여 있다. 축구는 골을 될수록 많이 넣으려는 입장과 그 골을 최대한 막으려는 다른 입장 사이의 치열한 투쟁이다. 아내의 자유로운 다자간 연애방식과 일부일처제의 완고한 논리로 이를 막으려는 두 입장은 축구의 메커니즘과 너무도 닮아 있다.

사랑을 둘러싼 지독한 혼란의 양상을 축구와 연결시키려는 노력은 매우 신선하지만, 한편으로는 매우 현실적이기도 하다. 축구 속에는 온갖 자본주의적 욕망이 들끓는다. 축구가 현대에서 최상의 인기를 구

1 울리히 벡 외, 강수영 외 역, 『사랑은 지독한 혼란』, 새물결, 2006, 23쪽 참조.

가할 수 있었던 것은 축구의 메커니즘이 자본주의의 입맛에 맞게 진화되어왔기 때문이다. 축구에는 권력의 공간적 중심이 없다. 축구공은 항상 유동하고 보이지 않지만, 모든 곳에 있을 수 있다. 어디로 튈지 모르는 축구공의 유동성은 '사랑은 움직이는 거야'라는 아내의 극단적 자유연애를 구체화한다. 공이 움직이기 때문에 누군가는 공을 가질 수 없다는 불평등의 논리는 자본주의의 불평등과 꼭 같다. 축구는 불가피하게 승자와 패자를 가른다. 축구공이 모두를 승자로 만들 수는 없다. 승리자는 "영원히 빛나"고, 패자는 "패배한 채 잊혀져"야 한다. 사랑에 패배한 자는 아내와 자식은 물론 가정 전체를 송두리째 뺏기고 뒤로 물러나야 하는 것이다. 사랑의 위험은 패배한 자의 몫이다. 사랑에 패배한 자는 소외와 고독이라는 모든 위험을 무상으로 증여받는다. 이에 따르면 가정은 안식처가 아니라 승자와 패자를 겨루어야 하는 살벌한 전쟁터다. 『아내가 결혼했다』를 마냥 재미있는 축구이야기로 읽을 수만은 없는 것은 축구가 1:1로 연상시키는 사랑의 혼란이 너무도 선명하기 때문이다.

자본주의에서 사랑과 함께 새롭게 떠오르는 위험은 가난이다. 자본주의 시대는 위험이 계층과 밀착되어 있다. 부(富)가 상류층에 축적되는 것과는 정반대로 위험은 하류층으로 집중된다. 이러한 하류계층의 위험을 섬뜩한 방식으로 그려내는 데는 『타잔』만한 작품이 없다. 화장품 회사 영업사원(「그가 사랑한 나이아가라」), 평범한 회사원(「얼굴 없는 사나이」), 부모로부터 버림받은 혼혈인 입양아(「집 없는 고양이는 어디로 갔을까」), 실직자(「산책하는 남자」), 빚 독촉에 시달리는 회사원(「세라」) 등 『타잔』에서 모든 위험은 하층민들의 몫이다. 『타잔』의 인물들에게 '가난을 인식하는 순간 위험이 시작'된다.

극단적인 빈곤과 극단적인 위험 사이에는 강력한 흡인력이 있다. 부자는 안전과 행복을 사들일 수 있지만, 가난한 자는 불행과 위험을 무상으로 증여받는다.[2] 그러나 일단 가난과 위험이 밀착되기 시작하면, 이 운명으로부터 벗어나는 것조차도 위험을 통해서만 가능하다. 소설에서 자주 다루어지고 있는 살인과 죽음 등은 가난으로 인한 위험이 또 다시 위험을 부르는 좋은 예가 된다. 「그가 사랑한 나이아가라」에서 아내가 남편을 심장마비에 이르게 할 수밖에 없었던 것은 더 이상 초라한 한국으로 돌아가고 싶지 않았기 때문이다. "정신병자나 살인자보다도 더 못한 인간이" "바로 실업자야"라고 외치는 「산책하는 남자」의 실업자는 실업의 비밀을 감추기 위해서 위층 남자를 살해한다. 「세라」에서 "애초에 별 볼일 없는 구두수선공"의 딸인 정미가 아버지의 암투병 끝에 남은 "마이너스 통장"과 사채빚으로부터 탈출하는 길은 세라의 여권을 훔치고 세라를 죽음에 이르게 하는 길밖에 없다. 말하자면 위험도 전염된다.

물론 타인의 위험으로 나의 위험을 보상받으려는 이러한 위험의 전이는 전적으로 평균적인 삶에 대한 갈망에서 비롯된다. 자본주의에서 표준화의 압력으로부터 자유로운 자는 없다. 통신, 컴퓨터, 음식, 도량형 등과 같은 물리적인 형식뿐만 아니라 심지어 사랑, 결혼, 생활과 같은 추상적인 삶마저 표준화의 압력에 시달리고 있다. 표준화가 당위와 명령이 되어버린 자본주의에서 가난은 표준을 벗어난 지극히 위험한 것으로 치부된다. 「산책하는 남자」의 주인공은 "상식적인 사람"인 만큼 그의 "가장 큰 소망은 그저 평범하게 사는 것이"다.

그러나 평범한 삶조차 좌절될 때 할 수 있는 일은 새로운 위험을 생산하는 것, 즉 누군가를 위험하게 하는 것밖에는 없다. 「그가 사랑한 나이아가라」에서 여자는 남편을 사랑한다고 말하지만 부부의 사랑은

2 울리히 벡, 홍성태 역, 『위험사회 새로운 근대(성)을 향하여』, 새물결, 1997, 54쪽.

함께 있으면 불행한 사랑이다. 남편과 산다는 것은 곧 "삶의 끈을 다 놔버리는 것과 같"으며, 남편과 함께 있는 한 캐나다 "시민권"도 "더 좋은 조건으로 다른 딜러십으로 옮겨갈" 계획도 모두 공상에 불과하다. 따라서 여자의 불행을 모면하기 위해서 남편의 죽음은 절실하게 필요하다. 따라서『타잔』의 모든 위험은 표준적인 삶을 동경하도록 한 제도권의 가르침과 이러한 삶을 고루 베풀 수 없는 자본의 불평등한 분배, 즉 가난에서 유래하는 것이다.

이제『핑퐁』의 출현으로 위험의 이야기는 새로운 국면으로 접어든다. 체제의 보호로부터 한참이나 비껴 서있는 제도권 소수자들이 새롭게 위험자의 대열에 가담하고 있다. 왕따와 폭력에 길들여진 못과 모아이, 그리고 "원하는 조건을 달성해야만 먹이"를 얻을 수 있는 "쥐와 새"의 황당한 탁구랠리는 세계로부터 "깜박한 존재", 즉 위험을 모면하기 위한 소수자들의 힘겨운 게임이다. 하지만 이 지점에서『핑퐁』은 기존의 익숙한 룰(rull)을 저버린다. 다수로부터 배제된 존재들, 즉 세계가 "깜박한 존재"들, "인류로서의 의지"를 잃어버린 소수의 이야기는 마냥 비참한 것으로 이해하지 않는다. 소설은 선한 이미지를 덧씌워 다수의 폭력을 조작하는 존재라는 소수의 정형화된 틀을 벗어난다. 다수의 힘에 "어떤 동의도 한 적이 없"는 소수들, 이들은 분명 소수로서 선명한 자기정체성을 갖고 있는 자들이다.

따라서 소수가 선한다는 진부한 공식은『핑퐁』에서는 통하지 않는다. 소수에게는 언제라도 "영악해질" 수 있는 가능성이 있다. 소설 전체를 장악하는 "핑퐁"은 바로 '소수의 테러' 가능성, 소수의 "악(惡)은 힘이라는" 강력한 메시지를 응축하고 있다. 그런 점에서『핑퐁』은 그간 박민규가 보여주었던 소수와 다수의 대립이라는 이분법적 사고를 벗어난다. 소수는 다수와 별로 다르지 않으며, 오히려 "누락도 아니고, 소외도 아"닌 "배제"된 존재이기 때문에 소수는 더욱 당당하게 힘에 접근한다. 여기에서 다수를 "어떤 정보의 형태"로 만들어 언제라도 "제거"할 수 있는 결정권은 소수에게 있다. 지구 "생태계의 폼"(form), 다시 말해서 다수라는 "인스톨을 유지할 것인가, 아니면 언인스톨할 것인가 그걸 결정짓는" 것은 소수가 벌이는 "탁구를 통해서"이다.

이렇게 『핑퐁』은 소수이기 때문에 다수를 테러할 수 있는 역설적인 힘을 보여준다. 따라서 『핑퐁』을 단순히 해방의 담론으로 읽기에는 어려움이 있다. 여기의 소수자는 욕망과 영악함으로 다수의 존립을 위협한다. 사실 다수가 어느 순간에라도 "언인스톨"(uninstall)될 수 있는 불안한 존재라는 발견은 소수의 조작이다. 그런 점에서 이 소설의 소수는 다수와 별로 다르지 않다. "다수인 척하며 평생을 살아"가는, 다수의 질서를 더욱 견고하게 만들어 주는 존재라는 점에서 『핑퐁』의 소수는 다수를 향한 위험한 퍼포먼스(performance)에 불과한 것이다.

자본주의는 모든 곳에 위험의 지뢰를 깔아놓았다. 미시적인 삶의 공간, 미처 인식하지 못한 정신의 영역으로까지 '위험이 침투하지 않은 곳은 없다'. 다만 우리가 인식하지 못할 뿐이다. 도둑같이 오는 자본주의의 위험은 그래서 더 위험한 것인지도 모른다. 넘치는 사랑이야말로 지독한 혼란이며, 짐으로 지워진 가난이 타인에게 불행을 전염시킨다. 또한 소수가 다수를 위협하는 이러한 치명적인 진실이 당황스러울 뿐이다. 그러나 이 모든 책임은 자본주의가 져야 한다. 위험을 생산한 것도, 위험에 추격을 당하고 있는 것도 결국 자본주의가 벌려놓은 일이다. 적극적으로 욕망하게 하고, 한편으로 통제하는 이 자본주의의 이중성이야말로 위험의 근본적 원인이다. 따라서 빛나는 문명의 시대라고 오만해야 할 이유는 전혀 없다. 결국 『아내가 결혼했다』, 『타잔』, 『핑퐁』의 위험을 통해 우리는 자본주의란 무엇인가, 이 전쟁터에서 인간은 어떻게 살아야 하는가와 같은 윤리적 지평에 머물러야 하는 것이다.

3) 냉소, 그러나 위선적인 은폐

삶의 모든 국면에서 위험이 구성되고 의도되는 자본주의 시대에 위험을 모면하거나 혹은 외면하며 살아간다는 것은 사실상 기대하기 어려운 일이 되었다. 그만큼 위험은 부인할 수 없는 삶의 한 구성요소가 되어 버렸다. 남은 문제는 이 '위험에 어떻게 반응하며 살아가느냐'이다. 이러한 위험사회를 가장 능동적으로 살아가는 자가 바로 '냉소주의자'다. 냉소주의자는 위험상황에서 가장 민감하게 반응한다. 이들은 자본주의 문명이 아무리 유토피아적 환상을 제시한다 해도 위험을 안고 있는 이상 그야말로 공상에 불과하다는 것을 간파한다. 그러나 유토피아적 이상이 파국으로 다가올 것을 확신하면서도, 그럼에도 불구하고 결코 위험에서 발을 떼지 않는다면 그것은 냉소다.

사실 『타잔』만큼 냉소의 비중이 압도적인 작품은 근래에 보기 드물다. 여기의 인물들은 유토피아를 갈망하면서도 유토피아를 결코 믿지 않는다. 「타잔」의 여행가이드는 "안 될 싸움을 굳이 하거나 되지도 않을 유토피아에 목숨을 거는 일을 이해는 하"면서도 "동참하기 싫"어하는 "현실주의자"이다. 그는 "무지개는 언덕 너머에 있는데 왜 여기서 무지개를 찾"는 일에 가치를 두지 않으면서 "허황되고 낭만적이기만 한 그런 꿈은 나도 경멸한다"는 입장이다. 「세라」의 정미도 유토피아를 의심하기는 마찬가지다. "갚아도 갚아도 줄지 않는 빚, 비루해져 버린 애인"과 함께 절실한 이상도 함께 시들어간다. 그렇게 보면 냉소는 분명 의심과 회의의 산물이다. 오늘날 우리는 삶과 목표와 의미를 제공했던 유토피아적 이상이 파국의 가능성으로 폭로되는 시대에 살고 있다. 평등을 보장하리라던 공산주의는 원초적 자유를 말살하는 전체주의로 폭로되고, 기술문명은 복지가 아닌 삶의 조건인 생태계의 파괴자로 나서고 있다. 파멸을 막기 위해 새로운 가치들이 도입되지만 그것들 역시 뿌리를 내리지 못할 것을 우리는 알고 있다.[3] 여기의 인물들 역시 거짓 유토피아를 유포하는 사회의 정직하지 못함과 윤리의 허황됨을 분명하게 인지한다.

그런데 문제는 냉소주의자들은 자신들이 추구하는 것이 아무런 의미가 없다는 것을 알면서도 윤리적이어야 한다는 강박에 사로잡혀 있다는 데 있다. 『타잔』은 윤리의 가면을 쓴 냉소주의자들의 위선적 뒷모습을 강조하느라 몹시도 공을 들인다. 선배의 아내를 품으면서도 가출한 "선배가 돌아오길 간절히 바란다"고 말하는 「얼굴 없는 사나이」의 후배는 자신의 타락을 당당해 할 만큼 뻔뻔하지 못하다. "넉 달마다 한 번씩 남자를 갈아치운" 「검사와 여선생」의 조카는 "사회 정의를 위해서"는 타락자들이 "아무 탈 없이 잘 산다는 건, 정말 말이 안 되는 일"이라고 문란해진 성윤리가 바로 설 것을 주장한다. 이렇게 패륜을 저지르면서도 윤리를 강조하는 것은 냉소가 또한 위선의 산물이며,[4] 따라서 냉소와 은폐를 밀착시켜 논의할 근거를 마련해 준다.

물론 『아내가 결혼했다』의 냉소는 『타잔』만큼 선명하게 잡히지는 않는다. 축구공만큼이나 톡톡 튀며, 축구와 결혼을 절묘하게 엮어내는 유쾌한 이야기의 행진 속에서 냉소는 포착하기 어렵다. 일부일처제의 관습에 정면으로 도전하면서 공개적으로 양다리 결혼을 하겠다는 선언은 당돌함만큼 재치와 유쾌함을 무기로 독자를 빨아들이고 있다. 하

---

3 페터 슬로터다이크, 이진우 외 역, 『냉소적 이성 비판 1』, 에코 리브르, 2005, 7쪽.
4 페터 슬로터다이크, 앞의 책, 11쪽.

지만 이러한 유쾌함 속에 냉소가 도사리고 있다는 사실을 놓쳐서는 안된다. 주의할 것은 소설의 냉소가 오래 자본주의를 지탱해온 독점적 사랑과 결혼제도에 대한 냉소라고 이해했다가는 낭패를 당하기 십상이라는 점이다. 『아내가 결혼했다』는 그러한 상식에 의존하지 않는다. 얼핏 보면 소설에서 결혼과 성, 행복에 관한 상식을 배반하는 아내를 전면에 내세우는 것은 그 주장이 가진 진보성을 부각하려는 의도인 것처럼 보일 수 있다. 하지만 고정관념을 배반하는 아내를 교묘한 방식으로 다시 배반하는 또 다른 냉소가 은밀하게 행해지고 있다는 사실은 짚어둘 필요가 있다. 아내의 냉소가 아닌 남편의 냉소가 아내를 또 다시 냉소하고 있다는 사실은 이 소설을 흥미로운 양상으로 몰아간다.

소설에서 두 개의 냉소가 가능한 것은 아내가 아닌 남편을 화자로 설정한 데 있다. 한 남자와 평생을 살지 않겠다는 아내는 냉소의 주체가 되지 못하고, 남편의 시선에 의해 관찰당하는 대상으로 존재한다. 평범한 남편의 시선으로 볼 때, 도발적인 아내의 주장은 왜곡되거나 그 진정성이 은폐되기 마련이다. 남편의 시선을 극단적으로 밀고가면, 아내는 질서를 파괴하는 반인륜적인 과대망상, 배수의 진이 없는 무모한 탈주, 아니면 비현실적인 판타지의 실천가이다. 여기서 남편을 화자로 선택한 이유는 분명해진다. 남편을 화자로 택하면서 소설은 아내의 주장이 얼마나 허황된 것인가를 파헤치느라 분주하다. 아내의 주장이 가지는 의미는 철저하게 이렇게 남편에 의해 은폐된다.

사실 아내의 주장이 전적으로 진보적이며 옳다고 말하기는 어렵다. 그러나 아내의 주장의 타당성 여부는 논외로 하더라도, 아내의 문제 제기가 의의를 가지는 것만은 분명한 사실이다. 지금이야말로 절대적 사랑의 시효가 만료되어 가고 있는 현실을 환기함과 동시에 소유욕과 독점적 연애, 배타적 결혼관이 인간의 행복을 얼마나 억압하는가를 반성하기에 적절한 시점이기 때문이다. 그러나 남성 화자는 절대적 신화가 되어버린 현대의 결혼제도에 대한 반성을 은폐해 버린다. 소설이 아내의 연애를 불륜이라는 익숙한 채널로 몰아가지 않는 이유는 여기에 있다. 아내의 연애에 초점을 맞추는 한, 스스로 갱신을 거부하는 일부일처제에 대한 반성과 검토를 하지 않을 도리가 없기 때문이다.

축구라는 매체를 적극적으로 도입한 것도 이러한 은폐의 연장선상에서 이해할 수 있다. 소설에서 사랑과 인생, 그리고 축구의 교집합을 절묘하게 포착하면서 소설에 생기와 활력을 불어넣는 능력은 매우 현대적이다. 하지만 소설의 무게중심이 과도하게 축구 이야기로 기울어지는 것은 분명 중대한 결함이다. 여기서 축구는 단순히 사랑과 인생의 리얼리티를 불어넣는 수준이 아니다. 사랑과 인생이 거꾸로 축구에 이바지하는 가치의 전도현상이 발생하고 있다. 이렇게 되면 '인생의 문제는 축구 속으로 은폐'될 수밖에 없다. 축구가 가지는 가벼움, 유희성이 결혼의 문제를 압도하면서 진지성은 휘발된다. 무엇보다 축구의 본질인 경쟁의 원칙이 남녀 사이를 규정하면서 소설의 유희성은 극단화한다. 새로운 남자의 존재를 알게 되면서부터 남편은 "나로 말하자면 실패한 키커인 것이다" 혹은 "승리는 내 것이 아니다"를 반복하면서 남편은 패자의 논리에 따라 움직인다. 그러나 남편이 피해자로서의 참담함을 과장할수록 아내는 옹색해지고, 따라서 남성 가부장제를 구축하는 논리는 소설 전반을 장악하게 되는 것이다. 다시 말해서『아내가 결혼했다』는 축구를 매개로 한 남성 화자의 냉소적 진술을 통해 여성의 주장을 무력화시키려는 '가부장적 담론이 은폐'되어 있는 것이다.

『핑퐁』역시 냉소와 은폐라는 점에서 만만치 않은 작품이다. 인류의 운명을 건 탁구게임이라는 발상에서부터 이미 심상치 않다. 이 작품은 인류가 존엄하다는 이성적 판단이 얼마나 잘못된 것인지 냉소적으로 보여준다. 인류에게 전도유망한 미래는 단연코 없으며, 이미 "방사능", 폭력, 질병 등 미래를 삐걱거리게 하는 온갖 재앙의 조짐들이 도처에서 인류의 미래에 대한 의구심을 키우게 하고 있다. "인류를 언인스톨할 것인가"하는 최악의 상황은 언제나 염두에 있으며, 이는 단지 일어나기만 하면 된다.

그런데 이러한 냉소는 핑퐁이라는 교란장치에 걸려들면서 그 선명성을 상실한다. 사실 "인류를 유지할 것인가, 언인스톨할 것인가"하는 거대담론을 오로지 "핑퐁"이라는 게임으로 떠받치기에 핑퐁이 포함하고 있는 의미 기반이 너무도 약하다. 인류의 존재론에 대한 알레고리(allegory)로 장치되고 있는 탁구와 주류세계의 변방에서 무차별적으로 주워 모은 B급 정보들이 서로 충돌하면서 핑퐁이 담지해야 할 의미가 사방으로 흩어지고 만다. 물론 이러한 장치는 작가의 의도적인 전략이며, 이를 통해 작가가 문학판의 주류로 부상하는 가장 중요한 발판이 되고 있음은 모두가 아는 사실이다.

그러나 문제는 현실의 치부를 대중문화의 외피로 낯설게 보여주면서 나름의 성취를 보여주고는 있지만, 혼란스런 문학적 외피가 인간의 '존재론적 사유를 은폐'한다는 데 있다. 인간이 "탁구를 통해 심판을 받"고, "인류가 언인스톨되고, 오랜 시간에 걸쳐 생태계는 다시 무(無)로 돌아"가는 판타지를 전개하는 과정에서 소설은 탁구의 비중을 지나치게 부풀려 삶의 존재에 관한 사유를 뒷전으로 밀어버린다. 그렇게 되면 탁구 이야기 그 자체만으로 자족하는 수가 있다. 이미 한물간 그래서 아무도 관심을 두지 않는 "핑"과 "퐁"의 지루한 랠리(rally)는 단지 과도한 음성학적 향연에 청각만 마비될 뿐이다. 이러는 과정에서 인류를 놓고 연출되는 희화화된 서사에서 정작 강조되어야 할 존재에 대한 사유 의지는 거세되어 있다. 더구나 탁구가 헨리혜성, 낙지, 왕따, 쿨앤더갱 등 외곽지대의 문화들과 함께 어색하게 병치되면서 작품을 구조적으로 유기화하는 틀로서 사용되지도 못하고 있다.[5]

　대체로 저속한 것, 격리된 것, 기괴한 것을 병치시키거나 거리로 들고나가는 것은 전복을 의미해 왔다. 과거의 히피처럼 하층계급이 지극히 주관적인 감정, 육체, 사물을 새로운 저항의 도구로 발굴하여 건강한 문화 혁명을 이루어낸 사례를 우리는 알고 있다. 그러나 『핑퐁』의 병치된 B급 문화는 현대의 히피가 되지 못하고 있다. 문학을 기성문화의 특이한 장난감으로 혹은 퍼포먼스로 전락시키면서 철학으로 가는 길을 은폐하고 있는 것이다. 냉소가 성공적이 되기 위해서는 냉소주의자의 시선이 반성적으로 굴절되어 있어야 한다. 비딱하게 보되 반성의 태도를 잃어버리다 보면 세계의 치부를 드러내기보다는 오히려 은폐한다. 『핑퐁』에서 과다한 알레고리, 과다한 혼종장치가 득세를 하는 것은 이러한 히피의 정신, 즉 반성적 태도를 상실하고 있기 때문이다.

　세 작품에서 드러난 냉소와 그에 따른 은폐의 전략은 이성중심주의의 종언에 대한 징후로 읽힌다. 『타잔』, 『핑퐁』, 『아내가 결혼했다』에서처럼 사랑과 철학의 무의미함, 그리고 유토피아의 부재에 대한 확신들이 존재한다면 이성에 대한 신뢰를 상실한 자들에게 남는 것은 냉소밖에 없다. 하지만 이성에 대한 가치는 여전히 높게 매겨져 있고, 따라서 자신을 직설적으로 드러내지 못하고 여러 다른 형태로 은폐되어 나타날 수밖에 없는 것이 『아내가 결혼했다』와 『핑퐁』에 나타난 냉소의 전략이다. 두 작품은 각각 축구와 탁구로 문제의 시선을 돌림으로써 문제의 본질을 희석시키고 있는 것이다. 비판 정신을 상실한 세 작품의 냉소는 이러한 은폐의 정신과 맞닿아 있는 것이다.

---

5 우찬제 외, 좌담, 「문학의 종언을 연기(延期)하는 연기(演技)들」, 『문학과사회』, 2006년 겨울, 395쪽 참조.

4) 스러지는 냉소, 질서의 재구성

냉소가 문제의식을 감춘다면, 이는 기성 체제에 대한 긍정으로 귀결될 수밖에 없다. 냉소가 은폐의 기술을 중시한다 해서 이들이 국외자라고 생각하면 큰 오산이다. 냉소주의자들은 은폐된 공간에서 심술궂은 눈초리로 현실을 쏘아보면서도 결코 현실을 떠나지 않는다. 다만 냉소주의자들은 황급히 군중 속으로 잠적하고 말기 때문에 겉으로 드러나지 않을 뿐이다. 그래서 냉소주의자는 국외자가 될 수 없다.[6] 마찬가지로 『아내가 결혼했다』『핑퐁』『타잔』의 인물들이 냉소의 방어벽 속에 자신을 감춘다 하더라도 그 목적은 기존 질서의 파괴에 있지 않다. 이들은 특이한 방식으로 '기존의 질서를 재구성'하는 것이다.

그런 점에서 『아내가 결혼했다』의 혼란의 주역이었던 사랑이 체제 긍정의 도구라는 점은 매우 아이러니하다. 현대에서 수많은 남녀들이 사랑이라는 마술적 단어에 희망을 걸고 있으나, 그 희망의 방식과 내용은 수없이 다양하며 넓은 범위에 걸쳐 있다. 사랑에 관한 한, 현대인들은 개인이 되라는 압력과 공동체가 되라는 압력을 동시에 받고 있다. 공동체적 결속이라는 남편의 결혼과 개인의 자유를 극단적으로 실험하려는 아내의 결혼이 충돌하는 양상을 통해 『아내가 결혼했다』는 이 시대 사랑이 얼마나 공존할 수 없는 가치들이 함께 각축을 벌이고 있는지를 말해준다.

그런데 『아내가 결혼했다』의 미덕은 이렇게 서로 다른 결혼과 사랑이 충돌하는 양상을 단순히 두 남녀의 사랑싸움으로 넘겨버리지 않는데 있다. 소설은 두 개의 결혼을 나란히 세워놓고 전통적인 결혼의 유효성을 검증받고자 한다. 물론 이러한 미덕이 가장 선명하게 드러나는

---

6 페터 슬로터다이크, 앞의 책, 46~47쪽.

부분은 소설의 전반부다. 물론 "당신하고의 결혼 생활을 유지하고 싶어. 그리고 그 사람하고도 결혼하고 싶어"라는 아내의 주장이 깊이 있는 사유와 성찰을 거친 것도 아니며, 정교한 이론적 근거로 뒷받침되지 못하다는 한계는 분명하다. 하지만 비록 거침없이 내뱉는 사랑의 담론이라 할지라도, 아내의 주장은 사랑을 그 어떤 추상적 가치로 환원하는 입장과는 분명하게 선을 긋고 있다. 사랑의 신화를 정교화하여 시대의 정신적 타락을 사랑의 신화로 메우려는 근본주의자들에 비하면 아내의 주장은 도발적인 만큼 순수하고 진보적인 것이라 할 수 있다.

하지만 아쉽게도 『아내가 결혼했다』에서 이러한 미덕은 여기까지다. 소설은 후반부로 갈수록 아내의 도발성을 끝까지 밀어붙이지 못하고 익숙한 남편의 사랑방식으로 후퇴하고 만다. 아이를 낳은 이후 "딸아이가 없는 삶이란 상상할 수 없"는 가족공동체적인 사랑으로 변모하게 된다. 전통적인 어느 가정에서나 그렇듯 자녀의 출산은 남녀 간의 개인적 사랑이 공동체적 결속으로 이행해가는 전환점을 이룬다. 딸 지원이가 등장하면서 아내는 비독점적 다자연애를 목청껏 외치던 천방지축의 도발성을 스스로 포기한다. 통상적인 규칙을 넘어서는 "가족 구성원이 중요한 게 아니라 얼마나 화목한지가 중요하다"는 변화의 중심에는 딸 지원이가 있다. 여기에서 소설은 문제의식을 지탱할 내공이 부족한 것인지, 도발적인 서사를 포기하고 상투성의 영역으로 회귀한다. 아이에 대한 숭고한 사랑이라는 명분으로 전반부에서 쾌속 질주하던 결혼에 관한 솔직하고도 대담한 판타지를 슬그머니 포기해버리는 것이다.

이제 사랑은 더 이상 해방의 기제가 아니다. 아내가 딸 지원이의 사랑에 빠져있는 한, 아내는 사랑에 대한 근본주의로 돌아가 체제가 규정한 봉건적 성역할에 만족해야 한다. 역사적으로 어느 제도권이든 체제 유지를 위해서 사랑에 높은 희망을 부과해왔다. 끊임없이 존재의 안전을 위협해오는 위험의 시대일수록 사랑은 가장 확실한 안전핀이라는 논리가 신화처럼 남용되어 왔다. 아내 역시 딸 지원이의 출현으로 가족의 사랑이야말로 남녀 간의 사랑을 치료하는 특효약이라는 자본주의 가부장제의 신화를 승인하게 된다. 여기에서 왜 사랑해야 하는지를 묻는다면 그것은 시대의 공동선을 거스르는 반역행위처럼 인식된다. 따라서 『아내가 결혼했다』에서 이제 사랑 속에 내재되어 있는 새로운 개인의 개념을 논하는 것은 더 이상 유효하지 않다. 사랑이 윤리라는 절대명제, 혹은 우리라는 공동선과 동의어로 인식되는 한, 사랑은 더 이상 개인의 휴대품이 아니라 집단적 갈등의 완충지대로 만족해야 할 터이다.

『타잔』에서 체제 긍정의 모습은 주로 자기망상의 형태로 드러난다. 평범한 삶조차도 허용되지 않는 인물들은 한결같이 외롭고 슬픈 현대인들이다. 「집 없는 고양이는 어디로 갔을까」에서 수차례에 걸친 유산과 인공 수정 실패로 지쳐버린 수지는 언제나 "마음 속 깊은 곳 어딘가에서 나오는, 우어어, 하고 아우성치는 소리"를 들어야 한다. 불임으로 황폐해질 대로 황폐해진 수지는 아이를 향한 망상적 집착에 이르게 되면서 주변의 모든 것을 아이와 관련지어 자의적으로 해석하고 재배치한다. 집 없는 고양이를 자신의 아이로 오인하여 백일잔치를 준비하거나, 자신의 정신병을 치료할 간호사를 파출부로 합리화한다. 자신의 정신착란을 근심하는 남편을 보고 오히려 수지는 남편의 정신이 "이상해지고 있다고 느끼"고 싶어 한다. 이때 소설은 의도적으로 수지의 정신착란을 남편이 아닌 수지의 입장에서 그리고 있다. 수지의 혼란한 내면은 수지의 직접 진술로, 정상인인 남편은 대사를 통한 간접진술로 보여준다. 영문 모르고 수지의 진술에 의지하다 보면 정상인인 남편의 객관적인 대사와 충돌하면서 그제서야 수지의 망상에 걸려들었음을 깨닫게 된다. 고도의 테크닉을 요하는 냉소이다. 수지는 자신이 자신을 속이고 있다는 사실을 알고 있다. 그러나 자기기만이라도 하지 않으면 살 수 없는 현실에서 이렇게 자기를 향한 냉소는 살아가기 위한 필요불가결의 도구이다. 결국 독자는 수지로부터 배신당했음을 느끼고 거꾸로 이러한 수지를 냉소하게 된다.

그러나 사실 모든 것은 수지의 탓이 아니다. 양공주와 미군병사 사이에서 태어난 "튀기", "주소도 이름도 알지 못하"는 아무런 정체성도 갖지 못한 것은 수지의 책임이 아니다. 순정을 유린당하고 미군으로부터 버림받은 양공주 역시 자신의 탓이 아니었다. 「세라」에서도 마찬가지다. 정미가 세라의 죽음을 방조한 것은 불행한 상황이 정미를 불러들인 것이지 정미가 강조한 것은 아니다. 「그가 사랑한 나이아가라」, 「타잔」, 「속삭임, 속삭임」도 상황은 마찬가지다. 그럼에도 불구하고 『타잔』은 화자를 신뢰받지 못할 존재로 설정하게 되면 체제의 무능으로부터 오는 불행을 개인에게 들씌워 오히려 '부조리한 현실을 옹호하고 정당화'하려는 결과로 귀착된다. 냉소는 우리가 주장하고 추구하는 모든 것이 궁극적으로는 아무런 의미가 없다는 것을 알면서도, 그것을 승인하고 추구한다.[7] 그런 점에서 냉소주의는 힘의 논리에 가담한다. 정미의 불행, 수지의 불행이 아무리 현실의 구조적 부조리에서 유래한 것이라 하더라도 힘의 논리에서 열세인 자의 주장은 수용되지 못한다. 이렇게 보면 자본주의의 위력에 감염되고, 자본의 논리에 계몽되어 버린 『타잔』의 냉소는 마력을 상실했다고 할 수 있다.

아방가르드적 정신의 후예답게 냉소 충동을 극단화함으로써 모든 권위를 부정하던 『평풍』이 결말을 처리하는 방식은 당황스럽기 그지

---

7 페터 슬로터다이크, 앞의 책, 7쪽.

없다. 당황스럽다는 것은 결코 목소리를 높이지 않으면서도 냉소적으로 기성체제의 허를 찌르던 주제 의식이 눈에 띄게 약화되고 있다는 것이다. 소설에 두드러지고 있는 판타지의 남용, 잦은 쉼표의 활용, 활자체의 변형, 작가가 직접 그린 독특한 삽화가 현란하다고 해서『핑퐁』이 문제적인 것은 아니다. 오히려 황당하고 상식을 초월하는 현란한 문체와 소설 구성은 주제의식의 약화로 보여주는 단서가 된다. 전복적인 형식에 들어맞는 전복적인 해답을 찾는 것이 몹시도 두려운 듯『핑퐁』은 명확한 결론을 얼버무리거나 서둘러 다른 이야기로 방향을 튼다. “그래서? 그게 끝이야”, 그리고 “그래서, 지구는 그 후로 괜찮았던 거야? / 그건 모르겠어. 이야기는 거기서 끝이거든”처럼 소설은 선명한 결론을 내리는 것을 몹시도 망설인다. “문제는 왜, 우리가 살아왔으며… 사라진다면 왜, 사라져야 하는 것인가. 핑퐁이 시작된 이유는 무엇인가”라는 질문에 세끄라탱은 “더 이상 해답을 줄 수 없”다고 말한다. 결론을 유보한다. 결론을 포기하는 것이다.

결론없이 상황만이 난무하는 가운데, 여기에 존재론적 위험에 처한 자의 절박성은 드러날 수 없다. 이야기 사이를 파고드는 “에애애에 애에애애에에애. 예?”라는 동물적 웅웅거림은 지구의 위기를 폭로하는 것이 아니라, 오히려 지구의 재앙을 무책임하게 방기하는 자의 모습이다. 세계의 98%가 물들어 있는 속물근성과 허위의식이 비록 도덕적으로 의심스러운 처지에 놓일지라도 이 동물적인 웅웅거림은 잘못된 기존 질서를 외면하면서 궁극적으로 ‘기성질서를 옹호’한다. 따라서 “다들 잘하고 있습니까?”라며 “세계는. 지구는 정말 잘 돌아가고 있으며 그래서 은하계에서 언인스톨할 필요는 없느냐”는 질문을 반역과 갱신을 위한 전제로 읽었다간 당황하기 십상이다.

인류의 “언인스톨”을 실행한 이후 지구상에 남은 마지막 인류는 남자인 못과 모아이뿐이다. 이제 지구는 더 이상 출산을 할 수 없는 불임의 공간이 될 것이며, 마지막 인류가 수명을 다하는 순간 지구의 모든 도시와 문명은 소멸될 운명에 처한다. 그런데 이렇게 어두운 인류의 회색빛 미래의 마지막 인류가 된 못과 모아이가 가고자 하는 곳은 아니러니하게도 "학교"이다. 치수로부터 구타가 자행된 곳, 다수인 척 연기를 하며 제도권의 습성을 익혀야 하는 곳이 학교다. 따라서 주인공이 다시 학교로 돌아간다는 것은 『핑퐁』이 과거의 부패한 모든 체제와 문명을 포기하지 않겠다는 것을 말해준다. '체제를 비판하는 방식으로 긍정'하자는 것이다. 체제를 비판하면서도 체제가 그대로 잔존하기를 바라는 것은 인류의 언인스톨이 제스츄어 그 이상도 이하도 아님을 말해준다. 이들의 모든 노력이 냉소에 근거하는 한, '사회에 통합된 반사회적 일탈자'라는 냉소의 특징은 결국 체제 긍정으로 이어질 수밖에 없다.

　『핑퐁』『아내가 결혼했다』『타잔』에서 참신한 문제의식이 진부하게 처리되는 이유는 바로 세 작가의 '반성 없는 냉소' 때문이다. 이는 냉소를 끌고 갈 견고한 내면이 마련되지 않았다는 뜻이기도 하다. 탁구와 축구에 의존하는 『핑퐁』과 『아내가 결혼했다』에는 작품을 끝까지 밀고 나갈 수 있는 철학적 내공이 없다. 이들의 사유가 정당성과 명료성을 얻기 위해서는 이들의 냉소는 끝까지 체제 밖에서 '자성적 사유'를 감행해야 할 필요가 있다. 그러나 아쉽게도 세 작품의 냉소는 『아내가 결혼했다』와 『핑퐁』처럼 단지 형식미학에 머무르고 말았거나, 아니면 『타잔』에서 보는 바와 같이 체제를 향한 열정이 반어적으로 발현된 것 불과하게 되었다. 결국 세 작품의 냉소는 체제가 인간 삶을 강압하는 시대, '저항을 잃어버린 시대의 산물'이라 할 수 있다.

5) 구부러진 길 위의 냉소

위험의 시대가 되었다. 냉소의 시대가 된 것이다. 그러나 이 부정의 시대 속에서도 우리는 살아가야 한다는 엄청난 강박에 사로잡혀 있다. 자본주의의 인간은 피투성이가 된 채로 해방을 꿈꾸지 않는다. 해방보다 살아있다는 것이 훨씬 소중하며, 살아있되 자본의 욕망에 길들여지는 것이 이들을 움직이는 원리이다. 이들은 모든 위험과 모든 부정적 냉소를 기꺼이 감수하려 한다.

그런 점에서 박현욱의 『아내가 결혼했다』, 김윤영의 『타잔』, 박민규의 『핑퐁』은 부정의 미학에 근거하고 있다. 세 작품이 그리는 미래는 그리 밝지 않다. 인류의 멸종을 염두에 두어야 하는 박민규의 『핑퐁』과 무모한 도전으로 가족제도를 붕괴 직전으로까지 몰고 간 『아내가 결혼했다』가 그렇다. 표준적인 삶으로부터 배제되어 고통을 겪는 김윤영의 『타잔』 역시 여기서 자유롭지 못하다. 세 작품은 냉소라는 부정한 방식으로 위험한 시대에 적응하고 있는 것이다.

부정에 부정으로 응답하는 이러한 '부정의 활황' 속에서 자본주의 인간들은 자신을 들여다보는 여유를 잃어버리고 만다. 위험은 미래를 예비하는 긍정의 미학이 되지 못하고, 냉소가 명료한 사유에 이르지 못할 때 우울은 자본주의의 불치병이 될 수 있다. 몽상가이면서 현실주의자이고, 또 한쪽에서는 양심의 가책에서 자유롭고 다른 곳에서는 모든 제도로부터 구속되어 있는 세 작가의 냉소는 위험시대에 대한 진정한 대안이 되지 못하고 있다. 이것은 비단 세 작가만의 문제가 아니다. 냉소가 위험에 봉사하는 것은 자본주의시대 전체의 병통인 것이다.

위험과 냉소는 같은 길을 걸어서는 안 된다. 신은 비뚤비뚤한 선 위에도 똑바로 글을 쓴다고 한다. 구부러진 길 위에서도 냉소는 직설적인 비판의 소리를 터트려야 한다. 위험을 유포하는 자본주의 사회를 비판하는 '자성적 담론'으로서의 힘을 가지고 있어야 건강한 냉소다. 그 어떤 대항마저도 자신의 영역으로 포섭해 자신을 살찌우는 자본주의에 빨려들지 않으려는 최소한의 자각을 가지고 있을 때, 그 자본주의에는 희망이 있다. 따라서 냉소가 자본주의 위험의 시대에 포즈로 전락하지 않기 위해서는 세상을 통찰하는 날카로운 시선을 포기해서는 안 된다. 그렇지 않고 냉소가 포즈로 머무르는 한, 냉소는 구색을 맞추기 위한 형식적인 저항담론으로 전락할지도 모른다. 그런 점에서 냉소를 곧 버려질 자본주의의 너저분한 쓰레기 신세로 만들고 있지는 않는지 세 작가에게 물어볼 필요가 있다.

2.

욥^{Job}이 존재하는 방식

우리는 비극을 잃어버린 시대에 살고 있다. 시대는 온통 희극으로만 흐르고 있으니 말이다. 자본주의는 모든 채널을 동원하여 웃음을 요구하고 있다. 만끽하라. 그리고 행복하라는 자본주의의 강령은 이 시대가 얼마나 비극과는 다른 길을 가고 있는가를 잘 보여준다. 웃으면 복이 온다는 자본주의 웃음의 망령들은 삶의 곳곳에서 비극을 몰아내고, 심지어는 철학마저 몰아내려 한다. 최근 잘나가는 젊은 작가들이 의도된 경박함과 희극적인 과장으로 문학에서 비극을 몰아내고 있는 모습은 바로 이 웃음의 망령에 휘둘린 탓이 크다.

비극은 그 자체만으로도 철학적인 의미를 담고 있다. 인간이라는 존재가 선명하게 인화되는 것은 바닥을 기는 듯한 처절한 절망 속에서이다. 존재가 상실되는 것이 아니라, 존재를 확인시켜주는 힘은 희극이 아닌 비극에 있다. 여기서 구약시대 욥(Job)의 고난을 떠올리는 것은 당연하다. 욥기는 불행에 관한 상식에 어긋나는 물음으로 유명하다. 욥기의 중심은 이유를 알 수 없는 파멸, 그로 인한 처절한 고통을 회복시켜주는 해피엔딩에 있지 않다. 파멸을 불가피하게 만드는 절대 현실, 그러나 파멸이 아니고서는 '존재를 새롭게 규명하려는 자기 갱신'이 불가능하다는 역설을 통해서 욥기는 상식을 배반하는 진실을 건져 올린다.

이는 옛날의 이야기만은 아니다. 비극은 여전히 인간 삶을 역설적으로 구원해주고 있으며, 따라서 비극은 여전히 우리 문학에서 유효성을 확보하고 있다. 이규정의 『멀고도 먼 길』(해성, 2006), 이상섭의 『그곳에는 눈물들이 모인다』(창비, 2006), 정혜경의 『칠월의 눈』(작가마을, 2006)은 한결같이 불행으로 만신창이가 된 자들의 이야기다. 비극을 혐오하는 시대, 비극을 적극적으로 경험하려는 세 작가의 노력들이 어떠한 것인지 눈여겨 볼 만하다.

1) 비극과 존재의 심화 - 이규정의 『멀고도 먼 길』

연륜이 깊어질수록 세상의 빛보다는 어둠에 민감한 것이 인생사의 정한 이치일 터이다. 이규정의 『멀고도 먼 길』이 장송곡처럼 우울한 것은 세상의 풍파를 거쳐 온 노작가의 삶에 대한 깊은 깨달음과 관계가 있다. 이규정의 문학 이력이 꽉찬 30년이 되었고, 그의 나이 칠순에 접어든 만큼 삶의 어둠을 끌어안고 고뇌하는 모습은 참 자연스러워 보인다. 삶이 생명에서 죽음으로, 희극에서 비극으로 흐르는 것은 죽음과 비극이 생의 진실에 더 가깝기 때문일 것이다. 불행과 비극 속에서 비로소 벌거벗은 자기를 만나게 된다. 『멀고도 먼 길』이 심상치 않은 것은 이러한 비극의 유효성에 대한 소중한 단서를 제공하고 있기 때문이다. 각 단편마다 편차가 있지만 그래도 『멀고 먼 길』에서 가장 핵심 모티프를 들라면 아무래도 죽음이다. 죽음을 향한 과정을 멀고 먼 길이라 명명한 것인지, 소설집의 절반 이상이 비극적인 죽음에 할애되어 있다. 물론 여기의 죽음은 단순히 소재적인 차원의 의미를 넘어선다. 좌절 속에서 존재는 상실되는 것이 아니라, 오히려 결정적으로 감지된다는 사실은 행복만을 추구하는 자본주의의 가치체계에서는 조금은 낯선 논리일지도 모른다.[1]

「장가계 구상」에서 외삼촌의 한스런 죽음을 통해 인간 애정의 폭과 깊이를 가늠해 볼 수 있다. 징용을 피해 중국으로 가서 그곳에서 가정을 꾸리며 고국의 처자식을 가슴 깊이 새기는 한 남자, 또 중공군으로 참전하여 반공포로로 고국으로 돌아와 다시 중국의 여인과 아들을 그리는 남자의 비극에서 국경과 이념을 초월한 인간의 애정의 본질이 포착된다. 「비어 있는 날의 일기」에서 절대악의 화신인 조홍제의 죽음도 인간 존재의 확인이라는 점에서 중요하기는 마찬가지다. 여기서 선과 악을 옳고 그름이라는 가치판단의 차원으로 접근하게 되면 삶의 바탕에 깔려있는 진실을 이해는 어려워진다. 인생의 많은 일들이 반드시 규범과 당위로만 설명될 수 있는 것은 아니다. 악도 중요한 진실을 담당할 때가 있다. 소설에서 최형수의 악랄함은 선을 진지하게 고민하는 각성의 계기가 된다. 악이 창궐할수록 구원에 대한 충동은 그만큼 더 강렬해지는 것이다. 악이 선을 더욱 강화하는 이러한 불가피성은 최형수가 존재함으로써 가능해진다.

1 칼 야스퍼스, 황문수 옮김, 『비극론·인간론』, 범우사, 1999, 34쪽 참조.

　　그런데『멀고도 먼 길』은 ‘죽음을 윤리의 차원으로 접근’하면서 이러한 가능성은 말 그대로 가능성에 그치고 만다. 이는 대체로 작품 속의 인물들이 교수 등 윤리적 부담으로부터 자유롭지 못한 학교 교원으로 등장하는 것과 무관하지 않다.「그토록 오랜 허망」「매헌 오팔삼 약전」「장가계 구상」「가슴·별 하나」「비어있는 날의 일기」「멀고도 먼 길」「살아서 죽은 사람들」「횃불처럼 빛나는」, 이렇게 8편 전부에 인물들은 교수이거나 아니면 교사로 등장한다. 그러나 윤리적 잣대로 삶을 보게 되면 윤리로 해명할 수 없는 삶의 복잡다단한 양상들을 포괄할 수 없게 된다. 윤리는 현실 질서의 안과 밖을 선명하게 긋고, 삶과 내면을 규격화한다. 윤리가 상식으로 작용할 경우 자연히 인간 내면이가 닿을지 모를 한계상황에 대한 이해를 거부하게 된다.

　　「가슴·별 하나」는 그런 점에서 아쉬움이 적지 않다. 이제 막 피어나는 백합 같은 처녀와 나이 서른이 훨씬 넘은, 게다가 초혼에 실패한 남자와의 결혼이라면 일단 사랑의 진정성을 의심하고 보는 것이 세속의 윤리이다. 남자는 역시 사랑의 진정성보다는 세간의 상식에 충실하고자 한다. 어린 여자와 사랑한다는 강박관념이 상식을 이겨내지 못할 때, 소설은 사랑하기 때문에 헤어진다는 통속 논리로 빠질 우려가 있다. “내가 이 애와 결혼을 하면… 나는 사기꾼이다”(149쪽), “그렇다. 그것은 지혜를 범한 것이고, 범했다는 것은 범죄를 저질렀다는 말이다”(151쪽)는 말은 윤리에 의존한 판단이다. 하지만 문학이 윤리에 포획될 경우 그 문제는 상투성을 벗어나기 어렵다. 윤리는 언제나 하나의 정답만을 갖고 있으며, 모든 구성원에게 그 정답을 강요하기 때문이다. 이러한 정답, 이러한 윤리로만 해명되지 않는 것이 사랑의 진실이다. 대체로 사랑은 윤리를 따르도록 학습되지만, 사랑의 진실은 윤리를 넘어설 수밖에 없는 경우도 때로는 있다. 삶이 복잡해질수록 인간은 어쩔 수 없이 한계상황에 직면하게 되지만, 이러한 한계상황일수록 윤리가 포괄하지 못하는 진실을 보여주는 경우가 허다하기 때문이다. 상식을 벗어나면서까지 사랑을 수호해야 했던 젊은 여인의 비극은 당대의 규범과 윤리로는 해명할 수 없는 것이다. 그런 점에서 「가슴·별 하나」의 비극은 진실을 내포하지 못하고 통속으로 빠지고 있다.

「멀고도 먼 길」은 진정한 비극의 가능성이라는 점에서 전작의 아쉬움을 달래주는 수작이다. 조홍제 교수는 자신의 반체제적인 삶의 태도가 자신과 가족에게 어떠한 불리를 끼칠 것을 알고 있다. 큰아들 갑래가 군대에서 의문의 죽음을 당하고, 아내가 그 화병으로 세상을 버리고, 작은아들 을래가 프랑크프르트에서 한국으로 돌아오지 않는 것, 모두가 다 자신의 탓이라고 조홍제는 믿는다. 그럼에도 불구하고 태도를 바꿀 생각이 없다면, 소설의 비극은 단순한 불행이 아니라 신념으로 승화된다. 단순한 몰락과 비극은 다르다. 몰락은 파멸 그 자체에 있지만, 비극은 파멸을 삶의 중요한 계기로 인지한다. 이렇게 될 때, 조홍제의 비극은 민주투사로 평생을 바쳤으니 당연히 보상이 있어야 한다는 일차원적인 결론으로 빠지지 않는다. 끝까지 비극의 힘을 강조하는 것이 이 작품의 미덕이다. 특별히 조홍제가 독일의 아들집으로 가는 승용차 안에서 모든 비극을 회상하며 조용히 죽는 장면은 깊은 울림을 전해 준다. 여기서 조홍제의 죽음은 비극은 두려운 것, 비극은 해악이라는 상식을 넘어선다. 비극은 단순히 인간을 멸망시키지 않는다. 비극은 오히려 '존재를 심화'시킨다. 현존재를 포기하면서까지 걷잡을 수 없는 혼란을 겪게 하는 것은 '비극이 가진 새로운 진실'이다.[2] 조홍제의 불행을 단순히 몰락으로 보지 않으려는 「멀고도 먼 길」은 진정한 비극의 가능성과 함께 윤리적 가치평가를 넘어서는 깊이를 보여준다.

2 칼 야스퍼스, 앞의 책, 48쪽.

인간이 위대한 것은 가능성을 극단적인 데까지 추구하고, 혹은 극단적인 것을 알면서도 몰락할 수 있다는 데 있다. 그런 점에서 비극은 인간을 위대하게 만들어준다.[3] 이런 측면에서 이규정의 『멀고도 먼 길』은 윤리적 의미가 지나치게 강하다는 한계에도 불구하고, '비극의 가치에 대한 통찰'을 통해서 '인간 존재를 발견'하고 있다는 점에서 전통적 리얼리즘의 미덕을 여전히 지니는 작품이다.

2) 미적 해탈, 비극에 대한 방심 - 이상섭의 『그곳에는 눈물들이 모인다』

이상섭의 『그곳에는 눈물들이 모인다』에서 가난은 불치병이다. 너무도 다양한 가난의 기원들이 인물들의 미래를 서둘러 차압해 버린다. 소주병에 약을 타고 벙어리 어머니와 동반자살을 할 수밖에 없는 「자장가」의 사내는 가난의 감옥 속에서 평생을 살았다. 발버둥을 치면 칠수록 가난의 늪은 불가항력적으로 인간을 빨아들이고 결코 뱉어낼 줄을 모른다. 알콜중독 남편에 손가락마저 잃은 「바다는 상처를 오래 남기지 않는다」의 은희가 머리끄댕이를 잡아채이며 싸우는 이유, 그리고 「그곳에는 눈물들이 모인다」의 함흥댁과 새댁이 서로 깔아뭉개며 악다구니를 퍼붓는 이유는 오직 먹고 살기 위해서다.

그러나 이상섭의 『그곳에는 눈물들이 모인다』가 가난이 운명이 되어버린 밑바닥 인생들이라고 해서 이야기를 눈물 나도록 슬프게만 풀지는 않는다. 여기의 인물들은 희망 없는 삶을 견디는 것보다 희망 없는 삶을 망각하는 방식으로 대응한다. 말하자면 이 소설은 비극을 낭만으로 바꾸어 버리면서 불행을 망각한다. 단순히 몰락의 이야기로만

---

3 칼 야스퍼스, 앞의 책, 49쪽.

읽기에는 낭만에 대한 욕구가 지나치게 거세다는 점이 이상섭 소설의 중요한 특징으로 지적된다. 비극과 낭만은 만나게 되어 있다. 파멸 없이 살 수 없는 현실일수록 인간은 언제나 온전한 세계를 꿈꾸기 마련이다. 탈출구 없는 비참한 현실이 운명이 된다면 차라리 외부와 차단된 그 안에서 거짓 빛가루를 뿌리며 몰락을 망각하고 유예하자는 것이다. 여기의 인물들은 한결같이 체온이 높은 사람들이다.

삶이 아무리 처참하고 무시무시한 것이라 해도 이상섭의 인물들은 비극에서 아름다움을 체험하려는 '낭만적 본능'에 충실하다. 밀도 있는 낭만적 언어들이 곳곳에 보석처럼 박혀 소설의 심미적 가치를 극대화한다. "뜨거운 마음으로 살고 싶었다. 될 수 있다면, 붉은 동백꽃이라도 씹고 싶었고 벌건 태양이라도 삼키고 싶었다."(「불어라 바람」, 133~134쪽). "두렁마다 주렁주렁 매달린 붉은 고추가 마음에 불을 켠 것처럼 환했다. 세상에 보기 좋은 빛깔잔치가 이보다 좋은 게 있을까."(「고추밭에 자빠지다」, 217쪽), "햇살이 잘게 부서지고 있었다. 수평을 회복한 바다는 질펀한 안개를 한창 햇살에 말리는 중이었다."(「수평선, 그 가깝고도 먼」, 200쪽) 등은 '미적 해탈'의 경지에 들어간 느낌마저 풍긴다. 여기에서 아무것도 가진 것이 없는 섬마을 노총각의 고독, 허리가 휘는 농사에 조카까지 키워야 하는 고추만큼이나 매운 삶, 아내의 치료비를 벌기 위해 초원을 버리고 무작정 낯선 땅을 밟은 밀입국 노동자의 설움을 읽어내기란 어렵지 않다.

미적 가치에 치중하려는 것은 자본주의의 호황과 무관하지 않다. 물질의 번성과 풍요가 극단화하는 후기자본주의는 예술에 대한 심미적 가치를 부각시키면서 대신에 불행과 비극에 대한 성찰을 증발시켜버렸다. 이렇게 심미적 가치 혹은 낭만적 본성이 극대화할 경우, 진저리나는 불행에 대하여는 무관심으로 대응하기 마련이다. 때문에

"하이튼, 내 배를 탄 사람은 다 행복해야 하는 기라요!"(「불어라 바람」, 155쪽)라는 비현실적 초월이 가능해지는 것이다. 낭만의 필터를 거치면서 가난과 고통으로 얼룩진 현실은 오직 아침 햇살이 부서지는 낭만 가득한 현실로 머무르고 만다. 「불어라 바람」는 로맨틱 코메디로, 「고추밭에 자빠지다」「수평선, 그 가깝고도 먼」은 훈훈한 인정으로, 그리고 「웨일맨, 나의 아버지」「그곳에는 눈물들이 모인다」는 해학까지 끌어들이면서 불행의 밑바닥까지 육박해 들어가려는 진정성을 상실하고 만다. 사실 삶의 현장에서 「불어라 봄바람」의 이야기대로 닳고 닳은 술집 작부가 어리숙하고 가난한 어촌 노총각에게 매료당할 일은 결코 없을 것이다. 「수평선, 그 가깝고도 먼」의 불법체류자와 영세업주가 온정을 나누는 모습이 현실에서 가능할까도 의문이다.

그러나 19세기 낭만주의자들처럼 심미적 가치가 최고의 가치라고 인식할 필요는 없다. 세계는 무조건적 낭만으로 살아갈 수 있을 만큼 호락호락한 공간이 아니기 때문이다. 해피엔딩이 불가능한 시대에 낙관은 자칫하면 허황된 이야기로 흐르게 된다. 따라서 『그곳에는 눈물들이 모인다』의 과도한 낭만성은 삶의 진실성 혹은 작품의 철학적 완성도라는 측면에서는 오히려 결함으로 작용하고 있다.

「바다는 상처를 오래 남기지 않는다」가 나름의 성취를 보이고 있는 것은 이 작품이 이러한 낭만의 문제로부터 자유롭기 때문이다. 이 작품은 결코 어촌의 척박한 삶을 휴머니즘적 방식으로 해결하지 않는다. 기계에 왼쪽 손가락을 모두 잘린 은희가 이웃집에 가게를 내게 되자, 은희는 이제 어릴 적 어여뻤던 연인이 아니고 생계를 위협하는 적이 되고 만다. 오로지 먹고 살기 위해 아내와 은희가 악다구니를 벌이는 살벌한 약육강식의 현실을 보면서도 사내는 자신의 비극을 저주하지 않는다. 사내는 아내와 은희의 미치광이 같은 싸움을 "말릴 일이 아니란 걸 알고 있"다. "이번 싸움은 한번 터져야 할 고름인지도 모른다고"(74쪽) 생각한다. 어차피 현실은 이렇게 될 수밖에 없다는 무기력한 시선으로 바라보며 사내는 불행을 담담하게 수용한다. 여기에 불행에 대한 알레르기적 반응은 없다. 악다구니 현실 속에서 삶의 비천함을 새롭게 발견하는 자기 확인이 어쩌면 거짓 낙관을 찾는 것보다 중요할지 모른다. 따라서 「바다는 상처를 오래 남기지 않는다」의 사내가 보이는 '비극에 대한 방심상태'야말로 연약함이 아니라 가장 현명한 대응이다. 인간의 발버둥이 세계를 조금도 변화시킬 수 없고, 모든 것은 결국 세계의 의지대로 돌아가는 것이라는 실존적 능동성의 포기[4]는 세계의 거대함 속에서 자신을 놓아버리는 새로운 인식의 태도를 보여주는 것이다.

자본주의는 비극에 가치를 두지 않는다. 행복이 의무 혹은 당위로 인식되면서 비극은 무가치한 것, 시대에 역행하는 것쯤으로 치부되기 일쑤이다. 따라서 당위가 된 행복에는 진실이 존재하기 힘들다. 진실이 아니라 위선이다. 죄없이 몰락하는 일이 허다하게 일어나는 자본주의에서 비극이 아니고는 그 진실을 드러내기 힘들다. 숨겨진 악이 눈에 띄지 않고 연약한 인간들이 파멸시키는 이러한 시대에 불행과 비극에 자신을 맡기는 것은 삶의 본질로 육박해 들어가려는 치열한 대응정신일 수 있다. 그런 점에서 「바다는 상처를 오래 남기지 않는다」에서 포착된 비극에 대한 방심상태는 『그곳에는 눈물들이 모인다』의 낭만성이 가지는 아쉬움을 충분히 달래준다고 할 수 있다.

---

4 칼 야스퍼스, 앞의 책, 85쪽.

3) 절망을 향한 열정, 탐미적 무책임성 —정혜경의 『칠월의 눈』

이상섭의 『바다는 상처를 오래 남기지 않는다』에서 자기를 지킬 힘이 없는 자들을 괴롭히고 죽이는 것이 가난이라면, 정혜경의 『칠월의 눈』에서 가슴을 찢을 듯 섬뜩한 비극은 인연에서 온다. 소설에서 1979년 부마항쟁으로부터 1987년 노사분규가 배경이 되는 것은 사실이지만, 이는 어디까지나 말 그대로 배경일 뿐이다. 형민, 명수, 가혜, 수혁은 모두 1980년대 비극의 역사가 낳은 희생양들이다. 그러나 정작 독재 타도에 온몸으로 뛰어든 이들의 운명을 갈갈이 찢어 놓은 것은 역사의 횡포가 아니라 인연의 덫이다. 고문기술자 박정태의 성폭행으로 첫사랑 형민을 잃고 육체보다 정신이 절단나버린 가혜, 혹독한 고문을 이기지 못하여 동지인 수혁을 밀고하고 자유의 몸이 된 명수, 빛나는 젊음으로 역사와 맞섰으나 어느 순간 찌끄러기 인생이 되어버린 수혁, 그리고 명우와 지혜. 이들은 비극적 인연으로 "철저하게 해체되었고 엉뚱하게 결합"(196쪽)된 삶에 고통스러워한다. 가혜는 수혁과 자신의 삶의 짓밟아버린 "인연에 대해 잊고 싶"어 한다. 물론 "지금 이 순간 내 머리 속에는 당신과 인연이 없었던 걸 진심으로 감사하는 마음뿐이니까."(90쪽)라고 말하는 목소리는 반드시 가혜만의 것은 아니다. 생모에게 버림받고 국밥집 아낙의 손에서 자란 "수혁은 어머니를 만나고 나올 때마다 자살을 생각하곤 했"다.(126쪽) "우린 어떤 인연으로 만났을까?"(248쪽)를 묻는 명우와 지혜에게도 인연은 역시 고통이다. 한번 잘못 맺어진 인연은 현재를 함부로 비극으로 규정짓고, 미래까지도 비극으로부터 옴짝달싹하지 못하게 얽어매고 있다.

그럼에도 불구하고 여기에는 인연을 원망은 하지만 그 덫에서 벗어나려는 결사적인 몸부림은 드러나지 않는다. 오히려 스스로를 불행의

극한으로 밀어 넣으려는 '절망을 향한 열정'마저 보인다. 소설은 절망
적 열정을 집요하리만큼 낱낱이 그리고 오랫동안 공들여 묘사한다.
"가혜는 꽃향기 속에서 생의 냄새, 떨어져 나가려는 생에의 의지를 향
한 열정을 애써 맡으려 한다."(119쪽) 남편 수혁이 자살해 버린 비극
의 절정에서 가혜가 할 수 있는 일이라곤 정신을 놓아버리는 일뿐이
다. ""눈이 펄펄 내린다. 지혜야. 눈이 펄펄 내려. 지금 나가서 눈을 맞
을 생각이야."(165쪽). 이렇게 절망을 회피하는 것이 아니라 온몸으로
수용하여 함께 미쳐버리는 것이 『칠월의 눈』이 가지는 색다른 미덕이
다. 가해자든 피해자든 불행과 절망의 세계에서 심미적 향연을 느낀다
는 점에서는 같다. 수혁과 가혜로부터 젊음과 미래를 갈취한 박정태,
그리고 시장통 사람들의 알토란같은 돈으로 자기 배를 불린 명우 어머
니도 오히려 절망의 극단에서 도취되는 몰아의 경지로까지 나아간다.

　이렇게 인간이 불행과 맞대결하는 것만으로는 충분하지 못하다는
인식은 오히려 구원을 기대하지 않고 자발적으로 모든 것을 빼앗기려
는 '탐미적 무책임성'으로 나아간다. 가혜와 수혁은 자신들의 파멸이
예정된 것이라면 스스로를 몰아상태로 던져 넣음으로써 적극적으로
파멸의 미학을 체험하고자 한다. 소설에 의하면 인간이 제아무리 처절
하게 선을 지향한다 해도 악은 창궐하고 삶은 어김없이 파멸되는 것이
현실이다. 이는 존재하는 모든 것은 부정의 형태로 존재하며, 부정에
의해 운동하고 그래서 세계는 근원적으로 비극적일 수밖에 없는 새로
운 비극론을 제시한다. '칠월의 눈'이라는 제목은 이러한 탐미적 무책
임성을 상징적으로 보여주는 것이다. 이러한 열정은 인간 존재는 비극
적인 것에 직면해서만 경험할 수 있다는 새로운 인식으로 우리를 이끈
다. 어쩌면 인간 존재란 어둠 속으로 가라앉은 순간 바닥을 치면서 존
재를 확신하는 것인지도 모른다. 죄가 없이도 몰락하는 현실에서 인간

존재는 근원적으로 선과 무관하다는 새로운 진실을 보여준다. 모든 비극의 절정인 수혁의 자살, 그리고 가혜는 정신이상을 경험한 이후 인물들은 비로소 진정한 인간 실존에 직면하게 된다.

그러나 『칠월의 눈』의 미덕은 여기까지이다. 소설은 마무리 단계로 접어들면서 한계를 드러내고 만다. 선의 승리를 확신하려는 의지가 강하게 작용하면서 소설의 비극은 힘이 빠져버리고 만다. 탐욕의 화신인 박정태와 임명우의 어머니가 비참한 죽음을 맞으면서 인과응보의 도덕률에 따라 모든 불행은 소멸된다. 물론 이러한 해피엔딩은 윤리적으로 볼 때 긍정적이고 바람직한 것일 수 있다. 하지만 여기에는 『멀고도 먼 길』『그곳에는 눈물들이 모인다』와 마찬가지로 모든 비극은 반드시 극복되어야 하며 비극은 무가치한 것이라는 상투적 가치관이 무섭게 작용하고 있다. "세상은 명우 같은 사람들이 많아야 살만 해지는 거야.", "구름이 걷히고 햇살 환하게 쏟아지는 숲 속의 하얀 방을 바라보는 그들은 같은 생각을 하고 있었다. 그들에게 영원히 변하지 않을 새 애인이 생긴 것이다"(336쪽)는 고통의 극한에서 벌거벗은 인간의 내면을 탐구하지 못하는 아쉬움을 남긴다. 불행의 절정에서 소설을 마무리하는 편이 오히려 더욱 강한 여운을 남길 수 있었을 것을 임명우를 대안으로 내세우면서 비극의 미덕은 힘을 잃고 만다.

이것은 『칠월의 눈』이 죄 자체에 집중을 하고 있다는 근거가 된다. 죄 자체에 대한 집중을 할 경우 긍정과 부정의 가치판단을 하지 않을 도리가 없다. 그러나 죄 그 자체에 집중하기보다 죄없는 파멸은 그 죄가 어디 있는가. 혹은 죄를 짓지 않은 자를 가련하게 만드는 힘은 어디에 있는가를 묻는 것이 더욱 근원적인 물음일 수 있었을 것이다.

구약성경에서 욥(Job)기는 고통에 관한 한, 매우 드라마틱한 이야기를 담고 있다. 동방의 의인인 욥이 죄도 없이 하루아침에 불행하게 되어 심한 고통을 당한다는 이야기다. 여기서는 고난도 하나님의 섭리에 포함된다는 놀라움보다 불행의 용광로 속에서 욥의 존재가 더 선명해진다는 사실이 욥기를 더욱 귀하게 만들어 준다.

이 땅 위의 사람들이 제일 솔깃해 하는 문제는 행복이다. 상식적인 사람이라면 누구든지 행복은 바라고 불행은 피하려 한다. 그러나 불행을 피하는 갖가지 묘책들이 등장하지만 불행이 사라진다는 예언은 그 누구도 하지 못한다. 어딘가에 누군가는 반드시 불행할 수밖에 없는 것이 자본주의의 법칙이다. 따라서 이러한 시대를 가장 현명하게 살아가기 위해서는 불행에 대한 인식의 전환이 요구된다. 행·불행을 선과 악, 혹은 좋고 나쁨의 가치판단의 영역으로 이해하게 되면 피상적이고 취약한 수준을 넘어서기 어렵다. 욥이 '비극을 통해서 자신의 존재를 증명'했던 것처럼, 비극 앞에서 벌거벗은 인간 존재를 확인하려는 의지가 필요하다.

우리는 그간 불행과 비극을 지나치게 현실적인 논리로만 접근해 왔다. 이는 물론 당면한 역사적 상황이 현실을 외면해도 될 만큼 인간을 여유롭게 하지 못한 데 일차적인 원인이 있다. 하지만 이제는 이 시대가 부과한 강박으로부터 자유로워져야 한다. 그런 점에서 이규정의『멀고도 먼 길』, 이상섭의『그곳에는 눈물들이 모인다』, 정혜경의『칠월의 눈』은 비극과 인간 존재의 문제를 생각하게 한다는 점에서 나름의 의미망을 형성하는 작품들이다.

3.

나타^{懶惰}와 안정을 뒤집어 놓을 듯이

1) 타성과 관습, 성찰이 누락된 맹목적인 공동체주의

들끓는 봄이다. 근대문학의 종언을 내뱉은 어느 일본학자의 발언에 한국문단이 잔뜩 긴장하며 우리끼리 옥신각신 중이다. 미래파 논쟁이나 박민규와 그 아류들의 문학실험을 둘러싸고 문예지들은 연일 육박전을 벌이고 있다. 각종 문학상들은 실험과 새로움에 우호적인 시선을 보내며 여기에 거액을 선뜻 안겨주는 모습을 보인다. 모두가 몸부림이다. 물론 이것이 자기갱신인지 몰락의 징조인지는 여전히 논란 중이다. 하지만 분명한 것은 모두가 꿈틀거리며 무언가를 꿈꾸고 있다는 점이다. 한데 온갖 실험적 시도와 논쟁으로 들끓는 서울지역에 비하면 2007년 봄 부산문단은 비교적 조용한 모습이다. 과거 90년대 부산소설이 그로테스크한 상황과 인물을 등장시켜 복잡 다양해진 현실 인식

과 예술적 진술의 다변화를 꾀했던 것과는 달리, 최근의 모습은 실험
성보다는 관습에 안주하려는 모습이 역력하다. '우리'의 지층에서 현
실을 해명하고 여기에 '나'를 묻어버리려는 사유 없는 공동체주의, 사
이비 낭만의 선호, 도덕적 당위에 사로잡힌 모습들이 2007년 봄에도
여전히 지속된다.[1] 관습에 대한 공포가 감지되지 않는 이번의 소설들
은 그래서 진부하고 그만큼 불편하다.

  '우리'의 문제를 강조하고 있는 4편의 소설 역시 그런 점에서 자유
로울 수 없다. 「침 넘기기」와 「엄마의 요강」은 어머니와 아버지와의
갈등, 「지금도 어딘가에」는 부부간의 갈등, 그리고 「세월의 넋」은 이
웃 간의 갈등으로부터 이야기를 풀어나간다. 네 작품의 스토리 라인은
대단히 유사하다. 공동체의 갈등은 인물들 내면에 고통으로 각인되다
가 충격적인 사건을 계기로 느닷없이 갈등이 소멸하고 화해하는 구조
다. 「침 넘기기」에서 딸과 아내를 위해 "아침부터 늦은 밤까지 물 묻힌
손으로 돈을 벌"고 "집에서 밥을 먹지 않"아도 "아무도 걱정을 하지
않"는 초라한 가장은 갑작스런 죽음으로 비로소 가족들의 사랑을 받
는다. 「엄마의 요강」에서 "뒤틀린 등뼈"가 "비정상일 만큼 심하게 굽
어 있"는 모습, "꼭 털을 뽑아놓은 늙은 거위"처럼 초라하기 이를 데
없는 늙은 모습을 보면서 딸과 엄마의 화해가 가능해진다. 「지금도 어
딘가에」는 작가가 오래도록 천착하고 있는 가족 내 갈등과 화해라는
익숙한 주제의 연장선상에 놓인다. 병과 가난과 죽음으로 모두가 떠나
마을이 사라질 위기에서 영원네 부부의 죽음은 게으른 남편마저 소중

---

1 이글에서 다루고 있는 소설은 다음과 같다. 정형남의 「말벌」, 박종관의 「세월의 넋」,
  정영선의 「침 넘기기」, 이상섭의 「지금도 어딘가에」, 홍명진의 「엄마의 요강」(이상
  은 『작가와사회』 2007년 봄호에 게재), 그리고 박향의 「즐거운 게임」(『문학수첩』
  2007년 봄호), 박명호의 「늙은 투사의 노래」(『그 여자를 보았네』, 소설동인지 『뒷북』
  3호, 온누리, 2007년 2월). 이하 작품만을 표시하기로 한다.

해지는 계기를 제공한다. 이중 고통과 화해의 구조가 가장 극적인 것은 아무래도 「세월의 넋」이다. 6·25 당시 "국군 토벌대를 안내하여 마을 사람들은 물론 제 일가친척까지 몰살시"킨 송영감이 죽음에 임박해서 마을주민들은 인정 어린 화해에 이른다는 내용이다.

이렇게 소설이 한결같이 공동체로 귀결되는 것을 두고 공동체의 의미를 인간 존재의 근거 혹은 공동체의 재발견으로 해석하기는 어렵다. 여기서 공동체는 출구가 봉쇄된 개인들의 유일한 해방구가 아니다. 공동체는 오히려 개인을 억압하는 고통의 진원지로 그려진다. 딸에게 줄 것이라고는 야멸찬 저주밖에는 없는 「어머니의 요강」의 어머니, 아버지의 뼛속까지도 착취하는 「침 넘기기」의 아내와 딸, 아내의 수고는 염두에도 없는 「지금도 어딘가에」의 게으른 남편, 그리고 마을 주민을 몰살로 몰아넣은 「세월의 넋」의 송영감. 이들로 인해 공동체는 된통 앓고 있는 중이다.

따라서 이러한 스토리라인을 개인의 사적 이데올로기에 침윤된 최근의 세태에 대한 대타의식에서 출발한 것으로 보기는 어렵다. 공동체의 결박을 풀어버린 데 대한 냉소라고 한다면 공동체의 가치를 새롭게 조명하려는 지난한 몸짓이 드러나야 할 것이다. 그러나 여기에 공동체는 등장하지만, 그에 대한 절박성은 감지되지 않는다. 모든 고통이 사회적 차원에서 발생한 것임에도 불구하고 갈등의 사회적 맥락은 한결같이 지워져 있다. 「어머니의 요강」 「침 넘기기」 「지금도 어딘가에」는 뿌리 깊은 가족주의의 억압문제가 어느 가족 구성원의 개인적인 희생으로 해결된다. 「세월의 넋」은 6·25라는 이념과 민족의 문제가 마을 주민들의 인정으로 용서된다.

이렇게 공적인 문제가 사적으로 해결되다 보니 이야기에는 '우리'와 '나'가 불편하게 혼재한다. 소설의 초점이 분명하지 않다는 것이다.

「지금도 어딘가에」는 이러한 공적 문제와 사적 문제가 묘하게 두 갈래로 평행선을 긋다가 결국에는 둘 다 놓치고 마는 상황이 벌어진다. 한 마을이 몰락해가는 과정을 일일이 열거하면서 어쩌면 마지막 이웃이 될지도 모를 영원네의 뒷모습을 감정을 담아 묘사한다. 대구지하철 참사의 사망자 명단에 영원네 부부의 이름이 올라가면서 순이의 불길한 예감은 현실화한다. 그런데 여기서 대구지하철 참사라는 현실적 사건을 결합시키는 것이 작품에 얼마나 긍정적으로 작용하는가는 의문이다. 영원네의 죽음은 대구지하철 참사와 연결되면서 소설이 개인과 집단 사이에서 길을 잃고 만다. 대구 참사가 역사적 비중이 너무도 커서 영원네의 죽음의 순간 어미소가 송아지를 낳는 장면, 즉 죽음과 삶의 공존이라는 작가의 의도가 효과적으로 살아나지 못하고 있다. 결국 대구 참사는 사족이 되고 말았다.

이렇게 소설들이 공동체를 자꾸 끌어오는 것은 공동체를 마치 시대의 정화조쯤으로 여기는 기존의 룰을 무비판적으로 따라가기 때문이다. 여기에 고통을 감내하면서까지 공동체를 유지해야 하는가에 대해 고민하지 않는다. 그저 관습이므로 당연히 존재해야 할 것으로 전제하고 소설을 시작한다. TV를 통해 사망자 명단에 영원네의 이름이 보도되었음에도 불구하고 ""헹님네는 분멩히 돌아올 끼라""는 「지금도 어딘가에」의 믿음에서 인정의 훈훈함은 보이지만, 사실 이는 '성찰이 누락된 맹목적인 공동체주의'다. 공동체의 당위성이 개인의 내면에 은닉된 지배이데올로기의 욕망이라는 사실을 포착하지 못한다. 그렇기 때문에 「침 넘기기」에서 모질다 할 만큼 아버지를 부려먹고 소외시킨 가족이 아버지의 죽음을 애도하는 모습이 작위적으로 느껴지는 것이다. 여기에 아버지를 애도해야 하는 딸과 아내의 합당한 자의식과 내면은 삭제되어 있다. 이러한 누락을 의식한 것인지, 소설은 연경이와 아버지의 침 넘기기를 중요한 상징으로 처리하고 있다. 하지만 이것이 작품 전체에서 볼 때 그만큼의 효과를 거두고 있는지는 미지수다. 연경이의 "침이 목구멍으로 소리를 내며 넘어"가는 장면, "그 소리를 듣고 아버지는 할 말이 있다는 듯 문을 열고 있다가 꼴깍 침을 한번 넘기고는 방문을 닫"는 것이 비운에 간 아버지를 추억하며 가족의 절실함을 반성하는 기제로 활용하기에는 지나치게 사소하다. 가족 회복의 대명제에 강박되어 회복의 근거를 마련하려는 노력이 과다하게 작용한 결과다. 관습이 한번 정착되면 그 관습은 근거 없는 관성 속에서 힘을 가지며 확장되고 유지된다. 따라서 소설 창작에서는 관습의 유지라는 강박보다는 관습을 돌파하고 관습 이전의 상태로 회귀하려는 소설적 실천이 절실하게 요구된다. 그렇지 못할 때, 여기의 소설처럼 기습적으로 '근거 없는 공동체주의'로 귀결될 것이다.

4편의 소설이 공동체 속에 개인의 문제를 함몰시킨 것과는 달리, 「즐거운 게임」은 공동체의 압력으로부터 개인을 구해내고 있다. 이 소설은 정부를 둔 남편에 대해 앞의 소설과 다른 방식으로 접근한다. 외도의 이유를 따지기도 전에 남편이 교통사고로 세상을 떠나게 한 장면에서부터 이 소설이 관습과는 거리를 두고 있음을 알 수 있다. 여기에는 애초부터 남편과의 화해도 갈등도 없다. 외도 사실을 알았을 때는 이미 남편이 죽은 뒤이기 때문이다. 작가는 남편의 불륜을 과거의 회상으로 처리하면서 공동체 대신 그 공동체를 살아가는 한 인간을 조각해 낸다. 가족이란 선험적이고 자연스러운 것이라는 불문율을 배반하는 것은 이 작품이 공동체 대신 개인을 선택하고 있음을 말해준다. 죽은 남편의 정부에게는 다시 남편이 있고, 파출부로 나가는 집의 남편과 아내는 제각각 애인을 갖고 있다는 사실. 작가는 체제 붕괴를 염려하기보다는 꿈틀거리는 인간 욕망의 불가해성에 집중함으로써 기존의 서사 관습을 새로운 차원으로 끌어올리고 있다.

소설은 반성의 산물이다. 성찰의 결과물이다. 반성과 성찰은 공동체와 관습에 대해서도 동일하게 적용된다. 그런 점에서 체제와 개인에 대한 반성과 성찰 없이 기존의 상식을 수락하는 4편의 소설은 그래서 진부하다. 요동을 치며 끊임없이 정체를 바꾸어 가는 이 알 수 없는 시대에 타성과 관습만으로는 진실하게 세계와 대화하기 어렵다. 작가가 글을 쓴다는 그 자체가 대상에 대한 반성이자 문제 제기다. 쓰는 것 자체가 이미 회의의 표현이기 때문이다. 모험을 택하지 않고 낡은 관습과 보조를 맞출 때, 이제 사이비 낭만이라는 새로운 문제에 직면하게 된다.

2) 용기 없음, 낭만으로 은폐

지금은 모든 견고한 것들이 무너져 내린 불확실성의 시대다. 이런 시대에 문학이 행복을 말한다면 그것은 분명 자기기만이다. 대체로 이번 소설의 면면에서 확인되는 또 다른 점은 부조리한 시대의 그물을 뚫고 나가려는 의지보다도 그물에 걸려 그 속에서 안주하려는 양상이다. 여기 소설에서 현실은 변혁의 대상이 아니다. 현실을 넘어설 용기가 없는 것이다. 용기가 없는 자들은 현실을 규명하기보다는 차라리 시대가 규정한 바를 충실히 이행하면서 적극적으로 그 안에서 의미를 추구하려는 경향을 보인다. 「세월의 넋」, 「늙은 투사의 노래」, 「말벌」은 조금씩 편차를 보이지만 이런 현실을 돌파할 '용기 없음을 낭만으로 은폐'한다는 점에서는 모두가 같다.

세 작품은 모두 공동체의 윤리에 대한 절대적 신뢰를 보여주고 있다. 하지만 내부를 자세히 들여다보면 그런 것처럼 보일 뿐이다. 「세월의 넋」에서 표면상 송영감이 "마을 사람들의 믿음과 아픔을 배반하지 않았"던 것, 그리고 "마을 사람들이 바깥을 향해 문을 닫아 건" 것은 마치 모든 가치가 마을 내부에 있는 것처럼 느끼게 한다. 「늙은 투사의 노래」도 또선생의 횡포에도 불구하고 전교조의 순수성은 긍정되어야 할 가치로 인식하고 있다.

그러나 여기에는 그럴 수밖에 없는 이유가 있다. 인물들은 심약하여 부조리한 현실에 대항할 만한 용기가 없다는 것이다. 박정도 씨는 잡은 토끼의 목을 치지 못하고 "피범벅이 된" 토끼의 "털과 번들거리던 지방질은 영원히 지워지지 않을" 토끼의 환영에 일생을 시달리며 살아간다. 그가 할 수 있는 유일한 일은 평생을 "심약한 토끼처럼 가슴을 할딱"이며 살아가는 것 뿐이다. 그러나 「세월의 넋」은 이러한 비극을 결코 전경화하지 않는다. 상처를 헤짚으며 비극의 날을 갈기보다 고통을 낭만으로 바꾸어 버린다. "아버지가 마시는 술병이 푸른 물빛으로" 보이거나, "아버지는 술을 마시는 게 아니라 매일같이 당신의 푸른 하늘을 마시는 거라는" 표현은 고통조차도 달콤하게 느껴진다. 하지만 상처를 덮어주는 것이 능사는 아니다. 그것은 어디까지나 참상에 대한 냉철한 규명을 거친 후의 일이다. 무기력한 인간 존재에 잠재한 비극성을 보여주지 않고 손쉬운 낭만으로 덮어버리는 것은 '진정성이 결여된 환상이며 사이비 낭만'이다. 소설 속의 인물들이 스스로 체제나 집단의 희생양이 되는 것을 당연하게 여기는 집단주의의 전략이다.

고통을 사이비 낭만으로 바꾸어버리는 것은 「늙은 투사의 노래」도 마찬가지다. 또선생의 횡포에 대하여 내적으로는 강한 반발을 보이면서도 도움을 요청하는 홍선생에게 자신은 "그야말로 아무것도 할 수 없는 뒷짐 진 늙고 병약한 모습"밖에 보여줄 수 없다고 자조한다. 물론 이 작품도 「세월의 넋」과 마찬가지로 화자의 무력함은 사족처럼 달려 있어 크게 부각되지는 않는다. 화자가 가장 큰 고민은 전교조의 이념적 선명성이 흐려지는 것이다. 화자의 낭만적 사고가 설정하고 있는 전교조의 모습은 "가장 선량한 단체"이어야 하며, "정의의 사도", "참교육의 표상", 그리고 "이름마저 거룩한 전교조"이어야 한다. 하지만 「늙은 투사의 노래」에서 도달해야 할 목표를 연역적으로 설정하고 여기에 인간사를 끼워 맞추려는 모습은 중대한 결함으로 작용한다. 이상적 세계에 대한 목표의식이 과도하게 작동하면서 소설은 지나치게 격앙된 어조를 그대로 토해 내고 있다. 동료 교사의 횡포를 바라보는 화자의 격앙된 어조는 미처 소설적 장치를 마련할 틈을 얻지 못하고, 이념의 허위성과 인간의 사악함을 작가가 직접적으로 서술하게 된다. 홍선생은 "성실한 교사였다", "또선생은 사이비다"와 같은 결정적 진술이 구체적인 배경과 사건을 통해서 해명되지 못하면서 설득력을 잃는다.

　「말벌」 역시 낭만성의 혐의로부터 자유롭지 못하다. 물론 오랜 연륜의 작가답게 관조의 미학이 소설을 깊은 선의 경지로 이끌어 가려는 노력은 소중하다. 종교적 구도의 과정에서 "보이지 않은 적과의 대립"으로 갈등을 겪는 한 남자가 산 속 한 암자로 요양을 하는 과정이 능청스러움, 고요한 웃음과 여유로 채우고 있는 작가의 글힘은 매우 크다. 경직된 「세월의 넋」과 「늙은 투사의 노래」와 달리 인물의 능청스러움을 음미하노라면 소설의 템포는 느리고 감상도 여유로울 수밖에 없다. 그런데 이러한 여유가 좀 지나친 감이 있다. 과다한 여유가 내면을 암시하지 못하고 여유 그 자체로 끝나면서 한갓 제스추어에 머물고 만다. 자연히 입산의 직접적 원인이 되고 있는 번민을 포착할 자리를 놓치게 된다. 어쩌면 "보이지 않는 적과의 대립각"의 원인이 "어떤 뚜렷한 대상이 부각된 것이 아니"라는 남자의 고백처럼 이는 놓친 것이 아니라 아예 작품에 존재하지 않았던 것일 수도 있다. 따라서 「말벌」은 「세월의 넋」과 「늙은 투사의 노래」와 달리 분명한 문제의식에서 출발한 것이 아님을 알게 된다. 출발부터 마땅한 이유를 제시하지 않고 그저 "잡념과 망상"이라는 두루뭉실한 말로 끝내는 것은 입산의 진정성을 의심하게 한다. "오월의 햇살이 따사롭다" "황국 단풍이야말로 진경이었다"와 같이 낭만적 풍경들은 필연성이 없이 등장하며 번민의 이유를 흐리고 있다. 그렇기 때문에 "노을로 붉게 물"든 "바다를 바라보자 지금까지 긴장 속에서 대립각을 세웠던" "백척 간두의 선 최후의 허약함"이 느닷없이 해소될 수 있는 것이다. 인간의 번뇌와 종교적 구도의 과정을 선적인 여유로 다루는 새로운 경지를 기대했으나 아쉬움이 크다.

작품의 진정한 의도가 드러나기 위해서라면 「말벌」은 해탈을 꿈꾸기보다 번뇌에 집중하는 편이 낫다. 번민의 내용이 분명치 않으니 치열한 탐구가 없고, 여유 속에 무작정 산을 내려올 수밖에 없는 것이다. 「세월의 넋」도 몰살의 원인을 제공한 송영감을 주된 화자로 삼아야 진실 규명에 보다 근접할 수 있을 것이다. 고통의 와중에서 평생을 소진한 아버지와 송영감을 박정도의 시선에서 봄으로써 진실은 피상적인 것이 되고 말았다. 그렇게 할 때, 박정도의 비극이 한 개인에서 끝나지 않고 인간의 근원적인 문제로 심화될 수 있다.

결국 세 작품이 보여주는 낭만의 사례는 '현실을 어떻게 사유하는가'의 문제로 연결된다. 사실 낭만에서 다루어져야 할 것은 미적 이상이 아니다. 현실에 대한 변혁의 이념이다. 낭만의 진정성은 실현불가능한 이상을 당위의 차원에서 제시하는 데 있지 않다. 진실은 시대의 당위 속에 있지 않다. '허위 속에 잠입'하여 섬세하게 이를 규명할 때

비로소 진실의 가능성은 열린다. 세 작품이 변혁 가능성을 상실한 낭만, 즉 사이비 낭만에 그치는 이유는 여기에 있다. 사이비 낭만은 현실을 망각하게 할 뿐 성찰하게 하지 않는다. 고단한 현실은 있을지언정 사투의 흔적은 없다. 자신이 누구인지 알기 위해 스스로 파멸을 선택한 오이디푸스처럼 파국의 한 가운데에서 진실을 조준할 필요가 있다. 그래야 내면의 실종이라는 문제에 직면하지 않을 것이다.

3) 정해진 답을 반복하는 소설, 내면의 실종

소설이 반성의 산물이라면 소설은 어떠한 것에도 대답을 하지 말아야 한다. 소설이 대답을 하려고 할 때, 그 소설은 이미 세계를 능동적으로 변혁할 수 있는 주도권을 빼앗긴 것이다. 세계가 그어 놓은 밑줄을 충실하게 암기하고, 정해진 답을 반복적 관습적으로 재현할 때 소설에 남는 것은 허무와 좌절이다. '소설은 질문을 해야 한다'. 질문은 소설의 한 특징이 아니라 가장 중요한 본질이다. 자명한 것에 대해 질문하고, 자명한 것일수록 더욱 질문해야 한다. 그럴 수 있을 때, '내면의 실종'이라는 문제로부터 벗어날 수 있다.

그런 점에서 「늙은 투사의 노래」는 주의를 요한다. 소설은 현재와 과거를 중첩시키면서 인간의 이념 뒤에 가려진 폭력의 문제에 천착한다. 그런데 학내 민주운동의 선봉에 섰던 전교조의 허위에 가득 찬 당위성을 다시 선과 악으로 재단하는 화자의 또 다른 당위성은 새로운 도덕지상주의를 만들어낸다. 알다시피 도덕이란 이념이나 전통, 역사 등과 같은 외부의 강력한 당위들과 근친적 동맹을 맺으면서 자아를 강요해왔다. 이렇게 수상쩍은 도덕이란 범주에서 자유로운 개인의 내면을 포착한다는 근본적으로 불가능하다. 문학이 도덕에 매달릴 때 강력한 당위에 가급적 자신을 일치시키려다 보면 불가피하게 내면에 대한 배려가 부족해질 수밖에 없다. 이 문제를 피해가기 위해서 소설은 또 선생의 악행을 초점화하기 보다 가해자와 피해자 사이에 어정쩡하게 서 있는 화자의 상황을 집중적으로 묘사할 필요가 있다. "비민주적이고, 비교육적인 학교측에 대항하는 선봉"에 서 있었던 것을 자부심으로 여기던 화자 자신조차 집단따돌림을 당하는 홍선생조차 구해줄 수 없는 방관자의 모습에 천착할 때 인간의 참모습이 제대로 살아날 수 있을 것이다. 정의와 선은 언제나 구호에 불과한 것이 세상이라는 사실, 또선생을 비난하면서도 자신 역시 무기력한 존재라는 자각은 오히려 인간에 대한 집요하고도 철저한 탐구의 가능성을 열어 놓을 수 있다. 비루한 존재라는 인식은 인간이 삶에 대해 더욱 숙고하는 토대가 되기 때문이다. 그렇게 될 때, "참교육과 인간해방의 대명사인 자랑스런 전교조가 어떻게 해서 한 연약한 교사의 입술까지 떨게 만드는 공포의 단체가 되어버렸는가. 내가 자랑스럽게 생각하며, 가장 선량한 단체로 여겨지던 전교조가 내가 모르는 사이에 남들에게 소름끼칠 정도로 두려워하는 집단이 되어버렸다는 사실을 처음으로 알았다"는 일차원적이고 본능적인 평가는 나오지 않을 것이다. 사실 "사람이 그렇듯 무서운 공해가 될 수 있다는" 지적은 진지한 발견이라 하기 어렵다. 인간의 삶이라는 것이 원래 지저분하고 통속적일 수밖에 없다. 그런 인간이 선보다는 악에 가까운 것은 어찌 보면 특별한 것이 아니다. 여기서 중요한 것은 선과 악이라는 일차원적인 단정보다는 문제적 개인을 통해서 인간 존재의 근원을 규명하는 일이다. 어차피 소설이란 세상의 보편사에 대한 반영이다. 따라서 악한을 유폐된 개인의 세계에서 인간 전체의 영역으로 끌어들일 때, 이 소설이 개인적 차원에서 벗어나 인간 보편의 문제로 심화될 수 있을 것이다.

이런 와중에서 「엄마의 요강」은 내면에 대한 새로운 가능성을 열어 보이고 있다. 화자의 시각은 환(幻)과 멸(滅)을 동시에 생각한다는 점에서 폭과 깊이의 가능성을 제공한다. 코를 마비시킬 정도로 "진한 등꽃 향"의 향기로움이 "며칠 후엔" "쓸어내야 할 골칫거리에 불과"함을 함께 인식하는 모습에서 삶에 대한 인식의 폭을 엿볼 수 있다. 소설은 등꽃의 강박증을 절묘하게 인간의 이야기, 즉 엄마의 요강으로 이끌고 가면서 "등나무의 짙은 그늘"보다 꽃을 "쓸어내야 한다는 강박증"을 더 깊이있게 다루려 한다. 이때 어머니라는 존재가 반드시 숭고한 모성을 상징하는 것만이 아니라는 착상에서 낭만적 사고와는 다른 면모를 확인할 수 있다. "영양가 있는 사랑이 남아 있지 않은" 이기적인 어머니가 "밥을 먹다가도 요강을 끌어다 놓고 밥상머리에서 질질 오줌을" 싸면서 파산상태의 딸네 가족들을 괴롭히는 모습은 오히려 존재론적 탐구의 계기로 작용한다. 자식을 저 세상으로 먼저 보내고 이기적으로 변해버린 어머니나, 오빠를 잃은 여자 역시 "어디선가 멀쩡히 잘 살" 것이라는 생각은 받아들이기에는 불편하지만, 그것이 분명 진실이다. 어머니의 병들고 추악한 육체가 궁극에는 모성의 긍정이라는 뻔한 결론으로 몰아가는 결말 부분의 진부함을 제외하면, 「엄마의 요강」은 충분한 성취를 거둔 작품이다.

무엇보다 내면의 깊이라는 점에서 「즐거운 게임」의 성취를 빼놓을 수 없다. 남편의 외도를 바라보는 아내의 복잡 미묘한 심리를 통해 인간의 다층적 진실을 제대로 포착하고 있다. 세상의 모든 남편과 아내가 각자 애인을 두고 있다는 사실을 확인시켜 주며 "모든 게 부질없는" 이 시대에 가족과 사랑이 얼마나 "낯설고 하찮"은 것인가를 암시한다. 이러한 성과는 불륜을 '가족이라는 틀 밖'에서 다루고 있어 가능

한 것이다. 나름의 의미에도 불구하고 「엄마의 요강」이 모성의 긍정이
라는 다소 뻔한 결론으로 가는 주된 이유가 가족 내에 시선을 두는 데
서 연유하는 것이라면, 「즐거운 게임」의 성취는 문제를 체제의 바깥에
서 접근하고 있기 때문에 가능한 것이다. 화자는 억지로 가족을 긍정
하며, 그 틀 속에서 거짓 위안을 얻으려는 담론에 투항하지 않는다. 비
정할 정도로 감정을 내비치지 않고 가족의 틀 밖에서 자신을 분석한
다. 물론 마지막 부분에서 감정 절제가 흔들리기는 한다. 다른 부부의
침실에서 세상의 남녀를 불륜으로 몰아가는 욕망을 직접 체험하는 비
극적 모습을 해석 없이 철저하게 객관적인 상태로 던져놓았더라면 좀
더 강한 인상을 남길 수 있었을 것이다. 하지만 그럼에도 불구하고 「즐
거운 게임」은 인간이란 "마치 진공청소기 속에 모인 먼지처럼" "아무
것도 아닌 것"이라는 깨달음이 모든 삶이 "게임의 완성"을 향해 가는
고독한 과정으로 형상화되면서 인간 존재를 새롭게 발견하고 있다. 최
근 들어 보기 드문 수작이다.

　소설이 희망에 결박당할 때, 그 소설은 내면을 잃게 된다. 중요한 것
은 희망의 유무가 아니다. 인간이 절망의 밑바닥에 있다는 사실, 인간
은 허위 속에서 살아간다는 사실이야말로 진실을 발견하는 가장 중요
한 계기다. 「즐거운 게임」을 부산 소설의 한 가능성으로 주목하는 것
도 이러한 맥락이다. 도식적인 전망을 강조하는 것은 시대의 당위에
포섭된 80년대식 반응이다. 현실에 대한 총체적인 환멸을 욕망의 무
한정 발산으로 현실 해체를 선언하는 것은 90년대의 태도이다. 80년
대의 이념도, 90년대의 욕망도 모두가 시들해진 2000년대는 신화 속
의 낙원이 감당하기 벅찬 탈낭만의 시대다. 이런 시대의 문학은 판타
지를 과감히 포기하는 인간의 모습이 오히려 하나의 가능성이다.

　2000년대 젊은 작가들의 소설에 대한 평가야 어떻든, 분명한 것은

이들의 자기 갱신의 노력이 급변하는 시대를 능동적으로 견인하려는 나름의 자구책이라는 점에서는 의미를 두어야 한다. 그러나 전체적으로 볼 때, 이번소설은 갱신보다는 안주에 무게를 두고 있어서 아쉬움이 크다. 이때 자기갱신이 반드시 미학적 쇄신만을 의미하는 것이 아님은 물론이다. '문제는 내면의 깊이'다. 오래된 것이 낡은 것이 되지 않기 위해서는 반드시 곰삭아 웅숭깊은 철학적 깊이를 보여주어야 한다. 그런 의미에서 이번 소설들의 깊이는 몇몇 경우를 제외하고는 대체로 얕은 편이다. 아니 이는 비단 2007년 봄의 문제가 아니라 어쩌면 부산소설이 가진 오랜 문제일지도 모른다. 최근 들어 부산을 떠올릴 만한 강한 소설의 흔적들을 기억하지 못한다. 2007년 봄, 이제는 타성을 깨트릴 꿈틀거림이 절실하다. 근본적인 교란이 필요하다. 나타와 안정을 가장 두려워했던 어느 시인의 말이 절실하게 떠오르는 이유이다.

4.

디아스포라의 유혹, 시대의 욕망이 발화하는 지점
-최근의 탈국서사에 관하여

1) 시대의 왜곡된 양심

오늘날 디아스포라는 하나의 경력이다. 역사의 억압은 오늘날 새로운 체험 상품으로 각광받고 있다. 유랑이 곧 유린이었던 우리에게 과거 역사의 비극은 결코 기억하고 싶지 않은 망각의 대상이었다. 하지만 상황은 달라졌다. 에드워드 사이드, 스피박이 그런 것처럼 자신의 피해 경험을 서구 지식사회에서 환대받는 중요한 무기로 삼는다. 한국사회에서도 국경을 넘는 이야기가 광풍이라 할 만큼 문학계를 전반을 장악하는 현상은 과거의 체험과 무관치 않다. 망각에서 기억으로 방향을 튼 것은 유효성이라는 측면에서 디아스포라는 매우 매력적인 담론이기 때문이다. 가난과 현실 도피, 일확천금에 대한 동경, 이런 저런 이유로 피치 못하게 국경을 넘어버린 서벌턴들의 이야기에는 분명히

오늘날 한국사회의 욕망이 은밀히 점화되고 있다. 7·80년대 민중문
학, 민족문학이 각성된 개인들의 욕망의 분출구였던 것과는 다르게,
그야말로 우후죽순 격으로 창작되는 경계넘기의 서사 속에 한국사회
의 욕망이 은밀히 피어오르고 있는 것이다.[1]

물론 탈국서사는 침체된 문학판에 길을 터 주었다. 국경을 달리하는
타자에 대한 서사적 응시 속에는 여러 장사속이 얽혀 있다. 각종 문예
지들은 디아스포라라는 이국적인 용어를 다양하게 가공해서 메뉴판
을 새롭게 하였고, 여러 작가와 평론가들이 쏠쏠한 재미를 보았다. 하
지만 탈국서사의 최대 수혜자는 아무래도 문학판 밖에 있는 '21세기
대한민국이라는 집단'이다. 가난과 유랑을 숙명으로 알았던 우리도
코리안 드림의 주인공이 될 수 있다는 사실은 단순한 놀라움 이상이
다. 이들 서사가 히트하는 이면에는 우리도 이제 우리의 서벌턴을 거
느릴 수 있다는 황홀감이 중요하게 작용한다. 연민의 시선을 보내며
우리의 높아진 위상을 확인하고, 우리의 권력을 확인하는 확실한 수단
으로 서벌턴은 유용하다. 물론 이를 직설적으로 표현할 만큼 한국사회
가 무지스럽지는 않다. 가해의 욕망은 양심과 휴머니즘과 죄의식의 제
스츄어, 그리고 교훈과 반성의 모습으로 겸손하게 포장된다. 디아스포

---

1 이 글에서 다루고 있는 작품은 다음과 같다. 강영숙, 「갈색 눈물방울」(『문학과사회』
2005년 겨울호), 공선옥, 「가리봉 연가」(『유랑가족』, 실천문학사, 2005), 공지영, 『별들의
들판』(창비, 2004), 김연수, 「이등박문을, 쏘지 못하다」(『나는 유령작가입니다』, 창비,
2005), 김인숙, 「바다와 나비」(『그 여자의 자서전, 창비, 2005), 김중미, 『거대한 뿌리』(검
둥소, 2006), 박범신, 『나마스테』(한겨레신문사, 2005), 손홍규, 「이무기 사냥꾼」(『문학
동네』 2005년 여름호), 이명랑, 『나의 이복형제들』(실천문학사, 2004), 천운영, 『잘가라,
서커스』(문학동네, 2005), 전성태, 「국경을 넘는 일」(『국경을 넘는 일』, 창비, 2005), 정도
상, 「소소, 눈사람이 되다」(『창작과비평』 2006년 봄호), 정혜경, 『칠월의 눈』(작가마을,
2006), 황석영, 『바리데기』(창비, 2007), 황석영, 『심청』(문학동네, 2003)이다. 이하 작가
명과 인용 쪽수는 생략하기로 한다.

라, 탈국, 가해자라는 단어 속에는 이렇게 음험한 한국 사회의 욕정이
도사리고 있다.

2) 사랑과 배제의 이중창, 휴머니즘이 가지는 두 개의 진심

일제 강점기를 겪은 우리 민족에게 과거 식민지 기억은 강하게 현재
를 규정한다. 월드컵에서 유독 한일전에 관람객이 집중되고, 일본 문
화에 대해 강한 거부와 열망이 엇갈리는 현상에서 과거는 여전히 살아
있다. 밀입국자와 불법 체류자들의 비참 속에서조차 우리는 '과거'를
투사한다. 이들을 통해 과거와 달라진 현재를 대조하고 그 격차에 안
도감을 느낌에도 불구하고 이들을 가까이 하기 두려워하는 것은 그들
이 우리와 다르기 때문이 아니라, 우리와 닮았기 때문이다. 그렇기 때
문에 이들을 보는 한국사회의 심리는 미묘하게 위안과 한풀이가 공존
한다. 시민사회는 이들 서벌턴 구제에 헌신할 것을 눈물겹게 호소하
고, 한편에서는 집단적 착취가 자행되는 이중성은 소설에 그대로 반영
되어 있다.

그런 점에서 『거대한 뿌리』『나마스테』『나의 이복형제들』『바리데
기』가 아무리 사랑이라는 극처방을 내놓는다 해도 '비양심적'일 수밖
에 없다. 물론 이들 작품을 하나로 묶는 데에는 미세한 차이가 존재하
지만, 순혈주의 한국 사회가 주변부 나라 외부자에 대해 보이는 '사랑
과 배제의 이중창'이라는 점만은 거의 같다. 혼혈 한국인, 가난한 외국
의 이주노동자. 다국적 삶의 충돌과 갈등을 해소하는 데 사랑이면 다
된다는 동화 같은 주장은 거꾸로 이들과 우리를 주변부와 중심의 관계
로 서열화한다. 심각한 질적 한계에 대해서는 논외로 하더라도, 『거대

『한 뿌리』는 한국사회가 애정의 명분으로 서벌턴을 영원한 타자로 고착시키는 현주소를 보여준다. 자하드를 향한 정아의 개별적 사랑으로는 타자에 대한 냉대를 해결할 수 없음은 분명하며, 이 사랑이 실상은 타자에 대한 연민과 일방적 시혜라는 점에서 정아의 핑크빛 사랑의 순도를 의심할 수밖에 없다. 타자는 결코 스스로 주어지지 않는다. 타자는 반드시 어떤 성찰을 통해서만 얻어진다. 비호감 국제유랑민들이라는 개념을 마련해서 이들에게 공개적으로 배려를 표출하는 과정에서 이미 서벌턴의 절망은 고착된다. 한국 체류 주변부 외국인들에 대한 TV 프로그램들이 다 여기서 자유롭지 못하다. 이들의 흘리는 눈물은 우리 사회의 안정제다. 서벌턴의 무력함 속에서 우리는 자신의 이상화된 이미지를 발견하고 있기 때문이다.

휴머니즘은 그래서 폭력의 혐의를 갖는다. 휴머니즘이 모든 영역에서 호응을 얻을 수 있는 것은 가해자와 피해자 모두에 걸쳐 있기 때문이다. 휴머니스트들은 중심부에 사는 특권을 향유하면서도, 서벌턴들에게 호감을 얻느라 소외된 자의 위치를 고수한다. 우리도 역시 과거 가난과 식민의 혹독함을 겪은 서벌턴이었다는 사실을 유독 강조한다. 『나의 이복형제들』에서 영원이는 이러한 이중적인 위치에 서 있다. 영등포 청과물시장에서 가출소녀의 신분으로 살아가지만, 한편으로는 영원이는 인도인과 밀입국 중국 교포 머저리와의 관계에서는 주도권을 쥔 연민의 주체다. 동질성과 이질성은 동시에 작동한다.

헌신과 희생의 명분이 들어서는 순간 동질성은 차이의 담론으로 바뀐다. 인도인 머저리의 언어를 무시하고 일방적으로 한국어로 번역해서 전달하는 영원이의 휴머니즘은 희생이 폭력과 다르지 않은 이유이다. 영원이는 휴머니즘의 이름으로 피억압자에게서 항의할 정당한 목소리까지 박탈해 버리는 것이다. 우리가 비호감 서벌턴의 목소리를 거의 듣지 못하는 것은 그들이 두 번씩이나 기회를 박탈당하기 때문이다. 처음에는 한국 사회에 진입할 기회를, 그 다음에는 언어를 빼앗긴다. 사실 탈국의 서사들은 글쓰기를 통해서 진정한 탈식민의 주체를 생산하고 싶어 하지 않는다. 그럼에도 불구하고 서벌턴의 저항적 글쓰기가 계속되는 이유는 저항이 있는 곳에 권력이 있다는 논리를 신봉하기 때문이다. 서벌턴은 그 존재만으로도 지배자의 힘을 각인시켜준다. 지배자들의 가해 욕망의 대상으로 서벌턴은 계속 창출되는 것이다.

휴머니즘은 이 모순에 양다리를 걸친다. 사랑하면서 지배하려는 야릇한 감정, 피해자와 연대하면서 가해자에 가담하는 이중성은 '휴머니즘이 가진 두 개의 진심'이다. 서벌턴들을 향한 우리사회의 속죄를 액면 그대로 받아들일 수 없는 이유는 여기에 있다. 한국사회가 네팔인 불법체류자 카밀에게 가혹행위를 하고, 한국인 애인이 사랑으로 상한 영혼을 치유하는 병 주고 약 주는 속죄의 메커니즘이 『나마스테』의 휴머니즘이다. 이때 카밀이 이주노동자에서 불법체류자가 되고, 부당한 노동 착취에 맞서는 각성 과정이 신우의 시선으로 묘사된다. 물론 신우의 반성이 구체적인 행동으로 발전한다는 점에서 『나의 이복형제들』이나 『거대한 뿌리』와는 새로운 점을 보여준다. "밝은 표정으로" "크리스마스 대목"을 기대하는 것에 대한 부끄러움은 신우를 명동성당 앞에서의 투쟁의 전위로 나서게 한다. 그러나 신우의 속죄와 카밀과의 사랑은 절실해질수록, 카밀은 더욱 선명하게 타자화 될 뿐이다. 신우가 의도했던 의도하지 않았던, 불법체류자와 같아지려 "소리소리 지르다가 미치고 말 것 같"은 광란의 사랑은 못된 공장주들과 잘 짜인 팀을 구축한다. 가해자는 사죄해야 하고, 이는 희생에 대한 대의명분을 제공한다. 그렇게 되면 자연스럽게 가해자를 시혜자와 동일선상에 놓는 논리가 정당화된다. 신우의 눈물과 속죄를 '한국사회의 제스츄어’로밖에 볼 수 없는 까닭이다.

탈국서사의 휴머니즘이 대히트인 이유는 이렇게 이 서사적 응시가 ‘한국 민족의 한풀이’에 크게 기여하기 때문이다. 가해의 즐거움을 노골화할 만큼 뻔뻔하지 못한 우리 사회는 대신 거짓 자책을 가능하게 할 정도의 헐거운 양심을 그대로 보여줌으로써 자기만족에 빠져드는 것이다. 문제는 휴머니즘이 은폐한 폭력을 망각한 채, 이것만이 대안인 듯 믿는 타성이다. 탈국서사의 휴머니즘은 이렇게 강자를 위해 봉사하고 있다.

3) 잉여인간들의 자학적 자기 확인

부정부패를 무릎 쓰고라도 경제전문가에게 국가를 맡기는 것이 오늘 한국 사회의 선택 방식이다. 이렇게 윤리보다는 힘을 선호하는 권력 콤플렉스는 아직도 심각하다. 한강의 기적과 청계천의 기적, 그것도 모자라 이제는 한반도 대운하라는 집단적 야망은 다시 불붙고 있다. 그러나 미래의 전망 속에서도 여전히 ‘고통의 너머’를 꿈꾸지 않고 ‘고통 그 자체’에 집중하며 국경을 넘는 한국인들은 무엇을 확인하고자 하는가. 한국인들은 고통 속에서 존재를 확인하려는 구도자처럼 국경의 바깥으로 이탈한다. 고통의 한 가운데 놓인 서벌턴들은 이방인이 아니라, 바로 ‘한국인들’이다. 새로운 초점은 국경 밖을 떠도는 ‘한국인들의 고통을 통한 자학적 자기 확인’이다.

『별들의 들판』에서 영원한 결별이라는 하나의 테마로 귀결되는 6개의 단편 연작은 암울한 분위기가 뚜렷하다. 낱낱의 이야기들은 비극의 개연성이라는 측면에서 억지가 많다. 가족과 모국으로부터 자신을 격리시키고, 아내와 남편이 서울에서 베를린으로, 그리고 뉴질랜드로 뿔뿔이 흩어지는 데 눈물은 있으나 설득력이 없다. 단순히 여비를 절약하기 위해 동베를린을 통과했다는 이유로 결국에는 이 부부의 결별의 사유다. 물론 1970년대 한국적 특수성을 감안하면 충분히 있을 수 있는 일이었다. 다만 국가적 현실이 인물들의 개인사와 매끄럽게 엮어지기 위해서는 정교하게 접합점을 찾아야 할 터이다. 하지만 소설에서 역사의 횡포는 개인적 비극의 단초로만 머무르고 만다. "내 친구를 반쯤 죽여놓은" 것은 "분단국"이라는 사실이 아니라 "남극에 간들 북극에 간들…… 우리는 그걸 벗어날 수 없다"는 비극 그 자체다. 해결의 의지가 없는 자에게 베를린이라는 이국 공간은 불행을 통해 자학의 강도를 심화시켜 줄 뿐이다. 따라서 한 여인의 "인생을 바꾸어 놓은" 것은 "한국 여권 십오 페이지"가 아니라 '비극을 향한 한 여인의 자학적 열정'이다.

비단 이 소설뿐일까? 「이무기 사냥꾼」에서 용태와 아버지는 불법체류자 알리나 발에 밟히는 벌레와 다르지 않다. 언제나 "절연"당하는 존재, 어디에서도 비호감 떠돌이라는 꼬리표를 떼기 위해서 이들은 "죽은 척"하지 않으면 살 수 없는 존재들이다. 「가리봉 연가」의 달곤, 용철, 기석의 운명, 『칠월의 눈』에서도 비극은 꽤나 질기다. 과거에 학생운동을 했던 수혁과 가해의 상처는 어른이 된 지금도 북경, 베트남을 전전하며 오히려 확대된다. 광주민주화운동은 현재의 사기사건으로 바뀌고, 고문은 경제적 파산으로 바뀔 뿐 역사의 덫은 20년이 지난 오늘에는 고스란히 인연의 덫으로 바뀌어 더욱 인간을 고통스럽게 한다. 수혁, 명우와 지혜. 이들은 비극적 인연으로 "철저하게 해체되었고 엉뚱하게 결합"된 삶에 고통스러워한다.[2]

---

2 권유리야, 「욥(Job)이 존재하는 방식-이규정, 이상섭, 정혜경의 최근 소설」, 『작가와사

이 순간 한국인들은 휴머니즘으로 무장한 교묘한 가해자가 아니다. 현실을 견디지 못하고 국경을 떠도는 약자의 모습이다. 강자가 자기를 확인하는 방법이 휴머니즘이라면, 약자의 경우는 비극이다. 세계 12위 무역국가라 하지만 그렇기 때문에 약자는 끊임없이 창출된다. 탈국의 서사들은 '비극을 통해서 새로운 존재론'으로 나아간다. 『잘가라, 서커스』는 가난한 조선족 여자 림화해와 목소리를 잃어버린 한국 농촌 노총각 이인호와의 국제결혼 이야기다. 돈이 절박한 젊은 여자, 그리고 여인의 육체가 절실한 늙은 총각 간의 결합이지만 흔히 예상하는 대로 돈과 몸의 거래라는 추악한 공식은 없다. 소설이 목적하는 것은 자기 존재가 '여기'에는 없고 '국경 너머'에 있다는 발상이다. 물리적 국경을 존재의 경계로 바꾸어 놓는 것이다. 흥미롭게도 발 디디고 있는 곳이 어디든, 여기는 존재가 결여된 허무의 공간이라는 사실은 한국인조차도 진짜 이방인으로 만든다. 어쩌면 이 소설에서 진짜 탈국자는 중국여성 화해가 아니라 한국인 이윤호다.

그대로 있으면 됐을 것을 구태여 불행을 초대하는 윤호의 모습에서 오늘의 한국을 발견한다. 세계 1위라는 이런 저런 타이틀에도 불구하고 한국인들은 여전히 배제당한 자의 형상이다. 배음으로 깔리는 한국인 남편과 시동생의 울음소리에서 관계로부터 절연을 당한 객체는 우리라는 사실을 증거한다. 우리가 "존재감을 느낄 수 없을 정도로 한없이 가벼"워진 불안한 존재라는 인식은 사실 좀 섬뜩하다. 「목란식당」에서는 삼촌이 그렇다. 오래 전 북한을 방문했을 당시 북한의 처녀를 그린 것이 합의에 어긋난다는 이유로 북측의 화가가 처벌을 받자, 삼촌은 오랜 세월을 자학하며 살아간다. 이렇게까지 자학해야 할까 하겠지만, 안온한 현실에서 존재를 발견할 수가 없는 것이다. 급하게 성취

회』, 2007년 봄호, 244~248쪽 참조.

해 온 기적의 한국인들에게 GNP 4만 달러를 운운하고, 각종 목록에 한국의 이름을 올려도 이런 수치들 위에 한국인들은 부유한다. 역사 사회 세계 전쟁과 같은 집단의 사회에서 개인의 존재는 깃털보다 가볍다. 불행이라도 하지 않으면 풍요 속의 자기를 확인할 길이 없다는 것이다.

그러나 이방인이라는 사실을 새로운 계기로 인식하는 경우도 있다. 「이등박문을 쏘지 못하다」는 '무관심한 이방인의 시선'에 흥미를 보인다. 하얼삔에 온 성재는 세계를 "이쪽으로도, 그렇다고 저쪽으로도, 또 나아가지도, 물러서지도 않고. 서로 가까워지지도, 멀어지지도 않"는 이방인들의 집합으로 본다. "무채색 일색의 외투를 입고 강 쪽을 바라보던 이방인들"의 입장을 전유한다. 여기에 의하면 "모든 일은 그저 인과관계 없이 일어나는 일에 불과"한 것, "한없이 하찮은 것"에 불과하다. 성재가 거창하고 유명한 기준과 결별하는 의미는 자못 크다. 거창한 세계와 결별할 때 존재의 결핍을 겪지 않고, 깨진 존재만으로도 충분히 카타르시스적 쾌락을 느낀다. 말하자면 수동적으로 '이방인 되기'가 아니라, 자발적인 '이방인 하기'인 셈이다.

그동안 탈국의 서사는 지나치게 집단적 차원에서만 이루어져 왔다. 포스트모던한 시대에도 디아스포라는 여전히 과거와 집단을 어루만지고 여기에 정력을 소모하고 있다. 집단과 세계에 집중할 때, 연대라는 말이 나오는 것은 자연스럽다. 그러나 집단주의자들이 앞 다투어 주장했던 연대와 대화 속에는 자발적으로 이방인 하기를 실천하는 개인들은 누락되어 있다. 『바리데기』와 『심청』에서 바리와 심청의 어깨 위에 놓인 역사와 세계의 운명을 빼버린다면 바리와 심청이 존재할 수 있을까.

비현실적인 얘기 같지만, 인류 역사에서 개인의 탄생은 에덴이라는 집단의 거주지에서 나온 순간부터 비롯되었는지도 모른다. 하와가 해산의 고통을 당하는 순간, 아담이 노동의 수고를 겪는 순간, 그리고 아벨을 살해한 카인이 가족의 보호로부터 격리되는 순간, 즉 신이 창조한 집단으로부터 멀어진 순간부터 진정한 개인은 시작되었는지 모른다. 인간 존재는 근원적으로 경계를 안고 살아가도록 운명지워져 있다. 레테의 강 이쪽에서 영원히 이데아가 있는 저쪽을 바라보며 그 경계에서 표류하는 것이 인간의 운명이다. 최근의 탈국 서사들이 고통 일색인 이유는 여기에 있다. 자학을 통해서라도 자기를 확인하려는 인간의 철학적 열망이다. 「가리봉 연가」의 명화가 가리봉이라는 국경의 바깥으로 뛰쳐나간 21세기 로라가 아닌 것은 명화가 존재의 한계 위에서 고독하게 표류하는 인간의 운명을 대신해서 보여주고 있기 때문이다.

4) 윤리가 저지르는 테러, 가짜 서벌턴

탈국서사가 지속적으로 유포되고 소비되는 비결을 두 가지로 간략하게 정리한 셈이다. 탈국서사는 가해의 욕망을 휴머니즘으로 세련되게 포장하고 있는가 하면, 집단 중심 사회가 미처 다독이지 못한 개인들의 존재 가치를 되새기게 하는 현실적인 유효성을 확보하고 있다. 물론 성취라는 측면에서 보면 탈국서사는 다른 소설들에 비해서 그리 대단한 수준들이 아니다. 대부분의 테마들이 뻔한 교훈과 반성을 이끌어내고, 어조는 지나치게 선언적이다. 문학이 무엇을 구현하느냐는 딱 잘라 말할 수 없다. 하지만 문학이 반드시 시대의 윤리와 도덕만을 위한다는 발상만은 분명하게 말할 수 있다. 그럼에도 불구하고 지금 디아스포라 담론들은 도덕교과서, 혹은 어른들이 읽는 동화의 수준으로 후퇴하고 있다.

「가리봉 연가」의 한 장면이다. 아내를 찾아 폐인이 되다시피 가리봉 거리를 떠도는 용철과 달곤이 같이 찾는 명화는 사실 동일인이다. 그러나 두 남자를 망가뜨리고 자식을 버린 명화 역시 가리봉의 밑바닥을 엉망진창으로 헤매기는 마찬가지다. 모두가 불행하다. 그런데 소설은 배려 깊게 모든 인물에게 자신의 입장을 진술할 기회를 허락함으로써 모든 사연을 정당화한다. 그래서 죄는 있는데 가해자는 없다. 문제는 친절하게 모두를 배려하다 보면 그 책임을 떠맡은 사회 구조를 와자지 껄하게 성토하고 나면 그만이다. 문제의 본질은 건드리지 못한다. 용철의 "돈을 빼앗아 가버"려서 남자의 인생을 망쳐버린 명화는 나쁘다. 그러나 너무 "몸도 안 좋"아서 "더 이상 노래방 일을 할 수가 없"는 장 명화는 그리 나쁘다고만 할 수 없다. 아픈 몸으로 일을 하고 퇴근하다 가 치한의 칼에 찔려 거꾸러진 명화조차도 희생물이다.

하지만 서벌턴들은 모두 순결한 희생양이기만 한가. 실상 모든 타자 가 무고한가, 혹은 자아가 모두 이기적인가는 논증 불가능하다.[3] 선한 이방인과 악한 주인의 이분법은 소설을 뻔한 결론으로 이끈다. 소설이 절대적으로 타자를 환대하고 자아를 반성하는 교훈들을 감당하려 한 다면, 이는 분명 '윤리가 저지르는 테러'다. 『바리데기』가 흥미로운 것 도 바리의 희생 속에 감추어진 폭력 때문이다. 탈북을 하여 유럽에 당 도하기까지 비참한 유랑을 통해서 종종 확인되는 것은 희생자로서의 바리가 아니다. 유랑에서 유린으로 이어지는 혹독한 현실에서도 바리 는 끝까지 도덕률을 포기하지 않는다. 단순히 도덕적 엄정함에서 끝나 지 않고, 소설은 이 엄정함을 통해서 바리를 권력을 획득해가는 지배

---

3 리처드 커니, 이지영 옮김, 『이방인, 신, 괴물』, 개마고원, 2004, 119쪽.

가치의 전도사로 띄워준다. 소설은 사랑이라는 테마로 끊임없이 지배자들의 의중을 떠보는 것이다. 전쟁과 갈등을 일으킨 권력자들을 비판하면서도 결국에는 공범관계를 형성하는 『바리데기』를 제국주의에 봉사하는 텍스트라고 부르는 것이다.[4]

항상 그래 왔듯, 지배자들은 몇 개의 표상을 만들어 여기에 관심을 기울여준다. 한 존재가 표상이 된다는 말은 어떤 식으로든 그 존재가 무엇인가를 결여하고 있다는 뜻이다. 지구 반 바퀴를 돌며 세계사적 비극을 온몸으로 체험한 『바리데기』의 바리와 『심청, 연꽃의 길』의 심청, 그리고 많은 탈국인들이 지배자들의 추악함을 비판하지 않을 리 없다. 문제는 무성한 비판의 가하면서도 마지막은 언제나 자신의 결여를 반성하는 모습이 결국 지배자들이 언제나 강조했던 공적 담론들이라는 사실이다. 『바리데기』에서 "남을 위해 눈물을 흘려야" 하고, "어떤 지독한 일을 겪을지라도 타인과 세상에 대한 희망을 버려서는 안 된다"는 압둘 할아버지의 교훈은 결국 지배자들의 담론이다. 많은 탈국서사들이 바리와 같이 결여된 표상들이 자신의 무력함 속에서 자신의 이상화된 이미지를 발견하는 이야기를 만들어낸다. 폭력과 공모한다는 사실을 인정하지 않는 방식으로 그 폭력과 공모하고 있는 것이다. 따라서 이런 종류의 비판들은 눈에 띄기 좋은 자리에서 지배자의 새로운 소유지로 통합되기를 기다리는, 말하자면 전술적으로 침식하는 기생적 장소로서 국경을 악용하고 있는 것이다.

사실 대부분의 소설들이 지배자들의 담론을 유포하는 공적인 사냥터로 헌납하는 오류에 걸리고 만다. 그런 점에서 「감옥의 뜰」「바다와 나비」「국경을 넘는 일」이 가지는 의미는 크다. 두 작품은 디아스포라

---

4 권유리야, 「바리가 영국으로 간 까닭, '우리'에 대한 강박」, 『내일을 여는 작가』 2007년 겨울호, 242~248쪽 참조.

의 유혹으로부터 안전하다. 그도 그럴 수밖에 없는 것이 비록 한국에서 실패해서 국경을 넘고는 있으나, 밀입국자나 이주노동자 혹은 혼혈인 문제와 같은 국제 미아의 문제로 낙착시키지 않는다. 인간 존재의 기원에 대한 탐색으로 국경 문제를 옮겨가면서 적어도 국제적인 서벌턴을 새롭게 권력의 무기로 리폼하려는 욕망은 보이지 않는다. 「바다와 나비」는 자신을 지탱하는 것과 반대되는 질서 속으로 당당하게 이탈한다. 소설은 "남편이나 아빠라는 배역이 존재하지 않는 무대"를 찾아 "미국이든 중국이든, 아프리카의 어느 이름 모를 나라든 아무 상관"하지 않고 떠돈다. 이 모습 속에서는 적어도 지리적 확대를 화합과 연대의 알리바이로 사용하지 않는다. 「국경을 넘는 일」도 "건너야 할 이국의 바다"를 영원히 해결될 수 없는 단절의 표지로서 인식한다는 점에서는 두 작품과 같다. 다른 소설들이 서벌턴들을 정면에 내세우며 정치적 순수성을 보장받으려는 공적 담론과는 많이 다른 모습이다. 아예 이념에 무관심하거나 혹은 어떤 이념도 강요하지 않으며 조용히 존재를 떠올리는 모습은 여타 소설들에게 좋은 참고서가 된다.

앞서 언급했던 『나마스테』『거대한 뿌리』『나의 이복형제들』『바리데기』가 서벌턴 구제를 외치며 피켓을 들고 시위하는 일차원적 작품들이라면, 「별들의 들판」「빈 들의 속삭임」「이무기 사냥꾼」「가리봉 연가」「목란식당」「이등박문을 쏘다」는 조용히 의미를 음미하게 한다. 하지만 「바다와 나비」「감옥의 뜰」「국경을 건너는 일」은 서벌턴을 위한답시고 결국에는 서벌턴을 경력으로 활용하는 한국 사회의 거짓 반성과 교훈으로부터 선을 긋는다. 서벌턴의 진실을 각종 시민 연대들이 밝히겠다는 의욕 자체가 이미 그들의 특권적 정체성에 사로잡힌 것이다. '서벌턴의 연대는 우리가' 라는 식의 무례한 발상을 그대로 추종하는 서사들도 결과적으로는 지배들의 담론에 공모하는 것이다. 서벌턴의 이야기는 본질적으로 가해자들의 담론으로 번역될 수 없다. 진정한 연대가 성립되기 위해서는 서벌턴들이 자신들의 논리를 입증해야만 하는데, 모든 논리는 지배자와의 만남 속에서 이미 파괴되어왔기 때문이다. 공적 담론들은 이상화된 서벌턴은 문자 그대로 지형학적으로 어디에도 존재하지 않는다는 점을 무효화한다. 대개의 소설들이 다 이 함정에 걸리고 만다.

두 작품은 그런 점에서 좀 독특하다. 「소소, 눈사람이 되다」는 탈북 여성 충심을 서술자로 선택하여 전적으로 서벌턴의 입장에서 국경과 인간을 인식하는 모습이 인상적이다. 「갈색 눈물방울」은 작고 몽탕한 체구의 동남아 여자, 호주 출신의 서른두 살 먹은 나탄, 그리고 5년 동안 사귄 애인과 헤어진 실업자 여주인공을 등장시킨다. 하지만 「소소, 눈사람이 되다」는 소소가 국경을 넘는 일보다 "인간의 위신"을 지키는 데 의연한 것이 아무래도 마음에 걸린다. 말하자면 충심은 의식화된 좀 세련된 서벌턴이다. 또한 「갈색 눈물방울」은 "같은 계층이라는 연대감"을 위해서 굳이 필요하지 않은 주변부 외국인들을 데려오는 것이 작위적이다. 추방과 경멸이라는 배타적 상황에서 이를 지형학을 이용하는 모습은 분명 지배자들이 인위적이라는 혐의를 지울 수 없는 부분이다. 말하자면 '가짜 서벌턴들'은 이렇게 한국 사회의 가해욕구를 위해 가공되고 남발되고 있다.

지배자들은 항상 자신의 바깥에서 정체성을 구현한다. 그러나 서벌턴은 자기 자신 안에 산다.[5] 진정한 서벌턴은 손이 닿지 않는 곳에 있는 아우라처럼 현실로부터 멀어진다. 불완전한 가짜 서벌턴을 양산하여, 연대의 윤리라는 하나의 게토에 유폐시킨다. 이렇게 해서 서벌턴은 지배담론을 유지하는 새로운 수단으로 떠오른다. 비관적이라 하겠

<hr>

5 레이 초우, 장수현·김우영 옮김, 『디아스포라의 지식인』, 이산, 2005, 80쪽 참조.

지만, 그래서 우리가 듣는 서벌턴의 소리는 대부분이 '가짜'다. 서벌턴 과 무관한 '담론의 당사자들만이 가짜 서벌턴으로 풍요'를 누리고 있 는 것이다.

5) 디아스포라의 유혹, 개념으로서의 서벌턴

데이비드 베컴은 세계인이다. 어느 특정국가의 경계로 인식되지 않 는 자본주의의 화려한 스타이기 때문이다. 그의 황금발이 가져다주는 반사적 이익을 누리는 숱한 사람들에게 그는 정말 '각하(脚下)'다. 데 이비드 베컴의 입장에서 보면, 추종자들은 서벌턴이다. 시각의 위치에 서 결정되며, 존재의 무게에 따라 서벌턴이기도 하고, 아니기도 하다. 그런 점에서 실체로서의 서벌턴은 존재하지 않는다. 서벌턴은 '강자 들의 필요에 의해 만들어진 개념'일 뿐이다. 행복만족도가 높은 방글 라데시인들은 자신들을 서벌턴으로 인식조차하지 않는다. 그럼에도 우리 사회는 그들은 서벌턴으로 호명한다. 졸부들의 허풍처럼 역사 이 후 유래가 없었던 풍요에 호들갑스런 자기 과시가 결국 '개념으로서 의 서벌턴을 실체적 존재로 가공'하며 여기에 인식론적 착취를 자행 해왔다. 서벌턴의 외연을 부풀려서 자기만족도 함께 부풀려지는 모양 이다.

물론 이들을 빈번히 인용하는 한국문학의 서사적 응시는 졸부들의 천박한 욕정을 연대라는 명분으로 새롭게 포장한다. 연대가 가능한 것 이냐를 묻는 것이 아니다. 국경을 넘으려는 의지들이 이미 오프라인의 장에서 현실성 있게 진행되고 있다. 하지만 이 '현실성 있게'라는 말이 문학의 장 내에서만 유통되는 품목이라는 점에서 이 현실성은 매우 제한적이다. 불법체류자들이 보지 않는 탈국소설들, 이주노동자들은 듣도 보도 못한 '우리만의 이야기'는 그래서 자폐적이다. 한국사회의 천박한 졸부근성만을 충족시키는 나르시시즘적 기획상품의 가치는 한국문학의 유력한 테마 이상을 넘어서지 못할 것이다.

어제만 해도 이천 냉동공장 화재 참사로 중국인 노동자 일가족 7명이 사망했다. 30여 명의 한국인들도 같은 참변을 겪었다. 그럼에도 불구하고 '중국인 이주노동자'라는 호칭이 언론에 나돌면서 시청자들의 동정을 이끌어낸 것은 언론이 중국인을 서벌턴으로 가공했기 때문이다. 여기에는 두 개의 죽음이 있다. 이천의 냉동창고에서 참변을 당한 중국인, 그리고 코리언 드림에 실패한 서벌턴의 죽음이다. 서벌턴의 죽음은 중국인의 죽음보다 비참하다고 여겨진다. 동정이 그들과 우리 사이에 이렇게 깊은 단절을 만들어 낸다. 타자에게 접근해야 한다는 생각은 오만이다. 이름을 부르는 순간 타자가 되고, 서벌턴이 탄생한다. 경계는 그것을 망각할 때 비로소 사라진다. 하지만 그러기에 우리의 인식은 서벌턴이라는 용어에 너무 깊이 매료되어 있다. 이명박 정부가 곧 출범한다. 기업하기 좋은 나라, 실용적인 한국을 만들겠다고 모두가 들떠 있지만 또 얼마나 많은 가짜 서벌턴들이 줄을 이을 것인지 적잖이 걱정이다.

5.

친밀성에 의한 테러, 자본주의가 고안한 교묘한 훈육방식

-2000년대 노동시의 여성 예찬에 관하여

1) 친밀함을 환기하는 온순한 여성

인간의 시작은 아담과 하와로부터라고 성경은 말한다. 하지만 진짜 인간시대는 에덴 이후부터다. 신을 배신한 대가로 부과된 노동은 인간과 신을 구별해주는 표식이다. 실제로 인간세상에서 노동없는 사회는 존재하지 않는다. 어느 시대에나 노동을 인간 존재의 근본조건으로 내세우며 숭고한 것으로 가르친다.

하지만 오늘날 노동은 조금도 숭고하지 않다. 이미 자본주의의 절대적 존립조건이 되어버린 노동은 철저하게 비인간화를 지향하고 있다. 자본가 위주의 계획으로 인한 노동자와 자본가의 인지적 불일치, 노(勞)-노(勞)의 갈등, 공익과 사익의 끝없는 마찰 등 투쟁과 관련짓지 않고는 노동을 언급하기 어렵다. 이보다 더욱 노동현실을 궁지로 몰아넣는 것은 노동문제 연구의 위기다. 정부와 그 주변의 시민사회, 그리고 대학연구실에서는 노동연구에도 무관심한 지 오래다. 투쟁이 아니고는 떠올리기 어려운 노동의 격렬함과 거친 모습은 정보통신이 선사하는 부가가치, 지식기반사회의 도래, 문화사업에 매료된 여러 사회영역들의 관심을 끌기 어렵다. 다만 여전히 유효하게 인식되는 부분이 있다면, 그것은 여성들의 온순함이다.

자본주의 세계화는 여성성을 바탕으로 그 영토를 넓혀왔다. 세계화 자체가 여성 쪽에 손을 들어주는 철저한 여성 위주의 성별화 과정임은 텔레비전 광고만으로도 직감된다. 모든 문명의 발달이 여성을 위한, 여성에 의한, 여성들의 삶에 사회 전체가 두루 동의하고 있지 않은가. 모든 것을 상품논리로 이끌고 가는 자본주의 소비문화는 공적이고 딱딱한 방식으로는 소비자들의 지갑을 열기 어렵다. 지극히 사적인 방식, 부드럽게 친밀함을 환기시키는 여성의 온순함이 자본주의의 번창에 요긴하게 활용된다. 투쟁을 싫어하는 오늘날 한국 지식인사회의 무기력함과 정신적 안락함이 과거의 남성적 노동시를 외면하는 이유도 여기에 있다. 현대의 노동시에 투쟁이 사라지고, 여성만의 특화된 영역인 사랑과 모성에 기대려는 것도 시대에 대응하려는 나름의 전략이라고 할 수 있다.

그러나 이것이 과연 전략인가. 만일 그렇다면, 노동시에 숱하게 등장하는 여성의 성과 사랑, 그리고 모성이 이렇게 야만적으로 활용되지는 않을 것이다. 평생 알만 낳다 죽는 여왕벌처럼, 최근 노동시에서 여성들은 자본주의의 일방적 요구에 응하여 사랑과 모성을 죽을 때까지 짜내야 하는 존재로 전락하고 있다. 어떤 우호적 감정도 누구의 일방적 요구에 의한 것이라면 이는 폭력이다. 따라서 최근 노동시에서 여성성은 자본주의 흡판에 속수무책으로 빨려들어 가고 있다. 위기의 노동, 위기의 짐은 오롯이 여성들에게 넘어가고 있다.[1]

2) 굳세어라 금순아, 최후의 식민지

현대사회에서 위험 개념은 사랑이 차지하는 위상과 처음부터 긴밀하게 연결되어 있다. 철저한 경쟁논리, 문화사업으로 유지되는 현대사회에서 특별히 하류노동자들은 정해진 소속도 없이 불확실성의 세계로 내던져진다. 그러나 정보통신, 지식사회에서 근육의 가치를 제대로 인정받지 못하는 남성노동자들에게는 아내가 있다. 경제적 궁핍, 노동정책의 부재, 사회적 무관심으로 주변부로 밀려난 이들에게 여성의 육체와 마음은 자신이 아직도 영향력 있음을 확인시켜주는 최후의 보루다. 근대사회 출발부터 시작된 성별분업이 생물학적 기준에 따라 정해진 것이라는 점에서 봉건적이다. 하지만 여성의 사랑이 없었다면 노동시장 자체가 가능하지 않았다는 점에서 이는 지극히 현대적이다.[2]

성별분업을 바탕으로 하는 현대사회에서 여성노동자에게는 두 개의 노동이 있다. 사업주에게 차별받는 임금노동, 몸과 마음을 바쳐 남성을 사랑해야 하는 고약한 노동. 현대의 노동시장을 떠받치는 중핵은

---

1 이 글에 인용된 시의 출처는 다음과 같다. 박영희의 「맞벌이」「쐐기깎기」는 『해뜨는 검은 땅』(창작과비평사, 1990), 김기홍의 「만장에 쓴 詩 2」「만장에 쓴 詩 3」, 김용만의 「길을 돌며」, 김해자의 「詩어머니」, 손상열의 「전주행 막차」, 송경동의 「팡이제로」, 오도엽의 「노래방」은 『아직은 저항의 나이』(일과시 동인 제7집, 2002), 조혜영의 「사랑」은 『검지에 핀 꽃』(삶이 보이는 창, 2005), 박후기의 「애자의 슬픔」은 『종이는 나무의 유전자를 갖고 있다』(실천문학, 2006), 최종천의 「구근식물」은 『나의 밥그릇이 빛난다』(창비, 2007)이다.
2 울리히 벡, 엘리자베트 벡-게른샤임, 『사랑은 지독한 혼란』, 새물결, 2006, 8~10쪽 참조.

바로 이 여성들에게 짐 지워진 사랑의 의무다. 여성들의 사랑이 영원하기 때문에 자본주의의 횡포가 끝없이 지속될 수 있는 것이다. 따라서 위기의 노동시장에서 여성의 사랑은 진심이 아니다. 이는 최근 노동시에서 여성들의 사랑이 얼마나 남성편의적인가를 보면 된다. 오도엽의 「노래방」에서 "노래방" "미시"는 노동투쟁에 나선 남성들이 "바뀌지 않은 세상"과 "바뀌지 않은 삶"에 "술에 취했"을 때 "젖가슴을 만지고 치마를 들"추는 성적 배설의 대상에 지나지 않는다. 여성은 대상화된 존재, 내면이 드러나지 않는 관찰의 대상일 뿐이다. 박후기의 「애자의 슬픔」에서도 "기지촌" 여성 "애자의 젖은 몸"은 노동으로 찌들은 남성들의 비뚤어진 욕망을 채워주다 "시커멓게 더럽히며 사라"지는 일회용품이다. 그래도 그녀들은 몸과 마음을 다해 남성에게 애정을 바쳐야 한다. 같은 노동자이기 때문이 아니라, 아내의 역할을 대신하는 여성이기 때문에. 이런 상황에서 노래방 미시, 기지촌 매춘이라는 여성들의 밑바닥 노동이 진지하게 논의될 리 없다. 남성의 그늘에서 오직 사랑을 주는 것으로만 만족해야 한다.

물론 이렇게 된 데에는 페미니즘의 퇴조도 일정부분 책임이 있다. 페미니즘의 퇴조와 함께 여성노동이 하위계층 일반으로 논의의 틀이 확대되었다. 여성노동을 모든 하위계층의 문제로 시선을 돌리거나, 아니면 권력의 문제로 정치쟁점화하는 취지는 꽤 세련되어 있다. 하지만 계급과 젠더의 두 가지를 한꺼번에 설명해야 하는 특수한 사회적 실체로서의 여성노동은 아예 리스트에서 빠지는 이상한 결과를 초래하는 것이다. 사정이 이러니, 노동시에서 여성들의 목소리가 지워진 것은 당연하다. 남성이라는 거울 속에서 '사랑밖에 난 몰라'의 주인공이 되고 있는 것이 최근 노동시의 여성이다.

여기서 여성에게 사랑의 짐을 지운 것은 다분히 의도적이다. 적어도 밑바닥까지는 가지 않았다는 이상한 안도감, 그래도 여성이라는 식민지 하나는 갖고 있다는 남성노동자의 자아도취가 노래방 도우미와 매춘여성을 같은 노동자가 아닌 사랑의 메신저로 인식하게 했다. 남성노동자들의 완전한 몰락을 막아주는 최후의 식민지, 동일한 노동자에게조차 여성들은 외면당하고 있다. 이러한 진단이 사실이 아니기 위해서는「노래방」에서는 "바뀌지 않은 세상"의 문제틀, 그리고「애자의 슬픔」에서는 "미제 험비"의 폭압이 얼마나 무자비한가를 언급했어야 했다. 그러나 같은 노동자면서 비정규직 여성의 노동의 문제를 굳이 외면하는 것은 성과 사랑을 자본주의의 합리적 체계로 변형시키기 위한 것이다. 이미 임금노동제가 주된 생활패턴으로 자리잡은 순간, 사랑은 신비로움을 잃고 합리적 체계 혹은 자본주의적 시스템에 맞게 변형되었다.[3]

실제로 자본주의 사회에서 시장의 힘과 개인의 충동이 혼합된 사회가 등장하여, 계산가능하며 경제적으로 최적화된 사랑이 사람들을 사로잡고 있다. 자본주의는 이상과 달리, 자본이 불균등하게 배분될 수밖에 없다. 얇아지는 월급봉투, 해마다 오르는 월세, 이 거덜난 가족 경제를 채우는 것은 아내에 대한 사랑이다. 즉 경제적 난관에서 아내 사랑은 적극적으로 활용된다는 것이다. 송경동의「광이제로」에서 남편은 극한으로 몰린 고통이 "유전"될 절망적 미래를 감지한다. 하필이면 아내와의 격렬한 정사가 바로 "밝음을 사랑하면서도/영원히 밝음이 될 순 없"다는 절망과 탄식 다음에 이루어지느냐이다. 아내에 대한 애틋한 애정을 문제 삼자는 것이 아니다. 이 애정이 강조되는 맥락이 문제라는 말이다. 실제로 자본주의에서 사랑은 궁핍과 곤란의 상황에서 적극적으로 움직인다. 노동자들이 반드시 결혼을 하고, 공장의 때

---

3 울리히 벡, 앞의 책, 247쪽 참조.

기름 냄새가 고약하면 고약할수록 부부의 침실로 직행하는 것도 사랑이 자본주의의 정화조 구실을 하고 있다는 사실에 대한 반증이다. 따라서 "천정이 깨끗해졌다고 좋아하는 아내 곁에서 나는 가만히 또 한 가닥의 포자를 늘린다"는 이 에로틱한 서정은 사실은 자본주의가 남성에게 가한 횡포를 다시 고스란히 아내의 몫으로 떠넘기는 책임전가이다.

자본주의 시스템에서 아내의 사랑에는 이렇게 기묘한 데가 있다. 아내의 사랑은 자신도 모르는 사이에 자본주의가 남성노동자에게 가한 위해를 변상해야 하는 의무를 이행하고 있었던 것이다. 그러니 "알뿌리 한 토막을/아내의 구덩이에 묻어두"는 성적 행위를 삶의 돌파구로 인식하는 최종천의 「구근식물」이나, "아내는 말없이 삼 년을 기다려"야 하고, "고단한 밤을 지새우"는 손상열의 「전주행 막차」에서 보듯 사랑으로 남성노동자의 절망을 씻는 과정에서 여성은 뒷설거지 하는 존재일 수밖에 없다. 자신만의 고통조차 갖지 못하는 노동현실의 엑스트라일 뿐이다. 여성들의 유일한 노동은 남성노동자와의 사랑 혹은 섹스다. 세상의 밑바닥으로 몰린 남성노동자, 그들을 떠받쳐야 하는 가장 밑바닥 존재가 바로 노동시 속의 여성이며, 여성의 사랑인 것이다. 따라서 여성들이 남성에 대한 배려와 애정을 거절한다면, 그것은 단순히 한 남자에 대한 배신이 아니라, 노동현실의 위태로운 안전을 뿌리부터 흔드는 행위로 지탄받을 사회가 자본주의다. 이런 점에서 사랑과 가족이 비상업적, 비계산적, 비착취적 장소가 아니라는 말은 사실이 아니다.

때에 따라선 사랑도 위협이 될 수 있다. 개인의 프라이버시까지 활용하며 영역을 넓히는 자본의 간사함 속에서 여성노동 혹은 여성의 존재는 끊임없이 불안해질 수밖에 없다. 우리 역사에서 70년대 잠시 반짝한 것을 빼면 여성이 혁명의 발화점으로서 역사를 견인한다는 자부심은 어느 시대에도 찾을 수가 없다. 이미 민중의 퇴조와 함께 노동시 자체가 유효기간 지난 퇴물 취급을 받고 있다. 일부 의식분자들이 신자유주의 시장독재에 대한 세계적 규모의 저항운동을 벌이지만, 여성노동자의 자리는 정규·비정규 노동자계급, 농민, 도시빈민 등 각종 소수자를 민중이라는 이름으로 반신자유주의 연합을 모색할 때, 한 귀퉁이를 얻어 걸리는 정도다. 전쟁 이후에는 산업의 역군이라는 미명하에 정체성이 미약했고, 이제는 현실 투쟁에서 피로한 남성노동자의 위안부로, 노동시에서 여성노동의 의미는 이렇게 미미하다. 이렇거나 말거나 오늘도 여성들은 침실에서 남자의 헐벗은 육체를 위해 몸과 마음을 바치고 있을 것이다. 그들을 향한 시대의 노래는 한결같다. '굳세어라 금순아!'

3) 모성이 나쁜 이유, 친밀성에 의한 테러

90년대 신자유주의 전략은 IMF 위임통치를 가져오며 노동자의 삶이 위기 속으로 내몰린 시기다. 녹슨 철근, 작업이 중단된 공사장 때문에 운동이란 운동은 그 거품까지 사라져버렸다. 그런데 노동자 연대에 구멍이 나고, 운동력이 쇠퇴되어 가는 현실에서 모성에 의존하려는 자포자기가 노동시에서 선명하게 포착된다. 원래 사회적 결속이 빈약할수록 가장 근원적인 데로 시선을 돌리기 마련이다. 그러나 정치와 사회에서 받은 상처에 약을 바르려는 의욕이 지나쳐, 어머니를 완전한 존재로 과대포장하게 한다. 최근 노동시들에 빈번히 포착되는 모성에 대한 예찬은 노동운동의 피로감과 관련된 것이라는 점에서 그 순수성이 의심된다.

　오늘날의 노동자들을 괴롭히는 것은 계급적 열등의식보다 과연 이 시대에 노동자가 존재하기나 하는가에 대한 실존적 번민이다. 70~80년대 노동자들이 민중운동의 전위에서 역사를 직접 작성했던 기억은 지금의 노동자들에게 끊임없이 초라함을 환기시킬 뿐이다. 자유나 인권처럼 정치적 깃발들이 과거 노동자들의 상징이었다면, 지금은 어디 그런가. 지금의 노동자들은 더 이상 정치적 깃발을 들 여유가 없다. 노동 없이 부를 누리는 자본귀족이 버젓이 존재하고, 노동은 하위계층의 전유물로 사회 전체의 관심사와는 거리를 두었다. 노동계급이 존재하느냐 하는 보다 근원적인 문제, 즉 실존적 좌절에 직면한 노동시들은 이제 모성이라는 친밀성에 의존하면서 현실의 상처를 위로받고자 한다. 말하자면 최근 노동시에서 강조되는 모성은 노동자들의 자기방어적 수단이라는 성격이 짙다는 것이다.

　일반적으로 노동자의 존재가 모호할수록 노동시는 이데올로기적이 될 수밖에 없다. 실재감이 덜 할수록 노동이 모성이라는 관념에 의존한다는 말은 지금의 노동시를 보면 일리가 있다. 박영희의 「쐐기깎기」에서 어머니는 "잔인한 도끼날로 중심부를 강타했을 때/아픔을 아픔이라 말 못하고/상처를 아물리"는 슈퍼우먼이다. 어머니가 이렇게 슈퍼우먼이기에 「맞벌이」에서는 "아버지 만나 육십 평생을/흙과 함께/푸줏거리 보따리장사와 함께 살아온/조선의 여자여/나의 어머니시여"라고 과하게 예찬하는 것이다. 그런데 과연 이런 어머니가 보편적인가? 보따리장사, 조선의 여자 운운하는 말이 환기하는 옛날식 서정이 구태의연한 것도 문제지만, 모성을 비현실적으로 예찬하는 것이 더 문제다. 모성을 미화하는 것은 궁핍과 모멸을 겪는 과정에서 점점 황폐화해 가는 인간 내면의 일반적 성향을 조금도 반영하지 않은 것이다.

순한 양처럼 삶의 막창으로 떨어지는 어머니는 찾기 힘들다. 억척스럽고 그악스럽게 추악한 현실과 함께 타락하는 것이 훨씬 자연스럽다.

따라서 모성예찬은 모성을 유토피아로 설정하려는 남성노동자들의 어떤 의도가 과하게 개입된 결과다. 남성노동자들은 이 모성에서 자신들의 무기력한 현실을 변명할 거리를 발견한다. 가혹한 노동착취에 대항하지 못하고 무기력하게 쇠퇴해 가는 자신들의 삶을 모성의 시혜의식으로 치환하는 것이다. 하지만 조혜영의 「사랑」에서 보듯 "슬픔을 미소로 가늠할 수 있는 힘/유언보다 감미롭다"는 모성은 베푸는 것이 아니라 당하는 것이다. 참을 수밖에 없는 현실을 참는 것으로 호도하는 것은 노동자들의 무기력증보다 더 나쁜 위선이다. 아이러니하게도 용서는 힘 있는 자들의 특권이다. 힘 없는 자는 용서할 권리가 없다. 용서로 위장하여 노동계급의 실패를 만회하려는 데에서 드러나는 것은 허약해진 투쟁의식뿐이다. 모성이 환기하는 것은 느린 서정이다. 이 느림이 투쟁의 격렬함과는 반대의 양상을 지향한다면, 노동시에서 이 서정은 오히려 투쟁의 후퇴를 반증하는 것일 수 있다. 아무도 노동자라는 사실을 달가워하지 않는 마당에 노동운동은 일각의 소란으로만 인식되고 있다. 집단의 호응이 없는 그들만의 소란에서 노동시들이 모성을 강조하는 것은 도피의 혐의가 짙고, 진지한 모색이 없는 투정 부리기의 차원을 넘어서지 못하고 있다.

아이를 낳아 키운다는 이유만으로 모성이 진리에 더 가까이 있다는 추정은 모성을 이데올로기적으로 이용하는 것이다. 사적인 것이 가장 정치적일 수 있다. 이 새로운 정의는 그동안 전통적인 사회관계에서는 전혀 이슈가 될 수 없었던 부모자식 간마저도 자본주의의 덫에 걸려들게 만든다. 모성이 위험한 이유는 여기에 있다. 모성이 자본가와 노동자 양쪽에서 두루 환영을 받는 것은 한 계층에는 끊임없는 위로를 제시하고, 다른 계층에는 갈등억제에 소요되는 과다한 비용을 줄일 수 있게 해주어 사회통합의 효과를 낳기 때문이다. 대가를 바라지 않는 어머니의 헌신이 자본가계층에게는 열악한 노동조건을 은폐하는 수단으로, 그리고 노동자계층에게는 현실 위로의 양상으로 다가오기 때문이다. 그러나 여기에는 위로든 은폐든 양측 모두 암묵적으로 합의하는 것은 치열하게 일하고 싶다는 것이다. 환산되어야 할 지폐의 양이 서로 다를 뿐이다. 결국 지친 노동자가 쉬어야 할 권리, 즉 노동하지 않을 권리에 대해서는 원천적으로 입막음을 하기 때문에 모성은 위험한 것이다. 만일 노동조합이 사업자측과 협상과 투쟁을 포기하고 모든 노동자들에게 게으를 것을 권장한다면 이것은 사회 전반에 엄청난 치명타가 될 수 있다.

따라서 모성으로 안착하는 시도가 비록 노동자의 자발적 의지에 의한 것처럼 보여도, 노동자 자신도 느끼지 못하는 사이에 모성은 자본주의의 메커니즘에 봉사하고 있는 것이다. 자신을 변호할 수 있는 어떤 범주도 갖지 못한 궁색함으로 인해, 노동자들은 어쩔 수 없이 모성에 도달할 수밖에 없다. 더욱 가혹하게 말하면 친밀성에 의한 테러, 자본주의가 고안해낸 교묘한 훈육방식, 그러나 아무도 눈치채지 못하는 인간적인 접근법이라는 점에서 모성은 끔찍한 데가 있다. 따라서 김용만의 「길을 돌며」에서 "길을 가다 길을 바꿔/고향길에 나"서는 진짜 이유가 "어머니가 보고 싶"어서라는 말은 액면 그대로 받아들일 수 없다. 어머니에게 가는 길이 자본주의의 "불빛 뒤에 숨은/기막힌 음모"에 빠져드는 길이라는 사실을 감지할 필요가 있다. 그렇지 않고서 "무엇을 위해/이정표 따라 길을 돌며/늘 내 가야 할 길은 잊고 살았나" 자책하며 일하고 싶다면 울부짖지는 않을 것이다. 일하지 않는 자는 죽으라는 현대의 노동철학은 빈둥거림을 죄악시한다. 노동할 것을 진지하게 가르친 것은 현대사회를 떠받치는 가장 중요한 논리다. 노동이 계몽주의와 자본주의를 통해 성장했다는 말은 노동의 자유가 아니라, 노동이 얼마나 필연적 고통인가를 말해준다. 따라서 일해야 한다는 강박에 잔뜩 주눅이 든 노동자들이 모성이라는 감정마저 점령하면서 투쟁을 포기하는 것은 결과적으로 시대와 야합하는 것이다.

이제 노동시에서 모성을 성스럽게 취급하려는 시도는 그만 두어야 한다. 앞서 여성의 사랑이 문제가 아니었듯 모성 자체를 문제삼는 것이 아니다. 사랑이 그랬듯, 역시 모성이 등장하는 맥락이 문제다. 모성은 그냥 모성일 뿐이다. 모성에 대해 긍정의 시선을 보내고, 일해야 한다는 열망에 빠져 있다면 결과는 뻔하다. 자본주의 노동시장의 맥락에서 모성은 반드시 인간을 패배자로 만든다. 모성이 얼마나 패배적이고 무기력한 감정으로 재포장되는지는 여기 시편들이 알아서 말해준다. "거미처럼 어미 속 파먹고 나왔네/ … (중략) … /이제 내 피와 살 드려야 할텐데/받아먹을 힘도 없이 누우시니/남은 껍질마저 썩히어"라는 김기홍의 「만장에 쓴 詩 2」, "새벽에서 밤까지/논으로 밭으로 샘으로 정재로/평생을 뛰다가 뼈 다 삭아 자리에 누우니"라는 「만장에 쓴 詩 3」, "남의 집 식모에 파출부 미싱질까지/한평생 끌고 다니던 몸뚱이/ … (중략) … /땡전 한 푼 없이 병들었구나"라는 김해자의 「詩어머니」. 이들 시편은 한결같이 모성의 끝을 죽음으로 증거한다.

모성이라는 전통적 원리가 자본주의의 간지(奸智)에도 불구하고 살아남은 것은 이렇게 모성이 철저히 자본주의에 대한 항의와 같은 순종의 성격을 가졌기 때문이다. 항의로 위장한 순종, 노동자와 사업주에 모두 매끄럽게 접근가능한 감정영역, 모성은 이렇게 이중적으로 정치적이다. 궁핍과 고통을 마다하지 않는 어머니의 죽음에서 임금노동에 시달리다 숨을 놓는 노동자의 암울한 결말을 보아버렸다면, 적어도 노동시에서 모성 예찬을 긍정하지는 않을 것이다. 노동시에서 모성은 위험하다. 일하지 않을 권리, 게으를 수 있는 권리, 오늘날 노동시에서 모성을 대하면서 생각해 보아야 할 절실한 주장이다.

4) 사적 영역의 상실, 감성마케팅의 함정

인간은 빵만으로 살 수 없다. 감정의 지원이 필수적이라는 말이다. 속도와 효율성, 임금과 투쟁과 같은 노동시장의 피로감은 가정으로 스며들어와 불쾌감과 긴장을 조성한다. 노동인구가 직면한 사회적 차별과 천대, 소외와 궁핍을 적극적으로 여성에게 밀어버리는 이 사회의 노동시스템 속에서 사실은 남녀 할 것 없이 모두가 희생자다. 따라서 최근 노동시가 아무리 여성을 얼굴마담처럼 내세운다 해도, 남성적대적이어서는 안 된다. 물론 무조건적인 여성 예찬도 환영할 만한 일은 아니다.

지금 노동시가 심각하게 반응해야 할 부분은 인간의 감정 영역까지 섬세하게 터치하는 노동시의 배후에 신자유주의 시장논리가 도사리고 있다는 사실이다. 이 얼굴 없는 가해자에 대해서는 근대자본주의가 고안해 낸 가장 최신의 전지구적 착취기계라는 점에서 사실 노동시의 여성성은 남녀 모두의 문제다.

신자유주의는 자기 영역 확장에 필요하다면 낡은 이념 대립이나 적대적 분단체제조차도 얼마든지 붕괴시킬 용의와 힘이 있다. 노동자들의 상처받은 영혼 앞에 사랑의 애틋함, 모성의 포근함이 제공될 때, 여기에 덥석 안기지 않을 남자가 어디 있겠는가. 근대화로 인해 무시되었던 모성과 사랑의 회복이라는 수십 년의 과제와 별로 상충하지 않고 있어, 여성성은 오히려 긴요한 것이라는 착각마저 불러일으키게 한다. 따라서 자유화와 민주와 같은 의식화 개념, 그리고 사랑과 모성과 같은 인간적인 개념에 막연하게 애틋해 하지 않기 위해서 최근 노동시들은 신자유주의 감정마케팅의 함정으로부터 속히 빠져나와야 한다. 여기에 악용되지 않을 자신이 있다면, 진지한 성찰과 그 절실함이 뒤따른 상태에서 여성성을 등장시킬 것을 권한다. 그렇지 않고 막연하게 여성성을 긍정했다가는 뒤통수 맞기 딱 좋다. 신자유주의 시장논리에 가슴 속 한 뼘까지 완벽하게 식민화되는 사적 영역의 상실이야말로 어떠한 식민보다 끔직하다.

따라서 최근 노동시에서 필요한 것은 사랑과 모성의 배후에 대한 의심의 눈초리, 즉 부정의 정신이다. 이 정신이 아니고는 아내와 남편, 엄마와 아들이 원수되는 것은 시간 문제다.

6.

굿바이 Carr, 그러나 귀족주의는 덫

1) 역사소설의 새로운 테마

언제부턴가 다양한 분야에서 엔틱 스타일이 트랜드를 주도하고 있다. 적당히 손때와 세월의 흔적이 있지만 과하지 않은, 그러면서 그 세월의 더께가 예술적 가치를 담보해주는 물건 혹은 분위기 등을 엔틱이라 말한다. 엔틱은 흘러버린 세월에 현재의 예술적 세공을 가한다는 점에서 복고와 다르다. 현재가 과거에 순응하는 것이 복고라면, 엔틱은 과거가 현재의 미학을 위해 봉사한다. 엔틱의 특성이 그렇듯이 비장함보다는 고요함과 우아함으로, 내용적 절실함보다는 미려함으로 귀족적 분위기를 전달한다. 실제로 문화와 예술이라는 감성코드로 거대담론에 거부감을 표한 최근의 미시사 연구의 최대 수혜자는 상류층이다. 세월의 무게마저 미학화 하는 예술적 취향이 겨냥하는 모델은

상류층의 일상이다. 혹시 최근 역사소설에서 혁명의 뜨거움 대신 고풍
스런 분위기에 감염되었다면, 이는 과거를 미학적 세공의 대상으로 삼
은 엔틱풍의 귀족주의 때문이다.

　명품주의의 대중화라는 기현상이 귀족의 일상을 대중화시킨 오늘
날, 역사소설이 사랑하는 것은 상류층의 일상과 사랑, 그리고 그들의
발랄한 지적 유희다. 격정적인 듯하지만 실제로는 은근히 멋을 부린
『논개』『황진이』『미실』이 그렇고, 근대 지식인으로서의 자기 각성을
간판으로 내걸지만 실제로는 수수께끼나 퀴즈풀기 이상을 넘어서지
못하는 『원행』『방각본살인사건』『열녀문의 비밀』『리심』 등이 그렇
다. 이들은 단지 역사를 빌려오는 추억마케팅인 경우가 대부분이다.
혹은 『검은 꽃』『바리데기』나 『심청』처럼 역사적 진실 규명의 의지는
있으나, 문학적 지도를 무리하게 확장하면서 민족의 실체를 놓치는 고
상한 과욕도 보인다. 출판계의 불황에서 대박쯤되는 역사소설에는 영
락없이 이러한 자본주의 상품미학을 바탕으로 한 명품주의, 이념없는
사소한 일상에 몰입할 수 있는 여유 속에서 실존의 근거를 찾는 상류
층의 자아도취적 모티프가 작동하고 있다.

　이렇게 역사의 개혁이라 불리는 소문자역사의 애초 목적과 달리, 오
늘날 엔틱한 역사소설에서 하위계층은 퇴장당하고 있다. 대문자역사
에 대한 진지한 성찰이라는 작은역사는 오히려 감성이라는 불치의 병,
문화라는 성능좋은 덫에 의도적으로 걸려들면서 판매지수를 높인다.
이들 소설은 돈과 여유를 바탕으로 한 전문직 사회의 사소한 일상이라
는 이미 홍행이 보증된 보편성에 무임승차하고 있는 것은 아닌가. 여
기에 한국의 상류층 사회의 특수성을 결합하여 「섹스 엔 더 시티」의
옛스러운 한국판을 만들어 내고는 하위계층을 잊자고 한다. 민중적 코
드를 뽑아버린 역사소설에서 새롭게 등장한 테마는 귀족주의다. 이는

역사에 대한 문제틀이 바뀐 것이 아니다. 혁명이 없어진 시대에서는 이 문제틀이 아예 불필요해진 것이다. 미시사가들이 말하는 개인과 역사, 부분과 전체의 문제라기보다 상품화의 가능성이 있는 귀족주의의 요구가 거세진 것뿐이다.

최근 출간된 『서라벌 사람들』『리진』『열하광인』은 각각 특별한 의미에도 불구하고 이러한 경향을 크게 벗어나지 않는다. 세 작품에 드러나는 미에 대한 본능적 갈구, 바깥을 환기하지 않는 내면에 대한 성찰, 혹은 철학 없는 지적 발랄은 역사를 빌려와 귀족들의 패션과 육체미학, 고독, 지식을 미학적으로 세공한다. 이성 대신 문화적 감성을 터치하는 세 작품을 통해서 오늘날 역사소설의 새로운 흐름을 살피는 일이 절실하다.

2) 탐미의 시대, 멋쟁이들의 미적 실존

『서라벌 사람들』의 분위기는 여느 역사소설과 다르다. 「연제태후」 「준랑의 혼인」 「변신」 「혜성가」 「천관사」에서 고루 드러나는 신라 성골의 순혈주의, 패션, 외모, 그릇과 차 등의 일상 소품들은 때 묻은 골동품이 아니다. 예스런 신비와 현대적 세련미가 공존하는 시공간은 인공미와 자연스러움이 묘하게 어우러져 2천 년 전의 서라벌이 세련미 넘치는 현대적 감각으로 재탄생한다. 노동의 분위기와 성실함을 결코 상기시키지 않는 귀족들의 삶, 나른한 아름다움을 예각화하며 『서라벌 사람들』은 이제까지 경험하지 못한 독특한 역사인식을 보여준다.

어느 시대고 귀족은 아름다움의 향유를 계급화 한다는 논리를 이 소설은 충실하게 구현한다. 「연제태후」에서 오로지 육체적 성합에만 적합한 지중황제의 "거대한 양물", 고대광실, 화려한 채색옷, 놋그릇, 찻 잔 등의 명품은 신라 최고의 귀족이기에 누릴 수 있는 호사다. "신국 에서 가장 칭송받는 가치는 아름다움이"라는 『서라벌 사람들』의 가치 관은 아름다움을 사회과학의 영향 아래 주로 민중들의 투박한 삶 속에 서 발굴하였으며, 이조차도 점증하는 정치적 의도와 함께 묶어 인식될 수밖에 없었던 기존 역사소설의 한계를 보완한다. 육체의 미학을 바탕 으로 경쾌한 삶의 리듬을 독점적으로 향유하는 화랑들은 새로운 감성 으로서의 역사를 창출한다. 무거운 역사와 진지한 지식인을 퇴장시키 고, 발랄하고 아름다운 귀족 엘리트들의 소비지향적 삶에 주목한 것은 중요한 의미를 갖는다. 물론 현실에 역동적으로 대응했던 시대적 사명 을 생각한다면, 이전 소설이 민중문화와 민중의 미의식을 통해 정치 투쟁을 다짐하는 것은 분명한 의미가 있다. 그러나 이로 인해 어쩔 수 없이 포기해야 했던 미(美)에 대한 섬세한 사유를 잃어버렸음은 부인 하기 어렵다. 따라서 『서라벌 사람들』에서 귀족들의 과감한 성애, 축 제의 일상화, 현대적인 소비패턴 등을 가감없이 드러내는 점은 다분히 소비문화시대적이다.

5편의 소설은 권력의 정점에 있는 황제와 황후, 황태자가 등장해도 비범한 능력으로 집단의 운명을 개척하는 영웅이 없다. 정치권력을 누 가 소유하는가, 정치권력의 역학관계는 어떠한 것인가에 관해 묻지 않 는다. 비주얼한 육체와 패셔너블한 소품을 통해 권력을 막연히 짐작하 게 할 뿐이다. 스스로 몸을 일으킬 수도 없을 만큼 비대한 태종황제, 국가 안보 대신 고운 피부와 채색옷에 관심을 보이는 화랑들, 정치적 이슈 대신 등장하는 축제, 여행, 자잘한 애정 문제 등 『서라벌 사람들』 의 관심은 21세기 아름다움을 소비하는 데에 집중되어 있다.

여기서 민중이 퇴장하는 징후를 발견하는 것은 어렵지 않다. 물론

『서라벌 사람들』이 귀족들의 미적 실존에 골몰하며 민중에 대해 침묵하는 과정 속에서 예기치 않은 의미를 만들어 낸다. 70·80년대 독재타도를 외치던 노동자계급, 90년대에는 제도적 민주화 속에 소리 없이 파고든 자본의 논리를 날카롭게 헤집던 시민계급이 오늘날 시장자유화 논리의 충실한 수행자가 된 현실은『서라벌 사람들』에서 충분히 암시받을 수 있다. 「변신」에서 화랑의 아름다움을 "바위벽마다 둥치마다 숨어서 입을 헤벌리고 구경"하는 "평민과 천민들", 「준랑의 혼인」에서는 화랑을 "구경하며 눈호강"이나 하는 "땅이나 파며 구물거리고 사는 물생"이라는 표현 속에서 소비하는 존재로 전락한 민중의 현실을 발견하게 된다.

상황이 이러니 이 소설이 대문자주의와 엄숙주의를 무시하면서도 민중의 쾌활함으로 나아가지 않는 것이다. 그러면서 이제껏 공유했던 민중과 지배계층 사이의 대립 구도를 폐기한다. 민중의 반대는 상류층이 아니다. 민중의 대립개념은 소비와 향락이 없는 삶이다. 사회와 역사에 대해 치열하게 발언하는 민중, 상류계층과 하류계층의 불화는 이제 옛말이다. 실제로 국내외 유명연예인들의 패션 소개와 흥청망청 파티 기사로 인터넷이 닳아오르는 현실에서 「준랑의 혼인」에서처럼 "아름답고 재미있는 것을 섬기"려는 "즐거움의 본성"은 오히려 대중들의 것이라 해야 옳다. 그런 점에서『서라벌 사람들』은 의도하지는 않았겠지만, 민주화 이후 다양한 운동 영역이 체제 내로 편입되는 불편한 현실, 신자유주의 이데올로기에 감염되어 버린 시민사회를 역설적으로 꼬집는 셈이 되었다.

『서라벌 사람들』의 소비하는 아름다움을 통해서 포착할 수 있는 시대적 징후는 비단 민중의 퇴장만은 아니다. 화랑을 통해서 잘 드러나듯,『서라벌 사람들』의 아름다움은 집단에 소속되는 순간 부여되는 선험적인 것이다. 5편의 연작은 한결같이 화랑이라는 집단의 스타성을 강조한다. 「준랑의 혼인」과 「변신」, 그리고 「혜성가」에서 "희고 매끄러운 피부"와 "아른아른한 쌍꺼풀과 빳빳한 속눈썹"으로 "남의 눈에 아름답게 보이"기 위해 "늘 용모와 매무새에 신경을 쓰"는 대중스타 화랑을 자주 보게 된다. 그런데 여기에는 개체성이 없다. 황제도 황후도 개별적 존재로서 내면을 부여받지 못한다. 「변신」에서 선덕황제는 "눈물을 줄줄 흘리며" 뒤를 따르는 백성들에 의해 관찰되는 아름다운 존재일 뿐이다. 오로지 성골이라는 골품의 전통, 그리고 성골이 대를 이어가는 황실이라는 추상성만이 존재한다.

『서라벌 사람들』은 아름다움이 가지는 전체성의 함정을 통해서 소비문화시대의 개체성에 대한 진지한 사유의 가능성을 제시한다. 더 이상 숭고하지도 않고 종교적이지도 않은 자질구레한 일상 속의 세속적인 인간을 가능하게 한 점에서는 이 소설은 충분한 의의가 인정된다. 그럼에도 불구하고 아름다움을 통해 포스트모던적 역사학이라는 이름의 첨단의상을 걸쳤으면서도 구체적 인간을 해방시키는 데 미흡한 면은 여전한 아쉬움으로 남는다. 인간의 영혼은 개별성 속에 깃들어 있다. 추상적 단일 개념에 의거하여 선험적으로 일반화해서는 안 되는 것은 시대의 독자적인 가치와 고유한 특성을 제거해 버리기 때문이다. 예술적 감식안으로 한껏 치장한 멋쟁이들의 사소한 일상은 수용하면서도 정작 인간 개체에 대한 고뇌는 건너뛰는『서라벌 사람들』은 도발적으로 튀는 사람들이 엄청나게 많아지면서 그 도발성이 오히려 집단의 평범성으로 귀착되는 오늘날 상황을 환기하는 데서 그치고 만다.

결국『서라벌 사람들』에서 아름다움을 통해서 존재증명을 받으려는 집단주의, 귀족들의 미적 실존은 민중과 개별성을 함께 후퇴시키면서 연대와 대항의 가능성을 포기하는 것으로 귀착된다. 실체가 없으므로 연대할 수 없다. 계급이 없으므로 대항하지 못한다. 따라서 『서라벌 사람들』은 아름다움을 통해 역사소설의 미적 감성을 한 차원 끌어올 렸다는 의미에도 불구하고, 정체 없는 아름다움이 경쾌하게 리듬을 타 는 것으로만 만족해야 한다.

3) 귀족들의 몽유^{夢遊}, 존재의 불가해성

신경숙의 『리진』은 구한말 서구열강의 희생물로 전락해 가던 격변 을 다루면서도 역사의 진실을 묻는 격렬함이 없다. 그간 권력과 무관 하게 살아가는 조용한 귀족은 기존 역사소설에서는 주목받기 어려웠 다. 그런 점에서 역사는 귀족만을 배려한다는 말은 절반만 진실이다. 난세를 호령하는 영웅, 카리스마가 큰 권력가들, 아니면 대담하게 역 류하는 민중에게는 드라마틱한 서사의 예감이 있다. 그런 점에서 역사 소설이라는 장르에 조용한 귀족을 참여시키는 『리진』에는 특별한 점 이 있다. 권력자라는 타이틀에 갇혀 자기 안의 인간을 죽여야 했던 귀 족들의 고충이 너무도 선명하기 때문이다.

당시로서는 보기 힘든 운명의 전환을 겪은 리진의 삶이 역사의 물길 에 고요히 합류한다. 목숨을 걸고 서학을 받아들인 부모, 쇠락해가는 나라의 궁녀, 국적이 다른 프랑스 외교관의 아내, 사교계의 여인, 다시 조선의 궁녀로. 특별하기는 리진만이 아니다. 부유하고 총명하지만 남 편으로부터 소박을 당한 서씨. 프랑스의 외교관이면서도 부모의 성에 귀족의 칭호를 붙일 수 없는 콜랭. 조선의 운명에 볼모로 잡힌 명성황 후와 고종황제. 해결할 수 없는 어지러움은 이들이 특별한 상류사회에 속해 있기 때문이다. 하위계층이라고는 등장하지 않는 귀족들만의 세계에서 과거 역사소설과 같은 메시지의 강렬성은 어울리지 않는다. 한 껏 이완된 감성의 시대, 치열함으로서의 역사는 오히려 피곤함으로 다 가올 뿐이다. 사실로서의 역사도 과감히 생략한다. 구한말 조선에서 대한제국으로 이행하기까지 거쳐야 했던 오욕의 기억들은 최소한으 로 흐릿하게 암시될 뿐이다. 오로지 전면에 부각되는 것은 귀족사회의 내밀한 자기 고백이다. 부드러움과 고요함 속에서 삶의 심연을 딛는 귀족의 정신이 역사소설의 흐름에 침투한다. 특별한 귀족이기에 겪어 야 하는 인간 존재의 불가해성이 『리진』의 테마다.

그간 역사소설에서 귀족은 사회적 상징 혹은 정치적 상징물로서만 존재한다는 일방통행식 해석이 힘을 얻었다. 선과 악이라는 거창한 윤 리적 문제, 명쾌한 자기정체성, 권력과 역사라는 거창한 이야기 속에 서만 존재한다는 고정관념을 귀족을 더욱 신비스럽고 귀족답게 만들 어주었다. 하지만 이런 상징 속에서 귀족들의 실존이 진지하게 성찰할 수 있는 기회는 갖지 못했다. 성찰의 기회를 잃어버린 공적 존재로서 의 귀족은 반쪽짜리 인간일 수밖에 없다. 『리진』이 관심을 기울이는 것은 바로 이런 귀족사회의 고충, 귀족들의 철학적 실존에 관한 물음 이다.

조금만 관심을 기울이면 『리진』의 귀족들이 얼마나 존재론적 고뇌 에 빠져있는지 알 수 있다. 틈만 나면 던지는 "네가 누구인지, 성은 무 엇인지" 하는 질문은 어느 특정인의 것이 아니다. 리진의 것이기도 하 고, 콜랭의 것이기도 하고, 명성황후의 것이기도 하다. 거울을 보듯, 쌍둥이적 존재로서 명성황후와 리진은 자신들이 특별한 사연을 가진 귀족이기에 근원 모름을 지병처럼 지니고 살아간다. 끊임없이 '너는 누구인가'를 물으면서 '나는 누구인가'를 되묻는 이러한 조용한 반복 은 역사소설을 역사에서 철학으로 영역을 옮겨놓는다. 도무지 해답에 대한 기대감이 보이지 않는 질문들. 강연이 묻고, 서씨가 묻고, 콜랭이 묻고, 명성황후가 묻고, 리진도 '너는 누구인가'를 묻는다. 소설은 역사적 진실의 수호자로서의 귀족이 사실은 얼마나 근원을 알 수 없는 허무 속에서 부유하고 있는가를 묻는 것으로 대신한다.

따라서 『리진』에서 진실을 거론하는 것은 의미가 없다. 알다시피 우리의 역사소설은 지나치게 역사적 진실에 집중한 감이 있다. 명쾌한 해답은 흥미진진하게 역사를 창출했을망정, 오히려 역사의 밑바닥에 눅진하게 배어있는 인간 존재의 모호성에 대해서는 답변이 궁색했다. 딱 꼬집어 설명할 수 없는 흐릿함이 인간존재의 근원이라는 사실을 기존의 역사소설로는 해명하기 어렵다. 이렇게 인간 존재의 슬픔을 역사적 차원에서 해석하는 오류를 막기 위해 리진은 파리로 가야 했다. 파리 사교계를 매료시킨 조선 궁녀, 프랑스어를 능란하게 구사하고, 날카로운 식견으로 예술에 깐깐한 파리의 귀족을 순식간에 사로잡은 아리따운 여인. 그럼에도 불구하고 리진이 밤마다 이국의 강가를 몽유하며 허위허위 방황하는 것은 조선이 그리워서가 아니다. 인간 문제를 해결하는 데 역사가 얼마나 무력한가를 보여주는 데 있다.

이렇게 역사적 존재만 해석되던 귀족들은 『리진』에서 비로소 개인이 된다. 역사의 분량을 과감하게 줄인 『리진』은 역사의 진실이 아닌, 귀족들의 진실을 보여주었다는 점에서 역사소설의 품격을 한 차원 높인 것이다. 자신이 어디를 떠도는지, 무엇을 원하는지조차 알 수 없는 귀족여인의 몽유 속에서 역사소설의 감성과 사유는 한층 깊어진다. 따라서 리진의 몽유병에서 흔들리는 조선의 운명을 보려는 유혹에 굴복해서는 안 된다. 리진과의 이별에서도 "외교관으로서 그녀와의 사랑을 지켜나갈 의지가 없"다는 콜랭의 말 역시 단순한 변심으로 받아들여서도 안 된다. 사랑조차도 해결할 수 없는 고독의 심연, 찾을 수 없는 근원을 찾아 몽유하는 허방짚기가 콜랭의 변심에서도 동일하게 발견되기 때문이다.

그런데 외교관, 궁녀, 황후, 황제 등과 같은 공적 담론의 주인공들이 공적 이데올로기를 지워버리고 허무라는 사적 감정을 고백하는 데에 의혹이 없지 않다. 『리진』은 의도하지 않았겠지만, 이러한 고백이 혹시라도 오늘날 우리사회 지배층에 면죄부를 주고 있는 것은 아닌가 하는 의구심이다. 귀족들의 혼란이 인간 존재의 근원적 부조리에서 빚어지는 문제라면 그들은 무죄일 수밖에 없다. 더욱 문제가 되는 것은 귀족들의 자기고백이 결국 그들의 힘과 권력을 옹호하는 것으로 귀착된다는 데 있다. 존재의 혼란스러움에 대해 질문만 무성할 뿐, 한 번도 해답의 의지를 보여주지 않았다는 점은 『리진』의 목적이 고백 그 자체에 있음을 알 수 있다. 물론 『리진』에서 불가해한 인간을 가감없이 노출시키는 귀족들의 허무는 신경숙의 성과다. 신경숙의 특장을 고스란히 살려, 역사 속에 웅크린 또 다른 귀족들의 실존적 고뇌와 존재의 근원적 허무함을 섬세하게 그려낸 부분은 역사소설의 품격을 한 단계 높인 것은 틀림없는 사실이다.

하지만, 사회 최상위층 지도자들의 혼란과 고백이 재현되고 있는 현실은 불행일 수밖에 없다. "법국에선 어떤 때에 가장 외로웠느냐? / 제가 누구인지 알고 싶을 때였습니다. / 그래, 네가 누구 같더냐? / 모르겠습니다. 먼지 같고 풀 같고 구름 같고…… / 종내는 아무것도 아닐 것이다"라는 명성화후와 리진 사이의 대화를 우리시대 지도자들의 것으로 가정할 때는 누구라도 머리가 쭈뼛해진다. 어쩌면 아무것도 아닐지 모른다는 우려가 순수한 인간적 고뇌가 아닌, 우리사회 지도층들의 말이라고 해석했을 때 사회가 감당해야 할 엄청난 시련을 떠올리면 암담할 뿐이다. 『리진』이 귀족들의 혼란을 전면화하면서 역사소설의 판형

을 새로 짰다는 긍정적 의미가 현실 속에서는 이렇게도 불편하게 다가
온다.

4) 지식 엘리트들의 자폐적 자기만족

『열하광인』의 처음은 이렇게 시작된다. "단 한 권의 금서(禁書)가 지
금의 나를 만들었다. … (중략) …『열하일기』를 읽기 전의 나와 읽은 후
의 나가 어떻게 달라졌는가를 꼼꼼하게 기(記)하고 록(錄)하는 것은 오
랜 바람이었다. … (중략) …『열하일기』가 몰고 다닌 불행의 비밀을 아
고 있는가." 『열하일기』의 비밀스터디 그룹을 추적하는 역사추리물,
예상을 뒤엎는 반전으로 사건을 긴박하게 이끌어가는 능력은 꽤 흥미
롭다. 그러나 이 소설은 역사추리소설의 익숙한 룰에 따라 읽으면 흥
미진진함 외에는 아무것도 얻어낼 수 없다. 미리 말하자면 이 소설은
예기치 않게 오늘날 지식 엘리트들의 자기확인에 대한 과욕과 오만을
노출하고 만다.

　여러 소설, 드라마 등에서 정조시대는 흥미의 대상이다. 역경을 이
겨내고 스타덤에 오른 정조 개인에 대한 관심도 분명 작용했을 테고,
구태(舊態)를 벗으려는 변혁에 대한 시대의 열망을 역사적 알레고리로
인식했기 때문일 수도 있다. 하지만 『열하광인』은 익히 알려진 정조를
빌려오면서도 정조를 다루지 않는다. 개혁, 젊은 정신, 군주에 이르기
까지 그의 인간적 고뇌 등 정조에 대한 기존의 해석으로부터 벗어나려
는 의지는 분명하다. 신흥 엘리트들의 지적 실존을 탐구하기 위해 정
조는 시작과 끝을 제공하는 액자로만 위치한다. 소설은 절대권력자 정
조의 그늘 아래 가려진 백탑서생들의 서책과 글쓰기에 대한 실존적 욕

구를 전면에 배치한다.

　사건은 『열하일기』의 비밀스터디 그룹인 백탑서생들의 동태를 보고할 것을 정조가 지시하면서 시작된다. 사건의 진실에 육박해 가는 놀라운 추리력, 사실의 조각조각을 짜맞추면서 완성된 사실을 전복하는 패기를 통해 신흥 엘리트들의 지적 욕망과 실존에 비하면 정조는 권력을 지키려는 평범한 정치가에 불과하다. 이는 절대권력에 압도되어 목소리를 잃어버린 존재들, 그리고 증명할 수 없는 상상의 역사라는 점에서 최근 유행하는 작은역사의 연장선상에 있다. 하지만 신흥 엘리트를 주체로 내세우려는 의도는 과해 보인다. 이러한 의욕 과잉은 백탑서생들의 움직임을 예의주시하라는 지시에서 갑작스레 살인사건이 발생하면서 시작된다. 사건을 수사해야 하는 의금부 도사가 살인자로 몰리면서, 이명방은 자신이 살인자가 아니라는 자기증명의 위기에 직면한다. 엘리트들의 자기증명, 소설의 핵심은 여기에 있다. 사건 수사는 "없는 나를 찾아서 떠도는" 과정이 되는 것이다. 사건의 윤곽이 잡힐수록 이명방은 자기에 골몰한다. 이 과정에서 글쓰기와 책의 문제는 절대적 중요성을 갖고 개입한다. 글쓰기에 관한 자의식, 서책에 관한 열광이 살인사건에 직접적 요인이 되면서 소설은 자연스레 다른 계층과 구별되는 백탑서생들의 지적 실존이 부각된다.

　백탑서생은 서책과 글쓰기를 통해서 당대와 무관한 지점에서 자신들의 존립 근거를 발견한다. "제 삶의 첫 자리엔 이 책이 놓였고, 그때부터 전 비로소 숨 쉬고 걷고 밥 먹기 시작하였다"는 고백대로, 서책과 새로운 문체에 대한 숭배는 종교 이상이다. 이를 역사소설의 관성대로 진실을 획득하기 위한 결연한 투지로 해석할 필요가 없다. 신흥 엘리트들이 추구하는 것은 책을 통한 지적 만족, 소설을 통한 감성의 획득 자체를 이데올로기화 한다. 명은주가 "연모하는 사내 대하듯" 이

야기에 "자신의 감정을 옮"기는 지성과 감성의 코드는 시대와 역사와
는 무관한 방향을 향한다. 이들의 위치는 체제에 대한 긍정도 부정도
아닌 무관심이라는 제3항에 위치해 있다.

『열하광인』이 지성과 감성을 귀족들의 존재 근거로 보는 방식은 기
존 역사추리소설의 타성을 극복했다는 점에서 약간의 의의를 부여할
수 있다. 사실 이념에 목숨을 거는 사람만큼 무서운 경우는 없다. 목숨
을 걺으로써 그 이념을 정당화하며 아예 논의의 싹을 잘라버리기 때문
이다. 지난 날 과도했던 이념의 폐해를 생각한다면, 역사소설도 전체
의 이념으로부터 벗어날 필요가 있다. 그런 점에서 지성과 감성을 개
체 존립의 근거로 보는 백탑파들은 새로운 존재들임에는 틀림이 없다.

하지만 모든 문제를 공동체 내부로 끌고 들어와 세계를 지워버리며,
지엽적인 문제로 전체를 가리는『열하광인』의 모습은 자폐적 자기만
족이다. 추리를 빌미로 얄팍한 지적 유희를 일삼으며 당대의 무딘 지
성과 대결한다는 생각은 깊이를 잃어버린 자기과시에 지나지 않는다.
자신들의 열정이 체제와 무관한 데서 발산될 수밖에 없는 절실함을 단
순히 신사고의 총합으로서의『열하』에서 찾고 있는 것은 너무 상식적
이다. 그렇기 때문에 어떤 대상에도 포획되지 않고 자유로운 사유 자
체를 즐기는 지적 쾌감은 그들만의 이야기라는 데서 시대와의 공감대
를 잃어버린 그들만의 지적 유희에 불과하다는 것이다. 무엇보다 "백
탑 서생 그 누구도 파당을 지어 천하를 더럽히지 않"으며, 오직 "매설
을 짓"는 데에만 골몰해야 하는 소설쓰기의 절박함에는 근거가 없다.

물론 이들의 자폐적 집단주의는 저항의 효과를 만들어낸다는 점에
서 어느 정도 의의가 인정된다. 통치자의 입장에서 체제에 무관심한
자기몰입은 어느 저항보다 불쾌할 수 있다. 권력을 열망하지 않는 초
연함, 왕권에 대한 의례적인 정중함은 특이한 방식의 위협이다. 이명

방이 정조보다 절대시하는 것은 백탑서생이라는 제도권 밖의 지식공동체다. "군왕이 군왕의 편이었다면 지금 나는 내 기억의 편이라고. 그리고 그 기억을 함께 나눈 백탑서생의 편이라"는 이명방의 고백은 오늘날 시민 엘리트 중심의 다양한 네트워크의 한 양상을 보여준다. 이들은 자신만의 지적 욕망에 충실할 뿐, 체제의 룰에 괘념하지 않는다. 이들은 정치적 무관심을 떳떳하게 표명하거나, 혹은 시대의 압력에 대해 개체로서의 지분을 당당하게 요구하는 모습에서 오늘날 지식을 바탕으로 한 시민공동체의 원형을 어렴풋이 짐작할 수 있다.

주로 고학력자들이 포진하고 있는 점에서 단순한 민중으로는 보기 어려운 이들 공동체는 정권탈취를 목적으로 하는 정치단체나 권력단체와 자신들을 구별짓는다. 지적 열정과 패기로 무장한 이들은 역사의 진실보다 자신들의 능력을 신뢰한다. 적절한 상상과 근거를 바탕으로 본질을 압박해 들어가는 작품 속 지식 엘리트의 사건 추리는 충분히 흥미롭다. 대상의 자명성을 부정하며 대상을 근원적으로 회의하는 모습은 진지해 보인다. 추리를 통해 이들은 세계의 주인이 된다.

하지만 정치가 빠트린 지식의 공백을 메우는 데 대한 자부심, 자신들의 이름으로 시대를 대표한다는 지적 패기는 알짜배기 없는 허명이기 십상이다. 거대역사를 엑세서리처럼 곁들이고, 서책과 소설에 목숨을 걸 만큼 문화적 기호가 절실했다면 적어도 왜 이렇게 부분에 골몰할 수밖에 없는지 답변은 준비하고 있어야 했다. 작품 속이건 밖이건, 무질서와 불합리를 전복하여 질서와 합리로 되돌려 놓으려는 자기주도적 지식인이 되기 위해서는 시야를 밖으로 확대할 필요가 있다. 답변이 궁하니, "나는 없다. 백탑 서생 곁에도 없고 의금부에도 없는 나는 어디에 있든지 참다운 내가 아니다. 대체 나는 언제부터 이 세상에서 사라졌을까" 하는 식의 허무주의로 끝을 내는 것이다. 역사와 시대에 공감할 수 없는 그들만의 논리를 준비하지 못한다면, 이는 전체에 대한 통찰도 없고 개별성에 대한 통찰도 없는 유아적 자아도취에 머물고 말 것이다.

5) 귀족주의의 감옥, 자본주의 소비미학과의 야합

어떤 사조가 새롭게 등장할 때마다 반복되는 현상이 있다. 인간은 최초에 필요를 느끼고, 다음으로는 유용성을 찾고, 그 뒤에는 안락에 몸을 맡기며, 다음에는 쾌락에 빠져들어 사치 속에 분별력이 없어지고, 마침내 미쳐 자신의 본질을 고정시킨다.[1] 지금 대체역사소설이 이런 상황이다. 정전에 환멸을 느낀 젊음은 기원을 망각하고 자본주의 소비미학과 결탁한 귀족주의를 역사의 단일한 흐름으로 고정시키려 하고 있다.

사실 일방통행식 역사 해석의 한복판에 뛰어들어 지배층의 믿음에 급소를 찌르는 최근 역사소설의 모습은 일단은 꽤 멋져 보인다. 진리가 따로 있는 것이 아니라, 만들어지는 과정을 아는 것이 진리라는 당찬 생각들은 그 내용의 진정성보다 부정(否定)의 정신만으로도 출판계의 구원투수로 확실한 입지를 굳혔다. 실제로 역사가들의 자부심만큼 역사가 그렇게 깔끔하게 정돈되어 있지는 않았을 것 아닌가. 역사의 기원은 대부분 통속적이며 하찮고 어떠한 필연도 없는 우연의 연속이었을 터이다. 하지만 담론은 이 무매개적인 사실들을 묶고 엮어서 진리를 만들어낸다.

하지만 최근의 역사소설들이 이렇게 역사적 담론 작용에 대한 진지

---

1 조한욱, 「비코와 포스트모던 역사학」, 김기봉 외, 『포스트모더니즘과 역사학』, 푸른역사, 2002, 192~193쪽.

한 성찰과 관련된다고 생각하면 오산이다. 작은역사라는 의미는 이후의 작업으로 부여된 것이지, 대부분의 소설들은 단지 역사를 이용하고 남용하는 데 골몰해 있다. 확립된 역사에 대한 치열한 자기인식 혹은 자기투쟁이라는 맥락에 편승하면서, 간판과는 다른 영업을 하고 있다. 이들 소설이 역사를 자유롭게 재구성하면서 인간을 역사의 구조라는 감옥에서 탈출시킨 것만은 사실이지만, 실제로는 인간을 다시 귀족주의의 감옥에 가두는 꼴이 되었다. 즉 귀족주의가 과거 역사의 거창한 인간, 경직된 인간은 개인적 성찰을 바탕으로 한 인간에게 무한한 자유를 선사한 것은 아니라는 말이다. 오히려 이전에는 보지 못했던 세련된 덫을 놓고 있다.

『서라벌 사람들』『리진』『열하광인』세 작품을 통해 볼 때, 최근 역사소설이 표방하고 있는 귀족주의는 진지한 자기투쟁도 불필요하고, 자성마저도 소용없다는 인식이 역력하다. 귀족주의의 모든 논리는 자본주의 소비미학과 야합이라는 테마로 압축된다. 민중과 지배계층이란 한국사회의 분열증적 양상이 귀족주의라는 자본주의 소비미학 속에서 의기투합하고 있다. 구매력을 토대로 소비주체화되고 있는 멋쟁이들, 표피적 허무와 고독으로 소일하는 나약한 정신주의, 생산성 없는 지적 유희 속에 한국사회 전체의 정신은 탕진되고 있다. 사회과학적 성찰이 없이 역사적 콘텍스트에서 유리되어, 쇄말사에만 몰두하며 역사를 신변잡기와 가십거리로 활용하는 모습은 소설 안팎이 조금도 다르지 않다. 최근의 역사소설과 함께 한국사회는 이 귀족주의의 덫에 걸려있다.

2부

1.

열정없는 로맨스, 위장된 소통

-윤대녕의 『미란』론

1) 미적 환상에 내재된 어두운 징후

휴대폰이 등장하면서부터 인류는 다시 유목의 시대로 돌아가고 있다. 이 시대 인류의 전언(傳言)들은 때와 장소를 가리지 않고 유목민처럼 떠돌기만 할 뿐, 그 어느 존재에게도 뿌리내릴 곳을 찾지 못하고 있기 때문이다. 따라서 휴대폰이 표상하는 소통의 이데아는 진정한 소통과는 오히려 더 거리가 멀어지기만 할 뿐이다. 인류는 자신의 눈과 귀를 10cm도 못 되는 휴대폰 스크린 속으로 구겨 넣고, 그 완전히 사적인 공간으로 타자의 방문을 허락하지 않는다. 그리하여 인류는 '소통 부재'라는 고질병을 대물림해가며 시달리고 있는 것이다.

물론 소통의 문제는 휴대폰으로 대표되는 소비문화시대만의 특징이라고는 할 수 없다. 그것은 인류가 철학이라는 이름으로 오랜 기간을 고민해온 인간의 근원적인 문제에 속하는 것이기 때문이다. 샤르트르에 의하면 나를 되찾으려는 시도는 근본적으로 타자의 복종을 전제해야 하기 때문에 타자와의 소통은 분명 실현될 수 없다고 한다. 그래서 타자와 함께 살아가는 삶 자체가 바로 지옥이라는 샤르트르의 생각은 이러한 문제에 대한 고민임이 분명하다.[1]

그러나 소비문화시대로 오면 홍수처럼 쏟아져 나오는 물질적 기호들이 그 겉모습과는 달리 소통에 있어 많은 문제들을 드러내고 있다. 따라서 이 시대는 그 어느 때보다도 소통의 문제가 심각하게 논의되고 있는 실정이다. '언제나 어디서나 터진다'는 휴대폰, 컴퓨터, 인터넷 등의 현란한 주장은 그들이 말하는 것과 아주 다르다. 물론 이들이 내보내는 전파가 강력하고 정확하게 도달하는 것은 분명 사실이다. 그러나 그 전파의 끝은 화려하게 치장한 주체의 표면일 뿐, 정작 주체는 소통의 회로를 자신의 내면으로까지 연결하려 들지 않는다. 주체의 표피를 장식하는 이미지의 장막이 너무도 두텁기 때문이다. 잘 알려진 대로 소비문화시대를 지탱하는 핵심 요인 중 하나는 이미지의 증식으로 형성된 '미적 환상'이다. 이미지의 위력은 실체를 가진 일상으로부터 탈주하여 몽환의 세계를 유리 방황하도록 자아들을 말없이 조종한다. 이 와중에서 주체들은 이미지의 강렬한 빛에 압도당하여 소통에 대한 기대감을 폐기하기에 이른다. 따라서 소비문화시대에서 이미지는 때로 내면의 표상이 아니라, 내면의 진정성을 덮어 버리는 '장막'의 모습으로 귀착되고 말았다. 그리하여 삶의 척박한 흔적들과는 담을 쌓은 세련된 이미지의 왕국에서 소통의 끈은 그 내구성이 매우 의심쩍을 수밖에 없다.

---

1 석윤예, 「샤르트르의 대타존재 문제와 『닫힌 문』에서의 타자문제 분석」, http://www.penart.co.kr /literature-lirary/2_world-literature/fr.../002.ht

서사의 영역에서는 소통 불능의 징후를 증명이라도 하듯 이 시대의 부산물인 고독한 개인과 소통의 어두운 측면들에 집중하는 경향이 유독 두드러진다. 윤대녕의 소설이 소비문화시대의 한 표정으로 떠오를 수 있었던 것도 이러한 상황과 결코 무관하지 않다. 광기와 환상에 대한 과도한 탐구, 그리고 도시적 일상을 전복하는 사건이나 인물과의 조우, 신비 경험에 대한 천착. 이러한 '서사성에 대한 이미지의 우위'[2]를 고집하는 윤대녕의 소설은 내면의 정교한 밑그림을 놓쳐버리게 되면서 궁극적으로는 소비문화시대의 소통에 대해 끊임없이 의혹의 눈길을 보내고 있다.

윤대녕의 『미란』에는 소통의 문제가 녹아 있어 눈길을 끈다. 『미란』은 성연우와 두 여인과의 사랑을 통해서 인간의 관계가 눈앞에 어른거리면서도 정작 실체는 끊임없이 모양을 바꾸는 허상에 불과함을 형상화하고 있다. 따라서 『미란』은 로맨틱한 사랑마저도 나 홀로의 무기력한 외침에 불과하며, 결국 모든 소통에 대한 정열은 이미 사라져 버렸다는 것을 명백히 하고 있다. 미적 환상을 매개로 피차 가면을 쓴 채 이루어지는 '위장된 소통과 열정없는 로맨스'는 주체와 타자의 상호 소외 내지는 동반 파국을 면하기 힘들게 한다. 그 파국의 현장을 『미란』에서 확인하게 된다.

2) 샴쌍둥이, 단수 혹은 복수

군에서 제대를 하고 고시에 패스할 때까지 나는 동교동 로터리에 있는 고시원에 들어가 그야말로 누에처럼 지냈다. 그때의 유일한 낙이란 다세대 주

---

2 남진우, 「달의 어두운 저편」, 『숲으로 된 성벽』, 문학동네, 1999, 219쪽.

택처럼 지은 고시원 3층 복도에 나와 서서 당인리 발전소 뒤로 해가 지는 것
　　을 바라보는 것뿐이었다.(『미란』, 17쪽)[3]

　사법고시를 준비하는 성연우는 스스로 고치를 만들어 자기를 가두
는 누에처럼 타자와 소통없는 고통스런 나날을 이어가고 있다. 몇 평
안 되는 고시원의 방은 누에고치처럼 타인 없는 꽉찬 부재로써 외부와
의 소통을 원천적으로 차단한다. 이때 누에는 타자와의 공동체적 연관
을 거부하고, 오로지 자신만을 존립의 근거로 삼고 있는 성연우의 내
면 풍경에 관련된다. 누에의 내면은 화려한 날개로 열린 세계를 향해
날아오를 미래를 위한 긍정적 자기폐쇄는 결코 아니다. 오히려 그의
내면 풍경은 닫힌 시간들을 쌓고 쌓아서 단절의 벽으로 자신을 엄호하
는 부정적 자기폐쇄라 할 수 있다. 소통의 회로는 타자와 주체 사이의
시선 속에 매설되어 있는 바, 따라서 세계를 바라볼 창(窓)을 잃어버린
성연우에게 타자와의 소통은 근본적으로 불가능할 지도 모른다. 이렇
게 본다면 『미란』은 작품 초반부터 누에의 상징적 의미에 기대어 소통
에 관하여 진지하게 고민하는 모습을 보여준다.

　성연우가 소통에 장애를 겪는 모습은 소비문화시대의 내면 상실과
밀접하게 관련된다. 흔히 지적되듯이 소비문화시대에서 운송 수단과
통신 수단, 그리고 전자 매체의 발달은 문화의 키워드를 속도와 감각
으로 바꾸어 놓았다. 속도계의 눈금이 미세해질수록 속도가 존중되고,
사유를 마비시키는 몰입과 도취의 순간들이 찬양된다. 그런가 하면 얕
은 감각을 자극시키는 섬세하고 세련된 미학들이 극단적으로 추구된
다. 이러한 최첨단의 속도 문명의 문화적 환경들은 표면적으로는 주체
와 무한한 외부 세계와의 접촉 가능성을 열어두는 것처럼 보이지만,

3 이하 쪽수만 표기함.

실제로는 물질의 그늘 뒤로 자아의 내면을 가려버리거나 아예 지워버리는 결과를 낳는다.[4]

　성연우의 일상은 전형적인 소비문화시대의 시민답게 어떠한 목표나 희망도 없는 지독한 권태와 나른함으로 일관되어 있다. 이 시대는 사유 판단 욕망마저도 텔레비전 광고 라디오 컴퓨터 등의 전자 매체가 대행해 준다. 따라서 주체는 삶에 대해 의욕을 잃고 방관자적 태도로 임할 수밖에 없다. 이러한 징표는 우산을 사기가 귀찮아서 비를 맞고 다니며, 하루 세끼 식사도 종합 영양제로 대신하고, 방바닥에 담배를 눌러 끄는 등의 모습으로 극단화되고 있다. 말하자면 성연우는 누에고치의 폐쇄적인 공간에 칩거한 채로 간신히 생명을 이어가고 있었던 것이다.

　이러한 성연우에게 두 명의 미란은 단절의 벽에 균열을 내어 줄 새로운 가능성으로 비춰진다. 나른한 '몽환과 신비'로 꼬아 만든 오미란의 것이건 아니면 '현실'의 긴장감 팽팽한 김미란의 줄이건, 그 어느 것이든 구원의 동앗줄이 성연우를 고독으로부터 이끌어 내리라는 기대 속에서 만남은 시작된다. 말하자면 성연우는 두 명의 미란을 몽환과 현실의 두 가지 방식으로 존립과 소통의 근거지로 삼고자 한다. 그러나 기대와는 달리 두 미란과 성연우 사이의 거리는 너무도 까마득해서 소통의 징후는 조금도 포착되지 않는다. 두 명의 미란 역시 성연우와 마찬가지로 두 겹 세 겹 누에고치의 두께를 늘려가며 내면으로 틈

---

4 이미지와 기호의 소비사회를 살아가는 인간은 자신의 내면을 성찰할 여유와 이유를 상실한다. 이미지의 제국에서 기호를 소비하는 개인은 자율적 주체가 아니라 수동적 수용자로 자리매김된다. 주체는 물질과 육체에 의해 구성될 뿐이다. 따라서 주체는 확고부동한 실체이기보다는 의심의 대상으로 전이된다. 내면의 힘보다는 육체성, 물질성이 우선시되어 부각된다. 이경, 「내면성의 뫼비우스 띠-오렌지족문화의 이창(裏窓)」, 이경·박훈하·김용규, 『문화의 풍경, 이론의 자리』, 비온후, 2003, 95쪽.

입해 들어오는 성연우의 시선을 거부하고 있기 때문이다.

　이때 두 명의 미란은 겉으로는 몽환과 현실이라는 양극단에 위치한 듯 보이지만, 실상 내면을 들여다 보면 조금도 다르지 않다는 점이 흥미롭다. 우선 두 사람 모두 '미란'이라는 동일한 이름표를 달고 등장하는 것부터가 심상치 않다. 이름은 오로지 하나의 내면에게만 소속되어 주체와 주체 사이의 육체적 경계선을 표시할 뿐만 아니라, 그 자아의 고유한 정체성을 대변하는 기능을 한다.[5] 그러나 『미란』에서 미란이라는 이름은 이러한 기능을 수행하지 못하고 있다. 동일한 고유명사를 공유하면서 이들은 겹쳐지는가 하면 다시 분리되는, 다시 말해서 '단수이면서 복수'인 '샴쌍둥이'와 같은 존재가 된다. 그리고 이 샴쌍둥이들은 몽환과 현실이 마주 놓인 두 개의 거울처럼 서로 다르면서 동시에 서로를 내포하는 방식으로 성연우의 내면을 끊임없이 교란시키는 양상이 작품 전체에 펼쳐진다.

3) 색채 신비주의와 내면 부재

　오미란은 끊임없이 성연우의 일상에 출몰하면서 안정된 삶에 균열을 내곤 한다. 또한 오미란은 탈일상의 공간에 거주하다가 종래에는 이미지의 늪에서 자신의 생의 끈을 놓아버리는 비련의 주인공이다. 이러한 오미란과의 만남이 성연우에게는 일찍이 경험하지 못한 매우 특별한 감정으로 몰고 간다. 그러나 오미란을 둘러싸고 있는 풍부한 신화적 이미지들은 성연우가 내면의 행방을 좇는 모양을 하고 있으나, 실은 내면[6]에 대한 끝없는 회의로 귀결되고 있다. 성연우와 마찬가지

5 서동욱, 「분열증과 유대인의 족보」, 『문학동네』 2003 겨울호, 410쪽.
6 소통을 이야기하기 위해 전제되어야 할 점은 '타자'보다는 타자의 '내면'이 존재해야

로 오미란 역시 내면이 가려진 여인이기 때문이다. 오미란이 보여주는 내면 부재의 현상은 다양한 모습으로 연출된다. 우선 그 첫 징후는 오미란을 '비껴가는 시선'에서 발견할 수 있다.

한동안 멍하니 수화기를 들고 있다가 나는 담배를 피우기 위해 라이터를 집어 들었고 잠시 텔레비전을 지켜보다가 이어 한강이 흐릿하게 내려다 보이는 창밖으로 시선을 돌렸다.(324)

'시선'의 문제는 내면 부재의 징후와 매우 밀접하게 관련된다.『미란』에는 오미란과 관련하여 "시선이 갔다", "올려다 보고", "시선을 돌렸다" 등의 서술어가 숱하게 등장한다. 내면의 탄생은 어떤 감각보다도 시각과 밀접하게 관련되어 있다. 시선은 단순한 지각의 대상이나 지각의 통로로서의 눈과 구별된다. 타자의 시선 앞에 발가벗겨진 내가 수치를 느낄 때 그 수치 속에서 체험되는 것은 바로 수치를 느끼고 있는 내면이다.[7] 그런데 성연우의 시선은 오미란에게 가닿지 않는다. 어항 속의 금붕어에게로, 그녀의 이마에 난 상처, 혹은 "한강이 흐릿하

한다는 사실이다. 물론 타자라는 개념은 내면을 상정하지 않고는 설명할 수 없다. 따라서 이 글의 '내면 부재'라는 용어는 근본적으로 '없다'는 것이 아니라, 소비문화시대의 몇 가지 요인으로 인해 '있으되' 소통에 긍정적으로 '기능하지 못한다'는 의미로 사용하고 있음을 밝혀 둔다.

7 샤르트르, 메를로 퐁티, 라캉의 경우는 타자의 시선을 주체가 발생하는 장소로 규정하고 있다. 예컨대 샤르트르의 경우 타자는 시선이라는 형태를 빌려 출현해서 자아의 발생을 가능하게 한다. 타자의 시선 앞에서 발가벗겨진 내가 수치를 느낄 때 그 수치 속에서 체험되는 것은 바로 수치를 느끼고 있는 자아이다. 즉 타자의 시선은 나의 자아가 탄생하는 장소인 수치라는 장을 구성해 준다. 프랑스 현상학의 주체와 타자에 대한 두 가지 특징은 첫째, 나는 인식과 세계의 지반으로서 미리 전제되어 있는 것이 아니라 타자의 개입을 통해 비로소 발생한다는 것이다. 둘째, 이때 타자는 다른 어떤 감각기관보다도 시각의 상관자로서 출현한다는 점이다. 서동욱,『차이와 타자』, 문학과지성사, 2000, 214쪽 참조.

게 내려다보이는 창 밖으로" 빗나가는 성연우의 시선 속에서 오미란의 내면은 찾아볼 길이 없다. 성연우의 시선 바깥에 있는 오미란의 모습은 풍경을 장식하는 하나의 사물 혹은 하나의 배경에 불과하다. 이 점은 성연우에게 있어서도 마찬가지이다. 성연우 역시 오미란을 시선 밖으로 밀어 버리면서 타자와 쌍을 이룰 가능성은 희박해진다고 할 수 있다.

이렇게 서로 시선이 빗나가는 한, 둘 사이의 사랑이란 찰나적 만남에 불과하며 몸을 매개로 한 며칠간의 계약일 뿐이다. 따라서 그 관계는 진지함의 결과가 아닌 돌발적인 관계로서 궁극적으로는 소통불능의 결과를 낳는다. 오미란은 어느 날 갑자기 자취를 감춰버리는가 하면, 느닷없이 나타나곤 한다. 문득, 불현듯, 돌연히, 홀연히와도 같은 부사들을 빈번하게 사용하고 있는데, 이는 성연우의 일상적 삶 속에서 타자와의 소통이 매우 즉흥적인 것을 보여주는 것이다.[8] 이러한 즉흥적 소통의 결과는 자아와 타자 간의 진정한 연속성보다는 비약적인 암시와 침묵과 단절이라는 양상으로 나타난다. 오미란의 출현은 언제나 예고없이 이루어진다. 그녀의 사라짐 역시 아무런 논리적 연속성을 제시하지 못하고 예측 불능이다. 작품에서 만남과 헤어짐은 앞과 뒤의 정황이 연결될 어떠한 조짐도 장치하고 있지 않고, 하나같이 느닷없고 무매개적이다. 이와 같은 만남은 타자와 교신에 필요한 내적 관조의 시간을 허용하지 않게 된다.

> 그 순간, 운명처럼 그녀와의 앞날을 예감했다. 내가 항상 그녀의 뒷모습밖에 볼 수 없게 되리라는 것을. 그런데 나는 왜 그녀에게 사로잡히게 된 걸까.(51)

---

8 황종연, 「유적의 신화, 신생의 소설」, 『비루한 것의 카니발』, 문학동네, 2001, 164쪽.

타자의 시선이 빗나가는 주요인은 무엇보다 오미란이 "뒷모습밖에 볼 수 없"는 여인이라는 점에 있다. 즉 오미란에게는 '얼굴'이 없다. 이 지점에서 시선은 얼굴로 논의의 장을 옮겨간다. 레비나스에 의하면 타자의 시선을 통해서 머리는 비로소 표정을 가진 얼굴이 된다. 즉 얼굴을 보는 것은 표정 그 자체를 본다는 말과 같다는 것이다. 이처럼 얼굴이 그려내는 표정들은 문학에서 인간의 실질적인 내면을 규정하며 타자와 소통하는 매개항으로 자리잡아 왔다. 따라서 시선을 수용하는 얼굴은 주체의 내면을 재현하는 창이면서, 동시에 타자와 대면할 수 있는 소통의 시작이기도 하다.[9] 그런 점을 염두에 둔다면 얼굴이라는 매개를 상실한 오미란과의 관계는 그 시작부터 심리적 일체의 가능성 자체가 누락되어 있는 것이다. 얼굴없는 오미란과의 대화는 실질적인 의미는 빠져 버리고, 무엇 하나 분명하게 얘기하는 법이 없는 수수께끼투성이의 상태로 두 사람의 관계를 규정한다. 따라서 얼굴이라는 소통의 형식을 공유하지 못하는 한 두 사람의 관계는 표피적인 만남에 불과하고, 두 사람은 여전히 고독 속을 떠돌게 된다.

그런데 특이하게도 『미란』에서는 오미란의 내면 없음을 신비적인 분위기로 덧씌워 마치 그 내부에 진정한 내면이 존재하는 것처럼 오도하고, 궁극적으로 내면 부재를 감추려는 전략을 구사하는 점이 눈에 띈다. 따라서 오미란에게 부여된 몽환적 분위기는 신비의 상징이 아니라, '내면 부재의 기호'로 작용한다. 물론 오미란의 이러한 분위기는 호텔이라는 공간적 속성과 일정한 함수관계를 갖는다. 제주도와 인도

---

9 얼굴을 뜻하는 프랑스어 'visage'라는 말은 '표정'을 뜻하기도 한다. 이 말은 '본다'는 의미를 갖는 라틴어 videre의 과거분사 visus에서 파생된 것이다. 얼굴이 표정이란 말과 동일한 단어라는 걸 염두에 둔다면, 머리와 얼굴의 차이는 분명해진다. 머리는 표정에 의해 정의되지 않기 때문이다. 역으로 표정을 갖는 신체의 표면은 모두 얼굴을 갖는다고도 말할 수 있다. 이진경, 『노마디즘 1』, 휴머니스트, 2003, 498~504쪽 참조.

네시아의 빈탄섬, 싱가폴과 말레이시아의 호텔은 성연우와 오미란 두 사람 모두를 투숙객의 태도로 상호 인식하게 만들고, 잠시 스쳐가는 존재로서 규정한다. 호텔에서 두 사람은 고작해야 화염병 연기 메케한 역사적 현실을 외면했던 과거, 혹은 아버지에게 계모 살해의 혐의를 들씌울 수밖에 없었던 가슴쓰린 옛날을 회상하느라 각자 분주할 뿐이다. 그리하여 호텔에서의 육체적 사랑이란 그야말로 관계의 공허함을 확인시켜 주는 데 불과하다.

> "보졸레…… 해물 스파게티, 야채 샐러드…… 까만 지포 라이터…… 르투아르의 그림이 박힌 손수건…… 셀렘을 피우던 하얀 블라우스의 여자…… 자주색 매니큐어…… 그런 것들이 이 파라솔 주의에 있었어요. 그 마지막 밤에 말예요. 흰 블라우스의 여자가 비명을 지르며 일어서자 포도주병이 덜어져 바닥을 붉게 물들였죠. … (중략) … 다음날 새벽 그 여자는 저기 수영장 한 가운데 두 팔을 벌리고 엎드린 자세로 떠 있었죠."(55)

『미란』에는 이렇듯 소통 불능을 더욱 적절하게 포착하는 장치로 '소비문화의 물질적 기호'들을 대거 등장시킨다. 한 여자의 죽음을 묘사하기 위해서 성연우는 수십 개의 사물들을 줄줄이 외워댄다. "보졸레", "해물 스파게티", "야채 샐러드", "까만 지포 라이터", 등의 숱한 이국적인 물건들은 그 너머에 다른 상징적 의미를 갖지 않고 단지 나열되어 있을 뿐이다. 문장 말미에 가서야 이 많은 단어의 나열이 한 여인의 죽음을 묘사하기 위해 바쳐진 것이라는 데 놀라게 된다. 다시 말해서 보졸레나, 해물 스파게티 등의 무성한 물화의 이미지가 죽은 여인의 존재를 덮어버린다. 이는 남는 것은 이미지이고 실체는 이미지에 의해 지배당하는 소비문화시대의 한 단면을 보여주는 부분이다. 소비문화시대는 문화적 코드들이 현란할 정도로 빈번하게 등장한다. 소비생활의 단면들이 카페, 음악, 음식, 영화 등과 같은 문화적 인공품과의 만남이 종종 인물의 영혼을 뒤흔드는 비상한 체험으로 나타남으로써 내적 진정성보다는 그 외면적 현실에 훨씬 무게를 두게 된다.[10] 이처럼 과도하게 도시적인 감각 혹은 예술적 취미가 중시된 결과, 둘 사이의 만남은 '심미적 감상의 대상'으로 전락하고 내면적인 소통은 상대적으로 망각되는 것이다.

이때 어김없이 동반된 '색채 이미지'들은 사물이 내용이 거세된 순수한 이미지로만 존재하게 하는 데 크게 기여한다. 색채가 작품 전면으로 부상하면서 신비는 작품 전체를 압도하고 실재와 상상세계 사이의 차이는 소멸된다. 이때 색채 이미지가 『미란』에서 일구어낸 기능은 '미적 신비주의'의 영역이다. 감람빛 코발트빛 푸른빛 하얀 붉은 등의 다양한 색채 스펙트럼 중에서 청색 계열의 색채가 유독 눈에 띤다. 흰빛이나 붉은빛보다는 감람빛, 코발트빛, 푸른빛 같은 청색 계열이 몽환적인 분위기 조성에 크게 기여하기 때문이다. 요컨대 내면이 부재한 곳에서 외면적 현시는 매우 큰 비중으로 다가오며 신비성은 극대화되지만 그러나 여전히 내면은 '빈 공간'으로 남는다. 신비주의에 함몰될 경우 현실 감각을 상실할 뿐더러, 특히 색채가 내면을 압도하게 되면 인간의 내면은 그 색채의 현란함에 압도당하여 소통의 문제는 뒷전으로 밀어버리게 된다. 성연우에게 오미란의 모습이 보랏빛과 엷은 분홍빛의 신비한 영상으로 존재하는 한, 오미란은 내면을 가진 인간이라기보다는 영상을 위해 주조된 하나의 색채 덩어리에 지나지 않는다. 또한 색채 감각이 거느리고 있는 이미지들은 일정한 폭력을 행사하며 상호간에 내면으로 향하려는 시도를 번번이 좌절시킨다. 소비문화시대

10 황종연, 앞의 글, 158쪽.

이미지에 걸린 문제는 항상 자신의 모델이 된 실재(實在)를 죽이는 살
상력일 것이다. 이미지는 어떠한 사실과도 무관하며, 자신은 모든 실
체로부터 독립하여 있음을 주장한다.[11] 이처럼 색채에 의해 방사된 이
미지들이 허용치를 넘을 경우 타자와의 소통은 불가능하게 된다. 내면
을 색채 신비주의의 성역에 가두어 버리는 성연우의 입장은 하나의 관
념에 불과하거나 한낱 장식적인 것으로 폄하될 것이 분명하다. 또한
색채 신비주의에 대한 과도한 집착은 작품의 매혹적인 분위기 혹은 감
각적 표상을 형성하는 데 그치지 않고, 오히려 서사의 제약으로부터
풀려나서 색채 이미지가 전달하는 현재의 황홀과 흥분만을 체험하려
는 경향을 드러낸다.

4) 정전^{停電}, 그리고 소통 불능

성연우는 오미란이 뿜어내는 몽환적인 매력에 모종의 유혹을 느끼
며 그녀의 정체에 접근하려 하지만, 오미란의 뼛 속 깊숙이 스며든 정
체 불명의 불안과 혼돈은 둘 사이의 거리를 더욱 벌려놓기만 할 뿐이
다. 따라서 성연우는 새로운 관계의 모색을 위해 오미란과는 또 다른
극단, 즉 김미란에게로 무게중심을 옮겨 간다.

그러나 『미란』은 김미란에 대해서도 긍정적 결말을 예비하고 있지
는 않는다. 저쪽 세계의 환영과 잠시라도 부딪힌 자는 어느 곳에서도
성공적으로 소통할 수 없기 때문이다. 다시 말해서 성연우가 김미란에

---

11 보들리야르에 의하면 이미지는 다음과 같은 단계를 밟아 현실로부터 독립한다. 먼저, 이미지
는 깊은 사실성의 반영이다. 둘째, 이미지는 깊은 사실성을 감추고 변질시킨다. 셋째, 이미지
는 깊은 사실성의 부재를 감춘다. 마지막으로, 이미지는 그것이 무엇이건 간에 어떠한 사실
성과도 무관하다. 장 보드리야르, 『시뮬라시옹』, 민음사, 2001, 25~27쪽 참조.

게로 급격히 방향을 틀었다고는 해도 두 사람의 결혼 생활은 단절과 분리만을 심각하게 확인하는 과정의 연속이었다. 물론 초반에는 김미란이 오미란과 차별화되는 지점이 도드라진다. 명확한 윤곽을 드러내기를 거부하는 오미란과는 반대로, 김미란은 현실의 존재임을 분명히 한다. 두 미란의 차별성은 그들이 거주하고 있는 공간과도 밀접하게 관련된다. 오미란이 물, 호텔, 섬 등과 같은 비현실적 공간을 배경으로 존재하는 것에 비해, 김미란은 현실의 공간 '아파트'를 배경으로 하고 있다는 점에서 대비된다. 아파트는 둘만의 은밀한 결합을 전제로 한다는 점에서 고립을 근거로 하는 누에고치와는 분명히 다르다. 아파트는 침실과 마찬가지로 타자와 교류해야 할 필요성이 실제 생활 속에서 구현된 사적인 공간이다.[12] 그런 점에서 아파트에서의 결혼 생활을 통해서 성연우는 내면 부재의 음울함으로부터 탈출하여 진정한 소통의 가능성을 보았던 것 같다. 그리하여 성연우는 오미란을 지독하게 그리워하면서도 세속에서 버티고 살기 위해 김미란과 결혼하기에 이른다. 그러나 성연우에게 김미란은 결코 내면성의 위기 혹은 소통의 대안이 될 수는 없었던 모양이다. 성연우에게 김미란이라는 존재는 만남이란 지극히 찰나적인 허상에 불과하다는 것을 확인시켜주는 절차에 불과했던 것이다.

> 식이 끝나고 가족들이 모여 있는 자리에서 나는 입술에 피가 튀어나와 있는 삼촌의 얼굴을 보았다. 맞은편에 앉아 있던 미란의 어머니가 핸드백에서 손수건을 꺼내 삼촌에게 건네주는 것을 나는 어쩐지 불길한 느낌을 가지고 바라보고 있었다. 그때 미란의 어머니가 앉아 있는 의자 밑에서 사슴 한 마리가 피를 토하며 쓰러져 있는 것을 나는 환영처럼 목격했다.(167)

12 피터 브룩스 지음, 이봉지·한애경 옮김, 『육체와 예술』, 문학과지성사, 2003, 71~72쪽 참조.

　분명『미란』에는 '현실이 없다'. 소통은 현실 공간에서 주체와 타자가 내면을 함께 보듬어 가는 통찰의 과정이다. 따라서 현실을 망각한 소통이라는 생각은 환상에 불과하다. 그런데『미란』은 결혼이 현실로 연결되는 진입로를 제공할 수 없도록 도처에 진입금지의 지뢰를 깔아놓는다. 그러한 징후는 무엇보다도 결혼식장에서 이미 예견되고 있다. 결혼식, 인생의 출발에서부터 환상은 두 사람의 틈새를 비집고 불안의 냄새로 변형된다. 윤대녕 소설의 특허로 공인된 환상의 색채가『미란』에서도 어김없이 등장한 셈이다. "미란의 어머니가 앉아 있는 의자 밑에" "피를 토하며 쓰러져 있는" "사슴 한 마리"는 김미란으로 순치되는 죽음의 기호이다. 앞서의 논의대로 김미란이 현실을 상징하는 기호라면 분명 사슴 혹은 김미란의 죽음은 '현실의 죽음'이다. 좀더 분명하게 결혼이라는 현실은 주체의 죽음을 동반하는 환상임을 비유적으로 짚어주는 대목이다.

　무엇보다 아파트라는 공간이 현실성을 담보해주는가 하는 것도 의심스럽다. 김미란과의 만남이 발밑에 전해오는 견고함을 통해 현실의 근거를 통찰하게 할 수는 있었다. 하지만 김미란이 거주하는 아파트를 현실이라 하기에는 몽환의 세계에 대한 저항력이 턱없이 부족한 공간이었다. 신혼이라는 말이 무색하게 아파트에서 농도짙게 몸을 섞는 두 사람의 모습을 찾아 볼 수가 없다. 바타이유의 주장처럼 개인들은 육체라는 외로운 한계를 깨트림으로써 찰나적이나마 타자와의 연속성을 획득하려고 노력한다.[13] 그런데 김미란의 아파트에서는 육체의 교합에서 흘러나오는 탄성이 들리지 않는다. 대신에 김미란은 오미란의 존재를 안 이후로 아파트에서 자질구레한 일상의 모습을 벗겨내고 대신에 차가운 허무와 적대의 감정을 덧칠하고 있다. 그리하여 오미란의

---

13 피터 브룩스, 앞의 책, 35쪽.

존재를 인지한 김미란은 성연우의 간절한 만류에도 불구하고 서울의 아파트를 떠나 경주에서 줄곧 머무른다.

김미란의 어머니가 거처하는 경주는 서울의 반대편에 위치한다. 서울은 시한부 종말론인 휴거 소동, 한중 수교, 김영삼 씨의 14대 대통령 당선 등이 1992년 3월이라는 달력을 통해 지금 이곳이 '현실'임이 분명한 공간이다. 이와 반대로 김미란의 어머니가 살고 있는 경주는 몽롱한 신비와 매혹으로 가득 차 있다. 김미란의 어머니는 30대에 나이가 멈춰 있어서 정확한 삶의 연대를 추정할 수 없을 뿐만 아니라, 그녀가 가진 매력의 정체조차 설명하기 어려운 모호한 것이다. 여기서 성연우가 김미란의 어머니를 보았을 때 느낀 혼란은 분명 오미란을 만날 때와 동일한 것이다. 생계를 위해 차린 빵집조차도 김미란의 어머니에게 소속되면 생활의 이미지는 사라지고 신비와 몽환의 안개가 그 자리를 대신한다. 그리하여 김미란이 경주에 머물면서 서울과 경주라는 이분법적 구분은 그 경계가 서서히 지워진다. 김미란의 어머니와 김미란은 신비의 공간 경주에서 존재의 일치를 보게 되고, 그리고 다시 두 사람은 푸르스름한 안개와 같은 오미란의 이미지로 수렴되는 것이다. 따라서 이제 성연우는 구태여 오미란과 김미란 사이를 안타깝게 오갈 필요가 없다. 어차피 두 사람은 거울을 보듯 같은 존재이기 때문이다. 그렇게 본다면 오미란의 호텔 섬 바다 등의 배경이 소통불능에 기여하는 것과 마찬가지로, 김미란의 서울 아파트도 인간 상호간의 결합이 허구라는 점을 보여주는 '위장된 소통'의 공간이라고 할 수 있다.

경주로 올라오고 나서 며칠 후 오미란이 꿈에 나타났다. 그것은 꿈이라고 하기엔 너무도 생생해서 마치 그녀(오미란-필자 주)가 나를 찾아온 것만 같았다. (…) 나는 이불 속에서 슬그머니 허벅지를 꼬집어 보았다. 틀림없이 현실이었다. (…) 그녀(오미란-필자 주)가 밖으로 사라지고 나서 눈앞이 까맣게 흐려지면서 나는 다시 깊은 잠에 곯아떨어졌다. 오후 2시에 미란(김미란-필자 주)이 왔다. (…) 그러고는 수상쩍은 표정으로 이런 말을 하는 것이었다.

"혹시 아침에 누가 왔다 갔나요?"(148~151)

이제 아파트는 성연우의 '꿈'을 계기로 소통 불능의 공간임이 분명해진다. 오미란이 "꿈에 나타났"는데 "허벅지를 꼬집어 보았"더니 "틀림없이 현실이"라고 말한다. 더구나 놀라운 것은 김미란이 찾아와서 ""혹시 아침에 누가 왔다 갔나요?""라고 말함으로 인해서 현실과 꿈은 경계를 허물고 얽설킨다. 여기서 꿈은 신비의 공간이 아니라, 소통의 노력을 포기하고 싶은 심리적 동요가 구체화된 공간이다. 주체와 타자가 내밀하게 만나려는 소망 자체가 아무런 기대도 가져다 줄 수 없으며, 그저 깨어지기 쉬운 유리라는 것을 『미란』에서는 꿈의 형식을 빌려 소리죽여 얘기하고 있는 것이다.[14] 그리하여 김미란에게도 현실의 그물망의 미세한 틈새를 타고 푸르스름한 안개가 스며들기 시작한다. 프르스름한 안개가 일단 스며들면 현실성은 모두 녹아 없어지고, 그 뒤에는 소통이 남긴 찌꺼기인 좌절만이 있을 뿐이다.

남은 과제는 주체와 타자 사이에 놓여 있는 머나먼 거리를 속수무책으로 인정하는 일이다. 관계가 시작될 때부터 사랑은 오직 죽음일 뿐이라는 교훈은 김미란을 통해 제시된다. 물론 이 이것은 성연우가 두 여인과의 만남에서 자신을 송두리째 걸고 얻어낸 교훈이기도 하다. 결혼은 법적인 결합에 지나지 않으며, 타자와는 결코 내적인 친화가 몹시도 어렵다는 점을 인정하는 것이 현명하다. 앞서의 지적처럼 『미란』

---

14 박철화, 「환상의 징검다리-한국 현대문학의 환상성」, 『문학판』 2001년 가을호, 135~138쪽 참조.

에는 남녀가 만나 뒤엉키며 서로의 육체를 더듬는 격렬한 애무는 전혀 찾을 수 없다. 애무를 통해 타자의 육체를 점유하고, 그 육체에서 사랑의 실체를 찾으려는 노력들이 차라리 진실하다. 몽환과 신비는 있으되 애무와 성적 욕망이 없는 남녀관계는 어떠한 진실게임으로도 서로의 내면을 밝힐 수 없다. 다시 말해서 생의 이면에 도사리고 있는 공포스럽고 불가항력적인 부정성은 바로 '소통 불능'이며, 만남은 결국 격리된 타자들의 불안정한 관계로 이루어진 삶의 양상을 구체화하는 과정이다.

안타깝게도 성연우에게는 김미란이나 오미란이나 똑같은 복제품이다. 단지 잘못된 인쇄의 겹선처럼 서로 벌어져 있을 뿐이다. 성연우는 휴대폰처럼 누구와 함께 있어도 연결은 되지 않는 고독한 현대인이다. 그리하여 성연우는 9시 30분, 즉 현실의 시간대를 떠나 다시 환상의 시간대인 8시 30분으로 시계를 돌린다. 『미란』의 등장 인물들, 즉 김미란 오미란 성연우 그리고 김미란의 어머니는 하나같이 9시 30분이라는 죽음의 시간에 갇혀있다. 모두가 현실로부터의 망명을 원한다. 인물들은 9시 30분, 즉 20여년 전 아버지가 교통사고로 사망한 시각만 되면 세상이 목탄화처럼 음울하게 변해 버리는 망상에 시달린다. 여기에서 9시 30분은 경험의 시간 물리적 시간 그리고 현실의 시간대이다. 그러면서도 한편으로 9시 30분은 그 동안 살아오면서 상실하여 되찾을 수 없는 것들을 총칭하는 시간이기도 하다. 성연우가 오미란을 만나기 위해 채러팅에 도착하자마자 말레이지아 현지 시각인 8시 30분으로 시계 바늘을 돌리는 행위는 현실의 시간을 벗어나려는 의지로 해석된다. 물론 여기에서 오미란과의 관계가 불발로 끝난 만큼, 8시 30분은 그 자체가 특별한 의미를 갖는다기보다는 9시 30분의 시간대를 부정하기 위해 설정된 대타적 개념에 불과하다. 따라서 내면적 소통이 충족되지 않는 한, 성연우가 8시 30분을 더욱 거슬러서 7시 30분대 혹은 그 이상의 시간으로 역류하지 않는다는 보장은 할 수가 없다. 그래서 성연우가 타자와 공유할 수 있는 종착점은 시간을 끊임없이 역류하기만 할 뿐 그 어느 곳에도 존재하지 않는다. 이것은 어쩌면 『미란』의 초반 성연우가 제주도를 여행할 때, 공항 검색대에서 공안원에게 피아제의 고급 손목시계를 빼앗기면서부터 예고된 장면인지도 모른다. 손목시계를 빼앗긴 이후 끊임없이 현실의 시간을 확인하는 성연우의 모습이 자주 목격되기 때문이다. 현실과 환상의 시차를 봉합하지 못하고 두 개의 시간대 사이에서 뒤틀려 가는 성연우의 방황을 보여주는 대목이다.

5) 부유하는 허상들

이제 『미란』에서 얘기하는 소통의 본질은 명백해졌다. 소비문화사회에서 타자와의 소통은 마치 톡 쏘는 콜라의 탄산가스처럼 가볍고 일시적이다. 작품에 빈번히 등장하는 콜라는 뚜껑을 따는 순간 싸아-하고 튀어 오르는 속성 그대로 이 시대에 소통이란 것이 얼마나 일시적인 흥분에 불과한 것인가를 힘주어 이야기하고 있다. 일시적 흥분만이 콜라의 전부이고 뒤에 남는 몇 방울의 끈적거리는 액체는 그야말로 찌꺼기에 불과하다. 모든 관계들은 확고한 실체란 전혀 없으며, 만나는 순간 증발하는 우발적인 관계들이다. 김미란과 별거 당시 성연우가 소통 불능으로 신음하는 양상을 보여주고 있다면, 재결합 이후에는 그 소통 장애를 적극적으로 즐기는 양상을 노골화한다. 변호사로서 보장된 상층부 삶의 여유를 바탕으로 성연우는 혀에 감겨드는 온갖 기득권의 단맛에 길들여진 엘리트 속물로 전락하고 만다. 그리하여 전신을 휘감았던 바닷가 호텔에서 오미란과의 만남은 단발성의 해프닝 혹은 한때의 열정이나 그로 인한 모반으로 치부된다.

그렇다면 시간과 물질로부터의 여유를 바탕으로 자유와 성적 유희를 만끽하는 성연우를 소비문화시대의 대표 브랜드라 불러도 무방할 것이다. 또한 두 명의 미란은 이미 아무것도 아니라는 사실이 분명해졌다. 미란이라는 동일한 이름으로 묶여 있는 한, 그들은 내면을 잃어버리고 이미지의 강물을 부유하는 허상에 불과하게 된다. 성연우는 아무도 '없는' 곳, 그리고 어디에도 '존재하지 않는' 유토피아를 향해 더 자신을 송두리째 지불하는 위험을 감수하려 하지 않는다. 그리하여 타자와의 교신은 불발이 되고, 가슴 속에 은밀히 숨겨둔 진실들은 지하철 유실물 센터의 주인없는 물건들의 신세로 전락하게 된다. 결국『미란』은 소비문화의 창궐과 급속한 과학 기술의 발전으로 지구상의 모든 비밀을 파헤치기에 이른 놀라운 탐구력에도 불구하고, 타자와의 진정한 소통은 지도에는 있으나 존재하지 않는다는 사실을 두 명의 미란, 그리고 성연우의 변신을 통해서 이야기하고 있는 것이다.

2.

낙타와 함께 탱고를

-서영은론

1) 헨델의 사라방드, 낙타의 걸음걸이

무슨 영화였던가. 순간의 영상이 너무도 압도적이고 강렬했던 나머지 망연하게 까만 동공만을 키웠던 기억만 난다. 까마득하게 먼 언덕에 손과 발을 쇠스랑으로 묶인 포로들의 실루엣이 롱샷으로 잡힌다. 이때 '쿠-웅'하고 깔리는 헨델의 「사라방드」가 가혹한 운명의 중심으로 묵묵히 걸어가는 포로들의 무거운 걸음걸음인 것 같아 나도 따라 무거워진다. 분명 '쿠-웅'하는 무거운 저음은 바이올린의 예리하고 화려한 선율보다 사람의 심금을 울리는 힘이 강하다. 저음은 느려서 언제나 한 박자 느리게 감지되지만, 내면을 쥐어짜는 힘이 보통이 아니다. 그 소리는 듣는 이에게 최면을 걸어 자신이 지시하는 대로 움직이기를 말없이 강요한다. 그렇다면 분명 그 소리는 '운명'의 소리이다.

그 소리는 망각의 늪에 돌을 던져서 그 밑바닥의 온갖 슬픔, 분노, 격정의 물먼지를 일으켜 뿌옇게 휘저어 놓는다. 운명을 잊지 말 것. 진정한 인생은 늪 위에 나태하게 부유하는 수초가 아니다. 늪 아래 도사리고 있는 찐득찐득한 운명의 진흙창이라는 것을 그 소리는 가르쳐준다. 결국 헨델의 「사라방드」를 따라 진창같은 운명의 자리까지 온 셈이다. 그리고 이 운명의 자리에서 서영은을 만났다. 모자를 깊이 눌러쓴 얼굴, 목을 길게 빼고 무언가를 간절히 기다리는 것 같은 모습이 모딜리아니의 여인을 닮았다.

서영은의 60인생을 삶이 안겨주는 '고통과의 치열한 고투'라고 요약한다면 그 유전자는 어머니로부터 물려받은 것인지도 모른다. 그녀의 어머니는 평생을 무엇인가에 사로잡혀 몸과 마음을 집안에 두지 않았다. 몸이 집안에 있을 때는 속에서 열이 치밀어 올라 답답해 하셨다. 툭하면 냄비나 솥을 태우고 나서, 스스로 속상해 하며 가마니를 펴고 아궁이재로 태운 냄비나 솥을 말갛게 빛이 나도록 하염없이 문질러 댔다. 밤늦게 귀가해 어두운 방에서 버선을 잡아 뽑을 때 '쿵'하고 발이 부딪칠 때, 어머니는 비애로 가슴이 미어지곤 했다. 가족들이 모두 잠든 척하고 누워있는 그때, 어머니의 가슴을 미어지게 한 비애의 정체는 '안주를 거부하는 비일상적인 열정'이었다. 결국 아버지는 어머니의 지나친 바깥바람으로 인해서 직장에서 쫓겨나고 만다. 어머니의 지나친 선거운동이 문제가 되었던 것이다.[1] 1943년 강원도 강릉시 남문동 205번지라는 그녀의 호적 한 줄은 이처럼 겉으로는 평온한 듯하지만 안으로는 술렁거리는 삶의 첫 기록이다.

서영은의 나이 열다섯. 어린 그녀는 김동리의 『등신불』을 읽고 깊은 감동을 받는다. 어머니로부터 물려받은 열정이 표출된 첫 사건이다. 3

---

1 서영은, 『한 남자를 사랑했네』, 미학사, 1993, 127~129쪽 참조.

년 후 사범학교를 졸업했으나 교사임용시험에서 율동을 거부해 생계가 보장된 교원의 길을 포기한다. 타인 앞에서 몸을 흔들어대는 자신을 도저히 용납할 수 없었던 것이다. 세속적 일상에 휩쓸리지 않으려는 의지가 본격적으로 표출된 지점이다. 이 일은 훗날 「사다리가 놓인 창」(1989)에서 그대로 재현된다. 당시 그녀의 집은 하루 세 끼 입에 풀칠하기도 막막한 상황이었다. 이때부터 서영은은 가슴 속에 '낙타'를 키우면서 서서히 보편적이고 안이한 삶의 행로로부터 멀어지기 시작한다. 한 마리 낙타가 되어 열사(熱沙)의 땅 한 가운데로 걸어간다. 지방혹을 제 무덤처럼 지고 살아가는 2미터 남짓의 커다란 짐승, 영락없는 서영은이다. 그 걸음걸이는 '쿠-웅'하는 소리와 함께 운명을 감내하는 포로들의 걸음을 떠올리게 한다.

> 운명은 주어진 게 아니고, 수임(受任)하여 치러내는 것이지요. 수임하지 않으면 그 문은 결코 열리지 않는 것이지요. 오직 열어젖히는 사람에게만 그 너머의 세계를 경험케 하는 거지요. 그 너머의 세계는 신의 영역이기 때문에 인간에겐 두렵고 혹독한 시련이 따르게 됩니다. 그 싸움에서 지면 그대로 심연의 입속에 먹히는 거지요. 그러나 싸워서 이기면 살아서 신의 영역의 한 부분이 되는 거지요.(소설, 「꿈길에서 꿈길로」)[2]

이제 본격적으로 운명의 여신이 그녀의 인생 앞에 실체를 드러낸다. 박경리의 주선으로 『현대문학』에 소설 추천을 받기 위해 김동리를 만난 것이다. 김동리 집 대문 앞에서 서영은은 곧이어 들이닥칠 운명의 회오리를 예감한 걸까. 그녀는 사무치게 동경해 왔던 불행과 비극이 이제 막 당도했음을 깨닫고 비감(悲感)에 사로잡힌다. 서영은은 「꿈길

---

2 서영은, 『꿈길에서 꿈길로』, 청아출판사, 1995, 30쪽.

에서 꿈길로」(1994)에서 이 김동리와의 만남이 불러일으킨 격랑을 이렇게 말한다. "운명은 이미 주어진 게 아니고, 수임하여 치러 내는 것이"다. 수임(受任)이란 허위와 자기기만의 성(城)을 부단히 깨뜨리는 치열한 싸움이다.[3] 그것은 손가락 움직이는 대로 휘둘리는 줄인형이 아니다. 자발적으로 고통을 불러들여 그것과 멋진 한판 대결을 하려는 당돌함이 진정한 수임의 의미이다. 비록 고통에 신경세포 하나하나가 움찔거리고, 고통의 하중에 뼈 마디마디가 사무친다 하더라도.

서영은에게 1983년 이상문학상을 안겨주었던 「먼 그대」는 운명을 말할 때 빼놓을 수 없는 작품이다. 주인공 문자는 그녀의 영원한 첫인상이자 마지막 얼굴이다. 모질고 이기적인 남자 한수는 본부인을 놔두고 문자와 사귀고 문자에게 돈을 뜯고 문자가 도망치지 못하도록 딸까지 빼앗는다. 한수뿐만이 아니다. 대부분의 작품을 통해 볼 때, 서영은의 남성관은 끝없는 '절망' 그 자체이다. 가슴에 가혹한 흉터를 만들고야 마는 남성상은 깡패 야만인 해적 표범 등 하나같이 부정적인 모습들이다. 여기에 문자의 존재는 사막에서 길을 찾는 낙타와 같다. 리비아 유목민은 그들을 사회로 이끌어 내리는 돈다발의 유혹이 강렬해질수록 푸른 물길을 찾아, 죽음의 땅 사막으로 더 깊숙이 들어간다고 한다. 문자도 사막의 땅 속 깊이 흐르고 있는 푸른 물길을 찾아 떠난다. 그 푸른 물길이 신기루인가 아닌가를 문자에게 묻는 것은 의미가 없다. 푸른 물길은 상상만으로도 소중하기 때문이다.

이 작품은 서영은 문학의 본격적 출발이면서 동시에 그녀의 순탄치 않은 인생 역정을 알리는 신호탄이기도 하다. 열사(熱死)로부터 자기를 보호할 것은 오직 자신의 살갗뿐인 고된 갈증의 길을 낙타는 버겁

---

3 정호웅, 「자유혼 또는 초월의 미학」, 서영은, 『꿈길에서 꿈길로』, 청아출판사, 1995, 243쪽.

다고 말하지 않는다. 다리 후들거리는 짐의 무게에도 낙타는 제 몸의 지방을 서서히 생명수로 녹여 먹으며 열사를 이기는 힘을 스스로 창출한다. 말하자면 낙타는 '고통'뿐만 아니라 '극복'의 에너지까지도 자급자족한다.

> 고통이여, 어서 나를 찔러라. 너의 무자비한 칼날이 나를 갈가리 찢어도 나는 산다. 다리로 설 수 없으면 몸통으로라도, 몸통이 없으면 모가지만으로라도. 지금보다 더 한 고통 속에 나를 세워놓더라도 나는 결코 항복하지 않을 거야. (소설, 「먼 그대」)[4]

서영은이 문자에게 얼마나 공을 들이고 있는가는 조금만 들여다 보아도 알 수 있다. 서영은은 문자의 시선으로 창문을 내다보고, 문자와 함께 출판사 사무실을 나오고, 계단을 밟는다. 문자가 타인의 돌팔매에 피를 적실 때도 서영은은 문자와 함께 있다. 아니 문자의 고통은 원천적으로 서영은의 것이다. 그러고 보면 「먼 그대」는 사랑의 얘기가 아니라 싸움의 얘기이며, 결국 '고통'의 이야기이다. 그 싸움은 대결을 통해 승부를 가리려 하지 않는다. 대결을 통해 자기를 '확인'하고 자기 '수행'을 이룬다.[5] 작품 말미에 "그는 이미 한 남자라기보다, 그녀에게 더 한층 큰 시련을 주기 위해 더 높은 곳으로 멀어지는 신의 등불처럼 여겨졌다."[6]라는 문자의 말은 서영은이 다다른 정신적 깊이를 그대로 보여준다.

서영은의 인생에서 김동리는 그 자체로 커다란 시련이었다. 하지만 서영은이 시련을 단순한 시련으로 보지 않고 보다 높은 차원에서의 어

---

4 서영은,『먼 그대』, 문학사상사, 1983, 37~38쪽.
5 서영은,『한 남자를 사랑했네』, 미학사, 1993, 48쪽.
6 서영은,『먼 그대』, 문학사상사, 1983, 49쪽.

떤 소명이라고 보는 생각은 독창적이지는 않아도 이 시대에 매우 희귀한 것임은 틀림없다.[7] 때로 고통은 쾌락보다, 혹은 삶보다도 더 매혹적이다. [매혹-]할 때 목끝을 거칠게 훑고 지나가는 [ㅎ] 발음의 순간적인 끄을음과, [ㅎ]이 은연중에 풍기는 마성적 이미지는 강력한 고통을 갈망하는 자에게는 말 그대로 매혹일 수 있다. 그래서 인간은 악에 휘둘리면서도 마치 자신이 거룩한 제단에 번제물이라도 된 듯한 성스러움에 기꺼이 자기 몸을 내어주는 지도 모른다. 서영은의 작품들 속에도 고통의 제단에 올려진 번제물의 모습들이 심심찮게 발견된다. 그것은 "지금보다 더한 고통 속에 나를 세워놓더라도 나는 결코 항복하지 않"으려고 이를 앙다무는 그녀의 얼굴이기도 하다. 돌팔매를 맞으면 쓰러져 주고, 저들이 돌아가면 다시 일어서고. 그러다 언젠가 저들은 또 다시 돌아와 돌팔매를 날리면 다시 맞고, 죽을 때까지 만신창이의 몸으로도 부족해서 서영은은 자기의 인생까지를 공양하는 것이다.

9월 10일
어느 잡지에 연재를 시작하면서 이렇게 작가의 말을 썼다.
"베르테르는 괴테가 자기의 분신으로 창조해 낸 인물이다. 그것은 이 세상에 태어남 자체가 이미 천형(天刑)이나 다름없을 만큼, 지독하게나 외로움과 괴로움과 슬픔을 타는 혼의 화신이다. 그 혼은 채워도 채워도 채워지지 않는 스스로의 갈망 때문에, 항상 장전된 총구를 자기 관자놀이에 겨누고 있어야 한다. 핏속에서 뒹구는 듯한 환상만이 그의 갈망을 어느 정도 식혀 줄 수 있었던 것이다.
나는 앞으로의 내 삶이 안일해지지 않도록 하기 위해서라면 어떤 대가라도 지불하겠다. 운명이 나를 시험해 보기 위해 이 세상 끝 어느 절망의 구렁텅이에, 다시는 소생할 수 없으리만치 깊이 깊이 처박는다 하더라도 두려워

---

7 남진우, 「욥의 시련」, 『바벨탑의 언어』, 문학과지성사, 1989, 297~298쪽.

하지 않겠다. 앞으로의 내 인생은 치명적인 사랑, 치명적인 외로움, 치명적인 고뇌로, 스스로 검게 타들어가는 독배(毒杯)가 되기를." (일기, 「황홀한 잠」)[8]

그렇다면 구태여 서영은이 자기를 들볶고 우려먹는 고통을 되새김질하며 거기에 들러붙어 있는 이유는 무엇인가. "채워도 채워도 채워지지 않는 스스로의 갈망 때문"이다. 그렇게 보면 그녀의 갈망은 이성적 판단의 산물이 아니라, 본능적 충동과 깊은 관계를 맺고 있다. 사향(麝香)에 도취되어 여인의 품을 더듬는 사내처럼 신들린 본능의 소리에 저항하기에 그녀의 이성은 너무도 약하다. "앞으로의 내 삶이 안일해지지 않도록 하기 위해서라면" "이 세상 끝 어느 절망의 구렁텅이에" "처박힌다 하더라도 두려워하지 않겠다"는 이 무서운 목소리는 결코 의지의 표현이 아니다. 사정이 이렇다 보니, 위로만 향하는 갈망의 사닥다리는 그 일방통행으로 인해 서영은을 "치명적인 사랑, 치명적인 외로움, 치명적인 고뇌"에서 허우적거리게 만든다.

하지만 놀랍게도 서영은은 고통을 갈망의 사생아쯤으로 취급하지 않는다. 인간을 유희하는 동물이라고 했던가. 그녀는 고통을 골칫거리로 생각하기보다는 오히려 그것과 '유희'하면서 살아왔다. 유희하지 않으면 고통의 절정에 설 수 없다. 존경하는 손소희 여사와 사랑하는 김동리. 과연 서영은이 그 어느 것도 놓아버릴 수 없는 두 개의 관념 사이에서 짜릿함 없이 아슬한 줄타기를 견디어 낼 수 있었을까. "핏속에서 딩구는 듯한 환상"의 유희가 없이는 "스스로 검게 타들어가는 독배(毒杯)"를 견딜 수는 없기 때문이다. 운명을 수임하여 치러낸다는 말의 의미는 여기에 있다. 급강하하는 번지점프가 땅 밑바닥 직전에서

8 서영은 외, 『새와 나그네들』, 청림출판, 1987, 12~13쪽.

강력하게 발목을 당겨주는 반동의 쾌감은 극도의 두려움으로 몸을 던
져본 자만이 알고 있다. '고통과의 유희', 이것이 바로 서영은의 '존재
증명'이다.

2) 불륜의 주술이 낳은 절대성

고통과 유희하는 자는 구태여 가면을 쓸 필요가 없다. 두터운 페르
소나 뒤로 몸을 숨기지 않아도 된다. 서영은은 스스로 소설 속으로 걸
어 들어가 여주인공이 되어 움직인다. 그래서 그녀의 소설은 철저하게
자전적이다. 삼인칭 자전적 소설에서 작가와 주인공의 동일성이 명쾌
하지 않을 경우, 독자들은 둘 사이의 유사성을 찾으려 한다. 즉 작가와
작품의 전기적 고리를 유추할 수 있는 많은 표지들을 읽는 이가 찾아
냄으로써 작가와 주인공의 유사성은 동일성의 지평으로 나아간다.[9]

「야만인」(1974)에는 엿가락처럼 길게 늘어지는 토요일 밤의 정사를
꿈꾸며 남편의 스태미나 보강 식품이나 구하러 다니는 천박한 아내가
있다. 아내는 영혼을 꿈꾸지 않으며 오직 정력으로만 남편을 평가한
다. 이러한 여인상은 소비에 대한 환상과 탐닉을 일삼으며 성적 무절
제를 노출하면서 암암리에 창녀와 유혹녀의 이미지로 확대된다.「살
과 뼈의 축제」(1977)는 특이하게 1970년대에 쓰여졌음에도 불구하고
결혼제도 밖의 성, 남성의 지배를 받지 않는 성, 재생산으로부터 자유
로운 성, 낭만적 사랑과 분리된 성 등 철저하게 위반의 극단까지 체험
하려 든다. 물론『그녀의 여자』(2000)의 현 여사는 더욱 과격하다. 이
작품은 금기의 끝, 위반의 최대치로서 제3의 성이라 불리는 동성애를

---

9 박영혜·이봉지,「한국여성소설과 자서전적 글쓰기에 관한 연구」, 숙명여자대학교 아
　세아문제연구소,『아세아여성연구』제40집, 2001, 19쪽.

문제삼고 있다는 점에서 연일 언론의 도마 위에 오르내렸다.[10]

서영은 작품이 「먼 그대」(1983)의 문자에서 『그녀의 여자』(2000)의 현 여사에 이르기까지 극단성을 띠는 것은 당연히 그녀의 성격과 관련이 있다. 예전에 점쟁이가 서영은에게 물(水)과 불(火)이 동시에 있다고 했다. 하루의 바이오리듬 가운데 물과 불이 나타나기도 하지만, 1년 혹은 10년 단위로 보면 물과 불이 교차되는 기간들이 뚜렷하게 나타난다. 물일 때는 굉장히 침잠되어서 투명함이 멀리까지 감지된다. 사유가 깊은 데까지 닿는 것이다. 글이 에세이 쪽으로 투명하고 담백해지면서 감지하는 것이 깊어진다. 불일 때는 헉헉거린다. 현석화처럼 끊임없이 불길이 끓어오르고 산만하다. 그럴 때는 여기저기 발닿는 곳마다 좌충우돌이다. 당연히 상처가 깊다. 중간이 없이 양극단에서 모든 에너지를 쏟아 버린다. 조용한 미소 뒤에 숨어 있는 활화산. 발목까지 올라가는 자주색 구두끈의 여인. 그 끈을 묶은 손으로 밤중에 켜놓은 오디오 소리가 거슬려 도끼로 그것을 다 부수어 버렸다는 증언[11]들은 서영은 문학의 극단성이 어디로부터 유래되었는가를 잘 말해준다.

그런데 1970년대 초반부터 이러한 뒤틀림의 미학을 선구적으로 제시하였음에도 불구하고 서영은의 소설은 기존의 논의, 특히 페미니즘 진영에서조차도 주목받지 못한 감이 있다. 그것은 평단과 언론이 제도권 밖의 성에 대해 단순히 그 파격성에만 예민하게 반응했기 때문이다. 또한 서영은이 피임과 경제력을 기반으로 하는 전투적 여성들을 등장시키면서도 정작 전통적인 성역할의 전복에는 무관심했던 탓이기도 하다. 하지만 서영은의 메시지는 파격적인 성 그 자체가 아니고, 파격을 통해 '절대성'을 추구하려는 데 있다. 25년간이나 단단히 묶여

---

10 김미현, 「위반의 타자성」, 현대소설학회, 『현대소설연구』 제17호, 2002, 59~65쪽 참조.
11 염성순, 「자주색과 칼날」, 『그 꽃의 비밀』, 이룸, 2003, 67쪽.

온 김동리와의 인연은 쉽게 사랑이라고 내뱉을 수 있는 성질의 것은 아니었다. 그것은 손톱 하나, 발톱 하나까지도 낱낱이 쓰다듬으며 마음을 쏟았던 절대성 그 자체이었다. 서영은은 자기의 목줄을 물고 있는 이 절대절명의 운명 속으로 치마를 뒤집어쓰고 뛰어내렸던 것이다. 「먼 그대」(1983) 「사다리가 놓인 창」(1989) 「꿈길에서 꿈길로」(1994) 「그녀의 여자」(2000) 등 그녀의 전매특허가 된 유부남과 독신 여성 사이의 사랑을 윤리적 차원이나 육체의 발견이라는 차원에서 다루지 않는 것은 바로 이 절대성에 대한 갈망 때문이다. 물론 이러한 시도가 '불륜'의 방식을 취하고 있다는 것은 잘 알려진 사실이다.

일반적으로 불륜의 연꽃은 인생의 진흙탕에서 피어난다. 결혼과 비결혼, 합법과 불법, 전근대와 현대, 남과 여. 이 모든 것들이 끈적하게 비벼지며 늪 아래의 진창을 만든다고 해서 불륜을 천박한 것, 통속적인 것으로 보아 넘기는 것은 태만한 생각이다. 그토록 진부한 것이 왜 그토록 질기게 살아남는지 궁리해 보아야 한다. 비륜의 관계에는 결혼이라는 남녀의 합법적, 세속적 결합에서는 바라지 못할 어떤 숭고함의 씨앗이 내장되어 있다. 그것은 타성적인 관계에 잠복되어 있는 일상의 균열이 얼마나 심각한가를 정면으로 드러내며, 정상적인 윤리로는 가닿지 못하는 고양된 상태를 갈망한다.[12] 산업화의 바람을 타고 인간성마저 증발해 버린 1970년대 창녀들이 휘장 속에서 색다른 방법으로 삶의 진실을 거두어 들였던 것과 같은 방식이다. 그래서 불륜은 순간적인 휘발성의 유희, 혹은 단발성의 '바람'과는 다르다.

스무 살부터 서영은은 사랑에 대한 참으로 위험한 환상을 품는다. 타넘을 담, 피해야 할 눈길, 버려야 할 값진 것이 예비된 사랑만이 가슴

---

12 황종연, 「이졸데의 손녀들, 그들의 불륜과 소설」, 『비루한 것의 카니발』, 문학동네, 2001, 300~302쪽 참조.

을 뛰게 한다. 두 번에 걸친 자살 소동도 이같은 사실과 무관하지 않다. 모험이 없는 사랑이라는 이유만으로 그녀는 동년배 남자들의 젊음을 하찮게 여겼고, 그래서 자신의 꽃다움마저 섣불리 던져버릴 정도였으니,[13] 김동리와 겁없이 사랑을 시작한 것은 당연한 귀결이다. 불륜의 사랑이 때로 비련(悲戀)과 동일시되면서 무미건조한 현실에 감금되어 있는 로맨틱한 욕망을 손쉽게 이끌어내기 때문이다. 그러나 그 앞에서 사람을 망설이게 하는 것은 그것이 가져올 여러 가지 고통을 곧바로 떠올리기 때문이다. 그 고통의 양상은 「나와 '나'」(1969) 「야만인」(1974) 「먼 그대」(1983) 「삼각돛」(1984)에서 보는 바와 같이 폭력적 남성의 출현이거나, 「사다리가 놓인 창」(1987) 「시인과 촌장」(1980)처럼 가난이거나, 아니면 「타인의 우물」(1978)에서의 이기심 등으로 다양하게 변주된다.

「사다리가 놓인 창」(1989)은 서영은이 고통스럽게 묻어 두었던 젊은날의 자화상이다. 그녀는 자신을 다락으로 밀어 올리려는 궁핍 때문에 교사가 되어야 했음에도, 그 궁핍 때문에는 결코 교사가 되고 싶지 않았다고 한다. 사다리를 타고 오르는 것은 바로 자신의 존재를 무(無)로 돌리는 것과 같다. 아랫방을 차지한 하숙생들에게 다락방은 존재하지 않는 방이다. 동생과 정애는 기침소리도 낼 수 없고, 밤이 되어도 불을 켜면 안 된다. 교사 시험에서 율동만 했더라도 다락방으로 올라가는 일은 없었을 것이다. 모두가 다 정애가 자초한 일이다.

그리하여 차라리 아름답도록 무심한 이 세계의 현존(現存), 아무도 거기까지 이르지 못할 신비스러운 고요에 가 닿아 있는 것 같았다. 나는 절망할래야 할 수가 없었다. 그 고요가 사뿐히 나를 떠받치고 있었으므로.

13 서영은, 앞의 책, 22~23쪽.

나의 막다른 처지는 나로 하여금 비로소 내면으로 열린 하나의 창(窓)을
갖게 해주었다. (소설, 「사다리가 놓인 窓」)[14]

하지만 박정애가 다락방에 숨듯이 지내는 동안 마냥 고통에 허덕인
것은 아니다. 정애는 굴욕의 현실을 떠나 사닥다리를 한 걸음 한 걸음
올라가는 동안 서서히 외롭고 고단한 현실의 빗장을 풀고 자유를 느끼
게 된다. 비록 가난의 발길질에 휘둘려 아랫방을 내놓고 다락방으로
쫓겨가는 신세지만, 한 걸음 한 걸음 보폭을 지켜가며 사다리의 끝에
닿았을 때, "비로소 내면으로 열린 하나의 창(窓)을 갖게" 되었기 때문
이다.[15] 창을 통해 "신비와 고요에 가 닿아 있는" 세계를 발견하면서
정애는 "절망할래야 절망할 수가 없"다. 말하자면 정애가 오른 사닥다
리는 야곱의 사닥다리처럼 절망이 아니라 '절대적' 존재, 신에게로 인
도하는 은총의 사닥다리인 것이다.

> "인간은 성 이전에 영적인 그 무엇이야. 인간이 성으로 차별되는 것은 육
> 체 때문이지, 육체를 넘어선 차원의 합일은 성과는 무관한 것이야. 영혼끼리
> 섞일 때 남성 여성 성별이 문제가 되는 것 아니잖아?" … (중략) …
> 그녀에게 나는 절대라는 환영이었어. 환영이 스러지기 전에 그녀는 육체
> 를 버림으로써, 자신에게서 끌어낸 절대를 저세상으로 이어 놓았어.
> 잠겨 있는 화실 문 앞에 점점이 핏방울이 떨어져 있었다.(소설, 『그녀의
> 여자』)[16]

『그녀의 여자』(2000) 현석화에게도 고통은 절대성에 이르는 길이

---

14 서영은, 『사다리가 놓인 窓』, 문학과비평, 1991, 34쪽.
15 서영은, 『안쪽으로의 여행』, 바다출판사, 2002, 40쪽.
16 서영은, 『그녀의 여자』, 문학사상사, 2000, 333~341쪽.

된다. 이성애에 실패하고 동성애로 나아간다는 점에서 현 여사는 스스로 함정을 파며 파탄에 이른다. 하지만 현 여사가 자살이라는 고통의 극점에서 "육체를 버림으로써" "절대를 저세상으로까지 이어 놓"을 수 있었다. 육체의 쾌락을 잊어버린다는 점에서 동성애보다 더 정신적인 것은 없다. 소연과의 동성애가 자식의 애인을 가로챈 비합법적인 사랑이 순수함과 절대성을 획득하게 만드는 주술이라 말하는 근거는 여기에 있다. 사랑의 관습이란 만나는 순간 환상의 고속도로를 질주하지만, 도리없이 먹고사는 현실에 대한 불안으로 마감한다. 내집마련 아이 박봉 세금 등 소시민적 욕망에 등골이 휘기가 일쑤이다. 그래서 관습화된 사랑은 도덕적 우월성을 가져야 할 하등의 이유가 없다. 그런데도 불구하고, 이들은 지향하고 추구하는 데 나태하다. 결핍되어 있지 않으면, 절박하지 않으면 인간은 '절대적인 것'에 대해 갈구하지 않는다. 현석화를 절박함 속으로 밀어 넣은 서영은은 그를 통해 "성 이전에 영적인 그 무엇"을 추구한다. 현석화의 과격한 움직임은 천박한 욕망의 덩어리인 "육체를 넘어"서는 데 머뭇거릴 시간을 주지 않으려는 서영은의 고집이다.

> 비참한가, 나는?
> 비참하다. 그런데 그 비참함에 오히려 안도와 긍지를 느낀다. 에이허브 선장은 이 세상에 있지도 않은 백경(白鯨)을 찾아 다니다, 다리마저 한쪽 잃지 않았는가. 그의 항해 자체가 달성된 초월, 이루어진 불멸이다. (산문, 『한 남자를 사랑했네.』)[17]

서영은은 이미 1968년 등단작인 「교(橋)」에서부터 절대성에 도달하

---

17 서영은, 『한 남자를 사랑했네』, 미학사, 1993, 70쪽.

려는 열망은 싹을 보이고 있다. 서영은은 이 작품에서 일상의 허위를 손사래로 내몰고 달팽이처럼 내면을 파고든다. 「삼각돛」(1984)과 「사막을 건너는 법」(1975)에서 주인공은 일상적 삶 속으로 되돌아올 수가 없다. 일상의 허위는 니코틴에 물든 누런 이빨처럼 흉측하고 냄새나는 것이다. 그래서 등장인물들은 악취나는 일상을 거부한다. 영원의 세계로 갈아탈 수밖에 없다. 어떻게 감히 인간이 신의 영역인 절대성을 꿈꾸는가. 그렇다고 속수무책으로 손을 털고 현실로 복귀할 수는 없다. 목이 타고 피부 세포 하나하나가 말라들어간다 해도 영원의 땅에 발을 들여놓을 수만 있다면 영혼을 팔아도 좋다. 이것 때문에 서영은은 「야만인」(1974)에서 남편이 아내의 몸에 돌을 문질러 피를 철철 흘리게 했고, 「먼 그대」(1983)의 문자를 수돗물 얼어터진 가난에서 뒹굴게 했으며, 『그녀의 여자』(2000) 현 여사를 자살로 몰고간 것이다. 메저키즘적으로 고통을 감내하면서 얻어낸 사랑은 그래서 확실히 보통의 사랑은 아니다. 그 사랑은 "이미 달성된 초월, 이루어진 불멸"이기 때문이다. 그리고 이것은 김동리가 평생을 걸고 다듬은 '생의 구경적(究竟的) 완성'과 너무나도 유사하다.

3) 안간힘으로 지켜내는 소녀성

그러나 영원의 지향이 순조롭게 작동한다면 서영은이 아니다. 서영은은 이미 타성과 일상에 대한 불만의 정서를 자신의 브랜드로 고정시켜버렸기 때문이다. 마흔의 나이를 두고 공자는 불혹(不惑)이라고 하였지만, 천리마 속도전을 펼치는 자본주의사회에서 빠름에 대한 유혹을 받아보지 않는 자는 드물다. 그만큼 현대사회에서 속도는 거스를 수 없는 대세이다. 하지만 "불혹의 나이를 넘어서 내가 깨달은 인생의 화두 하나는, 세상의 속도에 속지 않"[18]겠다고 말하는 그녀는 분명 시계를 거꾸로 돌리고 있는 것이다. 그녀의 시계는 "인생에 있어서 너무도 짧은 시기, 한 번 가버리면 돌이켜지지 않는"[19] 소녀의 시기에 멈추어져 있다. 환갑이라는 나이를 가늠하기 힘들 만큼의 주름 하나 없는 얼굴에는 언뜻 언뜻 소녀적 영상이 흘러나온다. 이런 '소녀성'은 겨울과 무자비한 추위로부터 시작된다.

　서영은은 꽃다운 나이 스물한 살이 되자 부모의 슬하를 얼른 떠나고 싶은 조바심에 겨울 코트 맞춰입을 돈으로 용두동 개천가 무허가집에 사글세를 얻는다. 찌그러진 냄비, 녹슨 석유곤로, 봉지에 담긴 쌀, 천장에 맺혀 있는 물방울, 불기없는 냉방…… 물론 괴롭고 고통스럽다. 그러나 쌀보다 더 귀한 것은 4온스짜리 병에 담긴 커피. 어느 집 처마에 가장 긴 고드름 하나를 꽃 대신 손에 들고 열렬한 그리움의 대상을 찾아다니기도 한다. 그러나 어머니가 자취방을 수소문해서 찾아왔을 때도 서영은은 "어머니의 염려와 사랑이 그녀의 가난과 고독과 추위를 데워주는 것을 원치 않았다. 어머니보다 거부해야 할 더 큰 것은 다가오는 봄이었다. 봄이 다가와서 추위와 싸울 날이 줄어든 것이 안타까웠"[20]기 때문이다. 삶의 진실은 오직 고독, 가난과의 힘겨루기 속에서만 존재한다고 믿고 있는 것이다. 그리하여 등장인물들은 하나같이 상황을 수습불능의 상태로 몰아가고, 거기에 과장된 적의로 대응하는 모습이 두드러진다. 「교(橋)」(1968) 「야만인」(1974) 「사막을 건너는 법」(1975) 「살과 뼈의 축제」(1977) 「술래야 술래야」(1980) 「타인의 우물」

---

18 서영은, 앞의 책, 101쪽.
19 서영은, 앞의 책, 85쪽.
20 서영은, 앞의 책, 146~150쪽 참조.

(1980) 「관사 사람들」(1980) 『그녀의 여자』(2000)가 모두 이 계열에
서 있는 작품들이다. 등장하는 인물들은 모두가 무언가 채워도 채워지
지 않는 갈망 때문에 항상 장전된 총구를 관자놀이에 겨눈 채 살아간
다. 그것은 스스로에게 까탈을 부리는 '안간힘'이다. 안간힘이라도 쓰
지 않으면 삶은 소리없이 사라져 버릴지도 모른다. 하지만 안간힘으로
인해서 오히려 세계와의 관계는 숨막히고 '불편한' 것이 되어 버린다.

> 걷잡을 수 없는 감정에 휘말려 숙희는 자신이 무엇을 하고 있는지조차 알
> 지 못했다. 그는 두 번 세 번 소녀의 뺨을 올려치던 힘에 못이겨, 와락 교복
> 을 쥐어 뜯었다. 소녀가 "왜 이러세요, 왜 이러세요."하고 울부짖으며 숙희
> 의 손을 만류하면 할수록, 그 손에선 더욱 거센 불길이 치솟았다.
> 　마침내 소녀의 교복이 갈가리 찢겨지고 머리카락은 실타래처럼 헝클어져
> 그녀의 창백한 얼굴로 흘러내렸다. 소녀는 양팔로 자신의 앞가슴을 움켜안
> 고 땅바닥에 주저앉았다. 그녀의 온몸은 극도의 공포에 휘말려 부들부들 떨
> 고 있었다.
> 　숙희는 손아귀에 한 웅큼 뽑혀져 나온 머리카락을 무슨 전리품처럼 꼭 움
> 켜쥐고 휙 돌아섰다. (소설, 「관사 사람들」)[21]

　타락한 세상에서 깨끗함은 재앙이다. 세상은 거기에 황칠을 하고 똥
물을 튀겨야만 비로소 친구라는 이름으로 어깨를 걸어준다. 서영은의
문학에서 이빨을 세우며 그르렁거리는 짐승의 거친 숨소리를 지울 수
가 없는 것은 바로 이러한 세상에 휩쓸리지 않으려는 안간힘이 있기
때문이다. 「관사 사람들」(1980)의 숙희는 나비 채집가인 박창민 선생
과 결혼하여 K사범학교 관사에 살게 된다. 관사 여인들은 작은 사물
하나하나를 경이로운 눈으로 바라보던 숙희가 속물인 자신들과 다르

21 서영은, 『황금깃털』, 나남, 1984, 202~203쪽.

다는 이유 하나만으로 미워하기 시작한다. 결국 숙희는 또 하나의 희생양에 불과한 K여학교 교장 딸에게 폭행을 가하는 미치광이가 되고 만다. 여기서 나비는 미세한 잡음에도 폭풍우와 같은 압력으로 날개가 찢겨지는 연약한 숙희의 메타포이다. 앞뒤로 꽉 조여진 좁은 신발 속 발가락은 안간힘을 쓸수록 남는 것은 옥죄어 오는 '고통'뿐이다. 관사 사람들의 천박한 근성에 대하여 본능적으로 방어하려는 안간힘이 숙희를 한 마리 짐승처럼 포효하게 만든다.

> 3월 15일
> 내 병은 갈망, 그 병마를 먹여 키우는 건 호기심과 모험심.

> 4월 2일
> 아주 높거나 아주 낮거나, 아주 치열하거나, 죽은 듯이 가만히 있거나, 극(極)과 극(極)만이 나의 관심을 끈다.

> 4월 11일
> 악이란 밖에 있는 것이 아니라 자기 속에 있다. 잠시라도 나태하면 존재를 끌어안고 어느 비탈 아래로 한정없이 미끄러 떨어지려 한다. 나는 이미 너무 깊이 떨어져 내렸는지 모른다. 풀잎 같은 감성이 나를 떨어지게 하는 악과 합세하여 그것이 마치 가치있는 일인 양 속삭이고 있다.(일기, 「서영은의 日記-황홀한 잠」)[22]

서영은은 일기에서 자신의 "병은 갈망"이며, "그 병마를 먹여 키우는 건 호기심과 모험심"이라고 밝힌다. 그 옛날 그녀의 어머니가 삶이 이렇게밖에 안 되는 것일까, 더 이상 이 모양으로는 고정되지 않으려

---

22 서영은 외, 『새와 나그네들』, 청림출판, 1987, 10~15쪽.

는 안간힘으로 소리죽여 울었던 것과 같은 모양이다. 서영은은 "잠시라도 나태"해지지 않기 위해 신경을 곤두세우고 팽팽한 긴장감으로 몰고 가며 잿빛 디스토피아의 환영을 강렬하게 환기시킨다. 「사막을 건너는 법」(1975)에서 주인공은 일상의 햇빛을 등지고 삶 속으로 돌아오지 않는다. 가족도 애인도 그리고 예술마저도 속수무책이다. 고립무원의 경지를 자초하고 있다.[23] 그 증오의 불길이 하도 강렬해서 작품을 온통 태워버릴 기세이다. 서영은의 말대로 증오로써 글을 쓴다는 것이, 이 정도에 이르면 병이 불치의 수준에까지 도달한 것이다.

「살과 뼈의 축제」(1977)가 보여주는 충격은 더욱 크다. 기존의 모든 관습과 윤리를 애당초 염두에 두지 않는 매우 낯선 여성이 등장한다. 작가 한수진은 어느날 갑자기 직장에 사표를 써 던지고 칩거해 버린다. 일상적인 것, 규범화된 것, 타성화된 모든 것들은 간단히 무시된다. 상식이라든가, 익숙한 모든 질서들은 무조건 경멸과 혐오의 대상이다. 결혼이라는 형태 속에 안주하는 모든 여자들에게는 소리없이 경멸과 야유를 던진다. 대화 상대조차 되지 않는다. 한 술 더 떠서 애인에게 다른 여자를 소개한다. "부부라는 관계 자체가 진부한 그림으로밖에 느껴지지 않았"기 때문이다. 서영은은 "독신, 또는 자유를 대단한 이데아로 과신한 나머지 한껏 오만"해 있었던 것이다.[24] 「살과 뼈의 축제」(1977)는 그런 시절의 작품이다. 그후 야릇한 운명의 반전으로 김동리와 결혼하게 되었을 때에도, 한동안은 결혼이 일종의 추락이며 타협이라고까지 생각할 정도였으니, 서영은이 그려내는 일탈의 정도는 이미 상식의 수위를 넘어섰다고 할 수 있다.

---

23 김윤식, 「사막의 생리」, 『김윤식선집 4-작가론』, 솔, 1996, 322쪽.
24 서영은, 『한 남자를 사랑했네』, 미학사, 1993, 75쪽.

당신의 눈엔 내가 비공식적으로 섹스를 한다 이거지? 그래서 그 점을 쉬
쉬하는 줄로 알고 딴은 내 생각을 해 준 모양인데 오버센스라는 거요. 동리
사람, 아니 대한민국 전체가 나의 비공식적인 섹스를 안다 하더라도 나는 털
끝만큼도 부끄러울 게 없다. 도시 그런 부끄러움이란 게 있을 수 없는 걸 어
떡한단 말요. 당신들은 결혼이란 홑이불을 뒤집어 써야지만 안심하고 섹스
를 하는 모양인데 나는 애초부터 이불을 덮을 필요를 느끼지 않았을 뿐이
요.(소설, 「살과 뼈의 축제」)[25]

「살과 뼈의 축제」(1977)에서 한수진의 성적 욕구는 통제 불가능하
다. 이것은 성에 있어서 무정부주의적 발상이다. 남자에게서 원하는
것은 오직 섹스와 생활비뿐이라고 당차게 말하는 그녀는, 그녀가 골라
준 다른 여성과의 결혼 준비로 오영민이 한 동안 그녀를 찾지 않자,
"지금이라도 무슨 수를 써야겠다. 벌써 세 번 이상 치렀어야 할 섹스
가 피부 밖으로 튕겨져 나올 듯 충만해 있다."[26]라고 허둥거린다. 섹스
를 단순히 생리적 문제로 단순화시키는 한수진이라는 인물은 과장되
어 있다. 이것은 성적 자유가 아니라, 성적 타락일 뿐이다. 사랑없이
육체만 있는 성관계는 인간을 타락시키며 남녀관계를 황폐화시킨다.
　이러한 적대관계는 김동리의 죽음을 계기로 서서히 청산될 조짐을
보이기 시작한다. 1995년 김동리는 뇌졸증으로 쓰러진 지 5년 만에
서영은의 곁을 떠난다. 김동리가 생존해 있을 때는 세속적인 가치관이
포함되는 것을 무조건 배격하면서 살았고, 작품의 소재도 그런 범주
안에서 구했다고 한다. 그러나 김동리의 죽음을 겪고 난 후 그야말로
질펀하게 사는 삶을 몇 년 보내면서 많이 달라진다. 그 와중에 하나님
을 만나고, 4년 동안 이슬비 젖듯이 성경을 공부하면서 많은 변화를

---

25 서영은,『사다리가 놓인 窓』, 문학과비평, 1991, 282쪽.
26 서영은, 앞의 책, 323쪽.

겪는다. 서영은의 작품 세계가 지옥의 밑바닥을 치면서 빛으로 나가는 길이 비로소 보이기 시작한 것이다.

올해로 서영은의 나이 60이 되었다. 불쑥 불쑥 치솟는 감정놀음에 더 이상 갉아먹히지 않아도 되는 그녀의 환갑은 그래서 여유로워 보인다. 종교적 평화가 내면을 채우면서 애꿎은 인생에 생트집을 잡으며 공연히 가슴을 쥐어뜯지 않아도 되었다. 이제 서영은의 문학에서 안간힘으로 손톱을 세우던 격렬한 증오의 불길은 거의 다 꺼졌다고 말해도 좋을 듯하다. 쉬 짓무르는 풀잎처럼 인생의 모든 소용돌이에 처절하게 반응하기보다, 넉넉함과 여유로움으로 삶의 질곡을 비밀스럽게 녹여내는 환갑의 서영은은 그래서 아름다워 보인다.

4) 손가락 세 개

1995년 남편과의 사별로 서영은은 2~3년간 극심한 혼란에 빠진다. 마치 원폭이 떨어진 듯한 충격으로 정신을 놓아버린 생활이 작품마저 손에서 놓게 했다. 무언가 추스려야겠다는 생각에 1997년부터 『그녀의 여자』를 『문학사상』에 연재하기 시작했다. 김동리의 체취를 털어내기 시작했다는 점에서 『그녀의 여자』(2000)는 서영은 문학 세계의 변신을 예고하는 이정표적인 작품이다. 그녀의 말대로 이 작품을 쓰면서 비로소 어둠의 세계로부터 빠져나올 수 있었다고 한다. 김동리의 생존 내내 서영은의 문학은 빛보다는 어둠에 민감하게 반응한 편이었다. 그러나 김동리라는 거대한 벽이 무너지면서 서영은은 그 뒤에 가려져 있던 '현실'의 참모습을 비로소 실감하게 된다. 김동리 사후 재산 분쟁에 휘말리면서, 그녀는 질펀하게 살아가는 현실의 고통을 한바탕

호되게 겪는다.

> 무슨 영화제라고 했다. 푸른색과 흰색의 깃발이 촘촘히 꽂혀 펄럭이고 있는 거리. 거리라고 하지만 긴 다리 같은 느낌도 있었다. 밀려드는 사람들이 발 디딜 틈조차 없이 거리를 메우고 어딘가로 가고 있는데, 그게 한 방향이 아니고 가는 사람의 흐름이 있는가 하면, 오는 사람의 흐름이 있었다. … (중략) … 아직도 속을 훑어 내리는 찌르르한 느낌이 거꾸로 꿈 속에서의 장면 하나하나를 선명하게 되살려 주는데, 그것이 바로 자기가 살고 있는 현실이었다.(소설, 『그녀의 여자』)[27]

최근작 『그녀의 여자』(2000)의 말미에서 현석화가 비록 꿈의 방식이기는 하지만, 자기가 살고 있는 현실을 인식하는 모습이 언뜻언뜻 잡힌다. 손에 닿는 건 무엇이든지 폭약으로 만들어 버리던 현석화에게 영화제의 거리는 커다란 충격이었다. 밀려가고 밀려오는 군중들의 흐름은 현석화를 네 벽으로 둘러싸인 화실의 벽에 균열을 낸다. "흰색의 깃발이 촘촘히 꽂혀 펄럭이고 있는" 거리는 이제 서영은이 고독의 영역을 탈출하여 공동체의 영역으로 진입할 것을 명령한다.[28] 이제야 현석화는 사람으로 이루어진 북새통 거리가 "바로 자기가 살고 있는 현실"이라는 것을 깨닫는다. 물론 현석화는 그곳에서 오래 머무르지는 않는다. 자신의 오랜 근거지인 죽음과 광기에서 완전히 발을 빼기는 무척 어려운가 보다. 현실과 악수할 수 없다면 차라리 죽는 편이 낫다. 그런 점에서 현석화를 죽게 한 서영은의 판단은 분명 옳았다.

사람들로 발디딜틈 없는 영화제의 거리, 그 격렬한 유동성의 공간에

---

27 서영은, 『그녀의 여자』, 문학사상사, 2000, 318~319쪽.
28 김정란, 「사랑하는 나에게 매혹된 나」, 서영은, 『그녀의 여자』, 문학사상사, 2000, 361~362
　쪽 참조.

서 만난 것이 탱고이다. 탱고는 그녀의 인생에서 또 다른 의미를 가져다 주었다. 환갑을 2년 앞둔 어느날 우연히 TV에서 탱고에 관한 다큐멘터리를 보고 매료되었는데, 프랑스 영화 「탱고 레슨」을 보고 배워야겠다는 단단히 마음을 먹었단다. 19세기말 20세기초 아르헨티나의 격동의 시기. 어둑한 선술집에서 좀도둑이나 갱 밀수꾼들 뱃사람, 이런 뜨내기들은 깊은 밤의 외로움을 탱고를 추며 달랜다.[29] 지구 반대편 삶의 끝자락까지 밀려온 아르헨티나의 유이민들은 격렬하게 반경을 벌렸다가는 순식간에 감겨드는 춤동작으로 애정과 향수를 공급받으면서 고달프고 서러운 항구의 노동을 이겨냈다. 서영은 역시 탱고를 통해 한 세계의 붕괴와 맞먹는 남편 사별의 충격, 그리고 그간 현실에 대해 위협적이고 빈정대던 절망감을 털어버릴 수 있게 된다. 탱고에 매료되어 아르헨티나로 탱고유학을 1년간 떠날 계획이라니 탱고에 대한 매력이 어떠한 것인가는 짐작할 만하다. 현석화가 발을 뺀 북새통 거리에서 거꾸로 서영은은 '현실'을 발견하고 있는 것이다.

사닥다리는 사람의 보폭인, 한 걸음 한 걸음에 맞추어 생겨난 물건이다. 그것은 어딘가에 세워져 사람이 높은 곳에 이르기 위한 용도로 만들어졌다. 세워져 있는 사다리를 오르려는 사람은 한 걸음 한 걸음의 보폭을 지키지 않으면 곧바로 위험에 처한다. 뿐만 아니라, 사닥다리를 타고 올라가는 사람은 반드시 내려오는 것도 염두에 두어야 한다. 사람들은 욕심 때문에 자기 능력 이상의 것을 탐해서 무작정 높이 올라, 내려올 바를 알지 못해 추락하는 일이 종종 있다.(사진 에세이집, 『안쪽으로의 여행』)[30]

---

29 조영실, 「탱고, 부에노스아이레스 빈민촌이 피워낸 에로티시즘」, 한국 라틴아메리카학회, 『라틴아메리카연구』 제13집, 2000, 54쪽.

30 서영은, 『안쪽으로의 여행』, 바다출판사, 2002, 39쪽.

이제 '저 높은 곳'을 향하던 서영은의 시선은 닥다리를 타고 탱고로 만난 현실로 '내려오기' 시작한다. 그리고 보면 「사다리가 놓인 창」(1989)은 한참 이전에 쓰여진 작품이지만, 이미 현실 귀환의 싹을 내포하고 있다는 점에서 눈여겨 보아야 할 작품이다. 서영은은 우연히 사진 전시회에서 생면부지의 사진작가의 사진을 보고 내면의 심한 울림을 듣게 된다. 햇빛을 향하여 아슬아슬하게 나무에 의지하고 있는 사닥다리 사진은 그 중의 한 장이다. 그 사진들이 글로 묶여 나온 것은 사진 에세이집 『안쪽으로의 여행』(2002)이다. 이즈음 서영은이 사닥다리에서 본 것은 올라가는 모습이 아니라, 아마도 내려오는 모습이 아닐까. 사닥다리는 사람이 한 칸 한 칸 올라설 때마다 욕망의 키를 높여주어 마치 신의 영역에 도달이라도 할 듯한 환상에 빠지게 한다. 그러나 인간의 욕망은 성취감보다 늘 한 발 앞서 있어서 결코 채워지지 않는다. 욕망의 사닥다리는 바벨탑처럼 불만족을 등에 짊어지고 다음 단계를 추구하는 영원한 방랑의 노정일 뿐이다. 그래서 사다리를 오른 자는 내려오는 것을 염두에 두지 않으면 추락할 수밖에 없다. 「사다리가 놓인 창」(1989)에서 정애가 다락방 꼭대기에서 인생 전체를 내려다 보게 되었다면, 이제는 내려올 줄도 알아야 한다. 그 아래에는 세심한 손길을 필요로 하는 병든 '현실'이 있기 때문이다.

숫사락 세게 송가락 세개 속사랑 에개 손가락 세개 솨가락 혜개 숨가랑 세개 속가락 세?

내가 치는 타자 소리가 '콩 볶는 소리'와 흡사하게 들리도록 나는 안간힘 썼다. 일 분에 백오십 타로 부족하면 이백 타를 치는 흉내라도 낼 것이다. 그러다가 뒤로 벌렁 넘어져 치마가 추켜올라간다 해도, 나는 이 삶을 부둥켜안고 씨름할 것이다. 비록 엎어지고 구르더라도 삶 앞에서 가련하도록 정직한 나의 어머니, 나의 선배, 그 밖의 다른 많은 여자들이 그랬던 것처럼. 그것은 취직을 하느냐 못 하느냐보다 훨씬 중요한 문제였다.(소설, 「사다리가 놓인 窓」)[31]

다행스럽게도 정애는 사닥다리를 내려와 고단한 현실을 은밀한 방식으로 쓰다듬는다. 사기꾼 남자에게 인생을 몰수당한 인애 엄마를 보듬으며, 그녀의 방에 몰래 연탄을 갈아주곤 한다. 강간당하여 아이를 가진 효순이를 데려와 먹이고 함께 지낸다. 이러한 모습은 「살과 뼈의 축제」(1977)의 한수진과는 사뭇 다른 것이다. 정애는 효순과 인애 엄마, 알토란 같은 재산을 다 털어먹은 오빠와 자신 사이에 벽을 쌓지 않는다. 밑바닥 현실은 어차피 발딛고 살아야 할 터전이다. 조바심을 치며 병든 현실과 씨름하다 "뒤로 벌렁 넘어져 치마가 추켜올라간다 해도" 정애는 "이 삶을 부둥켜안고" 함께 "엎어지고 구"를 것이다." 현실의 폭력에 대책없이 쓰러지지는 않을 작정이다. 망가질 대로 망가진 현실마저도 내 소관이라고 생각하는 것이다.

정애가 취직을 위해 타자 시험을 보는 장면은 처절하다 못해 가슴이 쓰리기까지 하다. 그녀는 "콩 볶는 소리와 흡사하게" 들리도록 타자기를 마구 두들긴다. 면접관에게 능숙한 타자 실력을 보여주어야만 취직을 할 수 있기 때문이다. 외아들인 동시에 삼대독자인 오빠의 무능력으로 집안의 경제는 몰락의 연속이었다. 집안뿐만 아니라, 그 오빠의 인생마저도 공장의 날카로운 칼날 밑에 잘려나간 '손가락 세 개'에서 끝이 났다. 정애는 칠 줄도 모르는 타자자판에 잘려나간 오빠의 손가락, '욕망의 기호'를 되는대로 찍어 누른다. "숫사락 세게 송가락 세개 속사랑 에개 손가락 세개 쇠가락 헤개 솜가랑 세개 속가락 세?". 필사적인 몸부림으로 털어내고 싶은 다락방 생활은 오빠의 손가락 세 개가

---

31 서영은, 『사다리가 놓인 窓』, 문학과비평, 1991, 89쪽.

한꺼번에 잘려나가면서 정애의 현실이 되어 버린다. 여기서 정애가 취해야 할 가장 현명한 방법은 현실의 망각이 아니라, 현실을 똑똑히 두 눈뜨고 '바라보는' 일이다. 사닥다리에서 이제는 내려와야 한다. "나의 어머니, 나의 선배, 그 밖의 다른 많은 여자들이 그랬던 것"과 똑같이 현실을 향해 걸어가야 한다. 병든 현실은 부정의 대상이 아니라, 쓰다듬고 보듬어가야 할 대상이기 때문이다. 어느 평자의 말대로 인생은 비루하다. 인생을 말하는 데 이 표현만큼 사람살이와 잘 어울리는 단어는 없는 것 같다. 그 인생이 어떤 인생이든 모든 인생은 허위로 얼룩져 있기 때문이다. 어느 우주비행사가 푸른빛이라고 극찬을 아끼지 않았던 지구도 그 아래로 내려가면 사실은 오염, 전쟁, 기아가 끊일 날이 없는 병든 공간이다. 그렇다면 병든 현실을 푸른빛으로 말하는 것은 분명 기만이다. 문제는 그 푸른빛 아래 가려진 병든 현실을 어떻게 보듬어야 하는 것이냐이다. 그런 의미에서 이제 서영은이 사닥다리를 타고 다락방에서 '이미' 내려와 있는 모습은 자연스럽고 아름답다.

서영은을 보내고 돌아서는 밤 깊은 부산역 광장. 오락가락 장마비를 타고 그녀의 그림자가 유쾌하게 율동을 시작한다. 「사라방드」의 '쿠-웅' 소리를 배경삼아 비장하게 사막을 걷던 그 낙타가 이제는 짧고 빠른 스텝을 밟으며 또 다른 '세상 속으로' 경쾌하게 걸어가고 있는 것이다.

서영은이 탱고를 춘다. 격렬하게 몸이 흔들릴 때마다 사방으로 땀이 튄다. 찌릿한 땀내, 스타카토처럼 탁탁 끊어지며 흔들리는 몸근육, 가학적이리만큼 격렬하게 밟아대는 두 개의 구두소리. 하지만 탱고와 황홀경 사이에 무턱대고 직선을 그을 수는 없다. 탱고를 추는 두 사람은 상대방을 향해 몸을 기울인 채 시선을 약간 사선(斜線)으로 두고 더 가까이도 멀리도 아닌 정확한 간격을 지키며 움직인다. 발끝과 발끝 사이의 이 간격은 즉흥적인 감정의 몰입을 차단한다. 탱고를 추는 동안 두 사람은 무심한 듯한 시선을 상대방의 어깨 너머로 던질 뿐 아무 말이 없다. 고개를 외로 돌린 채 던지는 이 무심한 시선에서 감정 과잉과 일탈의 모습은 찾기 힘들다. 타인과 눈길을 주고받되 몰입하지 않는 쿨한 현실의 논리가 이 속에 고스란히 스며든다. 천당과 지옥의 극단적 불균형 속에서 자신을 소진시키던 서영은이 이렇게 깍듯하게 또 다른 '세상의 규칙'을 지켜가며 한 스텝 한 스텝을 밟고 있는 것이 아닌가.

3.

폭력의 시대, 반역의 꽃

-박완서론

1) 진보의 역설

자본주의 문명은 아스팔트 포장도로를 타고 빠르게 확산되었다. 태고적 고요와 신성의 기운이 서려있는 숲 한복판에 자본주의 문명은 가혹한 직선의 아스팔트를 내고 오직 진보만을 향해 쏜살같이 지나가 버린다. 아스팔트 밑에 짓눌린 생명체들은 호흡곤란을 겪으며 고된 목숨을 이어가고 있다. 아스팔트 문명은 이렇게 진보라는 이름으로 생명을 부당하게 밟고 올라서며 숱한 폭력을 행사해왔다. 첨단기술과 자본의 힘으로 닦아놓은 아스팔트가 기껏해야 지옥으로 가는 포장도로에 불과하다는 사실 앞에 새삼 당혹감을 느낀다. 이제 생명에 대한 뼈저린 성찰 없이 삶을 지속해간다는 것은 너무도 무책임하고 무모한 일이 되어 버렸다.

박완서의 「그 가을의 사흘 동안」[1]이 흥미로운 것은 자본주의 문명이 아무런 주저없이 저지른 폭력과 병든 진보에 대한 '색다른 반성'을 담고 있기 때문이다. 「그 가을」에는 익명의 남자로부터 정조를 유린당한 한 여인이 '생명'을 통해서 평생에 걸친 증오를 녹여내는 과정이 아름답게 그려져 있다. 여기에서 생명의 소리는 폭력에 대항하여 생명을 요구하는 기존의 날카로운 목소리와는 근본적으로 구별된다. 그간 생명을 부르짖으며 생명에 열광하는 자들의 목소리는 지나치게 각(角)이 져있었다. 하지만 「그 가을」의 꽃씨가 보여주는 생명은 날이 선 칼날 속에 있지 않다. 여기의 생명은 진흙탕에서 '말없이' 꽃을 피우는 연꽃 속에 녹아있다.[2] 문명의 비정함에 맞서지 않고 모든 것을 품어주는 생명에 대한 고요한 명상, 「그 가을」은 생명의 넉넉함으로 '진보의 역설', 즉 자본주의의 폭력과 여기에 맞서 싸우려는 아무런 감동없는 생명주의 모두에 대하여 분명한 선을 그어주고 있다. 죽기 아니면 살기식의 살풍경한 세태 속에서 「그 가을」이 제공하는 이러한 '깃발없는 생태미학'은 생태의 위기와 인류의 멸종을 예견하는 폭력의 시대에 절박한 유효성을 얻는다.

2) 어둠의 계보학

전쟁의 광기를 물질에 대한 광기로 바꾸어버린 한국의 1960~70년대. 자본주의의 우울을 온몸으로 드러내는 근대화는 돈을 미끼로 갈곳 없는 젊은 육체들을 자신들의 위안부로 낚아챈다. 천민자본주의와 매춘부, 그리고 낙태전문가와의 은밀한 공생 관계는 풍요와 번창을 갈

---

1 이하 「그 가을」이라 한다.
2 김욱동, 『생태학적 상상력』, 나무심는사람, 2003, 17~18쪽 참조.

구하는 시대가 구축해낸 조직적인 폭력 시스템이다. 「그 가을」의 '나'
는 이러한 문명의 어둠, 즉 '폭력 시스템'의 한 가운데에 서 있다. 6·25
동란 때 당한 강간의 상처로 평생을 남성 증오로 소진해버린 '나'는 화
냥기 여인들의 아랫도리에 가학적인 낙태시술로 과거의 폭력을 되갚
아 준다. 폭력은 사라져도 그 공포는 영원히 지속된다. 산업화의 바람
과 돈에 눈먼 젊은 육체의 애정없는 로맨스는 마땅히 심판되어야만 할
죄악이며, 피해자인 '나'가 그 죄악을 심판하는 것은 정당하다고 믿는
다. '나'는 강간을 성(性)의 문제가 아니라, 자본주의 진보에 연루된
'폭력의 문제'로 인식하고 있는 것이다.[3]

> 질식할 듯한 노린내, 율동할 때마다 내 얼굴을 빗자루처럼 쓸던 가슴팍의
> 무성한 털, 동아줄처럼 서리서리 길고 질기게 내 몸을 감던 유연하고도 힘센
> 사지, 내 몸의 중심부를 관통하는 날카로운 통증……. 이런 것들이 내 몸에
> 일시에 생생하게 되살아나는 걸 막을 순 없었다. … (중략) … 남자에겐 누
> 구나 여자를 겁탈할 수 있는 소지가 있다. 나에겐 이름이나 성보다는 그게
> 남자라는 게 더 중요했다.(323~324, 330)[4]

문명과 진보의 시대에 폭력을 앞세운 통치방식은 더 이상 유효하지
않다는 엥겔스의 예언은 보기 좋게 빗나갔다. 오히려 진보와 이성이
버티고 있는 시대일수록 폭력의 욕망은 더욱 야만적으로 으르렁거린
다는 한나 아렌트의 말이 훨씬 설득력있게 들린다.[5] 21세기 근대문명

---

3 위니프레드 우드헐, 「섹슈얼리티, 권력, 그리고 강간의 문제」, 미셸 푸코 외, 황정미 편
  역, 『미셸 푸코, 섹슈얼리티의 정치와 페미니즘』, 새물결, 1995, 174~178쪽 참조.
4 박완서, 「그 가을의 사흘 동안」, 『제3세대 한국문학』 17권, 삼성이데아, 1989, 괄호 안
  의 숫자는 쪽수 표시.
5 한나 아렌트는 20세기 진보의 직접적인 산물로 폭력의 확산과 그 수단의 발전을 들고
  있다. 역사와 정치에 관하여 사유하는 사람이면 누구든 폭력이 인류 문명에서 수행

은 전쟁으로 그 화려함을 꽃피웠고, 전쟁은 여인의 육체를 인신공희의 제물로 요구했다.[6] 강간은 이러한 문명의 어두운 그림자를 고스란히 드러내어 준다. 모든 폭력이 그렇듯 「그 가을」에서 강간도 '어둠'이 내리기를 기다려 낮 동안의 모든 욕구를 발산한다. "율동할 때마다 내 얼굴을 빗자루처럼 쓸던 가슴팍의 무성한 털, 동아줄처럼 서리서리 길고 질기게 내 몸을 감던 유연하고도 힘센 사지"의 소유자가 누구인지 어둠은 말해주지 않는다. 모든 정체를 삼켜버리는 어둠이야말로 폭력의 진원지이다. 쾌락에 진저리를 치는 무자비한 교성도, 그림자조차도 포착되지 않는 이 진공의 어둠에서 감각할 수 있는 것은 오로지 살을 찢으며 파고드는 야만의 육체이다. 음란과 폭력에 굶주린 남자들의 문명, 즉 근대문명은 이렇게 어둠 속에서 자신의 "이름이나 성"도 감추어 가며 음흉한 욕망을 풀어놓고 있는 것이다.

> 소녀가 부득부득 남자하고 잔 일이 없다고 우길 만도 한 게 늘 고모의 딸인 사촌동생하고 같이 자다가 그 애가 수학여행을 가서 혼자 잔 날 밤, 잠결에 어둠 속에서 이미 온몸을 짓눌린 연에 깨어나긴 했어도, 죽을 기를 쓰고 버둥거려 그 일을 오래 당한 것 같진 않다고 말하면서 그렇게 쉽사리 아이를 밸 수도 있느냐고 다시 못 미더워했다. 여인숙 비슷한 하숙집에서 어둠 속에서 잠결에 당한 일이라 그가 누구라는 건 짐작도 할 수 없거니와 짐작한들 뭐하냐는 것이었다.(357)

하는 거대한 역할을 생각해 보아야 할 때라고 말한다. 한나 아렌트 지음, 김정한 옮김, 『폭력의 세기』, 이후, 1999, 19~31쪽 참조.

6 현대 남성들을 위한 제3의 공간은 여성, 엄밀히 말해서 여성의 육체이다. 여성의 육체는 대다수 남성의 욕망이 투사되는 스크린이다. 이 제3의 식민지를 자세히 고찰해 보면 아마 자연의 파괴와 이 동경 간의 상호관련성을 알 수 있게 될 것이다. 마리아 미서·반다나 시바, 손덕수·이난아 옮김, 『에코페미니즘』, 창작과비평사, 1999, 172쪽.

이성의 시대가 낳아 기르고 살찌운 이 '야만적 어둠'은 아귀가 들린 것처럼 언제나 배가 고프다. 어둠은 뒤엉키는 육체를 먹고 먹히는 약육강식의 밀림으로 바꾸어놓는다. 여기서 남녀의 육체가 부딪치면서 인간 사이의 거리가 좁혀진다는 말은 그야말로 환상이다. 숨조차 제대로 내쉴 수 없는 무방비의 상태에서 짓눌린 여체가 할 수 있는 일이란 오직 육중한 율동에 몸을 내맡기고 함께 파도를 타주는 것뿐이다. 여기서 육체의 결합이 정서적 일체감에 기여한다는 논리는 통하지 않는다.[7] 굶주림에 으르렁대는 야만의 "어둠 속에서 온몸을 짓눌린" 여성의 육체는 포획을 기다리는 고깃덩어리 외에 아무것도 아니다. 이름도 성도 모르는 어둠 속의 육체에 짓눌린 황노인의 딸, "어둠 속에서 잠결에 당한 일이라 그가 누구라는 건 짐작도 할 수 없"었다는 어린 소녀. 앞으로 이들은 증오와 분노 속에서 평생을 살아가야 할 것이다.

> 그렇다. 나는 증오로써 그 일을 했다. 그 일은 실수없이 하기 위해선 내 얼굴 앞에 냄새나는 치부를 얼굴처럼 쳐들고 자빠진 여자와 그 속에 자리잡은 원치 않은 생명에 대한 증오가 잠시도 나를 떠나 있으면 안 되었다.(334)

강간은 반드시 전쟁의 와중에서만 일어나는 것은 아니다. 육체가 있는 곳이면 어디서든지 어떤 형태로든지 강간은 존재한다.[8] 그래서 폭

---

7 에로티시즘은 육체를 벌거벗기는 것이다. 나체는 단절된 남녀들에게 소통할 수 있는 통로가 되어준다. 음란한 느낌을 주는 이 비밀스런 길 때문에 육체는 연속성을 향하여 열려 있게 된다. 피터 브룩스, 이봉지·한애경 옮김, 『육체와 예술』, 문학과지성사, 2000, 502쪽 참조.

8 전쟁의 폭력과 강간의 폭력 간의 연관성은 뚜렷하다. 하지만 강간은 평화시의 일상적 경험이기도 하다. 남성들 대다수가 즐기는 것 같은 전쟁이라는 무시무시한 놀이가 공격·정복·소유·통제라는 남녀관계의 전통적 경로와 동일한 단계를 거치는 것도 결코 우연이 아니다. 마리아 미스·반다나 시바 지음, 앞의 책, 27쪽.

력은 언제나 복수로 존재한다. 폭력은 폭력을 낳고, 강간은 또 다른 여체로 전염된다. 절망도 때로는 힘이 된다는 말은 분명 진실이다. 어둠 속에서 원치 않는 율동을 해야 했던 '나'에게 절망은 폐허를 딛고 일어서는 유일한 힘이다. 증오는 퇴색하기는커녕 인화 중인 사진처럼 선명하게 되살아난다. 절망을 기억하는 가장 확실한 방법은 '또 다른 육체에 그 기억을 이식'하는 것이다. 그래서 역사적으로 지배집단은 기억을 각인시킬 필요가 있을 때 피와 고문, 거세와 같은 육체의 희생제의를 벌여왔던 것이다. 그리하여 과거 어둠 속에서 몸을 눕혀야 했던 '나'는 이제 산부인과 의사가 되어 육체의 파티를 즐긴 여인의 아랫도리에 주홍글씨를 새겨 넣는다. 채 피지도 못한 생명, 그러나 "원치 않은 생명"들을 무자비하게 도려내면서 '나'는 과거의 고통을 또 다른 여인들에게 복제한다. 어둠은 증오를 낳고 증오는 또 다른 어둠 속에서 번식하는, 이 '어둠의 계보학'에서 폭력은 더욱 고상하고 세련된 형태로 나타나게 된다.

3) 고상한 증오, 섬세한 폭력

문명의 역량은 포장술에서 가장 빛을 발하는 것인지도 모른다. 품위와 매너를 갖춘 폭력에서 야만성을 찾기란 쉽지 않다. 현대의 문명은 존립 근거인 폭력을 어둠 속에 격리시키는 것이 아니라, 오히려 세련된 포장으로 당당하게 드러낼 만큼 낯이 두꺼워졌다.

질경(膣鏡), 쓸모가 다른 몇 개의 겸자(鉗子), 1번서부터 15번까지의 헤걸, 긴 차숟갈 같은 큐렛 등 반짝이는 쇠붙이를 점검하며, 그 차가운 감촉으로 나는 나의 차가운 마음을 가다듬었다. 나는 아직 그 도구들에 숙련되지

않았건만 피할 수 없는 운명과의 만남처럼 이상한 편안감을 맛보았다. 여자
가 치부를 얼굴처럼 들 수 있게 꾸며진 진찰대도 들여놓았다. 거기 누워보기
전엔 그건 다만 가장 과학적으로 설계된 편리한 의료기구에 지나지 않지만
일단 거기 누워보면 그게 여자에게 얼마나 치욕적인 박해(迫害)의 도구라는
걸 알게 된다. 나는 내가 받은 이유없는 박해를 회상하고 치를 떨었다.(323)

폭력의 포장술은 일상 곳곳에 산재해 있다. 낙태는 건강을 명분으로
강간의 기억을 '나'에게서 화냥기의 여인들에게 옮기는, 즉 좋은 폭력
으로 나쁜 폭력을 막는 대체희생의 메커니즘 속에 위치한다. 그녀들은
자신을 짓밟은 남자로부터 폭력의 방향을 돌려 그와는 무관한 다른 대
상에게로 향하는 일종의 대체희생물인 셈이다. 그러나 희생대체의 목
적은 '폭력을 속이는 데' 있다.[9] 그런 점에서 폭력에 근거를 대어주고,
새로운 대상을 얻는 병원은 결코 폭력으로부터 자유로울 수 없는 공간
이다.[10] 물론 가랑이를 벌리고 누운 여자들은 진찰대가 "얼마나 치욕
적인 박해의 도구"인지, 그리고 "내가 받은 이유없는 박해"가 수술이
라는 명분 아래 자신들의 몸 위로 되돌려지고 있는지 알 수 없다. "의
료 기구"들은 낙태를 원하는 여성들을 위해 "가장 과학적으로 설계된
편리한" 도구로만 비춰진다. 그녀들에게 '나'의 복수는 폭력이 아니
라, 상한 육체를 치유시켜주는 고마운 의술이다. 그러나 부드럽고 온

---

9 희생제의의 사회적 기능은 여기서 나온다. 즉 사회는 무슨 대가를 치르고서라도 보호하려고
애쓰는 자신의 구성원을 해칠지도 모르는 폭력의 방향을 돌려서 비교적 그 사회와 무관한
즉 희생할만한 희생물에게로 향하게 된다. 일종의 대체 희생인 셈이다. 르네 지라르, 김진식
· 박무호 옮김, 『폭력과 성스러움』, 민음사, 2000, 11~15쪽 참조.
10 흔히 질병은 의학적인 기준에서 정상으로부터 벗어난 상태로 규정되며 이러한 정상상태로
부터의 이탈은 사회로부터 환자를 격리하고 소외시키는 것을 정당화시켜준다. 이러한 의학
이 사회 통제의 도구로서 이용될 때, 사회로부터 격리시키려는 정치적 탄압을 정당화시켜주
는 기능으로 전락할 수 있다. 또한 의료가 갖는 사회성과 정치성이 은폐되는 환경에서는 강
력하고도 기만적인 사회적 통제도구로서 작용할 수 있게 된다. 황상익, 「현대의료와 폭력」,
『외국문학』, 1986년 겨울호, 156쪽.

화한 얼굴로 일탈이 분명한 육체를 장악하면서 그들의 정신까지 지배하는 의학은 분명 폭력이다.[11]

> 이 동네에서 창녀가 거의 자취를 감추고 나서 가장 눈에 띄게 달라진 건 교회당이 많이 생긴 거다. … (중략) … 이 동네서 번영이 풍문이 아닌 곳은 오로지 교회당밖에 없다. … (중략) … 신도들의 반수 이상은 여자들이다. 그러니까 나의 단골들이기도 하다. 그들이 울면서 기구하는 건 뭘까. 허구헌 날 어디서 저런 지겨운 통곡이 치받치는 걸까. 원치 않는 애기를 뱃속에 가지고 나를 찾아왔을 때 그들은 거의가 다 죽고 싶은 절망적인 얼굴을 하고 있게 마련이다.(342)

부드럽게 어루만지는 폭력 미학이라는 점에서 의술과 종교는 같은 것이다. 큐렛과 겸자, 메스가 의술로 위장한 '고상한 증오'라면, 교회의 영혼 구제도 '섬세한 폭력'의 시술에 동참하기는 마찬가지다. 서구 역사에서 볼 때, 종교와 폭력 사이의 관련성은 매우 뚜렷하다. 11세기 십자군으로부터 중세의 마녀사냥에 이르기까지 서양의 어두운 교회사를 통해 볼 때, 종교의 이름으로 학살과 전쟁을 정당화한 사례는 얼마든지 찾을 수 있다. 태양은 교황의 머리만을 비춘다고 믿는 광기의 시대는 비록 지났지만, 자본주의 시대 종교는 물질이라는 새로운 광기 아래 경전을 놓아두고 있다. 미군의 위안부로 육체를 바치고 산부인과에서 더러워진 육체를 씻어낸 매춘부들은 이제 교회에 와서 비정상적인 영혼을 세탁한다. 정해진 수순을 밟듯 병원에서 아이를 떼어낸 여인들이 그 다음 갈 곳은 "교회당밖에 없다". 이렇게 자본의 시대는 부드러운 목소리로 죄를 지으라 하고, 또 죄를 씻으라 유혹한다. 싸구려 윤락가의 번성과 산부인과의 호황, 그리고 육체 유통산업의 마지막 단

---

11 김진균 · 정근식 편저, 『근대주체와 식민지 규율권력』, 문학과학사, 1997, 187~191쪽 참조.

계에서 함께 호황을 맞고 있는 교회는 자본주의 시대의 종교가 자비로운 얼굴 뒤에 얼마나 치명적인 독을 감추고 있는지 잘 말해주고 있다. "창녀"들의 "지겨운 통곡"소리가 높아질수록 산부인과는 "단골들"로 북적거리고, 교회의 십자가는 나날이 높아간다. 하지만 죄인들을 다루는 목소리는 조금도 거칠지 않다. 30년이나 묵은 '나'의 분노가 우아했던 것처럼, "원치 않는 애기를 뱃속에 가"진 "죽고 싶은 절망적인 얼굴"들은 다 나오라는 위로의 목소리는 너무도 따뜻하다. 육체를 가운데 놓고 돌아가는 자본주의 폭력의 유통 시스템은 육체의 건강과 영혼의 구원이라는 그럴듯한 명분으로 존재하는 까닭에 그것이 폭력이라는 사실을 알아차리기는 쉽지 않다.

> 나는 짐짓 관대하고도 명랑하게 미스 최의 소청을 들어준다. 요새 이 동네 여편네들 사이엔 소파한 태반이 젊어지고 예뻐지는 신기한 영약이라는 소문이 그럴듯하게 유포되고 있다. 나는 의사로서 그게 전혀 근거없다고는 못해도 떠도는 소문처럼 그런 신기한 효과를 거둔다고도 물론 생각하고 있지 않다. … (중략) … 그러니까 여자들에게 남의 미숙한 태반을 먹이고, 그 비릿한 입으로 음담을 지껄이게 하는 것도 내 나름의 여자들에 대한 박해의 한 방법이었다.(349)

폭력의 분장술이 고도화하면 그 폭력은 '감상'과 '유희'의 대상이 된다. 잘라낸 태아의 팔과 다리 손가락 발가락으로 거대한 무덤을 쌓고도 남을 정도지만, 폭력의 욕망은 이제 쾌락을 갈구한다. 병원에서 아이를 잘라버린 여편네들은 좀더 "젊어지고 예뻐지"기만 한다면 자신의 것인지도 모를, "남의 미숙한 태반을 먹"을 수도 있는 여자들이다. 여편네들의 식인 행위를 방조하면서 태반을 먹은 "그 비릿한 입으로 음담을 지껄이게 하"며 '나'는 마음껏 그녀들을 조롱하고 비웃는다. 애를 떼어주고, 그 태반을 먹여 젊어진 육체로 다시 애를 배게 하는 이 무서운 '폭력의 조종술'에서 야릇한 쾌감은 증폭된다. 의학과 종교가 폭력의 진보에 기여했다면, 분명 문명의 진보는 이러한 폭력 미학에서 찾아야 할 것이다. 그러나 폭력의 미학은 그 어느 형태의 미학보다 반갑지 않다. 폭력의 매너가 유려할수록 육체에까지 미세하게 작동하고 있는 '숨겨진 큰 폭력'에 주목하는 사람들은 아무도 없다. 눈에 보이지 않는 큰 폭력은 어느 개인의 책임이 아니므로 여기에 대하여 책임을 추궁당할 사람은 아무도 없다. 생활 속에서 드러난 작은 폭력에 시선을 뺏기는 동안 정작 숨겨진 큰 폭력은 의학의 이름으로, 종교의 이름으로 어리석은 육체와 정신을 함락시키고 있는 것이다.[12] 문명은 이렇게 모든 폭력을 속이는 거대한 배후이다.

4) 고요한 복종, 아름다운 반역

폭력이 창궐하는 세계에서 생명을 갈구하는 것 자체가 아이러니일지 모른다. 하지만 생명이 고갈될수록 생명을 회복해야 할 이유는 역설적으로 많아진다. 낙태를 일삼으며 은밀하게 폭력을 즐기던 '나'의 내면에는 폐업을 사흘 앞두고 중대한 변화가 감지된다. 강간과 부도덕을 잣대로 이 세계를 있어야 할 생명과 없어져야만 하는 생명으로 재단하는 것이 얼마나 부질없는 것인가 비로소 깨닫게 된다. 고상한 폭력과 우아한 분노로 계획한 유토피아가 사실은 최악의 시나리오라는 사실을 깨닫는 순간, 이제 폭력은 반드시 벗어나야 할 지옥으로 이해되기 시작한다.

---

12 최창모, 「현대 사회의 폭력과 제노사이드」, 『비평』 제6호, 2001년 겨울호, 124쪽 참조.

아아, 이제부터 나는 아무 것도 숨길 필요가 없겠다. 나는 아기를 갖고 싶었던 것이다. 기르고 사랑할 수 있는 아기를. 마지막으로 한 번 살아있는 아기를 내 손으로 받아보고 싶단 소망도 실은 아기에 대한 욕심이 쓰고 있는 가면에 불과했다. 나는 나의 정직한 소망이 모든 억압과 가면을 박차고 생명력처럼 억세게 분출하는 걸 느꼈다.(360)

자신이 저지른 불경을 깨달은 순간, 과거에 저질렀던 폭력의 강도만큼 살아있는 "아기를 내 손으로 받아내고 싶"고, "아기를 갖고 싶"다는 '나'의 갈망은 커진다. 이 순간 30년 간을 무심하게 보아왔던 우단 의자가 클로즈-업된다. 우단의자에는 의술이 인술이라고 말씀하신 아버지의 생명 사랑이 깃들어 있다. 생명 파괴의 현장에서 버려지지 않고 30년의 세월을 묵묵하게 견뎌낸 우단의자는 다시 불길 훨훨 타오를 날을 기다렸던 생명 사랑의 불씨이다. 그리하여 우단의자를 통해 한 여인의 영혼을 증오와 야만의 소용돌이로 몰아넣었던 인간 백정의 넋은 살아있는 아기를 소망하는 생명 사랑의 넋으로 변모한다. 여기서 살해되는 생명, 오류의 덩어리였던 자궁이 생명의 원천으로 부활하는 대목은 매우 극적이다. 거덜이 난 생명, 잘려나간 태아의 무덤 앞에서 '나'는 살아있는 아이를 받아보고 싶다는 "정직한 소망이 모든 억압과 가면을 박차고 생명력처럼 억세게 분출하는 걸 느"낀다. 제국주의적 번식력으로 폭력이 모든 것을 점령한다 해도, 생명의 근원적인 뿌리까지 제어할 수는 없는 것이다. 이 세상에 존재하지 말아야 할 생명은 없다. 강간으로 잉태된 생명이든, 쾌락 끝에 만들어진 생명이든 살아있는 모든 것은 아름답다. 아이에 대한 갈망, 생명에 대한 욕망과 함께 '나'의 의식은 이제 새로운 차원으로 나아간다.

홀로 사는 여자보다는 더불어 사는 여자가 아름답다고. 더불어 살되 아들 딸 가리지 말고 둘만 낳는답시고 소파를 열두 번도 넘어 했으되 그래도 아들 딸이 서넛은 되는 여자가 훨씬 아름답다고. 그보다 더 아름다운 여자는 서방 이 수없이 있으면서도 평생에 연애 한 번 해보기가 소원인 창녀고, 그보다 더 아름다운 여자는 도망간 창녀가 죽자 사자 연애하던 남자를 따라갔대서 찾지 않기로 마음먹은 산전수전 다 겪은 늙은 포주라고, 마치 고정관념을 허 물어 거꾸로 쌓듯이 그렇게 생각했다. … (중략) …

하나님, 제가 지금 연애를 하고 싶다면 얼마나 꼴볼견이겠습니까. 조롱거 리나 되겠죠. 그 대신 바라옵건대 저에게 살아있는 아기를 받을 기회를 마지 막으로 한번만 주소서.(351~352)

사실 인류의 모든 비극은 생명을 망각하면서부터 시작된 것이다. 생 명은 곧 몸이다. 총으로 야기되는 엄청난 야만의 기억들이 남성의 머 리에서 나온 것은 그 머리가 몸이라는 틀거리를 떠나 있기 때문이 다.[13] 아이를 품은 여성의 육체야말로 생명의 흐름을 가장 역동적으로 연출하는 공간이다. 생명이 있는 한, "산전수전 다 겪은 늙은 포주"도 "소파를 열두 번도 넘어 했으되 그래도 아들 딸이 서넛은 되는" 여자 도, 그리고 "서방이 수없이 있으면서도 평생에 연애 한 번 해보기가 소원인" 창녀도 모두 아름다운 것으로 여겨진다. 비어 있는 자궁은 아 무리 기름져도 송장이나 다름없다. 늙은 포주나 창녀까지도 아름다운 이유는 이들의 육체가 흘러 들어오는 사랑을 흘려보내면서 생명의 순 환에 기여하기 때문이다. 이 순간 증오로 만들어진 생명은 없어져야 한다는 "고정관념"은 "허물어"진다. 헐값에 거래되던 여인들의 육체 가 생명의 중심지로 그 의미가 달라질 때, 비로소 여성의 몸은 삶을 적

---

13 이수자, 「여성 주체 형성의 삼각구도」, 여성문화이론연구소, 『여/성이론』 제1호, 1999,
  70~86쪽 참조.

막강산을 만들어버린 이 시대의 폭력[14]에 대한 해답을 던질 수 있게 된다.

> 나는 할 수 없이 주머니 속의 꽃씨를 홀홀 콘크리트 바닥에 뿌렸다. 뿌리고 보니 채송화씨였다. 조그만 채송화씨들은 순전히 제 힘으로 콘크리트 바닥을 잘도 뚫고 땅 속으로 들어갔다. 콘크리트 바닥은 순식간에 푸실푸실 떡고물처럼 곱게 부서졌다. … (중략) … 나의 아기가 죽다니. 그러나 한 번도 아기를 못 가져본 여자보다는 아기의 무덤이라도 가진 여자가 훨씬 아름다울 것 같았다. 내년 봄엔 아기가 잠든 땅 위에 채송화 씨를 뿌리리라. 내가 죽인 수많은 아기의 한 번도 의식화되지 못한 작은 눈같은 채송화씨를.(352, 361)

그러나 아기는 태어나자마자 하루를 견디지 못하고 죽고 만다. 아기가 죽은 그 자리, 콘크리트 마당에 '나'는 채송화 꽃씨를 뿌린다. 아기는 폭력으로부터 벗어나기 위한 마지막 제물이다. 자본주의 폭력의 상징인 콘크리트 바닥을 꽃씨는 아무런 원망도 없이 "순전히 제 힘으로" "잘도 뚫고" 생명을 틔운다. '나'가 낙태한 "수많은 아기의 한 번도 의식화되지 못한 작은 눈"동자들은 어두운 기억을 지우고 꽃씨로 다시 태어난다. 꽃씨는 모든 폭력의 기억을 지워버리고, '말없이' 오직 살아나는 데에 모든 힘을 쏟는다. 생명이 투쟁이 되어 버리고, 해방의 무기가 되는 이 허황된 생명의 시대에 숲을 지키는 것이 오직 자신의 임무라는 듯 꽃씨는 콘크리트 불모지 위에 묵묵히 숲을 만들어 나간다. 어떠한 억압에도 '조용히 꿈틀거리는' 꽃씨의 생명과, 자연의 섭리에 대한 꽃씨의 '고요한 복종'이야말로 깃발과 주의 주장이 난무하는 폭력

---

14 그간 여성은 남성들의 갈망을 위한 욕망 공간이었고, 자본 축적을 위해 세계를 정복하여 식민지로 만들기 시작한 강하고 진취적인 부르주아 백인 남성들에게 꼭 필요한 보조품이었다. 마리아 미스 · 반다나 시바, 앞의 책, 173쪽.

의 시대에 가장 먼저 배워야 할 덕목이다.[15] 그간 우리는 너무도 요란하게 생명을 외쳐왔다. 숲을 떠나버린 자들의 외침은 도로 한복판의 시위 군중들의 폭력적인 언어와 조금도 다르지 않았다. 생명을 빌미로 벌인 투쟁의 깃발 어디에도 진정한 생명은 찾아볼 수 없다. 좌절과 절망의 깊은 수렁을 통과하면서도, 요란하게 나팔을 불지 않고 끝끝내 콘크리트를 녹이는 뜨겁고 끈덕진 열정. 이제 증오와 복수가 휩쓸고 간 텅 빈 그 자리에서 돋아난 새로운 화두는 채송화 꽃씨, '온유하고 고요한 생명'이다. 소리 없이 생명을 퍼올리는 꽃씨의 정신이야말로 폭력의 시대를 어루만지고 치유하는 '아름다운 반역'이며, 「그 가을」의 생명이 도달하고 있는 진경(眞境)인 것이다.

5) 깃발 없는 생태미학

미래를 향해 길게 뻗은 콘크리트 포장도로가 인류 진보에 봉사한 것은 부인할 수 없는 사실이다. 그러나 어떤 기여에도 불구하고 콘크리트 문명은 생명을 짓누르는 자본주의 폭력의 기획물에 불과한 것이다. 자본주의는 끊임없이 새로운 폭력을 출시하고, 그리하여 폭력은 인간의 운명이 되어 버렸다. 성 음식 광고 스포츠 세계화, 온갖 종류의 폭력들이 가면을 쓰고 진열되어 있는 자본주의 거리에 선 인간은 온몸이 멍들어 있다. 여기의 인간들은 모두 수태하지 못하는 불임의 여인들이다. 이런 병든 시대에 가녀린 여성과 이름없는 작은 생명체들이 살아

---

15 「그 가을」의 이러한 정신은 김지하의 연꽃 같은 언어와 아주 유사하다. 김지하는 찬란한 빛이 아닌 찐득한 진흙창에 살면서도, 이 진흙창을 생명의 근원으로 수용하는 연꽃의 숨은 뜻에서 진정한 생명을 발견한다. 김지하는 이러한 연꽃의 넉넉함에 주목하는 것이야말로 생명운동이 나아가야 할 진정한 방향이라고 말하고 있다. 김지하, 『황토』, 풀빛, 1984, 103~104쪽 참조.

간다는 것 자체가 수난이며 고통이었음은 말할 필요도 없다. 불임의 시대, 자본주의가 폭력으로 건설한 콘크리트 문명이 사실은 어린 생명의 숨통을 끊어버린 무덤이었다는 것을 알았더라면, 그동안 인간들은 죽음을 향하여 그토록 부질없이 달려오지는 않았을 터이다. 박완서의 「그 가을」은 뜨거운 생명의 노래를 땅에 묻으며 의연하게 생명을 키워낸 씨앗을 통해 콘크리트 문명이 결여하고 있는 생명에 대한 사유의 빈곤을 메워주고 있다.

인간은 살아있어야 한다. 하지만 살아있다는 것이 투쟁일 수는 없다. 살기 위한 투쟁은 인간을 증오와 원한으로 되돌려 놓을 뿐이다. 진정한 생명은 원한과 미움을 외면하고, 폭력을 사랑으로 되돌려 놓는 데 있다. 가장 연약한 것으로 가장 강한 것을 치유하는 독특한 생명 의식, 박완서의 「그 가을」이 특별한 이유는 이러한 사유의 '근본적인 방향 전환' 때문이다. 생명은 투쟁도 아니고 종교도 아니고, 사상은 더더욱 아니다. 여기에는 통상적인 이해로는 도저히 짐작할 수 없는 생명에 대한 새로운 진실이 있다. 생명이 아름다운 것은 고요하고 부드럽기 때문이다. 강한 것은 상처를 남기기 마련이다. 박완서의 「그 가을」은 그간 생명을 향한 모든 깃발을 내리게 한다. 폭력으로 황무지가 되어 버린 시대에 채송화 꽃씨가 소중한 이유는 여기에 있다. 말없이 콘크리트를 녹이고 고요히 뿌리를 내리는 「그 가을」의 '깃발없는 생명'은 불임의 시대를 이기는 힘이며, 문명의 '파국을 막는 힘'인 것이다.

4.

타잔이 되고 싶은 푸줏간 사나이, 실패한 자의 유토피아

-김윤영론

1) 불행에 대한 예감

인간의 행복은 불행이 키워낸 역설의 열매인지도 모른다(?). 적어도 이 말은 현실에서는 진리다. 행복을 말하는 순간 알든 모르든 이미 우리 안에 웅크리고 있는 것은 정체 모를 불행이다. 인간은 불행하기 때문에 행복을 말하는 것이다. 살아있는 한 불행의 언저리를 벗어날 수 없다는 절망이 서둘러 행복을 말하게 한다. 불행이 삶의 배후에 도사리고 있는 한, 행복의 주문을 반복하지 않으면 현대인은 삶을 견뎌낼 수가 없다.

김윤영 소설에는 불행 속에서 성급하게 행복을 체험해야겠다는 당위와 강박이 읽는 이의 머리를 욱신거리게 한다. 두 권의 소설집『루이뷔똥』[1]과 『타잔』[2]은 '행복에 대한 강박'에 사로잡힌 자본주의의 우울증 환자들로 넘쳐난다. 여기에는 불행의 종합선물세트라 해도 좋을 생활고, 소통 불능, 단자화된 삶, 고독과 비애 등 온갖 불행이 총망라되어 있다.

문제는 여기의 인물들이 이 불행을 견디고 싶어 하지 않는다는 데 있다. 여기서 작가는 매우 이기적이고 사악한 방식으로 '나만의 유토피아'에 접근해 들어간다. 자본주의 시대의 유토피아는 순수와 진실로는 도달할 수 없는 곳에 있다는 논리를 작가는 긍정한다. 냉혹한 현실의 논리로 무장하여 이웃을 살해하라, 역사에 냉소를 보내라, 진실의 절대성을 부정하라, 그렇지 않으면 영원히 불행할 것이라는 작가의 경고는 무서우면서도 한편으로는 현실적이다. 배제와 선택의 메카니즘으로 작동되고 있는 자본주의는 모든 이의 유토피아를 허락하지 않는다. 행복은 소수의 몫이고, 누군가는 반드시 불행해야만 한다. 나의 행복을 위해 타인의 불행을 선택하는, 혹은 유토피아를 위해 디스토피아를 불러오는 이야기는 논리상으로는 역설일 테지만, 적어도 자본주의에서는 사실이다. 따라서 나의 행복을 위해서는 뻔뻔스런 무신경, 혹은 잔인한 이기주의로 무장하지 않으면 유토피아는 나의 것이 될 수 없다는 작가의 소리없는 주장은 꽤 현실적인 설득력을 얻고 있다.

김윤영의 소설은 바로 이 지점에서 시작한다. 김윤영의 소설은 이러

---

1 김윤영, 『루이뷔똥』, 창작과비평사, 2002. 여기에 수록된 작품은 「루이뷔똥」「유리동물원」「그때 그곳에선 무슨 일이 일어났나」「철가방추적작전」「거머리」「음치클리닉에 가다」「비밀의 화원」「풍납토성의 고무인간」이 있다. 이하 인용은 작품명과 쪽수만 표기하기로 한다.

2 김윤영, 『타잔』, 실천문학사, 2006. 여기에 수록된 작품은 「그가 사랑한 나이아가라」, 「얼굴 없는 사나이」, 「타잔」「세라」「산책하는 남자」「집 없는 고양이는 어디로 갔을까」「검사와 여선생」「속삭임, 속삭임」이 있다. 이하 인용은 작품명과 쪽수만 표기하기로 한다.

한 행복을 위한 '불행을 환영'한다. 아니 조장한다. 그런 점에서 작가의 소설은 자본주의의 논리와 실상에 대한 철저한 타협의 산물이다. 이것은 김윤영만의 이야기가 아니라는 점에서 작가의 소설이 주는 울림은 크다. 그런 점에서 김윤영의 두 권의 소설집 『루이뷔똥』과 『타잔』은 누군가의 '불행에 대한 불길한 예감'으로 읽힐 수밖에 없다.

2) 정신적 공복감, 실존적 불안

『루이뷔똥』과 『타잔』의 인물들에게 실존의 뿌리는 허약하다. 이들의 삶은 자본주의 화폐가 보장해주는 행복으로부터 밀려난 곳에서 시작되었으며, 불행한 가족관계에서 살아가고 사라진다. 이렇게 태어나면서부터 이미 열패자인 이들은 그래서 언제나 '정신적인 공복감'에 시달리면서 살아간다. 그러나 세계로부터 낙오되어 있다는 사실, 세계 내에서 존재감을 확인할 수 없는 인물들은 이러한 불행에 정공법으로 대응하지 않는다. 그렇다고 불행의 감각을 마비시키면서 세계로부터 강요된 화해를 수락하고 거짓 실존으로 위안을 삼으려 하지도 않는다. 여기서 김윤영 소설의 인물들이 실존적 불안을 처리하는 방식은 절망도 체념도 아닌 제3의 방식, 즉 '실종'이다. 어느 날 갑자기 죽어 버린 사람(「거머리」「그가 사랑한 나이아가라」「산책하는 남자」), 무단가출을 한 사람(「얼굴없는 사나이」「타잔」「유리동물원」), 그것도 아니면 자신의 정체성을 내다버린 사람(「집 없는 고양이는 어디로 갔을까」「세라」), 이렇게 두 권의 소설집에는 실종자들로 넘쳐난다. 예를 들면 이렇다.

너는 누구니……. … (중략) …
"아가씨, 당신은 평생 자기가 누군지 찾아 헤맬 거예요. 평생."(「집 없는
고양이는 어디로 갔을까」, 226~227쪽)

「집 없는 고양이는 어디로 갔을까」에서 부모로부터 버림받은 아이,
한국과 미국 어느 나라에도 속할 수 없는 혼혈 입양아, 불임의 여자라
는 사실은 수지의 실존이 얼마나 불안한 것인가를 말해주고 있다. 부
모가 왜 자신을 버렸는지, 자신이 왜 집 없는 고양이처럼 뿌리 없이 떠
돌아 다녀야 하는지 수지는 늘 의문이다. 수지가 수차례의 유산에도
불구하고 아이에 집착하는 것은 "평생 자기가 누군지" "찾아 헤"매야
하는 바로 이 '불안한 실존' 때문이다. 따라서 "너는 누구니"라는 양
어머니의 질문은 자신을 세계 바깥으로 밀어내는 세계에 대한 수지의
항변일 수 있다. 이런 존재론적 불안은 「얼굴 없는 사나이」에서도 선
명하게 포착된다. 우리 신체에서 얼굴은 한 개인의 인격과 정체성을
반영하는 유일한 부위이다. 그런 점에서 키 170에 몸무게 73, 발 사이
즈 275, 약간 대머리에 동그란 얼굴, 어떠한 것으로도 존재성을 증명
할 수 없는 정영수 부장은 얼굴 없는 존재, 즉 존재가 비어버린 사나이
라 할 수 있다. 비단 이 작품뿐만이 아니다. 「거머리」「그가 사랑한 나
이아가라」「유리 동물원」 어디에서도 인간이 존재하고 있다는 느낌은
찾아보기 어렵다.

이렇게 김윤영이 펼쳐놓는 불안한 실존에 관한 이야기들은 어찌 보
면 각별히 새로울 것도 없는 내용이다. 우리 소설사는 주체의 내면이
처해 있는 곤경을 오랫동안 즐겨 서사화해온 전력을 갖고 있다. 그런
측면에서 김윤영의 소설들은 기존의 상투적인 이야기의 변주에 지나
지 않는다고 볼 수도 있을 것이다. 그러나 이처럼 지극히 평범한 이야

기를 김윤영은 실종이라는 새로운 각도에서 접근함으로써 상투성을 벗어난다. 여기의 인물들은 존재론적 불안에 무방비로 나포되기보다는 불안의 경계를 이탈하는 '자발적 실종'을 선택함으로써 새로운 성찰의 계기를 마련하고 있다. 실종의 의미를 적극적으로 규정하려는 고투의 흔적은 「세라」에서 아주 역력하게 드러난다.

다른 세상을 직접 고를 수만 있다면…… 하던 나약한 소망을 여자는 기억한다. 그런 가정은 소용없다고, 사람은 가지지 못한 것만을 그리워하는 법이라고 자위했던 김정미란 못난 여자를 기억한다.
그 여자는 죽었다.
바라던 대로 세상이 멈춰버렸고 돌아갈 집도 사라져버렸다. 이제 어수룩한 사람들에게 땅 장사나 하며 살지 않아도 된다. 더 이상 사채 이자 걱정에 잠 못 이루지 않아도 되고, 정 떨어진 옛 애인도 더 이상 안 봐도 된다. 어쩌면…… 식구들은 거액의 보험금으로 빚을 청산할 수 있을지도 모른다.(「세라」, 150쪽)

구두 수선공의 딸, 직장암과 아버지의 죽음, 다단계판매로 인한 어머니의 카드빚, 사채이자, 마이너스 통장, 이 정도만으로도 「세라」의 김정미가 실종을 선택해야 할 이유는 충분하다. 김정미가 인도네시아 여행길에 오른 것은 바로 이 때문이다. 때마침 인도네시아를 강타한 쓰나미의 와중에서 김정미는 여행지에서 우연히 만난 한국인 리세라의 사체에 자신의 이름을 붙여줌으로써 불안한 현실로부터 성공적으로 이탈하게 된다. 김정미는 자신을 실종시킴으로써 카드빚과 사채이자가 없는 "다른 세상을 직접 고"를 수 있게 되었다. 세라의 이름으로 살아가는 한, 김정미는 "더 이상 사채 이자 걱정에 잠 못 이루지 않아도 되고, 정 떨어진 옛 애인도 더 이상 안 봐도" 된다. 이런 경우 실종은 존재론적인 불안을 회피하려는 불가피한 선택이 아니라, 실존적 죽음으로부터 자신을 지키려는 적극적이고도 긴요한 철학적인 모색이 될 수 있다.

그러나 작가가 소설에 들였으리라고 짐작되는 남다른 공력이 그다지 성공적인 것 같아 보이지는 않는다. 작가가 의도했든 그렇지 않든 인물들의 현실 이탈은 실존의 불안을 여전히 극복하지 못한 것으로 보이기 때문이다. 세라의 이름으로 육체는 살아있을지라도 김정미라는 이름과 함께 김정미의 정체성은 땅에 묻혀 버린 것이다. 이제 김정미에게 "돌아갈 집도 사라져버"리고 없다. 이러한 정체성의 공백은 김윤영의 의식의 과잉이 낳은 의도치 않은 증상일 것이다. 세계에서 자기를 삭제시킴으로써 자기를 보존하겠다는 발상은 아무런 욕망도 환상도 없이 최소한의 자존을 지키며 '그저 견디는 것'에 불과하다. 실종은 표면화된 세계의 바깥에서 여전히 존재하고 있다. 그리고 여전히 세계의 내부를 동경하고 있다는 점에서 인물들은 스스로 고립될 수밖에 없는 것이다. 자존을 지키려는 긍정적 의지와는 너무도 거리가 먼 것이다.

현지 오토바이 기사들이 다닐 만한 대로가 눈앞에 보였을 때, 그는 나를 풀썩 내려놓고 손을 내밀었다. 가운데의 손가락 세 개가 없었다. 하나가 아니라 셋. 마디가 잘린 셋. 그것은 손이 아니라 짐승의 발처럼 서글퍼 보였다. 나는 그 손을 잡고 흔들며 이젠 정말 무슨 말인가 해야지, 생각했지만 문득 그의 반신을 쳐다보곤 다시 할 말을 잃었다. … (중략) … 하얀 이를 보이며 그가 웃어 보였지만 그건 나를 바라보고 웃는 게 아니라 어떤 다른 세상을 향해 짓는 미소였다. … (중략) … 그리고 그는 쓱 일어나더니 가까이 있는 나무로 기어 올라가기 시작했다. … (중략) … 그는 타잔이었다.(「타잔」, 111~112쪽)

이러한 증상을 김윤영 역시 인지하고 있다는 단서는 「타잔」에서 쉽게 포착된다. 실종을 지켜보는 인물들이 실종의 필연성은 이해하면서도, 선뜻 그 대열에 동참하려고 하지는 않기 때문이다. 「타잔」에서 지극히 속물적인 여행 가이드 김선생에게 마장동 김씨는 타잔, 슈퍼맨, 스파이더맨 같은 만화 속 영웅을 꿈꾸던 어릴 적 희망을 상기시켜주는 존재임에는 틀림이 없다. 현실과 멀리 떨어진 앙코르 와트의 미로 속에서 타잔으로 살아갈 수 있는 푸줏간 사나이 김씨를 떠올리는 것은 잃어버린 꿈을 아직도 갈망하고 있기 때문이다. 하지만 김선생이 마장동 김씨를 적극적인 동경의 대상으로 인식하는 징후는 어디에도 없다. 작가는 실종자의 시선 위에 실종을 비관하는 또 다른 시선을 포개놓음으로써 실종이 실존의 문제를 해결해줄 것이라는 환상을 차단해 버린다. 김씨가 타잔이 되어 "어떤 다른 세상을 향해" "미소"를 "짓는"다고 할지라도 그것은 "짐승의 발처럼 서글퍼 보"일 뿐이다. 마장동 김씨의 "반신을 쳐다보곤 다시 할 말을 잃"어버린 김선생은 현실로부터 스스로 멀어진 김씨의 선택에 쉽게 동의하지 않는다. 김선생은 타잔이 된 마장동 김씨의 진정 대신 성기가 덜렁거리는 현실 부적응자의 우스꽝스러운 몸짓에만 시선을 고정시킴으로써 자신에게 압박해 오는 실종의 무게를 분산시켜 버리고 있다.

실종의 전략이 궁지에 몰린 자의 즉흥적 자기 판단에서 나온 것일지 모른다는 예감은 바로 여기에서 나온다. 번번이 실종은 존재론적 불안에 대한 새로운 방식의 성찰이라는 과제를 벗어나 '일회성 해프닝'으로 마감 처리되고 있다. 이렇게 실종을 단순한 현실 이탈이 아니라, 인간의 존재에 관한 근본적인 문제로 이어가지 못하는 것은 작가의 고통스런 자기 성찰이 뒷받침되지 못하고 있다는 근거가 된다. 실종 이후를 감당하기 어려웠던 듯, 작가는 후반부로 가면서 애써 쌓아놓은 실종의 의미를 스스로 무너뜨리면서 현실의 윤리 영역으로 조금씩 다가가고 있다. 「얼굴 없는 사나이」 「세라」 「검사와 여선생」 「속삭임, 속삭임」 「철가방 추적작전」에서 보듯이 한결같이 현실로 되돌아오는 것으로 소설은 마무리되고 있기 때문이다.

그렇게 본다면 김윤영의 소설에는 애당초 현실의 부당성을 넘어서려는 기획을 갖고 있지 않음을 알 수 있다. 김윤영은 실종을 통해서 현실의 위력 앞에 당차게 맞서는 것이 아니라, '저항의 힘을 잠재우는 태도'로 일관하고 있다. 이러한 태도는 당연히 인간에 대한 냉소로 이어질 수밖에 없는 것이다.

3) 유창한 냉소, 감정의 고갈

김윤영 소설은 인간이야말로 불안의 근원이라는 생각에 사로잡혀 있다. 가족, 남편, 이웃과 직면한다는 것은 그 자체만으로도 불안과 공포이다. 소설 속 인물들이 인간과 인간을 묶어주던 관계의 사슬을 벗어버리는 것은 이러한 발상에서 나온 것이다. 사랑의 시작과 끝을 이미 알아버린 자에게 사랑의 위대함을 설교하려한다면, 정직한 이들은 결코 고개를 끄덕이지 않을 것이다. 그러나 간교한 이들은 사랑이 얼마나 이기적인 것에서부터 비롯되었으며, 사랑의 열정은 또 얼마나 빨리 소진되는 것인가를 감추었다가 은근슬쩍 드러내며 뒤통수를 칠 터이다. 영악한 소설 속 인물들은 후자의 방식에 동의한다. 사랑 때문에, 나는 충분히 불행했기 때문에 남편(「그가 사랑한 나이아가라」), 가족(「세라」 「집없는 고양이는 어디로 갔을까」) 이웃(「산책하는 남자」)도 함께 불행해야 한다는 논리는 비정하다. 그리하여 나에게 고통을 주입한 상대에게 나도 똑같은 불행을 선물하며, 착하디 착한 얼굴로 그 불행에 짓눌려가는 상대를 소리없이 지켜보는 비뚤어진 인식은 냉소가 아니고서는 설명하기 어렵다. 김윤영 소설의 트레이드 마크라고 해도 좋을 만큼, 이러한 '냉소에 대한 유혹'은 소설을 이끌고 가는 동력이 되고 있다.

> 한때 그는 나의 모든 것이었다. 나는 아직도 나의 선택을 후회하지 않는다. 그런데 그 사랑이, 이렇게 가버렸다. 그렇게 실컷 울고 나니 머리가 약간 띵했고 배도 고팠다. 냉장고로 가 문을 여는데 햄 한 덩어리가 눈에 들어왔다. 왠지 그게 맛있을 것 같아 칼로 베어 한 입 물었다. 찝찔한 맛에 땡겨 몇 조각을 더 베어 후딱 먹어치웠다. … (중략) … 나는 내 인생이 정말 마음에 든다. 그가 없어서 아쉽기는 하지만.(「그가 사랑한 나이아가라」, 41·43쪽)

「그가 사랑한 나이아가라」에서 불평분자 남편은 한국의 현실에 염증을 느껴 캐나다로 이민을 갔으나, 캐나다라고 해서 불평거리가 없는 것은 아니다. 불평과 불만을 고도 비만으로 바꾸어버린 남편, 가정의 불안은 언제나 이 한심한 남편으로부터 온다. 내세울 것 없었던 여자는 매력적인 남편과의 결혼이 횡재이었다는 것을 안다. 그러나 그것은 어디까지나 과거의 행운에 지나지 않는다. 이제 행운은 유능한 자동차 세일즈맨으로 몸값을 높여가는 여자 자신에게, 그리고 자신의 몸값을 발견해준 캐나다에 있다. 여기서 김윤영은 사랑의 이면을 냉정하게 응시함으로써 사랑에 덧씌워진 낭만의 아우라를 과감하게 벗겨낸다. 인간과의 관계는 언제나 불행을 이끌고 오며, 인간에 대한 애정만큼 지옥과 가까운 것은 없다는 것이다. 여자는 다시 한국행을 졸라대는 남편 대신 캐나다에서의 안락한 미래를 선택한다. 남편을 "나의 모든 것이"라고

하면서도, 남편이 없는 자신의 "인생이 정말 마음에 든다"고 정직하게 말하는 대목은 분명히 낭만적 사랑에 대한 냉소로 읽힌다. 김윤영에 의하면 결국 모든 사랑은 "한때"에 불과한 시한부 감정에 불과하다. 남편의 장례를 마치고 돌아온 여인이 "햄 한 덩어리"의 "찝찔한 맛에" 더 입맛이 당기는 것이 여자가 알고 있는 사랑의 참모습이다.

이렇게 김윤영 소설은 사랑을 통해 결핍을 보충하려는 익숙하고도 손쉬운 위로의 방식을 물리친다. 그러나 낭만적 사랑에 대한 윤리적 강박으로부터 벗어나려는 노력은 김윤영만의 특징이라고 볼 수는 없다. 남성 이데올로기가 고안해 낸 초월적이고 신비로운 사랑에 냉소를 보내는 데 공력을 들이는 모습은 1990년대 이후 여성작가들이 즐겨 사용했던 익숙한 문법에 속한다. 이러한 사실을 기억한다면, 김윤영 소설의 냉소는 건강한 모험 정신의 산물이라기보다는 관습이 제공하는 프레임에 안전하게 갇혀 있으면서 그에 대한 의존을 소설적 생존의 조건으로 삼으려는 '안이한 의식의 산물'이라 할 수 있다. 다시 말해서 김윤영의 소설은 기성의 관습을 벗어나 자신의 힘으로 사유하는 소설적 사유의 모험을 기피하고 있다는 혐의로부터 결코 자유로울 수가 없게 된다.

하지만 이러한 혐의에도 불구하고 여타 작가들의 냉소를 압도할 만큼 김윤영의 '냉소가 유창하다'는 사실을 부인할 생각은 없다. 약자인 척, 피해자인 척하면서도 자신의 이익과 충돌하는 순간 가해자로 돌아서버리는 순발력, 그러면서 비웃거나 말거나 그 비정함을 은근슬쩍 공개해버리는 대담함은 김윤영이 얼마나 냉소를 자유자재로 구사하고 있는가를 잘 보여준다. 특별히 '냉소의 속도 조절'에 관한 한, 작가의 소설은 우리 문학사에서는 유례를 찾을 수 없을 만큼 독특한 개성으로 무장하고 있다. 남편이 죽어가는 과정, 위층 백씨가 사라진 과정을 매우 객관적이고 관조적인 입장에서 천천히 제시하다가 사건 처리가 끝나버린 순간 독자들이 철저하게 속았음을 알게 된다. 물론 작가는 결코 배신을 말하지 않는다. 남편은 여전히 여자의 모든 것이며, 백씨는 여전히 좋은 술친구이자 좋은 이웃이라고 시치미를 뗀다. 하지만 간교하게 배신의 사실을 슬쩍 넘어가 버리면서, 한편으로는 그 배신을 선명하게 암시하는 고급스런 냉소 속에 남편(「그가 사랑한 나이아가라」)과 위층집 백씨(「산책하는 남자」)는 싸늘한 시체로 변해버린다. 이렇게 능수능란한 냉소의 속도 조절, 섬광처럼 번쩍하는 순간 사라져버리는 냉소는 그래서 두 번 세 번 읽지 않으면 제대로 감지되지 않는다. 작가는 집착이라 할 만큼 짙은 안개처럼 냉소를 배면에 깔고 독자의 감정선을 교란하고 있는 것이다.

그렇다면 작가는 왜 이토록 냉소에 집착하는 것일까. 대부분의 평자들은 여기에 대해 위선이냐 위악이냐를 판결하려고 한다. 그러나 이러한 판결은 표면만을 파악한 결과일 뿐, 핵심과는 무관하다. 김윤영의 냉소는 세계가 끼치는 해악에 대하여 부당하게 나의 것을 잃고 싶지 않다는 '지극한 자기 방어 본능'에서 나온 것이기 때문이다. 가만히 있으면 잔혹한 상처로 되돌아올 것에 대한 열패자의 강박이 냉소를 요청하는 것이다.

그러나 상처에 대한 지극한 방어 본능이라는 점에서 냉소보다 더욱 무서운 것은 무감각이다. 이점은 「루이뷔똥」에서 선명하게 포착된다.

창고 안에서는 그을음이 검게 낀 가방이 수십 개 나왔다. 가죽은 쉽게 타지 않는다. 그러나 그을음이 덕지덕지 묻은 루이뷔똥은 더 이상 루이뷔똥이 아니었다. 그것은 더 이상 명품도 아니었다.
사람들은 차츰 흩어져 집으로 돌아갔고 소방관들만 남았다. 그중 한 사람이 영변댁에게 이것저것 물어보았지만 영변댁은 고개만 흔들었다. 그들도 곧 철수하기 시작했다.

　왜 늙은 동양여자가 길바닥에 앉아 울기만 하는지 아무도 이유를 몰랐다. 왜 그 여자가 시커메진 가방들을 끌어안고 넋나간 얼굴을 하고 있는지, 그 사연 역시 아무도 알지 못했다.(「루이뷔똥」, 37쪽)

「루이뷔똥」의 영변댁은 일찍이 돈맛을 보고 루이뷔똥이라는 명품 가방 수집상의 길로 들어선 탈북 여성이다. 프랑스로 도피성 여행을 온 세미를 자기 사업의 하수인으로 부리다가 그녀의 전재산을 갖고 줄행랑을 놓는다. 그러나 물질적 풍요를 좇아 삼엄한 국경을 넘은 영변댁의 비약적인 상승은 여기까지이다. 원인모를 방화로 영변댁은 불에 타 "그을음이 덕지덕지 묻은 루이뷔똥", "더 이상 명품도 아"닌 루이뷔똥을 앞에 두고 "넋나간 얼굴"로 울고 있어야 하는 신세로 전락한다. 여기서 빠트리지 말아야 할 것은 영변댁의 모습을 군더더기 없이 냉정하게 던져놓고 있는 작가의 시선이다. 작가는 "시커메진 가방들을 끌어안고 넋나간 얼굴을 하고 있는" "늙은 여자"의 사연을 "아무도 알지 못"한다고 외면해 버린다. 사기를 당한 세미에 대해서도 마찬가지이다. 영변댁에게 가진 돈 전부를 사기 당했다는 표현은 어떠한 감정의 잉여도 허락하지 않는다. 작가가 어떤 감정에도 발을 담그는 법이 없다. 비정하리만큼 냉정한 터치로 인물의 표피만을 잡아낼 뿐이다.

이때 무감각을 생성하는 원리는 냉소의 원리와 동일하다. 김윤영의 소설을 이끌고 있는 기본 동력은 결핍과 상실의 체험이다. 삶이란 무언가를 상실하지 않으면 유지될 수 없는, 또 그 상실에 기초해서만 지탱되는 것이다. 나의 삶에서 행복은 가능하지 않다는 비관이며, 그 속에서 '상처받지 않으려는 자기방어'이다. 이들은 감정의 바깥으로 걸어

나오는 것이 두려운 것이다. 그러나 상처가 반드시 나쁜 것만은 아니다. 상처의 딱지 속에서 철학은 생성될 기회를 얻는다. 또한 상처 속에서 인간은 세계와 결속하는 법을 배우기도 한다. 그런데도 상처받기가 두려워 감정적 자폐의 길을 선택하는 것은 비겁한 결정이다. 감정을 고갈시킴으로써 세계로부터 자신을 격리시키려는 방관자적 태도는「그가 사랑한 나이아가라」「얼굴 없는 사나이」「풍납토성의 고무인간」에서도 흔히 마주치게 된다. 선도 악도, 연민이나 증오도 발산할 수 없는 무감각의 세계, 여기에 대하여 작가는 가타부타 말을 하지 않지만 우리는 감정 고갈의 바닥에 가려진 '인간과 진실에 대한 불신'이라는 낯익은 테마를 발견하게 된다. 결국 냉소든 무감각이든 진실의 근원에 가닿지 못하는 절망을 형상화하고 있다는 점에서는 마찬가지이다.

4) 각자의 진실, 시한부 진실

냉소와 무감각의 세계로 스스로를 유폐시킨 고독한 개인들은 이제 진실과 치열하게 벌이는 고투마저 회피한다. 오히려 진실에 대한 자포자기적 체념으로 자신을 방관자로 만들어 버리고 있다. 물론 언제나 그래왔듯 작가는 이러한 상황에 대해서도 정공법으로 나서지 않는다. 작가는 차곡차곡 실존적 불안, 그리고 냉소와 무감각으로 너스레를 떨며 진실의 실종을 말하는 데 오랜 시간을 끌 뿐이다. 최종 판단은 언제나 독자의 몫이다. '증언'이라는 독특한 소설 문법을 구사하는 것도 이러한 사실과 크게 무관하지 않다.

남대리, 착실한 사람이에요. 내가 직접 우리 회사로 데려와서 잘 알죠. 한 3년 됐어요. 전에 우리 싸이트 관리해주고 그러다 알게 됐는데 사람이 태도

가 차분하고 능률적인 게 뭘 맡아도 잘하겠더라구요. … (중략) … 그러니까
문제도 하나도 없는 사람이었다 그거요, 내 말은.(「유리동물원」, 42쪽)

신경 쇠약증과 만성적 우울감이 겹쳤지요. 그에 따른 망상장애와 공황장
애, 충동조절장애가 나타났고 이에 따른 건망증, 불면증, 카페인 중독 등이
경미하게 반복되더군요.(「유리동물원」, 65쪽)

「유리동물원」에서는 사라진 남석희 대리를 놓고 여러 사람이 진술
이 엇갈리고 있다. "착실한 사람", "문제도 하나도 없는 사람", 혹은
"신경 쇠약증과 만성적 우울증"과 "망상장애와 공황장애, 충동조절장
애"가 겹친 정신질환자, 혹은 아주 몹쓸 사람 등 증언자들의 의견은
일치하지 않는다. 커피 전문점 여직원, 편의점 직원, 친구들의 말도 모
두 제각각이어서 들으면 들을수록 혼란만 가중된다. 이는 증언이 신뢰
를 확보하기 위한 객관적인 장치로 설정된 것이 아니기 때문이다. 증
언은 진실을 밝히려는 장치가 아니라, 오히려 진실에 대한 '교란의 장
치'로 이용되고 있다. 작가가 설계한 증언의 미로에 갇혀 약물 과용으
로 갑작스럽게 죽은 신자에 대한 진실(「거머리」), 손가락 한 마디가 잘
린 진선생에 대한 진실(「음치클리닉에 가다」)은 탈출구를 찾지 못하고
봉합될 수밖에 없다.

그러나 증언의 장치가 단순히 진실을 사장시키는 데서 끝나면 다행
이다. 사실 김윤영이 구사하고 있는 증언의 장치는 유례를 찾아보기
어려운 매우 신선한 소설적 장치로 활용되고 있다. 하지만 증언의 장
치는 매우 흥미로운 만큼 '가짜 진실을 유포'한다는 점에서 무서운 것
이기도 하다. 남석희 대리에 대한 새로운 증언은 앞의 진술을 거짓으
로 만들어 버리면서 자기의 진술이야말로 진짜라고 외쳐댄다. 하지만

이 역시 또 다른 증언에 의해 진실성을 의심받기는 마찬가지이다. 이런 식으로 가면 모든 진실은 허구로 전락한다. 모두가 진실을 말하는 듯하지만 그것은 '상대적 진실'에 불과하다. 남석희 대리를 말하는 어떤 증언도 각자의 진실일 뿐이고, 오로지 발설하는 그 순간에만 가치를 담보할 수 있는 '시한부 진실'인 것이다.

이것은 물론 작가의 치밀한 계산에 의한 결과이다. 작가는 사건의 뒤로 숨어버리고 주변인물의 외피적 해석만으로 사건을 엮어가면서, '모든 진실은 가짜'라는 논리를 유포한다. 진실을 밝히려는 노력은 타인의 증언으로 슬쩍 미루어 버리고, 자신은 그 진실이 몰락하는 과정을 사건 뒤에서 노려보고 있다. 그러나 팽팽하게 맞서는 여러 진술 모두를 그대로 방치함으로써 '현실에 대한 고통스런 성찰을 회피'하는 것은 매우 비겁한 일이다. 물론 이러한 회피의 태도는 역사적 상처를 다루는 데에 있어서도 예외가 아니다.

> "그 사람이 안기부 직원이라뇨…… 그게 아니죠. 말도 안 되는 소리……
> … (중략) … 음대생 하나가 실려왔다고 불려갔을 때 그 사람이 거기 있었거
> 든요. … (중략) … 뇌까지 건드려놔서 완전히 정신이 이상해졌지요. 바로
> 그 환자가 저 사람이었어요. 제가 몇 주나 곁에서 지켜봤는 걸요……"(「음
> 치클리닉에 가다」, 209쪽)

「음치클리닉에 가다」의 진선생은 사십대 중반의 나이에도 여전히 1980년대에서 헤어나지 못하고 있다. 매캐한 화염병 연기와 최루탄 가스가 무차별적으로 살포되던 1980년대, 데모 용의자로 지목된 진선생은 고문의 충격으로 자신의 손가락 마디 하나를 잘라 버린다. 이때 진선생이 음치클리닉을 찾아온 것은 분명 역사적 상처를 황당한 코미

디로 만들어 버리려는 의도가 작용한 결과이다. 아니나 다를까 소설은 1980년대의 열혈 투사를 속물적인 경리사원의 시선으로 포착함으로써 진선생 내면에 도사리고 있는 역사적 상처를 가볍게 넘어 버린다. 속물적인 여사원의 시선을 그대로 따라가면, 그 끝에는 부정한 역사에 온몸으로 저항하려 했던 열혈투사가 아니라 노래 가사 하나 제대로 못 부르는 음치가 있을 뿐이다. 손가락을 잘라내지 않고서는 고문의 공포를 견딜 수 없었던 젊은이, 순수한 젊은이를 음치를 만들어 버린 시대의 횡포에 여사원은 무관심하다. 여사원의 시선은 역사의 수면 위로 떠올랐던 젊은 저항의 피몸짓을 지나 음치클리닉의 책상 아래로 내려간다. 책상 아래에는 왼쪽 오른쪽 양말을 짝짝이로 신는 좀 모자란 남자, 학원비를 잘라먹은 사기꾼, "안기부 직원"으로 자신을 오해하고 있는 "정신이 이상해"진 "환자" 진선생만 남게 된다.

이렇게 역사를 한낱 조롱거리로 만들어버린 것은 '관찰자 시점' 때문이다. 자본주의 체제의 속물성에 감염된 관찰자는 속물적 체제 내에 둥지를 틀고 역사의 발길에 차여버린 낙오자들을 냉정하게 바라보고 있다. 역사의 횡포에 맞서 고독한 투쟁을 벌였던 진선생의 시점을 허락하지 않고, 평가의 주도권을 속물적인 제3자에게 넘겨버림으로써 '역사성은 휘발'된다. 속물적인 시선에 의할 때, 신념에 의한 민중 투쟁이 꼴사나운 얼굴 병신으로 전락할 수밖에 없다. 「풍납토성의 고무인간」에서도 역사에 대한 작가의 냉정한 시선은 계속된다.

> 90년대 내내 정치적 무뇌아처럼 살았다고 내 입으로 떠벌리고 다닌 것은 사실이었다. … (중략) … 말은 그렇게 해도 넌 여전히 그때가 자랑스럽지 않냐고 누군가가 순진한 유도심문을 하더라도 나는 넘어가지 않을 것이다. 이런 젠체하는 포즈 속에 흔히 그런 아련한 그리움과 자부심이 들어 있다고 생

각하기 쉽지만, 나는 말 그대로, 그 시대가, 정말로, 지겨웠다…… 그리고 그
렇게 믿음으로써 남은 생이 더 진부해지고 있다는 사실을 애써 무시해왔다.
　……하지만 오빠가 불구덩이 속을 뚫고 데굴데굴 굴러나왔을 때, 내 자신
이 너무 섬뜩하게 느껴졌다. 마치 불구경에 몸을 판 창녀 같았다. 나는 창녀
다, 라는 관념은 내 90년대 후반을 관통했다.(「풍납토성의 고무인간」, 280쪽)

「풍납토성의 고무인간」은 여동생의 시선으로 1980년대 대학가의
투쟁으로 온몸에 화상을 입은 오빠를 관찰하고 있다. 그러나 여동생의
시선은 1990년대에 멈춰 있다. 화상으로 이목구비가 뭉개진 오빠와
눈을 마주치지 않는 것은 여동생의 입지점이 1990년대에 멈춰 있다는
사실과 무관하지 않다. 여동생의 시선에 의거할 때, 1980년대 부당한
독재 정권에 저항하던 열혈 투사는 얼굴이 흉측하게 일그러진 화상 환
자로 희화화된다. 물론 「풍납토성의 고무인간」은 앞의 「음치클리닉에
가다」와는 달리 서술자의 반성이 뒤따른 점에서 한 차원 진일보한 것
이라 할 수 있다. "나는 창녀다" 몰락하는 역사의 "불구경에 몸을 판
창녀"라는 독백은 그런 점에서 역사를 망각한 데 대한 진심어린 반성
임이 분명하다. 그러면서도 1980년대 "그 시대가, 정말로 지겨웠다",
그리고 "90년대 내내 정치적 무뇌아처럼 살았다고" 고백할 수 있는
정직성은 역사에 대해 진지하게 성찰하지 않는 것과 별반 다를 바가
없는 것이다.

　결국 김윤영 소설의 관찰자의 시점은 의도했든 그렇지 않았든 간에
결과적으로 역사적 진실을 회피하는 수단이 되고 말았다. 관찰자 시점
을 활용하여 화상 환자가 될 수밖에 없는 오빠의 내면을 외면함으로써
시대에 저항한 민중적 각성을 실패로 돌려버리는 것이다. 시대의 상처
를 오빠의 개인적인 상처로 치환함으로써 '역사가 증발해버린 무풍지

대로 도약'하고 있는 것이다. 역사와 직접적으로 대면할 자신이 없어 자신의 욕망을 은폐하고 역사적 상처에 놓인 자를 관찰하는 비겁함은 「유리동물원」「거머리」「음치클리닉에 가다」「얼굴 없는 사나이」에 고루 흔적을 남기고 있다. 작가의 이러한 처신은 동시대의 젊은 소설 가들에게서 심심치 않게 발견되는 상투화된 현실 대응법과 크게 다르 지 않다. 역사를 온몸으로 치른 이들을 낯설게 바라보는 시선은 2000 년대의 작가들의 공통된 증상이다. 그러나 삶이 타락할수록 소중해지 는 것은 힘겨운 고투의 흔적이다. 타락한 방식이 아니라, '정공법적 대 응'이 더 요긴해지는 법이다. 역사적 진실에 대하여 발뺌을 하지 말고, 의연히 대면하여 진실의 실체를 밝히려는 작가 정신이 아쉽다.

5) 불행을 견디는 법

자본주의가 인간을 불편하게 한다고 해서, 불행을 물리쳐 달라고 기 도할 수는 없다. 살아있다는 사실 자체가 이미 불행을 전제로 하고 있 기 때문이다. 어쩌면 불행하기 때문에 살아가려 하는지도 모른다. 불 행하기 때문에 행복을 갈망하며, 기를 쓰고 고투하며 살아가는 것이 다. 그런 점에서 김윤영의 소설은 '불행을 회피'하는 이야기로 읽힌다. 엉뚱한 이야기로 들릴 수도 있겠지만 이것은 소설 속의 인물들이 실패 한 자들이기 때문에 가능한 이야기들이다. 실패한 자일수록 불행에 민 감한 법이다. 쓰라린 좌절을 겪은 자는 더 이상의 좌절을 허용하지 않 는다. 그래서 김윤영은 불행을 강력하게 거부하는 간교한 인물들을 창 조해 낸 것이다. 냉소와 뻔뻔스런 무신경으로 무장하여, 시한부 진실 일지라도 이것이 행복이라고 스스로를 속이며 살아가라고 요구한다.

물론 명민한 독자라면 이러한 김윤영식 해법에 동의하지 않을 것이다. 타잔이 되지 않으면 도저히 살아갈 수 없는 푸줏간 주인의 모습은 행복에 목이 말라버린 자본주의 시민들에게 연민과 공감을 불러일으킬 수는 있다. 그러나 푸줏간 사나이가 타잔이 된다는 설정은 현실 도피를 미화한 것에 지나지 않는다. 아무리 푸줏간 주인이 타잔이 된다고 한들, 그것은 불행으로 유희를 하면서 문제가 해결됐다고 믿는 자기기만에 불과하다. 작가는 뒤에서 냉소를 보내는 것으로, 시한부 진실을 수락하는 것으로 절망을 퇴치했다고 믿고 있는 것은 아닌지 궁금하다.

삶의 기쁨이 반드시 넉넉한 환경에서 나오는 것은 아니라는 점을 작가는 놓치고 있다. 행복은 사유의 과정에서 나오는 것이다. 행복이 주변과의 원만한 교섭 속에서 산출되는 환경의 산물이라면, 이 세상에는 불행에 숨이 넘어간 영혼들로 일대 아수라장이 되어 버릴 것이다. 그런 점에서 행복과 불행의 문제를 외부의 낯선 힘에 미루어 버리는 김윤영의 소설은 문제의 본질을 회피하고 있다는 지적을 면하기 어렵다. 이것은 아무래도 작가의 소설가로서의 재능보다는 '철학의 빈곤'에서 유래되는 것일 성 싶다. 불행에 대한 철학적 사유를 훌쩍 건너뛰어 버린 후에 획득되는 유토피아는 '실패한 자의 유토피아'에 불과하다. 점점 속화되어 가는 자본주의 시대에 대결의 의지가 빈곤해진 작가의식이 소설을 불행으로 물들이고 있었던 것이다. 김윤영의 소설에 선뜻 동의할 수 없는 이유는 여기에 있다. 따라서 오늘만은 행복하라는 자본주의의 지상명령을 곧이곧대로 따를 필요는 없다. 우리에게 필요한 것은 유토피아가 아니다. 디스토피아를 견디는 법, 김윤영 소설이 내면의 불륨을 높이기 위해서 가장 절실하게 필요한 것은 바로 이 '불행을 견디는 법'이다.

5.

지구촌 실향민

- 박민규론

1) 반^反지구적 상상력, 진실의 '바깥'

우주를 유영하고 활보하는 것은 인류의 오랜 숙원이다. 지구의 중력으로부터 벗어난다는 것은 불의의 시대가 인류에게 부여했던 막중한 시대적 책무로부터 해방된다는 것과 같다. 박민규의 소설은 고정된 실체를 향하여 집중되는 이러한 지구의 구심력에 저항한다. 그간 박민규는『지구 영웅전설』『삼미 슈퍼스타즈의 마지막 팬클럽』, 그리고『카스테라』『핑퐁』에 이르기까지 돌출적인 방식으로 증식의 한계에 다다른 자본주의 지구의 악덕을 폭로해 온 바 있다.

특히『카스테라』와『핑퐁』에서 광활한 우주 공간으로 방사되려는 원심력으로 지구 위의 삶에 대한 총체적 불신을 노골화하려는 노력은 자못 편집증적이기까지 하다.『카스테라』에 따르면 우주에서 바라본 지구는 인류 역사를 떠받쳐 왔던 거대한 모태가 아니라, 한낱 초라한 행성에 불과하다. 세계는 "한 마리의 괴수"(「대왕오징어의 기습」, 222쪽)[1]가 으르렁거리는 정글, 양육강식만이 유일한 진실인 부패와 타락의 땅이다. 그리하여 적자생존의 법칙에서 밀려 "지구를 한번 떠나"는 지구촌 실향민들은 한결같이 우주를 향한다. 한 평자는 이를 두고 '우주적 상상력'이라고 말한다.[2] 그러나 우주적 상상력이라고 하기에 우주공간에 대한 의미 부여의 수준이 너무도 소박하다. 단순히 지구의 황폐화를 대신할 대타적인 공간이라는 의미만을 가지고 박민규의 소설 전체를 우주적 상상력이라고 하기에는 논리가 궁색한 것이다. 따라서 박민규 소설에서 우주는 "그렇고 그"런 공간(「몰라 몰라 개복치라니」, 99쪽), "세상이 엉망이란 걸 알"(「고마워, 과연 너구리야」, 59쪽)아버린 지구촌 실향민들의 '반(反)지구적 상상력'이라고 하는 편이 타당하다.

그간 어느 누구도 지구 내부의 일부분을 문제 삼았을지언정 지구의 존립 자체를 놓고 왈가왈부했던 적은 없었다. 그것은 이들의 시선이 지구 내에 머물러 있었기 때문이다. 그러나 박민규의 소설은 불변의 진리로 여겨졌던 지구에 대한 근본적인 재평가를 요구하고 나선다. "지구를 떠나보지 않고선 세계의 정체를 알 길이 없"다는 거시적 관점의 필요성을 주장한다. 우주에서 내려다본 지구가 "전혀 둥글지 않고 오히려 아주 납작"(「몰라몰라, 개복치라니」, 106쪽)하다는 발언은 기

---

1 이글에서 인용된 「대왕오징어의 기습」 「고마워, 과연 너구리야」 「몰라 몰라, 개복치라니」 「카스테라」 「야쿠르트 아줌마」 「갑을고시원 체류기」 「코리언 스텐더즈」 「헤드락」은 박민규, 『카스테라』, 문학동네, 2005에 있다. 이하는 제목과 쪽수만 표기하기로 한다.
2 김영찬, 「개복치 우주(소설)론과 일인용 너구리 소설 사용법」, 『문학동네』, 2005년 봄호, 250~270쪽 참조.

존의 발상을 근본적으로 뒤집는 발언이다. 근대적 이성이 공들여 쌓아 온 진리는 무엇이든 의심의 대상이 된다. 지구는 "자신의 평면(平面)을" 들켜버리고 "난감"해 하는 초라한 행성이거나, "한 마리의 거대한 개복치"(「몰라몰라, 개복치라니」, 121쪽)에 불과하다는 사실은 『카스테라』의 압권이다.

따라서 이러한 가짜 진리를 무너뜨릴 새로운 판단 주체에 대한 요청은 필연적이다. 보는 주체에서 보이는 객체로의 전환은 획기적인 만큼 의미하는 바도 크다. "냉장의 세계에서 본다"(「카스테라」, 22쪽) 는 말은 이제까지와는 근본적으로 다른 사고의 틀을 요구한다. 냉장고는 부동의 진리에 반대되는 또 하나의 안티 진리가 충돌하는 지점이다. 국회의원과 대학교와 아버지와 미국을 가두어버린 냉장고는 승리와 진보의 열광을 냉장시켜버린 신질서다. 냉장고의 시선이 아니고는 진화와 발전을 당당하게 거부할 수 있는 반지구적 상상력이 가능하지 않다. 인간과 사물 사이에 주도적인 빗금을 그으며 배타적 오만함을 누려왔던 지구적 사고에 더 이상 동의할 수 없다는 의지의 표명이다.

그러나 "인간과 냉장고가 친구가 된"(「카스테라」, 17쪽)다는 박민규식 발상은 많은 후유증을 남기는 것도 사실이다. 관점이라는 것이 이성적 사유를 전제로 하는 것이라면, 이성 없는 사물에 관점을 부여하는 것은 공허한 말장난 아니면 패배주의자들의 변명에 불과하다. "냉장고의 존재 가치를" 바로 알자는 발상, 혹은 "인간과 냉장고가 친구가"(「카스테라」, 17쪽) 될 수 있다는 식의 발상은 인간의 세계와 맞대면할 자신이 없는 '왜소한 주체'의 변명이라는 한계를 벗어나지 못한다. 박민규 소설에서 막강한 세계와 왜소한 주체라는 공식은 선명하다. 비대한 몸집으로 압박해 들어오는 "<스테이지 23>"(「고마워, 과연 너구리야」, 49쪽)의 현실의 벽 앞에서 왜소한 주체들은 번번이 무너지고 만다. 그러나 "세상은 엉망이"라고 말하면서도 인간들은 결코 저항하지 않는다. 인턴사원의 "인사권을 한 손에 쥔 남색가"가 무서워 "허벅지를 내주고도 묵묵히 참(「고마워, 과연 너구리야」, 47쪽)"으며 살아간다. 판단은 있으되, 극복의 의지가 없다. 따라서 내 힘으로 세계의 전모를 파악하기에는 세계가 너무 막강하다는 무력감이 손쉬운 도피처로 게임이라는 망상을 필요로 했을 것이다. 인간은 너구리 게임이라는 망상 속에서 성실하게 유희하며 살아갈 뿐이다.

이러한 망상이 진정성을 상실한 작가의 손쉬운 도피처인가, 아니면 우리 시대엔 인식적 지도 그리기가 불가능하다고 판단한 솔직한 주체들이 시대에 대해 어쩔 수 없이 취해야 했던 진정한 고민의 산물인가를 묻는 것[3]은 적절치 않다. 박민규가 이 시대의 온갖 오락문화와 손잡고 문학에서 철학과 시대를 몰아내고 있기 때문이 아니다. 박민규 소설은 출발부터가 다르다. 박민규의 소설은 '진실의 바깥'에 서성거리고 있기 때문에 당황스러운 것이다. 박민규의 소설을 두고 황당하다, 낯설다는 반응은 바로 박민규의 소설이 진실과 '무관하게' 생산되는 데서 나오는 당혹감의 표현이다. 여기서 "누구에게나, 꼴린 대로 생각할 권리가 있다고 나는 생각한다."[4]는 박민규의 과격한 증언을 떠올릴 필요가 있다. 무작정 흘러가서 전달하자는 막가파식 어법은 박민규의 소설이 문학적 진실로부터 얼마나 거리를 두고 있는지 잘 보여주는 부분이다. 따라서 기존의 잣대로 박민규 소설의 치수를 재는 데에는 많은 무리가 따른다. 박민규의 소설은 진정성이 있냐 없냐의 문제를 벗어나 있다. 지구적인 진정성의 개념과 반지구적인 박민규의 소설은 근본적으로 코드가 맞지 않는다. 이렇게 진정성의 바깥에 있는 박민규의

---

3 김형중, 「진정할 수 없는 시대, 소설의 진정성」, 『문학·판』 2005년 여름호, 144쪽.
4 『대산문화』 2004년 여름호 인터뷰 기사, http://www.daesan.or.kr/wepzine/2004summer/기획특집.htm.

소설은 진정성 없음의 놀라움보다 더 깊은 충격을 전해준다. 독자 대중을 유인하는 박민규 소설의 매력은 바로 여기에 있다. 조금 낯설게가 아니라 완전히 새로운 틀 짜기, 모든 진실의 바깥에 서기, 아무런 책임을 지지 않기 등 박민규의 모든 매력은 '지구를 새로운 방식으로 등지는' 데서 나오고 있다.

2) 저항이 곧 타협, 자본주의의 알리바이

자본주의 낙원의 문은 부유한 자들에게만 열려 있다. 박민규 소설은 하나같이 자본주의의 빛보다는 어둠 속에서 살아가는 하류 인생들의 이야기다. 「그렇습니까? 기린입니다」의 지하철 푸시맨, 아버지의 부도 여파로 열악한 고시원에 기거하는 「갑을고시원 체류기」의 대학생, 원룸에서 요란한 소음을 내는 냉장고와 동거해야 했던 「카스테라」의 대학생, 일흔세 번 취직에 실패한 「아, 하세요 펠리컨」의 주인공, 인턴 사원의 꼬리표를 떼기 위해서 기꺼이 상사의 성 노리개 역할을 감수하는 「고마워, 과연 너구리야」의 주인공 등은 모두 자본주의가 생산해낸 하류인생들이다. 이들이 우주로 이탈하는 것은 바로 가진자 하고만 대화하는 이 불순한 자본주의로부터 해방을 꿈꾸기 때문이다. 이러한 해방의 심리는 이미 기법에서부터 나타나고 있다. "외계의 지성체", "천왕성", "인류의 메시지", "야쿠르트 아줌마"(「야쿠르트 아줌마」, 169쪽) 등의 이질적인 단어들이 표면을 가볍게 스쳐가면서 범람하는 이미지들을 엉성한 바늘로 꿰맨다. 문자의 의미에 의존하지 않고 다종 이미지들을 기발하게 모자이크하는 수법, 문자의 중력으로부터 이탈하여 진공상태의 행성의 존재 방식을 그대로 따라가는 이러한 반지구적인 문법 자체가 이미 '해방의 정치학'이다.

그러나 박민규는 이렇게 우주 진출을 긍정적으로 보는 시각에 제동을 건다. 지금 지구의 고독은 포화상태이다. 이때 우주는 새로운 숙주로 떠오른다. 우주는 단순히 고독의 돌파구가 아니라, 오히려 '고독의 확장'이다. 지구의 삶이 허무한 것처럼 주인공이 바라본 우주 역시 "하늘은 허무할 정도로 높고, 깊고, 비어 있"는 공간이다. "인간과 인간의 사이도 대부분은 빈 공간이"라는 지구적 사실은 "우주의 대부분은 빈 공간이"라는 우주적 사실로 이어진다. 외로워서 "결국 스스로에게 말을 걸고", "고개를 끄덕"이는 모습이 지구와 우주 동시에 걸쳐 있다. 그러나 지구의 외로움은 광활한 우주의 진공상태를 타고 더욱 무서운 형태로 확장된다. "교실로 돌아가는 길이 은하와 은하 사이처럼 멀고도 아득"『핑퐁』5, 179쪽)하다는 증언에서 우주적인 고독이 지구촌 인류에게 얼마나 가공할 '폭력'인지를 잘 말해준다. 스스로를 숙주로 삼으며 질기게 번성하는 이 시대의 고독은 그래서 탈출구가 없다.

그러나 『핑퐁』의 고독은 의외의 곳에서 돌파구를 찾는다. 느닷없는 감정의 전환, 논리의 앞뒤를 가리지 않는 특이한 존재 방식으로 고독의 감정선은 마비된다. 여기서 "외롭다"고 허전함을 호소하는 주인공의 뒷말이 예사롭지 않게 들린다. "똥을 못 누니까"와 그래서 "그렇게 외로울 수 없어"의 논리는 서로가 화합할 수 없는 거리를 갖는다. 소외가 느닷없이 유쾌함으로 급상승하거나, 유쾌함에서 고독으로 급강하하는 예기치 않은 감정의 기복은 박민규 소설의 트레이드마크가 된 지 오래다. "맥주를 마시며" 외로워하고, 외로워서 "똥을 못 누"는 것이다. 박민규의 소설은 언제나 이런 식이다. "외롭다"를 내면으로까지 파고들어가 세계를 새롭게 구성하려는 노력이 없다. 주인공은 고뇌하

5 박민규,『핑퐁』, 창작과비평, 2006.

고 극복하는 근대적 의식과 고의로 결별한다. 비장감과 유쾌함의 어느 한편에도 소속되지 않고, 그 경계에서 아슬하게 줄타기를 하며 근대의 내면성으로부터 비껴서려는 의도가 선명하다. 이것은 박민규의 소설이 근대의 실존의 위기, 혹은 내면의 위기를 넘어선다는 말이 아니다. 외로움, 변비, "<도련님 세트>"(「야쿠르트 아줌마」, 167쪽)의 이미지를 부당하게 자르고 엉성하게 봉합하면서 철학적 의미가 발가벗겨지는 쾌감을 누리는 것이다. 물론 이것이 강력한 독자흡인력으로 작용하고 있음은 두말할 나위가 없다. 우리사회를 강하게 지배해왔던 자본주의의 고독을 90년대와는 또 다른 방식으로 유쾌하게 다루는 능력은 분명 기존의 문학판을 꿈틀거리게 할 만큼 강력한 것이다. 이렇게 보면 문학의 발전이 미학적 쇄신에 크게 빚지고 있다는 점에서 박민규는 자신만의 '론(論)'에 도달한 것이 사실이다.[6]

그러나 이러한 미학적 쇄신이 비겁함을 포장하려는 책략이라면 문제는 달라진다. 사유의 마비에서 쾌감을 얻는 도착증은 '비겁함의 결과'이기 때문이다. 비겁하다는 말은 무능력하다는 말과 같다. 월 9만 원에 식사까지 제공되는 골방에서 쫓겨나지 않기 위해 주인공은 소리를 통제하는 김검사의 횡포에도 "불안한 파장으로 몸을 떨"다가는 "결국" 나는 "소리가 나지 않는 인간이 되"(「갑을고시원 체류기」, 285쪽)어 버린다. 그러나 소설은 최소한의 들숨으로 최대한의 시간을 버텨야 하는 비애보다도, 김검사의 감추어진 뒷모습을 캐내는 데 더 골몰한다. 오만하게 신체의 생리적 반응까지 통제하던 김검사의 정체가 여인의 치맛자락을 붙잡으며 실연의 아픔에 울부짖는 실패한 남성에 불과하다는 사실이 주인공에게는 더 중요하다. 월 9만원짜리 골방에서 자존감을 숨기는 것은 김검사나 주인공이나 마찬가지다. 이렇게 박

---

6 박수연, 「비애를 감싸는 다종이야기의 문법」, 『실천문학』, 2006년 봄호, 406~407쪽 참조.

민규 소설은 패배자는 가진자의 힘보다 '가진자의 비극에 더 열광'한다. 정확하게 말해서 박민규의 소설은 다수의 실패는 정당하다는 논리를 정당화하고 있다. 나 혼자만의 실패가 아니라는 사실은 패배를 유예시켜주어, 자본주의에 대한 저항을 유보하고, 결과적으로 '자본주의의 그늘로 돌아가게 하는 알리바이'가 되는 것이다.

따라서 박민규의 책략에 쉽게 말려들어서는 안 된다. 박민규의 미학적 쇄신이 단순히 해방을 열망하고 시대를 타개하려는 의지의 소산이 아니기 때문이다. 『카스테라』와 『핑퐁』 속에는 빈번하게 출몰하는 외계 공간과 우주선, 과장과 황당함으로 가득 찬 사건들, 단절과 비약의 수사학, 엽기적 사물의 느닷없는 출현 등 대중문화시장에서 이야기의 상품성을 구성하는 데 필요한 여러 장치들이 총가동되고 있다. 문학의 전위부대로 인식되고 있는 박민규의 소설이 메이저급 출판사들의 마음을 사로잡은 것은 바로 이 때문이다. 이유를 묻지마 식의 기존의 것에 대한 과격한 거부, 해체되고 파편화된 삶 속에서 자유와 공허를 함께 느끼는 혼돈의 정서는 모두 후기자본주의의 요구를 그대로 반영하고 있다. 변화에 익숙하지 않은 문학의 표면을 만화적 상상력으로 가공하고 화려한 미디어 장르로 변신시켜 시장에 폭발적으로 내뱉는다. 박민규의 소설은 모든 평범한 것들을 블랙홀의 내부로 빨아들여 논리와 상식과 진실을 망각한 진공상태의 우주로 내뱉는다. 이러한 아방가르드의 저항적 위치가 자본주의의 환심을 사고, 그들로부터 동맹관계를 이끌어내는 주된 매력이 되고 있다는 사실은 낯설지 않다. 낡은 체제는 언제나 실험적 태도들 중 일부를 선별하여 자신들이 구축한 제도권 내부로 편입시키는 방식으로 자신의 정체(停滯)를 타파해 나갔기 때문이다. 그런 점에서 박민규 소설만큼 '저항이 곧 타협'이라는 공식에 충실한 소설은 없다. 박민규의 소설이 진실의 바깥에 서는 것, 그리고 자본주의 곁을 떠나지 않는 것은 바로 이 때문이다.

3) 세계화, 무장해제를 당한 자의 체념

이제 시장 자본주의는 지구촌 삶 전체를 장악하고 있다. 국가 간의 경계는 무너진 지 오래고, 국가는 무한한 욕망을 거래하는 중개상으로 자족해 하는 것 같다. 국가뿐만 아니다. 지구촌시대는 인간마저도 자본을 위한 소모품으로 배치된다. 『핑퐁』과 『카스테라』의 인물들은 이렇게 전지구적 자본 제국의 미아로 살아가는 무기력한 인생들이다. 자본주의는 지갑 속 지폐의 함량에 따라 새로운 경제카스트를 만들어낸다. 휘황한 네온사인이 지구촌의 밤을 밝힌다 해도 지갑이 비어 있는 한 누구든 그늘 속의 미아로 살아갈 수밖에 없다. 후기자본주의는 이렇게 약자에게만 발견되는 '근원적 결핍감'이다.

후기자본주의시대 개개인들은 "지구와 인류보다는 자본주의와 함께 살아"(「몰라 몰라, 개복치라니」, 102쪽)간다. 요람에서 무덤까지 모든 삶은 자본과 깊이 연루되어 있다. 자본주의는 이미 거부할 수 없는 지구촌 시대의 운명이 되어 버렸다. 박민규의 시선은 후기자본주의의 어둠에 쏠려 있다. 『지구영웅전설』을 필두로 『삼미슈퍼스타즈의 마지막 팬클럽』 『카스테라』, 그리고 『핑퐁』에 이르기까지가 후기자본주의를 향한 따가운 시선은 거두어지지 않고 있다. 따라서 "자본주의와 함께 살아왔다고" 고백하는 것은 결코 과장이 아니다. 그러나 후기산업사회를 살고 있는 것이 인류에게 행복이라고는 아무도 말할 수 없다. 그런 점에서 『카스테라』와 『핑퐁』은 이전 소설의 연장선상에 있다. 자본주의체제의 근본적인 계급적 불평등을 유머러스하게 폭로한 『삼미

슈퍼스타즈의 마지막 팬클럽』과 미국의 자본과 제국 이데올로기를 만화적 상상력으로 폭로한 『지구영웅전설』처럼 『카스테라』와 『핑퐁』역시 후기자본주의의 사각지대에 시선을 고정시키고 있다. 여기에 저항하거나 도전장을 내는 것은 불가능하다. 후기자본주의는 모호한 징후로서만 존재하기 때문이다. 박민규 소설에 따르면 실체가 없는 자본의 징후에 대하여 할 수 있는 일이란 그저 "마음을 단단히 잡"숫고 "후기산업사회"(「야쿠르트 아줌마」, 170쪽)의 징후를 견디는 것이 최선이다. 이 지점에서 박민규는 어떤 난관에 빠진다. 박민규가 그 후기자본주의의 치부를 정면으로 공격한다 해도, 온갖 대중문화적 코드를 적당히 버무리는 유머의 방식은 후기자본주의의 또 다른 병통임을 박민규 자신은 알지 못하는 것이다.

박민규의 소설은 이제 후기자본주의의 정점에 있는 '세계화'의 문제를 겨냥한다. "프랑스인"인지 "한국인"인지 "스스로도 불분명"한 "국경 따위 없는" 세계에서는 "탁구인"(『핑퐁』, 240쪽)이라는 새로운 개념이 아니고는 이들을 포괄하기 어렵다. 이들은 개체로 존재하지 않는다. 오직 핑퐁으로만 소통할 수 있는 균질화된 존재들이다. 후기자본주의는 야심차게 첨단의 정보 기술을 무기로 지구 전체를 즉시, 그리고 직접적으로 관리하겠다는 '동질화의 기획'을 내놓은 지 오래이다. 실제로 표준화된 첨단시스템의 덕택으로 지구 곳곳의 잡다한 경제적·사회적·문화적 현실들은 하나의 표준으로 균질화되었다. 이제 지구 위에 "놀랍도록 정확한 비례의, 거대한 KS"(「코리언 스탠더즈」, 208~209쪽)마크의 제국으로부터 자유로울 수 있는 사람은 없어 보인다. 이러한 세계화의 무차별적 침투는 농촌이라고 예외를 두지 않는다. 세계화는 자본과는 비교적 무관해 보이는 농촌공동체마저 제국의 영토로 잠식해 들어간다. 독재에 저항하고, 모든 정치적 유혹과 자본의 욕망을 이겨온 순진한 농촌청년도 UFO로 표상되는 세계화 제국의 공격만은 어찌할 도리가 없다. 죽어버린 젖소를 붙들고 울부짖는 기하형의 좌절을 통해서 표준화를 무기로 접근하는 세계화가 인류의 삶을 얼마나 심각하게 일그러뜨리고 있는가를 알 수 있다. 세계화시대에는 과거처럼 인간이 서류나 인장에 묶여지는 것은 아니다. 인간은 서로의 동질감에 의해 묶여진다. 하지만 탁구나 KS마크가 균질화는 가능할지언정 진정한 동질성인지는 의문이다.

세계화의 폭력이 더욱 가공할 만한 것은 그 정체가 무엇인지 꼬집어 말할 수 없다는 데 있다. 세계화는 일상 속에서 다양한 형태로 접하거나 체험되지만, 막상 그 실체가 무엇이냐고 물으면, 분명하게 규명하기 힘들다. 분명히 강렬한 형광색의 발광체를 촬영했음에도 불구하고, "원반이 있어야 할 자리엔 온통 허공과 어둠만이 찍혀있"(「코리언 스탠더즈」, 201쪽)이 뿐이다. 순박한 농촌운동가의 삶을 초토화시킨 UFO의 실체는 최첨단 캠코더로도 잡아낼 수 없는 것이다. 세계화는 일상에서 미약하게 감지될 뿐, 가시화된 실체를 갖고 있지 않다. 가시화되지 않기 때문에 더욱 무서운 존재로서의 세계화, 이렇게 박민규의 소설은 지구인의 삶을 무지막지하게 파괴하는 거대한 배후로서의 세계화를 폭로하고 있다.

그러나 이러한 고발은 조금도 격렬하지 않다. UFO를 불러들이는 만화적 상상력이 심각한 비관에 빠지는 것을 막는다. 이전 소설 같으면 장식이나 부록에 머물렀을 여분의 행위가 소설의 중심성을 눌러버리면서 생존권 말살에 대한 심각성을 증발되어 버리는 것이다. 전통소설문법에서라면 절대로 넘어가지 않을 리얼리즘의 선을 박민규는 가뿐히 넘어선다. 여기에 세계화에 대한 고발은 있되, 고민은 실종되고 없다. 박민규 소설의 이러한 특이성은 극찬을 받는 만큼 시대의 '비극을 은폐'한다는 지적을 면할 수 없다. 강대국의 헤드락에 걸려 "켁쿡 택틱칵(살려주세요)"(「헤드락」, 262쪽) 비명을 지르고 "정신을 잃은 채 숨을 헐떡이는"(「헤드락」, 263쪽) 지구인의 모습은 분명 코메디다. 외계인과 UFO를 등장하고, 헤드락에 걸려 괴성을 지르는 모습을 희화화하는 속에 '냉소'는 있지만, '반성적 의지'는 '실종'되어 있다. 조류 독감, 쌀 개방 조약, 외계인의 공격 등 이어지는 악재를 '좌절의 알리바이'로 제공하고 농촌 공동체(共同體)를 망해서 비어버린 공동체(空洞體)로 묘사하는 「코리언 스텐더즈」처럼 「헤드락」도 "어쩔 수 없는 일이"라는 한 마디 말로 이 시대 '무장해제 당한 자의 체념'을 정당화하고 있는 것이다.[7] 오늘날 미국 중심의 세계화는 정치, 경제, 사회, 문화 등 매우 점잖은 형태로 생산되지만, 그것이 약소국들의 삶을 위협하는 총성없는 폭력이라는 사실을 모르는 사람은 없다. 그러나 「헤드락」에는 약소국만이 피해자가 되는 제국의 폭력에 선뜻 저항할 기미가 보이지 않는다. 이미 "세계가 어느 정도 헤드락을 묵인하거나 권장한"(「헤드락」, 263) 시점에 저항은 불필요하다는 논리는 그래서 '패배주의적'이라는 비난을 낳을 수밖에 없는 것이다. 이것은 역사를 다루면서도 '역사의 바깥'에서 집을 짓는 박민규의 한계에 기인하는 것이다.

그런데 이러한 유머의 기법이 과연 한계인지, 아니면 의도적인 책략인지 그 경계는 상당히 모호하다. 여기서 그것을 판단하는 것은 중요하지 않다. 다만 박민규의 황당무계한 발상들이 철저하게 '후기자본주의의 소통 방식'을 따르고 있다는 사실을 지적하는 것으로 충분하다. 한계냐 계산된 전략이냐, 아니면 저항이냐 고발이냐의 문제는 차

---

7 정여울·김미정·복도훈·신형철 좌담, 「클래식과 그로테스크 사이에서」, 『문학동네』 2005년 여름호, 625~627쪽 참조.

후의 문제이다. 자본주의의 가격이 "39,800원"이냐, 아니면 "40,200원"(「몰라 몰라, 개복치라니」, 104쪽)이냐를 놓고 "골몰히 생각"하는 상황은 1990년대가 이끌어낸 포스트모더니즘의 악몽을 연상시킨다. 중심의 가치를 해체하여 하찮은 농담거리로 만들어 버리는 이들의 긴장 상실은 여전히 박민규의 주된 병통이 되고 있다. 자본주의의 가격을 흥정하거나, "후기자본주의의 진행에 대하여 열띤 토론을 벌이는 동안" 천연덕스럽게 "＜농담 경제학사전＞을 읽"(「야쿠르트 아줌마」, 169쪽)는 행동들이 이러한 포스트모더니즘의 방식과 너무도 닮아있다. 아담 스미스를 비롯한 세계적인 경제학자들도 골머리를 싸쥐었던 자본주의의 문제들, 더 이상 유효성을 상실한 후기자본주의의 기획들을 야쿠르트 한 병이면 변비가 사라지듯 해결된다는 이야기 속에는 분명 비루한 현실을 견뎌내는 위안의 기능이 있다.

하지만 여기서 1990년대의 포스트모더니즘의 깃발이 우리에게 무엇을 남겼는가를 생각할 필요가 있다. 단단한 것은 모두 부서뜨리겠다던 1990년대 포스트모더니즘이 대개가 파괴 그 자체에서 그치고 말았다는 기억은 여전히 유효하다. 지구와 우주를 종횡무진 헤짚고 다니며 새로운 웃음의 가능성을 이끌어낸 것이 오히려 삶을 치유할 능력이 없는 자들의 무책임한 유희에 이를 개연성은 없는가 생각해 볼 때다. 근거없는 웃음은 근거없는 슬픔보다도 위험한 것이다. 근거없는 웃음은 건강한 긴장을 놓아버리게 하기 때문에 위험하다. 시대의 문제를 날카롭게 꼬집는 순간 엉뚱한 사물의 출현과 황당한 웃음으로 성급하게 마무리짓는 결말 방식은 박민규 소설이 후기자본주의를 공략하면서도 끝끝내 후기자본주의의 소통 방식을 포기하지 않고 있음을 보여준다. 경계를 넘어서지 않는 한 '무장해제를 당한 자의 체념'밖에는 생산할 것이 없다. 뻔히 알지만 어쩔 수 없다는 박민규식 체념이 박민규 소설을 버티게 하는 힘이라는 사실이 아이러니할 뿐이다.

4) '그냥'과 해프닝, 인류의 퇴출을 부르는 주술

인류의 역사에서 어느 시대가 행복했다고 자신 있게 말할 사람은 분명 없지만, 후기자본주의시대가 불행의 절정이라는 확신에는 이견이 없다. 지구의 구석구석에까지 풍요의 빛을 나누어주겠다는 자본주의의 오만함에 약소국가의 어느 누구도 동의한 바 없다. 강자만을 비추는 풍요의 빛이 밝으면 밝을수록 약자들의 삶은 더욱 암흑일 수밖에 없다. 따라서 자본의 폭력에 면역성을 상실한 약자들인 이제 퇴출의 위기로까지 내몰리게 되었다. 『창작과비평』에 연재를 거쳐 단행본으로 출간된 『핑퐁』은 '인류의 퇴출'을 집중적으로 다루고 있어서 주목할 만하다.

『카스테라』에서 불가능의 방향으로 가닥을 잡아오던 인류의 존립 문제는 『핑퐁』에 이르러 퇴출이라는 비정한 결론에 이른다. 그런 점에서 『핑퐁』은 『카스테라』의 속편이며 완결판이다. "지구가, 실은 인류와 아무 상관이 없는 곳이"라는 사실은 그간 『카스테라』가 유머러스하게 말해온 '지구와 인류의 결별', 혹은 '역사의 총체적 파산'을 재확인해주는 것이나 다름없다. "인류가 사라진다"는 절박한 사정은 종말론자들의 예언이 결코 허튼 소리가 아님을 보여준다. 그러나 종말론보다 더 비관적인 것은 『핑퐁』의 주인공이 인류의 퇴출에 대해서 무관심으로 일관하고 있다는 점이다. 희로애락을 갖고 있지 않는 '감정의 진공상태'야말로 박민규 소설의 가장 치명적인 독이다. 증오가 없으면 애정도 없다. 자신의 내면에 없는 것이   괴롭히는 일은 없기 때문에 애정과 증오는 상동관계라고 할 수 있다. 『핑퐁』의 주인공은 "인류가 사라진다는 것에 대해" "좋든 싫든" 아무런 감정이 없다. "큰 거부감"도 "들지 않"는다고 한다. 인류의 존재 여부가 관심의 대상이 아니라는 것이다. 인류의 종말을 기정사실로 하고 "사라진다면 왜, 사라져야 하는"(이상 『핑퐁』, 228쪽)지를 물어야 하는 상황에서도 "핑퐁이 시작된 이유는 무엇"인가에 더 집착하고 있다. 이는 『카스테라』의 주인공들에게도 마찬가지이다. 「야쿠르트 아줌마」와 「몰라 몰라, 개복치라니」의 인물들에게 세계는 증오의 대상이 아니라 단지 거추장스러운 존재일 뿐이다. 「갑을고시원 체류기」에서 옆방의 소리를 통제하는 검사지망생에 대해서도, 「코리언 스탠더즈」의 자신의 애인을 빼앗아 간 나에 대해서도 주인공은 무감정이다. 박민규의 소설은 인간의 희로애락에 대해서는 매우 완강한 거부감을 갖고 있는 듯하다. 따라서 미움과 사랑, 저항과 단합이라는 이항대립을 벗어났다고 해서 박민규의 소설을 막연히 긍정적으로 볼 것만은 아니다. 희로애락을 증발당한 인류는 차라리 열정적으로 애증에 휩싸이는 근대의 이항대립적 인간보다 못하다. 이항대립은 적어도 인간에 대한 무관심은 아니기 때문이다. 외로움을 입버릇처럼 중얼거리는 『카스테라』와는 달리 『핑퐁』에서 주인공은 '반신불수의 무감각'으로 어떠한 슬픔에도 반응하지 않는다. 이들의 무감각은 그래서 감각이라기보다는 지구의 '적막'이라고 하는 편이 낫다.

이러한 감정의 마비는 인류의 역사를 탁구계에 대응시키는 장면에서 더욱 선명해진다. "동북아 어귀에 탁구공이 박힌 채로" "공전하고 있는" 지구는 현재 "궤도를 이탈"하는 것이 염려될 정도로 공전 능력에 이상을 의심받고 있는 중이다. 이제까지 "인류가 창안한 문명과 문화", "철학과 예술, 과학과 종교", 그리고 "지식과 진화"는 "데이터 전송”이라는 “탁구계의 방식”에 따르는 순간 “아주아주 가벼운 것”으로 전락한다. 가벼운 지구는 탁구공만한 크기로 축소되어 “전쟁과 학살, 침략과 정복, 지배와 핍박, 편견과 오만, 범죄와 폭력, 무지와 야만”이 판치는 무법지대로 황폐화된다. 신의 위대한 창작물로 사랑받아왔던 인류가 이제는 탁구계 마음대로 “설치, 제거를 결정”(『핑퐁』, 221쪽) 할 수 있는 프로그램의 하나로 전락하고 만 것이다. 여기에는 아무런 감정의 동요가 없다. 단순한 사실만이 있을 뿐이다.

그러나 아무리 박민규의 소설이 지구와 진실의 바깥에서 생산된 것이라 하더라도 이러한 상황 설정은 너무 지나친 것이다. 「몰라 몰라, 개복치라니」에서 한 마리의 납작한 개복치로 난감한 처지에 빠진 지구가 『핑퐁』에 와서는 언제든지 포맷이 가능한 컴퓨터 프로그램으로 전락한다. 인간에 대해서도 마찬가지이다. 『카스테라』는 천연덕스러움 속에 어느 정도 따뜻함을 내포하고 있었다면, 『핑퐁』은 서늘하고 차가운 눈빛으로 인류의 종말을 조장한다. “몸 속”의 “미생물”을 인류 대신이라고 말하는 주인공에게서 세상에 대한 짙은 냉소와 환멸의 눈빛을 읽을 수 있다. 인스톨 프로그램의 집(Zip) 파일과 같은 인류는 “어떻게든 소멸”되어야 할 존재들이다. “제거된 인류는” “정보(情報) 의 형태가 되어” “어디론가 // 이동”(『핑퐁』, 245~246쪽)을 한다. 여기서 인류의 종말을 확신하는 목소리는 거의 신념에 가깝다. 앤서니 기든스의 말대로 지구촌은 불확실성을 위하여 질주하고 있다. 확신이라기보다는 차라리 지구의 종말을 ‘기대’하고 ‘조장’한다는 편이 더 타당하다. 이런 식으로 박민규 소설은 지구를 지탱했던 온갖 어설픈 교훈과 결별을 고한다. 인류의 생명을 최고의 가치로 주장하던 휴머니즘적 윤리에 대한 직선적인 반감마저 표시한다.

대개의 평자들이 이러한 부정의 방식을 통하여 오히려 변증법적으로 지구의 소중함을 긍정하게 되는 결과로 귀착된다고 하는 말은, 따라서 타당하지 않다. 인류의 퇴장을 통해서 오히려 인류의 가치에 대한 긍정을 이끌어내는 변증법의 논리와 박민규는 전혀 무관하다. 부정의 부정을 통한 긍정이라는 헤겔식의 변증법은 교만이며 철학적 억지라서가 아니다. 박민규의 혼란을 당대적 진실을 낚으려는 냉소의 미학[8]이라고 말하는 것도 적당한 표현이 아니다. 논리 자체를 무화시키고, 황당한 해프닝으로 기존의 논리 체계를 압박해 들어온다. 박민규는 여러 지면을 통해서 자신의 '의도없음'을 거친 언설로 표명한 바 있다. 모든 것에 이유는 없다. '그냥'한다는 것이다.[9] 이러한 '그냥의 화법'이 기존의 규율에서 무한자유를 누리게 하며, 인류의 존재마저 일회성의 해프닝으로 만들어 버리는 것이다. 인류를 프로그램의 셋팅 정도로만 생각하는 이러한 그냥과 해프닝의 사고는 '우연성과 무책임성'을 기반으로 한다. 지구 위의 모든 것은 그냥과 해프닝의 대상이다. "그건 내가 간섭한 문제가 아니라"는 말처럼 해프닝인 이상 인류의 퇴화는 그리 걱정할 문제도, 자신이 간섭할 문제도 아니라는 것이다. 나와 무관하다는 의식, 연대와 결속을 부정하고 오로지 개별자로서의 즉흥적인 감정만을 중시하는 결과가 『핑퐁』에 나타난 '인류의 퇴출'이다.

그러나 정작 해프닝이 갖는 중요한 문제는 다른 데 있다. 『핑퐁』은 인류의 퇴출을 반영하는 것이 아니라, 해프닝을 위해 인류가 퇴출당해야 하는 것이다. 따라서 박민규가 파괴한 것은 단순히 소설의 문법만이 아니다. 의도가 있든 없든 온갖 유희와 가벼움, 엄숙함의 부정, 서술의 기상천외한 발상 등 소설적 파격을 위해서 유구한 기존의 모든 진실은 부정되어야 하고, 인류는 지구로부터 퇴출당해야만 하는 것이

8 서영인, 「'슈퍼'한 세상을 향해 날리는 적막한 유머」, 『실천문학』 2005년 봄호, 163쪽.
9 박민규, 앞의 인터뷰 기사.

다. 따라서 이러한 '그냥의 어법과 해프닝적 성격'을 위해 '인류의 퇴출을 조장한 불길한 주술'을 두고 한국문학의 보람으로까지 극찬한 것은 수긍하기 어려운 부분이다.[10] 문학은 인간의 이야기이다. 아무리 문학의 양태가 변해도 인간에 대한 철학적 사유라는 문학의 본질까지 포기되어서는 안 된다. 그런 점에서 『카스테라』와 『핑퐁』의 막무가내식 진격은 지나치다고 할 수밖에 없다. 남은 것은 붕괴뿐이다. 박민규 자신의 붕괴인지, 우리 시대 내면의 붕괴인지만이 미지수로 남아있다.

10 황종연, 「무엇이 한국문학의 보람인가 : 문학평론가 백낙청과의 대화」, 『창작과비평』 2006년 봄호, 317쪽.

6.

육체의 송가, 몸으로 쌓아올린 소설의 바벨탑

-이문열론 1

1) 이문열 소설과 육체

이문열에 이르러 한국근대소설의 중요한 개척자의 한 사람인 김동인은 다시 그 의미를 띠게 된다. 예술가는 자기가 창조한 세계를 손바닥 위에 올려 놓고 자기가 조종하는 것이 예술가의 위대한 가치라는 김동인의 인형조종설이 이문열만큼 정확하게 맞아 떨어지는 작가는 없다. 작품의 모든 내용과 형식은 이문열은 내면과 외면을 반영하는 것이며, 인형을 조종하듯 작가는 자기가 창조한 세계에 전권을 쥐고 개입해야 직성이 풀린다.

그는 그 오랜 세월동안을 이웃들과 어울리고 부대끼며 함께 사는 길보다 혼자서 자신의 관념 속에서 자기 삶의 심연을 캐는 길을 택했다. 그 관념과 추상이 빚어낸 질그릇이 소설이다. 따라서 이문열게 있어

문학은 상실의 현대사와 그 비극의 회오리에 말려들어간 자신을 해명하기 위한 고독한 지적, 정서적 분투가 빚어낸 거대한 관념체계라고 할 수 있다. 관념이 절정에 달하면 현실을 지향한다. 관념이 빚어낸 무리한 추상성을 현실에 부려놓기 위해 그는 한가하게 집안에 들어앉아 있지 않는다. 말하자면 삶과 문학의 일치를 추구하는 작업인 셈이다. 그 작업이 막강한 권력에 대한 진지한 탐구이었던 것이다.

그런데 유교문화권인 한국사회에서 권력지향성은 종종 문사(文士)의 이미지와 함께 등장한다. 이때 문사란 글쓰기를 통해 문학적 실천에 가담하는 한편, 이를 통해 사회적 실천까지를 포괄하고자 하는 전인적 지식인을 의미한다. 예술가로서의 자의식에 충실하는 동시에 지식인으로서의 선명한 사회의식을 견지하는 역할이 문사에게 주어진다. 따라서 이문열의 작품 속에서 문사는 대개 대의와 명분에 충실하면서도 학문적 염결성을 포기하지 않는 남성의 모습으로 등장하게 마련이다. 물론 여기에는 다수의 노동과 희생 위에 군림한 소수 엘리트의 지배와 향유가 이러한 중세적 신분제 사회의 작동 원리였음은 분명하다.[1] 바로 이러한 사실 때문에 이문열의 소설을 읽는다는 것은 통상적인 의미에서의 미적 실천의 궤적을 검토하는 것의 의미를 넘어선다. 따라서 이문열의 소설에 대한 비평이 미적 실천인 동시에 사회적 실천이라는 이중의 의미를 띠게 되는 것은 불가피한 일이다.

이처럼 시간의 풍화작용과 역사적 격변도 불구하고 과거의 질서를 흔들리지 않는 편안함으로 즐기고 있는 이문열과 육체와의 관련성을 찾아보기란 쉽지 않다. 그러나 이문열은 심심치 않게 육체를 테마로 한 작품들을 발표하였으며, 그 중 하나가 바로 「익명의 섬」이다. 이 작품은 육체를 소재로 한 작품답지 않게 현실과 아득하게 동떨어진 정신주

---

1 이명원, 「기만의 수사학」, 『비평과 전망』 제3호, 55~57쪽.

의, 엘리트의식, 보수지향성 등을 금지옥엽으로 길러내고 있다. 오로지 육체만을 언급하면서도 결국에는 정신을 강조하는 것으로 귀결되는 독특한 서술방법, 세계인식이 「익명의 섬」에 고스란히 녹아 있다.

2) 육체적 실존

「익명의 섬」은 도덕적 상상력으로는 헤아리기 어려운 의미를 지닌 남녀관계를 통해서 성(性)의 문제에 접근하고 있는 작품이다. 이 작품은 성의 순결이 사회적 필요에 의한 가치이지 본질적 가치가 아님을 독특한 방식으로 말하고 있다. 마을의 질서 유지를 위해서 억압된 성의 분출이 가능한 익명의 섬을 암묵적으로 용인한다는 것이다. 그런 점에서 이 작품은 사회적 통념이나 교과서적인 이해 방식 혹은 순결의 아름다움을 동경하는 낭만적 사고를 뒤집어 낯설은 현실을 애써 보여주려 하고 있다. 그 낯설음은 평온한 현실의 아래에서 꿈틀대는 어둠을 구태여 들추어내면서 이 속에서 진실이란 얼마나 불편하고 난처한 것인가를 일깨워 준다.

> 드물게 보존된 동족부락(同族部落)이었다. 나중에 알게 된 일이지만 남북으로 지나가는 실날 같은 국도(國道) 외에는 산으로 겹겹이 둘러싸인 데다가 이렇다 할 특산물도 없어 타성(他姓)들의 유입(流入)이 별로 없는 탓이었다.(16쪽)

마을의 구성원 전체가 핏줄을 나누어 외부와의 교류라고 전혀 찾아볼 길이 없는 혈연공동체 동족부락, "산으로 겹겹이 둘러싸"여 있어서 "남북으로 지나가는 실날 같은 국도(國道) 외에는" "이렇다 할 특산물

도 없어 타성(他姓)들의 유입(流入)이 별로 없는" 마을이다. 이러한 배
경 설정에서 일차적으로 확인할 수 있는 것은 이들이 연륜 깊은 유교
적 전통의 하중이 삶의 모든 영역에 가해지며, 개인으로서의 주체적
의식보다는 집단의 연대성에 보다 긴밀하게 고착되어 있다는 사실이
다. 동족부락으로 상징되는 고립성이 상기시키는 것은 변화보다는 상
황의 고수를, 개혁보다는 전통을 개인보다는 가문과 종족을 중요시하
는 관념이 일반화되어 있다는 점이다.[2]

> 그때 가장 먼저 떠오른 것이 깨철이었다. 우선 눈에 띄는 것은 그의 출신
> 이었다. 그는 그 고장 출신도 아니고 그렇다고 그곳 누구의 피붙이거나 인척
> 도 아니었다. 어느 핸가 우연히 흘러들어와 마흔이 넘은 그때까지 어른에게
> 도 깨철이요, 아이들에게도 깨철이로 살아왔다.(16쪽)

> 깨철이의 존재는 거기서 오는 그 마을의 폐쇄성 중에서 특히 성적인 것과
> 어떤 연관을 가졌음에 틀림없었다.(20쪽)

혈연공동체 동족부락은 모두가 한 핏줄로 얽혀있어서 성의 자유로
운 발산을 위한 통로가 철저하게 폐쇄되어 있다는 특수성을 갖고 있
다. 말하자면 성의 충족이나 분배나 교환이 근원적으로 불가능한 마을
인 것이다. 그래서 "어느 핸가 우연히 흘러들어"온 바보같은 홀아비
깨철이는 밥과 잠자리를 제공받는 대신 부락의 부녀자들에게 성적 봉
사자의 역할을 암묵적으로 요구받는다. 깨철이가 아무집에나 들어가
서 아무 부끄럼없이 밥과 잠자리를 요구하는 것도 이러한 이유에서이
다. 성적 수요는 무한한데 공급은 턱없이 달리는 형편이어서 마을 여
인네들 사이에서 깨철이의 존재는 몹시 소중하다. 요컨대 깨철이는 오

---

2 이명원, 앞의 글, 60쪽.

직 성(性)으로만 진력을 다하는 사람, "성적인 것"을 빼놓고는 그 존재를 설명할 수 없는 사람이다. 이러한 거래 방식은 남녀가 우연히 만나 도취되어 사랑하고 갈등 속에서 각자의 생활 속으로 흩어지는 근대적 연애의 방식과는 다르다. 깨철이에게 혹은 마을 아낙들에게 숙명이니 불멸이니 하는 단어들은 낯간지러울 뿐이며, 비위에 맞지 않는다. 그들은 깨철이의 몸과의 부딪침을 통해서 도덕과 인습의 굴레에서 일시적으로나마 자유로움을 맛보고자 한다.[3] 성 자체는 도덕적인 것도 비도덕적인 것도 아니다. 꽃이 피라고 해서 피는 것이 아니듯 성의 희열은 자연스러운 생명 현상일 뿐이다. 따라서 중세적 질서라는 명분에 짓눌리는 여인네들에게 깨철이가 나누어주는 육체적 희열은 거기서 머무르지 않고 자유를 가져다 주었던 것이다.

> "이 깨철이 다른 건 몰라도 언제 너희들이 나를 필요로 하는지는 정확히 알지. 지금 네 몸은 달아 있을 대로 달아 있어."
> 그 말을 듣자 이번에는 묘하게도 내 몸에서 힘이 쭉 빠졌다. 대신 잠깐 잊고 있었던 묘한 열기가 다시 스멀거리기 시작했다.(25~26쪽)

메를로 퐁티에 의하면 육체야말로 실존을 실현하는 주체다. 성이란 근본적으로 의식 연관에서 발생한 것이 아니라, 인간의 구체적인 실존으로서 육체 전체의 힘으로서 작동하는 원리이다. 따라서 아낙네들에게 성적 욕구를 배출하도록 자신의 몸을 내어주는 깨철이에게서 성의 영역을 따로 떼어낸다는 것은 불가능하다.[4] 깨철이는 동네 아낙들이

---

3 마치 후기의 톨스토이가 소설 쓰기와 함께 자신의 영지에서 새로운 종교적 공동체를 구상했던 것과 흡사하게, 이문열은 부악문원에서 새로운 문학적 공동체를 실험하고 있다. 이러한 사실에서 우리가 추출할 수 있는 것은 문사로서의 이문열에 대한 강렬한 책임의식이다. 이명원, 앞의 글, 57쪽.

언제 "나를 필요로 하는지는 정확히 알"고 있다. 깨철이는 부녀자들의 "몸은 달아 있을 대로 달아 있"으면서도 정숙의 이데올로기에 갇혀 발산하지 못할 때를 정확하게 감지한다. 이 순간 깨철이의 몸은 값을 매길 수 없이 중요해진다. 깨철이의 손이 닿으면 여인들의 몸은 "잠깐 잊고 있었던 묘한 열기가 다시 스멀거리기 시작"하는 즉각적인 반응을 보인다. 그런 점에서 육체가 없는 깨철이를 떠올리기는 쉽지가 않다.

깨철이에게 성은 삶 전체에 미세하게 퍼져있는 신경망과 같다. 물론 성적인 실존을 따로 떼어내어 말하지 못할 것은 아니지만, 실은 성적인 실존이란 따로 작동하는 것이 아니다. 성적 실존은 인간 실존 전체와 함께 작동하기 때문이다. 그래서 당연한 이야기지만 마을 아낙들이 깨철이와 성관계를 맺으면서 그의 몸을 쓰다듬을 때 그들이 지각한 것은 깨철이라는 인간 전체의 실존이지 결코 생물학적인 표상은 아니다.[5] 이렇게 본다면 깨철이의 실존은 바로 육체적 실존[6]이다. 이렇게

4 조광제,『몸의 세계, 세계의 몸』, 이학사, 2004, 216~244쪽 참조.

5 이렇게 보면 성을 그저 성기 내지는 성기에 준하는 기관들에 집중되어 있다고 보는 것은 곤란하다. 그것은 인간 실존을 유기적인 생물학적 실존으로 전락시키면서 국지적이고 선형적인 방식으로 인간 실존을 해석하는 것이다. 굳이 말하자면 그러한 성기 내지는 성기에 준하는 기관들은 인간 실존 전반에서 작동하는 성의 스위치에 불과한 것이다. 혹은 달리 말하면 성기 내지는 성기에 준하는 기관들을 성의 스위치로 만드는 것은 성과 하나인 인간 실존이지, 그 기관들이 인간 실존을 성적으로 만드는 것은 아니다. 오히려 그러한 생물학적 실존은 인간 실존으로 연결되어 있음으로써 의미를 갖는다고 메를로 퐁티는 말한다. 조광제, 앞의 책, 224쪽.

6 이와 같은 관점은 플라톤이 말하는 지성주의적 관점을 부정한다. 모든 존재는 육체와 세계의 상관관계적 침투 작용에서 각각 살이 된다. 간단히 말하면 육체와 요소의 관계에 대한 메를로 퐁티의 입장은 살이란 존재의 요소라는 점이다. 살은 공간적 시간적 개별자와 관념의 중도에서 일반적인 것, 즉 존재의 양식을 가져오는 신체화된 일종의 원리이다. 그렇지만 우리는 이 살이 언제 어디든지 모든 경험에 비결정적으로 숨어있음을 말할 수 있다. 왜냐하면 살은 항상 익명의 가시성으로서 주어지기 때문이다. 김병환, 「메를로 퐁티에 있어서 존재론적 살에 대한 연구」,『철학논총』 제17호, 새한철학회, 1999, 6쪽.

이야기할 수 있는 것은 인간에게 정신보다는 몸이 더 근원적이라는 관점이 작용하고 있는 것이다. 정신은 몸이 자신을 위해 임시로 만들어내는 장치일 뿐이다. 사람들이 온갖 상상의 세계를 가상 현실 기술을 통해 유사 지각할 수 있고 또 더욱 그러한 유사 지각을 원하게 될 수록, 자기만의 의식 세계에 머물 필요가 그만큼 줄어들면서 몸으로 지각할 수 있는 지각세계가 더 크게 확장된다. 상상의 세계가 내면 의식의 형태에서 점점 더 지각의 형태로 전환된다는 것은 정신의 활동이 그만큼 줄어들고 몸의 활동이 더 늘어남을 의미한다. 이것은 의식 내면만의 세계 즉 정신세계와 지각세계, 즉 몸의 세계 간에 모종의 연속성이 있음을 암시한다.[7] 따라서 깨철이는 자기의 몸을 토대로 존재의 영역을 분명하게 구축하고 있는 것이다. 그리고 그의 육체적 실존은 성의 충족이라는 자연인으로서의 내재적 욕구와 반대로 혼외정사라는 도덕적 규제 사이에 놓여있다는 점이 특이하다.

3) 육체자본과 권력

이문열과 권력의 유착관계는 당대를 살아가는 사람이라면 설명이 필요없을 듯하다. 문학작품이 현실과 아득히 동떨어져서 하나의 자율적인 체계로 존재한다는 순수미학이 존중되다고 하더라도, 작가의 정신적 맥락으로부터 완전히 초연할 수는 없다. 이점은 「익명의 섬」에 있어서도 마찬가지이다. 이문열은 이미 철옹성같은 문학권력으로 지성계는 물론 출판상업계마저도 장악하고 있는 실정이다. 한국에서 문학을 통한 문화재벌의 선두를 유지하면서 소설가의 성공 이데올로기

---

7 조광제, 「타자론적인 몸철학의 길」, 『몸 또는 욕망의 사다리』, 한길사, 1999, 141~142쪽.

를 확고하게 구축한 선구자이기도 하다. 이문열의 이러한 성공신화의 밑바탕에는 개인들은 신분상으로는 수직적 위계에 놓여 있으며, 권력이라는 카테고리 속에서 중심과 주변이 분명하게 분할된 원근법적 사고가 자리잡고 있다. 한 마디로 '권력해바라기'식 사고이다. 이러한 이문열의 권력 지향성은 「익명의 섬」에서 깨철이에게로 그대로 이입된다. 작품에서 깨철이의 모든 행동을 이끄는 동인은 권력의지이다. 니체에 의하면 인간의 모든 일상적인 야심마저도 지배력을 행사하려는 권력의지의 표현이다. 다시 말하면 니체는 권력의지가 모든 것의 본질이라고 한다. 깨철이는 오로지 유교적 도덕만이 통용되는 마을에서 도덕적인 현상이란 따로 존재하는 것이 아니며, 현상에 대한 도덕적 해석이 있을 뿐이라는 니체적 관점을 소유하고 있다.

"밥 좀 다고."
누구도 그에게 말을 올리지 않는 것처럼 그 또한 누구에게도 존대를 쓰지 않았다. 그런데 이상한 것은 주인의 반응이었다. 대개는 그런 깨철이의 요구를 귀찮게 여기지 않을 뿐만 아니라 오히려 즐기는 것 같았다.
"등신이라도 먹어야 살제. 여 밥 한 그릇 말아 줘라."
그러면 주인 아낙은 큰 보시기나 양푼에 밥, 국, 김치 할 것 없이 한꺼번에 말아 내밀고 걸 받아든 그는 멍석 귀퉁이나 마루 끝에 앉아 후룩후룩 마시고 가는 것이었다.
"잘 먹고 간다."
"고맙다꼬는 안카나?"
"내 밥 내 먹고 가는데 무슨 소리."(17쪽)

깨철이는 일을 하지도 않으며, 그렇다고 재담이나 익살로 마을 사람들의 환심을 사려고 노력하지도 않는다. 그러면서도 그는 당당하게 마을 전체의 부양을 받는 마을의 성원으로 위치를 굳히고 있다. 그가 밥을 얻을 때 혹은 잠자리를 구할 때는 당연히 구할 것을 구한다는 식이다. "밥 좀 다고.", "내 밥 내 먹고 가는데 무슨 소리"라는 식으로 지불할 것을 지불한 자의 당당함이 엿보인다. 여기에 대응하는 여인들의 반응도 이에 걸맞는 것이다. 그들은 "그런 깨철이의 요구를 귀찮게 여기지 않을 뿐만 아니라 오히려 즐기"고 있다. 분명 깨철이는 한심한 외양과는 달리 주관적으로 사물에 의미를 부여하는 귀족적 인감임에 틀림없다. 그는 타인의 인정을 요구하지 않는다. 귀족적 인간은 모든 가치를 스스로 결정하기 때문이다. 반대로 부녀자들은 그에 대하여 단호함보다는 연민으로, 절개라는 한물간 명예보다는 육체적 갈구에 귀를 기울이는 노예의 도덕률에 젖어 있다.[8] 그렇게 본다면 양자는 아이러니하게도 군주와 노예의 관계임에 틀림없다. 이런 관계는 명령조의 언어 사용에서 극명하게 드러난다. 깨철이가 완전한 해라체를 구사하는 데도 불구하고 아낙들은 조금도 거슬려 하지 않는다. 오히려 동네 여자들은 흔쾌히 그리고 자발적으로 깨철이의 요구에 응한다. 표면적으로는 아낙들의 도움으로 목숨을 연명하는 꼴이지만, 조금만 그 속을 들여다보면 자기들의 여성성을 확인시켜 주고 있다는 점에서 깨철이는 은혜를 베푸는 군주의 입장에 있다.

> 그는 이내 고개를 돌려 비탈 아래 펼쳐진 논밭과 마을을 내려다 보았다. 그 땅 어느 모퉁이에도 그의 흙 한 줌 없고, 그 집들 어디에도 주인의 허락 없이는 그가 누울 방 한 칸 없는데도, 마치 그 모든 걸 소유한 장자(長者)처럼, 또는 제왕처럼.(31쪽)

이제 깨철이는 흔들리지 않는 편안함을 누리며 아낙들 위에 군림하

---

8 전경갑, 『욕망의 통제와 탈주』, 한길사, 1999, 92~93쪽 참조.

는 제왕과도 같은 존재라는 점이 분명해진다. "주인의 허락없이는 그가 누울 방 한 칸 없는" 가난한 홀아비가 "마치 그 모든 걸 소유한 장자(長子)처럼, 또는 제왕처럼" 그들 위에 군림하는 모습은 참으로 아이러니하다. 그렇게 본다면 소유의 개념은 잠자리나 밥과 같은 물질에서 나오는 것은 아니다. 사람의 몸을 소유하면 그의 모두를 소유한 것이다. 이때 육체는 모든 소유의 척도가 된다. 부르디외는 몸이 노동력의 매매에서 좀더 포괄적인 형태의 육체자본으로 격상되는 방법까지 고려한 바 있다.[9] 인간의 존재 양식을 결정짓는 중요한 인자로서의 성을 독자적인 법칙을 지닌 자율적인 에너지가 아니라 사회적인 힘들에 의해 구성되거나 변화하는 것으로 이해해야 할 필요성도 여기에서 대두된다. 부르디외에 따르면 육체자본은 한 개인에게 권력과 지위를 부여하는 동력이다. 에로티시즘은 권력과 분명히 만나게 되어 있다.[10] 밥과 잠자리의 제공을 명령하며 마을의 부녀자들을 부리는 그의 능력은 분명히 육체가 가지는 에로티즘과 관련되어 있기 때문이다. 다시 말하여 도덕을 초월하여 능수능란하게 성을 응용하는 능력으로 인해서 깨철이는 곧바로 마을 내에서 보이지 않는 무게중심의 위치로 옮겨 앉는다. 부녀자들은 물론이고 남자들에게까지 그의 몸은 유용한 생산성으로 비춰진다.

그리고 보면 그와 마을 사람들과의 관계는 확실히 묘한 데가 있었다. 남자들은 한결같이 그를 반편이나 미치광이 취급을 했지만, 그 뒤에는 어딘가 그가 정말은 그렇지 않을는지도 모른다고 의심을 애써 감추려는 어떤 꾸밈이나 과장 같은 것이 엿보였다. 여자들도 그를 반편이나 미치광이 취급하는 것은 남자들과 다름 없었지만, 그런 그녀들을 지배하는 심리 뒤에는 단순한 동

---

9 크리스 쉴링, 임인숙 역, 『몸의 사회학』, 나남출판, 1999, 186쪽.
10 질르 들뢰즈, 이강훈 옮김, 『매저키즘』, 인간사랑, 1996, 18쪽.

정 이상 어떤 보호 본능에 가까운 것이 있었다.(18쪽)

그가 마을에서 천연덕스럽게 살 수 있는 것은 남자들의 암묵적인 승인을 얻지 않고서는 불가능하다. 깨철이의 성 행위가 진정에서 나온 것임을 인정하는 것은 마을의 질서 유지에 치명적인 위협이다. 따라서 부락의 "남자들은 한결같이 그를 반편이나 미치광이 취급"하면서도 성의 분배가 불균등한 동족부락의 성적 병폐를 은폐하기 위해 마을에 머물게 하는 것이다. 말하자면 깨철이는 마을의 희생제물, 즉 파르마코스[11]이라 할 수 있다. 깨철이라는 외부인에게 성적 분방함을 묵인함으로 인해서 공동체 전체를 성적 무질서 혹은 불만으로부터 보호하는 것이다. 그 묵인 속에는 한 인간에게 가해지는 일종의 성적 폭력을 허용한다는 논리가 깔려 있다. 도처에 퍼져 있는 성적 불만의 요소를 깨철이에게로 집중시킴으로써 집단 내부의 조화와 사회적 일치를 공고화 하는 것이다. 이것은 작은 폭력으로 큰 폭력을 예방하려는 집단주의적 발상에서 유래한다.

> 극단으로 말한다면, 그는 모든 아낙네들의 연인 또는 잠재적 연인이었다.(27쪽)

그러나 폭력과 성스러움은 뗄 수 없다. 역설적이게도 폭력의 중개를 통하여 간접적으로 비폭력을 목표로 하고 있다는 점에서 그렇다. 따라서 희생은 아주 기이한 우회를 거친 후에야 도덕적 세계로 되돌아 온다.[12] 마찬가지로 깨철이는 부랑아와 인간 쓰레기의 모습으로 시작했

---

11 파르마콘 Pharmakos ; 고대 그리스에서 사회에 재앙이 덮쳤을 때, 그것은 그 원흉으로 몰아 처형함으로써 민심을 수습하고 안정을 되찾기 위해서 도시가 스스로의 경비로서 준비해 두고 있던 인간 희생물. 르네 지라르,『폭력과 성스러움』, 민음사, 2000, 21쪽.

으나 결국에는 가장 성스럽고 중요한 자로 부상하기에 이른다. 파르마코스는 어원대로 낮은 것(par le bas)으로 인해서 사회에서 유리되어 있듯이 왕도 높은 것(par le haut) 때문에 사회에서 벗어나 있다. 이처럼 파르마코스는 비천과 고귀의 순환 속에서 살게 되는 운명을 가지고 있다. 다시 말해서 미치광이라는 사회적 지위를 수락했던 깨철이는 몸 값의 상승에 따라 "모든 아낙네들의 연인 또는 잠재적 연인"의 자격으로 여인들 위에 군림하는 제왕의 자격을 획득하면서 다시 폭력의 사용자가 되는 것이다.[13]

> 서너 발짝이나 옮겼을까. 나는 피부를 찔러 오는 날카로운 빛 같은 것을 느끼며 걸음을 멈추고 앞을 살폈다. 그러나 내 눈에 들어오는 것은 가겟집 툇마루에 앉아 몽롱하게 나를 바라보고 있는 어떤 사내였다. …(중략)… 그런데 그때였다. 나는 다시 피부를 찔러 오는 것 같은 그 빛을 느꼈다. 이내 몽롱한 광기(狂氣) 속으로 숨어 버렸지만 분명 그(깨철이-필자 주)의 두 눈에서 쏘아져 나온 빛이었다.(13~14쪽)

이제 깨철이는 성행각의 대상을 마을 밖으로까지 확장한다. 깨철이는 "피부를 찔러 오는 날카로운" 시선을 버스 승객들에게 꽂으며 포획의 대상을 물색한다. 관찰하는 자는 모든 것을 관장한다. 따라서 관찰하는 그의 시선은 짐승의 운명을 틀어쥐고 있는 만큼 "날카로"울 수밖에 없다. 유폐된 마을에서 아낙들은 성적으로 약자일 수밖에 없다. 따라서 약자들의 집합은 폭군이 등장을 초래하게끔 되어 있고, 폭근은 바로 그러한 약자들의 육체 위에 날카로운 시선으로서 지배력을 과시해도 괜찮은 것이다. 왜냐하면 어떤 경우든지 권력이란 노예와 주인의

---

12 르네 지라르, 앞의 책, 35~36쪽 참조.
13 르네 지라르, 앞의 책, 19~20쪽 참조.

수치스러운 공모를 통하여 형성된 것이기 때문이다.

> "오후 내내 지켜보고 있었지. 정류소에서 안절부절 못하고 기다리고 서
> 있을 때부터……."
> 　그러면서 그는 능란하게 내 몸을 더듬었다. 그런 그는 이미 평소의 초라한
> 차림이나 추괴한 용모와는 무관한, 남자라는 하나의 추상이었다. 나는 차츰
> 몽환(夢幻)과도 흡사한 상태에 빠져들면서 모든 저항을 포기하고 말았다.
> 회상하기도 민망스럽지만 어쩌면 그때 나는 당했다기보다는 차라리 그와
> 한 차례의 정사(情事)를 즐긴 것이나 아닌지 모르겠다. 남의 아내 된 여자로
> 서 한가지 변명을 삼을 것이 있다면, 그 절정의 순간에 내가 떠올리고 있었
> 던 것이 다름아닌 남편의 얼굴이었다는 것 정도일까.(26쪽)

그리고 보면 깨철이는 순결의 이데올로기로 부녀자들을 옭아매는
마을의 남자들보다 더 위험한 존재이다. 그는 순결의 이데올로기를 자
기 보존의 알리바이로 역이용하고 있기 때문이다. 이미 깨철이의 시선
에 길들여진 여교사는 그가 "능수능락하게 내 몸을 더듬"자 그는 이미
"남자라는 하나의 추상"으로 그 위상이 변모한다. 여기서 추상화된 남
성은 힘의 상징이다. 따라서 권위자에게 성추행을 당한 여교사는 공포
와 모욕감을 느낄 수 없다. 그것은 은혜이기 때문이다. 오히려 여교사
는 "몽환(夢幻)과도 흡사한 상태"를 경험하고 스스로 "모든 저항을 포
기"한다. 그리고 "그때 나는 당했다기보다는 차라리 그와 한 차례의
정사(情事)를 즐긴 것"으로 기뻐한다. 깨철이는 가장 초라한 희생자의
모습으로 마을의 모든 정서를 동정과 연민으로 압축시키면서도, 가장
섬뜩한 권력을 은밀하고도 불순하게 집행하는 모습을 보여주고 있다.

4) 몸으로 쌓아올린 소설의 바벨탑

대부분의 작가들이 독자를 위해서라는 명분을 내걸고 있는 것과는
달리, 이문열은 소설이 자기 자신을 위해서 존재한다는 견해를 숨기려
하지 않는다. 너무도 당연한 논리이겠지만, 특히 이문열은 소설 속에
자신의 탯줄을 묻어 놓은 흔적들을 종종 보여주곤 한다. 그리하여 이
문열은 특정대상에 관한 지적 호기심이 소설양식에 대한 통념을 깨트
리는 결과로 나타나기도 한다. 그리하여 특정분야에 대한 전문지식이
나 고도의 지적 접근에 대한 직접 노출을 꺼려해 온 기존 소설 양식관
은 이문열에게로 오면 다양한 양식 실험으로 나타나기도 한다. 예컨
대, 「사람의 아들」은 단순한 선전문학의 차원에서 벗어난 참된 종교소
설로서의 가능성을 일군 것으로, 「금시조」는 까다로운 지식과 이해를
요구하는 예술가소설의 한 경지를 잘 개척한 것으로, 「우리 기쁜 젊은
날」은 교양소설의 적절한 실례를 제공한 것으로, 그리고 「영웅시대」
는 한 전형적인 마르크시스트의 개인사와 내면을 천착하는 가운데 이
데올로기 소설의 한 패턴을 획득할 수 있었던 것으로 해석된다.[14]

「익명의 섬」도 동일한 맥락으로 풀이된다. 배경으로 설정된 동족부
락은 이문열의 고향인 경상북도 영양군 석보면을 그대로 옮겨놓은 것
이다. 이문열의 회고에 의하면 이 마을은 안동에서도 1백 20리를 태백
산맥 안으로 파고든 곳으로 강원남도라는 말이 있을 정도로 오지 중의

---

14 이점에서는 이문열 바로 앞에 장요학, 최인훈, 이청준 등의 작가가 앞에 서있다. 흔히 소설이
라는 그릇 속에 때로는 에세이의 양식을, 때로는 논문의 형식을 거리낌없이 집어 넣곤 했던
장용학, 최인훈, 이청준 등은 장르 파괴와 장르 확대를 동시에 꾀했던 이들 작가들에 의해 소
설은 가장 자유로운 서술양식으로 비치기도 하였고, 혹간 소설은 아예 그것이 아니라는 점
이 암시되기도 하였다. 뿐만 아니라 이들은 장르 파괴 혹은 장르 확대를 인생관과 세계관에
서의 새로움의 모색, 가치관과 현실 인식의 측면에서의 실험정신 등으로 이어가려 한 데서
공통점을 보이기도 한다. 조남현, 「소설공간의 확대화 실험」, 김윤식 외, 앞의 책, 150~151
쪽 참조.

오지이다. 그곳 고향에는 아직도 2백 가구가 넘는 일가들이 살고 있는데, 그 중에서도 이문열의 옛집이 있는 원리동에 그 절반인 백 가구 가까운 일가들이 문중을 이루고 있다고 한다. 즉 작품의 배경과 동일한 전형적인 동족부락인 셈이다.[15]

한 개인이 어떤 행로를 선택하는 것은 절대적으로 필연성이 작용한다. 따라서 주인공 깨철이는 이문열이 겪어온 삶의 이력이 소설적으로 형상화된 것쯤으로 해석해도 될 듯하다. 말하자면 이 소설의 특징은 무엇보다 텍스트 바깥의 서술 행위를 텍스트 안으로 이끌고 들어오고 있다는 것이며, 두 개의 층위를 연결하는 좁은 구멍의 역할을 깨철이가 하고 있는 것이다. 이문열의 경우에는 철저히 부정적인 아버지 콤플렉스에 시달리면서 파행적인 청소년기를 보낸 것은 익히 알려진 사실이다. 그에게 아버지가 그들 가족을 떠난 것은 '떠났다'라는 말로는 부족한 뿌리 뽑힘 그 자체였다. 모든 가능성을 송두리째 빼앗긴 자는 현실에 대하여 수용 혹은 비판이 아니라, 두 가지를 동시에 갖게 된다. 이 두 가지 태도는 상황에 따라 정반대의 모양을 띠고 나타나지만, 그 어느 것이라 할지라도 밑바탕에는 목숨을 연명하고자 하는 필사적인 노력이 자리잡고 있는 것이다. 유일하면서도 가장 확실한 소유는 몸뚱이, 그것 외에는 아무 것도 가지지 않았고 근원조차도 불분명한 깨철이가 당당하게 혈연부락의 성원이 된다. 아버지가 남긴 정액 한 방울로 인해 어둠을 제집으로 알고 살던 이문열이 양지를 향해 야망의 칼을 벼리던 수용과 비판의 장소도 어쩌면 혈연부락이었는지도 모른다. 단지 깨철이는 몸을, 그리고 이문열은 바로 소설이라는 점이 다르다면 다를까.

이렇게 본다면 「익명의 섬」은 소설쓰기 아니면 소설가 되기의 한 과

---

15 이문열, 「귀향(歸鄕)을 위한 만가(輓歌)」, 김윤식 외, 앞의 책, 9쪽 참조.

정을 다른 방식으로 형상화한 것은 아닌가라는 생각을 하게 된다. 방법론은 사상으로부터 결정되는 것이며, 역으로 이문열의 글쓰기 방식이야말로 그의 이데올로기적 입장을 결정하는 최종심급이기 때문이다. 이문열의 정치적 감각이 사상의 표정을 숨길 수 없다는 지적도 이와 관련된다.[16] 유능한 요리사는 설탕으로 자신의 실수를 가린다. 말하자면 음식의 미학이 탁월하다기 보다는 결점을 은폐하는 능력, 즉 비판적 미각을 마비시키는 능력을 말하는 것이리라. 이문열에게 설탕은 능란한 이야기 축조술일 것이며 독자들은 여기에 현혹되어 그의 내면 표정을 무심코 지나치게 되는 것이다.

이문열의 내면 표정은 이 작품이 철저하게 개인적 경향을 띤다는 점에서도 암시받을 수 있다. 소설의 출현은 사적 생활의 출현과 함께라는 점은 생각한다면 이문열의 개인적 그림자와 작품과의 관련성을 설명하는 데 한결 도움이 될 듯하다. 이러한 경향은 소설 장르의 특성으로 연결된다.[17] 소설은 소설 장르의 제재이자 주체인 사생활을 침범함으로써 호기심을 사생활의 영역으로 끌어들였을 뿐 아니라, 사생활 중에도 가장 사적이며 가장 표현하기 어렵고 또한 재현에 있어 가장 문제가 되는 것이 다름 아닌 개인의 사적 육체라는 점을 부각시켰다.

그는 혈연이나 인척으로 속속들이 기명화(記名化) 된 그 마을에 유일하게 떠도는 익명(匿名)의 섬이었다. 만약 그녀에게도 대부분의 그 마을 아낙

---

16 권성우, 「작가에게 보내는 젊은 비평가의 편지」, 김윤식 외, 앞의 책, 25쪽 참조.
17 이전의 지배적 문학 형태인 서사시, 서정시, 희곡 등과는 달리 소설은 낭독하는 전통이 없었다. 소설 장르는 여럿이 함께 모여 문학 작품을 감상하는 청중 개념의 붕괴와 밀접한 관련이 있다. 스탕달이 희곡 작가가 되기를 포기한 뒤에 한 말처럼, 19세기는 르네상스 시대와 17세기와는 달리 공통적인 규범과 가치를 나누는 단일 사회가 아니었다. 따라서 청중이 한 자리에 모여 동일한 가치를 나누는 일이 점차 불가능해졌다. 혼자 소리내지 않고 책을 읽기 시작했다는 것은 사람들이 이미 사적 생활에 상당한 의미를 두게 되었음을 뜻한다. 피터 브룩스, 『육체와 예술』, 72쪽.

네들처럼 혹은 이 년 전 어느 날의 나처럼, 분출하지 않고는 견디지 못할 만
큼 폐쇄되고 억제된 성(性)이 있다면, 역시 그 익명의 섬은 필요할지도 모를
일이었다.(31쪽)

발터 벤야민에 의하면 소설 독자는 다른 어떤 장르의 독자보다 고립
되어 있다. 사적 생활 자체가 고립을 뜻하기 때문이다. 이처럼 고독하
고 고립된 독서인 까닭에 소설 읽기는 문학적인 경험 중 가장 내밀한
것이 된다. "폐쇄되고 억제된 성(性)"이기에 그만큼 사적이며, 그만큼
옷을 벗기고, 나체로 만들고, 침입하는 등 상상할 수 있는 모든 성적
비유가 역동적으로 제시된다. 이처럼 사적 생활과 그에 대한 침범의
역학은 소설의 태동기부터, 특히 18세기에 들어와서 소설 속에 에로
틱하고 포르노적인 것이 중요한 자리를 차지하는 이유를 보여준다. 왜
냐하면 부르주아 사회의 윤리에 있어 성생활보다 더 사적인 것은 없기
때문이다. 「익명의 섬」에서 육체는 아무 의미도 없는 살덩어리가 결코
아니다. 금기로 온통 둘러싸인 혈연부락에서 그 금기 자체가 욕망을
부풀리는 기폭제가 된다. 금기의 부락에서 성을 양산해 낸다는 그 마
을의 특수성은 참으로 아이러니한 면이 많다. 작품에서 마을 사람들의
담론은 모든 담론은 성으로 수렴된다. 성은 반드시 중대한 의미를 가
지고 있다.[18]

그러면서 그는 능란하게 내 몸을 더듬었다. 그런 그는 이미 평소의 초라한
차림이나 추괴한 용모와는 무관한, 남자라는 하나의 추상이었다.(26쪽)

육체가 사적 담론에서 가장 의미를 가지기 위해서는 부분은 특히 성

---

18 피터 브룩스, 앞의 책, 114~115쪽.

행위 중의 육체다. 왜냐하면 육체가 가장 큰 의미를 얻고 가장 큰 서술적 에너지를 얻는 것은 바로 그러한 순간이기 때문이다. 있으나 없는 존재, 그 깨철이에 대한 관심은 오로지 그의 남성에 집중된다. 물론 깨철이의 육체는 마을의 모든 공적 담론과 공공연한 전시의 영역으로부터 감추어져 있다. 말하자면 공적 영역을 갖지 못한 사람인 셈이다. 설령 보여진다 하더라도 그것은 그의 진정한 모습과는 다른 모습이기 때문이다. 따라서 그의 존재는 익명화 추상화될 때라야 비로소 진정한 의미를 찾을 수 있게 된다. 그 익명성 속에 들어왔을 때라야 깨철이는 비로소 "평소의 초라한 차림이나 추괴한 용모와는 무관한, 남자라는 하나의 추상"으로 자기 모습을 되찾게 된다.

따라서 「익명의 섬」의 핵심 코드인 익명성은 바로 이 작품이 사생활의 정점에서 논의되는 것임을 의미한다. 깨철이의 익명성은 그가 육체자본을 바탕으로 현실의 수면 아래에서 육체 권력으로 군림하도록 허용해 준다. 따라서 그가 익명성을 띠면 띨수록 그 은밀함은 강력한 힘이 된다. 신이 인간에게 자기를 가리며 자신의 위엄과 권위를 증폭시킨 것처럼 깨철이는 익명의 세계에서 또 다른 권력의 지도를 완성해 가고 있었던 것이다. 그런 점에서 깨철이의 마을내의 비천한 신분과 그의 강력한 육체적 능력이 중요해지는 것은 모두 이 익명성의 기반을 필요로 하는 것이었다. 그의 익명성은 다른 곳에서는 생성되지 못하는 의미 생성의 장소가 되었다. 그리하여 익명성은 기호의 영역으로 들어가 그 자체가 하나의 기호가 되거나, 아니면 기호가 각인되는 정신적 바탕으로 승격된다.

여기서 익명의 바탕 위에서 성적으로 각인된 육체를 노출하는 행위가 이야기를 서술할 수 있는 능력으로 곧바로 이어짐을 보게 된다.[19]

19 피터 브룩스, 앞의 책, 88~94쪽 참조.

익명의 공간에서 이문열의 소설이 배태되고 있음을 알 수 있다. 바흐찐에 의하면 소설의 주인공은 영웅적이기보다는 미천할 수도 있으며, 고상하기보다는 우스꽝스러울 수도 있어야 한다. 따라서 미천하고 우스꽝스러운 주인공은 이미 완성되어 불변하는 인물이 아니라 계속 진화하고 발전 도상에 있는 인물로 그려져야 한다.[20] 밝음과는 일정한 거리를 가진 깨철이는 생의 역동적 이미지를 구현하며 이 깨철이가 이문열의 소설적 경향을 형성하고 있는 것이다. 깨철이의 몸이 가지는 이중적 언어를 작가는 제거하지 않고 내버려 두었으며, 그 언어의 배후에 펼쳐져 있는 자신의 이데올로기를 파괴하지 않는다. 작가는 자신의 이데올로기를 깨철이의 몸에 쾌락의 형태로 문신하고, 그 문신은 세월이 흐를수록 살 속 깊이 파고들어 피와 같이 몸을 실질적으로 지배하는 인자가 되고 있다. 그리고 그 문신은 바로 소설이다.

5) 창세기의 야곱

성서의 「창세기」에 나오는 야곱은 종종 희생적 폭력을 능수능란하게 조작하는 인물로 잘 알려져 있다. 이 야곱의 이야기는 『오딧세이』에 나오는 외눈박이 거인 시클로프 이야기, 즉 주인공이 마침내 이 괴물을 피하는 멋진 계책과 비교될 만하다. 야곱은 장자의 축복을 받기 위해 아버지 이삭을 속인다. 야곱은 문자 그대로 희생된 동물의 털 뒤에 숨는다. 이때 동물은 아버지와 아들 사이에 위치하여 폭력을 유발할지도 모르는 직접적인 접촉을 막아준다.

이문열은 창세기의 야곱과 많이 닮아 있다. 그는 희생을 피해가는

---

20 미하일 바흐찐 지음, 전승회·서경희·박유미 옮김, 『장편소설과 민중언어』, 창작과비평사, 1988, 26쪽.

속임수에 능하다 그의 삶이 체제의 억압으로 점철된 삶을 살아왔기 때문에 누구보다도 희생이라는 단어에 민감할 수밖에 없을 것이다. 따라서 그의 글쓰기, 특히 데뷔 초기부터 중반에 이르기까지 희생을 피해가기 위한 자기의 영역굳히기의 수단으로 동원된 혐의가 매우 짙다.

그러나 문단의 중진으로 자리를 굳힌 지금 이문열은 어떠한가. 호된 시집살이를 한 며느리가 더욱 맵게 새사람을 다룬다는 저간의 상식은 분명 일리가 있다. 서두에서 이문열이 다양한 소설쓰기의 방법을 독보적으로 개척한 작가라는 점은 다시 생각해 보아야 한다. 다양한 양식실험은 결국 권력을 녹이는 방법에 대한 실험이었기 때문이다. 유능한 요리사가 설탕으로 식도락가의 미각을 마비시키듯이. 그러고 보면 이문열의 문학을 심미적 자율성의 테제로만 파악한다면 매우 곤란하다. 이문열의 소설은 정말 말 그대로 허구이며 표면적인 진실보다는 이면의 진실을 추구하고, 평범한 인물보다는 독특한 개성의 인물을 선호하는 미학적 고정관념이 권력을 능란한 요리사의 설탕으로 눈치채지 못하게 하는 기만의 수사학을 작동시키는 원인이라는 것은 분명히 아이러니다.

7.

'小說', 고품격의 미장센

-이문열론 2

1) 에덴의 반란

여호와를 본 자는 반드시 죽으리라. 배우의 매력이 얼굴 가린 검은 선글라스에서 나오는 것처럼 신의 비밀, 즉 신비는 인간의 시선이 닿지 못하는 곳에서 생성된다. 적나라하게 드러난 몸 구석구석을 시선에 점령당한다면 그것은 신비(神秘)가 아니라 신비(神非)이다. 그래서 유대민족의 신 여호와는 불과 구름의 두터운 베일 속으로 자신의 형상을 감추어 버렸나 보다. 시각은 모든 감각 위에 존재한다. 보는 것은 아는 것이고, 모든 것을 알면 신의 능력에 다가설 수 있는 까닭이다. 따라서 아담과 이브가 금단의 열매를 따먹은 행위는 인류문화사적으로 커다란 의미로 다가온다. 그것은 신성한 권력은 시선으로부터 보호되어야 한다는 금기를 깨트린 것이고, 그로 인해 신화시대는 막을 내리게 되었기 때문이다. 아담 이후 인류의 역사는 시각적 욕망을 실현하는 과정이었다. 그리고 보면 바벨탑에서 인공위성을 쏘아 올리기까지 인류의 모든 노력도 결국은 시각적 갈증에서 빚어진 에덴의 반란과 조금도 다르지 않다.

소설쓰기의 원리도 여기에서 크게 벗어나지 않는다. 소설가는 모든 인간사에 두루 시선을 보내며 자신의 전지적 권력을 과시한다. 소설가의 시선은 창조주의 시선과 동일시되고, 그것은 다시 권력자의 시선과 겹쳐진다. 보는 행위, 즉 던져진 시선 안에는 이미 어떤 존재론적 위기의 근거가 암시되어 있다. 시선 속에는 이미 정복자의 욕망, 목을 조여 오는 파괴의 그림자가 드리워져 있다. 다시 말해서 타인의 시선에 드러난다는 것은 그것을 본 사람에게 삶의 모든 권리를 내어주는 것과 조금도 다르지 않다.[1]

한국 문단에서 이문열만큼 시각적 욕망에 깊이 시달린 자는 찾아보기 어렵다. 이문열의 아버지는 언제나 야음을 틈타 문밖에서 낮은 목소리로만 감지되는 어둠 속의 존재이었다. 한국의 가부장사회에서 아버지의 부재는 세상을 바라보는 시선의 상실을 뜻하며, 이것은 결국 권력의 원천을 상실한 것과 같은 의미를 지닌다. 그래서 이문열이 소설에서 틈만나면 불렀던 '귀향의 노래'[2]는 결국 잃어버린 아버지, 즉 '권력'을 그리는 노래인 것이다. 그런 점에서 이문열의 소설은 부재한 아비와 권력의 틈새를 스스로 메우려는 '홀로서기'의 전략이라고 할 수 있다.

등단 이후 지칠 줄 모르는 창작 열정은 권력에 대한 욕망을 풀어놓

---

1 심상용, 『현대미술의 욕망과 상실』, 현대미학사, 1999, 220쪽 참조.
2 이문열, 「귀향(歸鄕)을 위한 만가(挽歌)」, 김윤식 외, 『이문열 論』, 삼인행, 1991, 8~16쪽 참조.

는 실천적 작업이었다. 이 실천이 소설쓰기라는 점에서 이문열의 '소설은 권력'으로 해석될 충분한 이유를 갖는다. 이러한 문제의식은 등단작인 「새하곡」(1979)으로부터 시작하여 「들소」(1979) 「익명의 섬」(1982) 「전야(前夜), 혹은 시대의 마지막 밤」(1998)을 거쳐 가장 최근작인 「종손」(2003)에 이르기까지 변치않는 흐름을 이루고 있다. 이 소설들에서 권력의 문제는 그것이 거의 없어 보이는 곳에까지 교묘하게 숨어 있다. 권력은 모든 인간관계에 있어서 불가피하게 나타날 수밖에 없으니 대부분의 사람들이 생각하는 것보다 인간은 훨씬 더 권력적이다.3 그래서 이문열의 권력은 대문자 권력이 아니라, 보호색으로 몸을 가린 소문자 권력이다. 이제 그 보호색이 '지성'과 '육체'의 형태로, 그리고 '소설쓰기'의 방식으로 카멜레온처럼 다양하게 변화되는 양상을 작품에서 확인해야 할 차례이다.

2) 지성, 권력의 샘

이문열의 소설이 깊이있는 지성을 바탕으로 하고 있다는 지적은 이미 일반의 동의를 얻은 지 오래이다.4 그의 소설은 현실을 강하게 환기하지도 않으며, 육감에 호소하지도 않는다. 걸쭉한 입담으로 사람을 웃음의 난장으로 끌어들인 적도 없다. 이문열은 이들과는 또 다른 영역에서 개성있는 소설 미학을 확립한다. 그는 박학과 교양을 바탕으로 삶의 내밀한 측면들을 섬세하게 포착해낸다. 그리하여 리듬과 어감에

---

3 엘빈 토플러, 『권력이동』, 한국경제신문사, 1990, 24쪽.
4 조남현의 「소설공간의 확대와 사상의 실험」, 김명인의 「한 허무주의자의 길찾기」, 성민엽의 「젊음의 소설, 그 문화적 의미」, 권영민의 「탐색의 과정, 그 소설적 미학」, 이상은 김윤식 외, 『이문열』, 삼인행, 1991에서 이러한 입장을 표명한 바 있다.

까지 신경을 쓰는 미려한 문장으로 그의 소설은 '고품격 지성주의'의 양상을 강하게 내비친다. 근대로 오면서 지식이 곧 권력이라는 명제는 이미 하나의 공식이 되어 버렸다. 인간 사회에서 권력의 문제는 피할 수 없는 일상이다. 학력을 비롯하여 주택, 직업, 자동차, 의복에 이르기까지 모든 일상 속에 권력은 존재하며, 실제로 인간 삶에 지대한 영향을 미치고 있다.[5] 인간이 집단을 이루고 사는 한, 인간은 이 권력의 테두리에서 벗어날 수 없다. 그러나 모든 권력이 다 괜찮은 권력인 것은 아니다. 좀더 고급스런 권력을 희망한다면 지성의 세계에 발을 디디지 않으면 안 된다. 그런 점에서 「새하곡」은 주목할 만하다.

> 이상하게도 그는 강병장만 대하면 모든 것이 미덥고 든든하면서도 원인 모를 위축감에 빠지곤 했다. 강병장이 자기보다 두 살 위이고 또 유능한 기재병이어서 그가 맡은 정부 재산을 잘 관리해 준다는 것 이상으로 강병장에게는 무언가 그를 압도하는 것이 있었다. 그만의 어떤 특이한 힘이었다. … (중략) … 이중위는 이 부대에 통신 장교로 근무한 이래 그가 모른다거나 할 수 없다고 하는 것을 한 번도 본 기억이 없다. 특히 통신 분야에서는 이십 년이 가까운 선임 하사도 혀를 내두를 정도였다. 장비는 물론 작전 면에까지 그의 능력이 미치지 않는 곳은 없었다. … (중략) … 따라서 통신과에는 이중위와 임상사 외에도 분대장인 세 명의 하사와 다섯 명의 고참이 있었지만 모든 일은 사실상 그를 중심으로 이뤄지고 있었다. 가끔씩 이중위마저도 통신과의 정신적인 과장은 그라는 생각이 들 때가 있었다. -(「새하곡」, 44 · 47 · 48쪽)[6]

5 엘빈 토플러, 앞의 책, 24쪽.

6 이글에서 인용된 이문열의 작품은 『이문열 중단편전집』 1권~3권, 6권, 아침나라, 2001과 이문열, 『그대 다시는 고향에 가지 못하리』, 맑은소리, 2003을 사용하였다. 구체적으로는 「새하곡」(2권) 「들소」(1권) 「익명의 섬」(3권) 「전야(前夜), 혹은 시대의 마지막 밤」(6권) 「종손」(『그대 다시는 고향에 가지 못하리』)의 순이다. 이하 작품과 쪽수만 표시하기로 한다.

「새하곡」은 군대라는 특수집단을 배경으로 한다. 한국적 현실에서 군대라는 용어는 그 안에 이미 엄폐와 가혹의 의미를 강하게 함축한다. 그럼에도 불구하고 작품에서는 강제와 폭력의 방식으로 구성원을 길들인다는 군대의 일반적인 공식은 찾아보기 어렵다. 오히려 작품에서는 군대의 억압과 규율을 풍경처럼 감상하고 판단할 수 있는 지성의 힘이 비중있게 다루어진다. 강병장의 "깊이 모를 능력"에서 우러나오는 "특이한 힘"에 이중위는 "원인 모를 위축감에 빠지곤" 하면서도, 한편으로는 "모든 것이 미덥고 든든"하게 느껴진다. 강병장의 해박한 지식은 "장비는 물론 작전 면에까지 그의 능력이 미치지 않는 곳은 없"을 정도이다. 부대 내의 "모든 일은 사실상 그를 중심으로 이뤄"진다. 지성의 힘은 타인에게 자기 뜻을 경직되게 관철시키는 능력에 있지 않다. 지성은 강제가 아닌 흠모와 동경의 방식으로 움직이도록 유도한다. 강병장의 지성에 압도당한 이중위는 무의식중에 "통신과의 정신적 과장"은 자기 자신이 아니라 어쩌면 강병장일지도 모른다고 생각한다. 이중위는 강병장의 지적 매력에 동조하면서 이곳이 군대라는 사실을 잊는다. 이렇게 지성에는 군대의 서열과 완고한 정신마저 녹여버리는 힘이 있다.[7] 권력을 가혹한 착취와 억압적 도구로만 좁혀서 이해하기에 오늘날의 권력은 너무도 세련되고 부드럽기만 하다. 지성은 그 부드러움 속에 품격 높은 권력을 실현한다. 하지만 그렇다고 모든 권력이 동일한 품질을 보장받는 것은 아니다. 말하자면 권력에도 '품질'이 있다. 폭력이나 금권이 가공할만한 능력을 갖고 있는 것은 의심의 여지가 없다. 그러나 폭력이나 현금은 한결같이 저항을 불러일으킨다는 점에서 그것은 저급한 권력으로 치부된다.

---

7 엘빈 토플러, 앞의 책, 38~42쪽 참조.

육사를 중퇴했다는 풍문뿐 강병장의 경력이나 환경이 깊이 감추어진 것임에 비해 박상병의 그것은 비교적 대대에 널리 알려져 있었다. 우선 그는 부대의 최고령자였다. 국내 제일의 명문에서 대학원까지 수료하고도 고시 준비로 몇 년을 더 보낸 바람에 스물여덟에 입대, 지금은 강병장보다 한 살 많은 서른이었다. 부인은 약사로 개업 중이었고 세 살 난 아들이 있었는데, 강병장과는 각별하게 지내고 있었다.

이상하게도 이중위는 그들과 술을 나누다 보면 자기가 군에 있다는 것을 깜박깜박 잊어버리곤 했다. 한 번은 술이 취해 그들과 강형, 박형 하다가 부대장에게 경을 친 적도 있을 만큼 그들의 화제는 군대를 떠나 있었고 그 분위기는 독특했다.(「새하곡」, 61~62쪽)

「새하곡」에서 이중위를 비롯한 강병장, 박상병 등 소위 엘리트 지식인들의 위상은 군대의 기강과 규율 위에 놓여 있다. 그럴 수밖에 없는 것이 주요 인물인 강병장, 박상병은 군대에서는 보기 드문 고학력자이다. 특히 박상병은 "국내 제일의 명문에서 대학원까지 수료하고도 고시 준비로 몇 년을 더 보낸" 경력을 갖고 있다. 비록 중퇴를 하기는 하였으나 강병장도 육사를 우수한 성적으로 들어간 수재로 자부하기는 마찬가지이다. 따라서 군대의 지위와 계급을 초월하여 지성을 매개로 한 세 사람의 "화제는 군대를 떠나 있었고", 이들의 대화 "분위기는 독특했"다. 이러한 분위기로 인해서 「새하곡」은 군대라는 배경이 무색하게 인생의 심연을 다루는 철학 교과서 같은 성격을 지니게 된다. 군대의 규율과 억압은 세 사람의 지성이 내미는 사각의 액자틀에 의해 잘려나가면서 독립된 구경거리로 전환된다. 자살로 생을 마감한 문중사와 김일병, 그리고 탈영병이 되어 버린 천일병의 의식은 외부를 향해 열려 있지 않는다. 오직 강병장과 박상병, 그리고 이중위 세 사람만이 삶의 혼돈과 자기 몰입으로부터 벗어나 죽음을 주재하는 위치에 서

있다. 한 생명의 몰락과 붕괴를 초연하게 지켜보며 삶의 방향을 명쾌하게 지시할 수 있는 능력은 결국 이들의 지성에서 나온 것이다. 진흙뻘 현실을 손이 아닌 눈으로 만지면서 대상을 풍경으로 밀어버리는 이들의 시선은 '지성의 권력적 기능'을 훌륭하게 수행하고 있다. 이러한 시선에는 정복적 욕망이 예외없이 수반된다. 권력을 모르는 순진한 지성은 이 세상에 없는 까닭이다.[8] 그렇게 보면 두툼한 돈지갑과 폭력만이 유일한 권력의 원천은 아니다. 병사들의 비참한 몰락을 병사의 절망이라는 용어로 객관화하는 이들의 지성 속에 분명히 권력은 내재해 있는 것이다.[9]

3) 육체, 권력의 유통기관

육체라는 테마는 언제나 많은 이야기를 만들어 낸다. 그런데 육체의 이야기는 속성상 통속으로 빠져 버리거나, 칙칙한 감상 혹은 저급한 호기심에 야합하기 십상이다. 하지만 지성의 무한한 확장을 도모하는 이문열의 소설에서 육체의 본능과 탐욕을 찾아내기는 쉽지가 않다. 때문에 학문적 순결을 포기하지 않는 이문열의 소설에서 남녀의 육체는 대체로 몸을 흥분시키지 않는 점잖은 것인 경우가 대부분이다. 육체는 시간의 풍화작용에도 불구하고 어디서나 통용되는 화폐이며, 여전한 잠재력과 견인력으로 권력이라는 테마를 이끌어 낸다. 현대사회에서 성이 권력 행사의 중심부로 부상하며, 이러한 권력은 사회구성원의 신체를 통제함으로써 지배력을 과시한다. 즉 육체는 사회 권력의 불균형을 반영하거나, 때로는 적극적으로 불균등한 권력 분배를 생산하는 공

---

8 전경갑, 『현대와 탈현대의 사회사상』, 한길사, 1993, 193~194쪽 참조.
9 엘빈 토플러, 앞의 책, 36쪽 참조.

장이다.

만인을 고루 만족시키는 권력이 없듯이, 성의 분배도 결코 평등할 수 없다. 언뜻 결혼제도를 통해 균형잡힌 것처럼 보이는 성의 분배가 과연 구성원들 각자에게 얼마나 골고루 만족감을 보장해줄 수 있는지는 의문이며, 그 대답은 지극히 부정적이다. 버튼 하나로 밀고 당겨지는 카메라 줌(zoom)식의 원근법적 권력 구조 속에서 충족감을 맛볼 수 있는 사람은 오직 소수의 지배 엘리트인 남성으로 한정된다. 다수의 노동과 희생 위에 군림한 소수 엘리트의 지배와 향유가 중세적 신분제 사회의 유물임은 말할 것도 없다. 이러한 원근법적 위계의 제일 하층에 깔려있는 것은 당연히 육체이다. 인간의 열망 중 가장 치열한 것이 육체 안에 있으며, 보상과 격려의 효과가 가장 확실한 것 또한 육체이다. 이들 작품에서 육체는 번식기에 관계없이 사시사철 성을 즐기는 남성의 호색 근성과, 육체를 매개로 권력에 밀착하려는 여성의 신데렐라 꿈이 만나는 곳이다. 따라서 이러한 관계에서 사랑은 배제되며, 오직 이불 아래의 결합 속에서 두 개의 권력이 거래된다는 점에서 문제적이다.

> '손의 동굴'에 있는 그의 서열은 당연히 모든 용사들의 끝이었다. 따라서 사냥이나 싸움이 있는 날은 그는 '초원의 꽃'을 단념했다. 그녀는 처들 중에 가장 아름답고 풍만했으므로 용사들이 다투어 그녀를 지정했기 때문이다. 그러나 지정권이 그녀에게 유보된 평범한 날도 그녀가 거부없이 용사들의 지정을 따르는 것을 보면 그의 가슴은 터질 듯 괴로웠다. 모든 처들은 이튿날 아침의 분배에서 간밤에 잠자리를 함께 한 남자와 동일한 대우를 받도록 되어 있었는데, 그것이 그녀를 항상 몫이 많은 용사들을 택하게 만드는 것 같았다. '손의 동굴'에 있는 그의 몫은 언제나 형편없는 하급이었다.(「들소」, 1권, 176쪽)

「들소」는 예술의 반대편에 권력과 사유(私有) 개념을 놓고 있는 작품이다. 손의 동굴 부족에서 권력은 사유의 충족을 위해서, 그리고 사유는 여성의 육체를 소유함으로써 증명되는 상징체계를 갖는다. 이 소설에서 여성의 육체는 철저하게 남성의 사회적 계급에 종속되어 있다. 여성의 육체는 경매시장의 노예처럼 최상급에서부터 "형편없는 하급"까지 값이 매겨져, 남성의 서열에 따라 포상품으로 할당된다. "가장 아름답고 풍만"한 최상품의 육체가 최고 권력자로 군림하는 뱀눈에게 주어진다. 소유를 통해서 권력을 증명하는 것이 인간의 오랜 습성이다. 뱀눈의 권력은 동굴 최고의 미인인 초원의 꽃과 함께 하는 잠자리에서 증명된다. 동굴의 모든 여인들도 "이튿날 아침의 분배에서 간밤에 잠자리를 함께 한 남자와 동일한 대우를 받"는다. 사실 인간의 육체가 권력을 부르는 수단임은 어제 오늘의 일이 아니다. 최고 권력자가 가장 젊고 아름다운 육체를 배타적으로 독점하는 역사는 인류가 문자를 발명하기 이전부터 본능적으로 알고 있는 상식이다. 그렇다면 「들소」에서 여성의 육체는 단순한 육(肉)이 아닌, 온갖 '권력이 유통되는 통로'이다. 이렇게 육체에서 '쾌락'이 아닌 '권력'을 말하고 있는 「들소」는 작가가 무엇에 반응하는지를 잘 보여주는 작품이다.

「익명의 섬」은 육체와 권력의 상관성을 파고든다는 점에서 한층 더 눈길을 끈다. 이 소설은 동족부락의 성적 폐쇄성 속에서의 인간의 '육체에 권력이 새겨지는 과정'을 잘 보여주고 있다. 혈연공동체인 동족부락은 억압된 성욕의 발산을 위한 시스템이 전혀 구축되어 있지 않은 특수집단이다. 경직된 가부장제의 산물, 동족부락에서 생산하지 않는 여성의 성욕은 철저하게 배제된다. 여성들에게만 강요되는 정절 관념으로 아낙들의 성 에너지는 언제나 터질듯 팽팽하게 부풀어 있다. 이 때 우연히 흘러들어온 깨철이는 근친상간을 방지해 주는 집단유지의 공식적 안전핀의 역할을 떠맡게 된다. 그러나 어느 시대이건 성의 주도권 역시 수요와 공급이라는 시장 경제의 논리에 따라 결정되기 마련이다. 아무리 엄격한 순결 관념이 성적욕망에 제동을 건다 해도, 결핍과 금기가 강한 곳에 욕망의 꽃은 더욱 화려하게 핀다. 그러기에 성을 아는 인간의 몸은 억압과 제도의 위력 앞에서도 용감할 수밖에 없다. 그래서 그가 비록 무위도식하는 잉여인간이라 할지라도 깨철이의 잠자리에는 여인들의 살(肉)냄새가 끊일 날이 없는 것이다. 깨철이의 몸은 성적 기아에 허덕이는 아낙들에게 권력을 부르는 매우 값진 자본이 된다. 그의 몸은 생리적 욕망을 자극하는 것 이외에 어떠한 진실도 드러내지 않는다. 그리하여 깨철이는 마을의 성적 공백을 타고 단번에 '육체 권력'의 중심으로 부상한다.

> 서너 발짝이나 옮겼을까. 나는 피부를 찔러 오는 날카로운 빛 같은 것을 느끼며 걸음을 멈추고 앞을 살폈다. 그러나 내 눈에 들어오는 것은 가겟집 툇마루에 앉아 몽롱하게 나를 바라보고 있는 어떤 사내였다. … (중략) … 그 땅 어느 모퉁이에도 그의 흙 한 줌 없고, 그 집들 어디에도 주인의 허락 없이는 그가 누울 방 한 칸 없는데도, 마치 그 모든 걸 소유한 장자(長者)처럼, 또는 제왕처럼.(「익명의 섬」, 3권, 13~14쪽, 31쪽)

모든 것이 낱낱이 공개된 족보의 마을에서 아낙들의 성욕은 언제나 목이 마르다. 깨철이는 마을 족보의 어디에도 이름 석 자를 찾을 수 없는 익명의 존재이기에 그의 육체는 낡아빠진 족보의 마을을 함부로 쏘아보며 집단의 성윤리를 간단히 뛰어 넘을 수 있다. 아낙들의 혈연과는 완전히 무관한 존재라는 사실, 족보의 마을 안에서는 이름을 찾을 수 없는 그의 '무기명식 육체'야말로 여인들의 몸을 적시고도 남을 만한 위력을 갖는다. 윤리라는 시선의 올가미에 걸려들지 않는 깨철이는 오히려 상대를 꿰뚫듯한 "날카로운" 시선으로 먹이가 되는 육체를 포획한다. '보다'라는 동사는 자주 '접촉하다', '포착하다', 혹은 '파악하다'의 동사들로 대체된다. 그만큼 본다는 것은 시각적으로 대상을 소유하고 지배하려는 가학적 욕망의 소산이다. 특별히 보는 행위는 성적인 비유와 쉽게 연대한다. 대상을 시선으로 포획하는 것은 직접적으로 손의 체감행위를 환기시키기 때문이다.[10] 이러한 응시의 배후에는 성적 지배에 대한 강렬한 욕망이 숨어 있다. 이문열은 이러한 논리에 쉽게 동의한다. 여인들의 몸에 꽂히는 깨철이의 "피부를 찔러 오는 날카로운" 시선은 먹이 앞에 권력을 방사하는 야수의 시선과 조금도 다르지 않다. 이러한 시선 앞에 마을 아낙들은 육체적 욕망 앞에 마을이 강요한 정절을 스스럼없이 던져 버린다. 결국 자신의 육체 아래 몸을 누인 아낙들의 수가 많을수록 "주인의 허락 없이는" "누울 방 한 칸 없는" 비렁뱅이 깨철이는 비록 한 푼도 없지만 "모든 걸 소유한 장자(長者)"가 되거나, 아니면 성(性)왕국의 "제왕"으로 옹립되고 만다. 그렇지 않고서야 꼭꼭 닫아건 정절 쇄국주의의 빗장이 그렇게 무기력하게 스러져 내릴 수는 없는 일이다. 여기에 육체를 소유하면 상대의 모두를 소유한 것이라는 이문열식의 진실이 내재해 있다. 성이 권력과 관련되며, '육체'는 '권력의 지배가 미시적으로 집행되는 공간'이라는 인식은 이제 익숙하다. 이렇게 육체가 권력으로 부상한다면, 그 육체는 이미 '정신'이다.[11] 부락 여인들과 몸을 맞부딪칠 때 깨철이가 실제로 만지는 것은 인간 '실존'이지 생물학적 육체 덩어리는 아닌 것이

---

10 심상용, 앞의 책, 220~221쪽.

11 박광민, 「육체와 권력 : 페미니즘, 푸코, 부르디외」, 『리서치 아카데미 논총』, 명지대학교 리서치아카데미, 2000, 5쪽.

다.[12] 밥과 잠자리의 제공을 명령하며 마을의 부녀자들을 부리는 깨철이의 '성적 능력'은 권력의 영역으로 들어가 '권력 자체'가 된다. 그렇다면 이제 남은 일은 육체에 새겨진 권력의 흔적을 '소설쓰기'의 방식에서 해명하는 일이다.

4) 소설, 바벨탑의 언어

아이러니하게도 금기의 위반으로 인류는 자기의 벗은 몸을 보게 되었고, 보는 것으로부터 인류의 문명은 비롯되었다. 선악과를 따먹은 인류는 신이 우려한 바대로 에덴의 추방 이후 문명을 향한 무한질주를 시작했다. 눈먼 신의 아들로 살기를 거부한 오늘날 아담의 후예들은 하늘을 찌를 듯한 신에 대한 도전의 바벨탑을 쌓는다. 낭만주의적 발상으로 볼 때 신에 대한 강력한 저항의 무기는 지성, 지성의 힘이면 신의 도움이 없이도 제2의 에덴을 창조할 수 있다. 그런 점에서 지성의 산물인 '소설'은 신의 능력에 저항하려는 '바벨탑의 언어'이다. 권력은 언어를 통해 드러난다. 어떤 어휘 어떤 문장을 말하든지 그 발화는 권력의 회로에서 벗어날 수 없다. 선택하는 모든 어휘 속에, 문장 구조 속에, 심지어 문장의 길이에서조차 권력은 드러난다. 비록 인간의 내면은 말로 표출되는 순간 권력에 봉사한다. 권력에 봉사할 뿐만 아니라, 권력 그 자체이다.[13] 그래서 언어가 권력이 없는 무정부주의를 구성한다는 것은 불가능한 말이다. 이문열의 소설은 이러한 권력의 회로 내부에 존재한다.

---

12 크리스 쉴링, 임인숙 역, 『몸의 사회학』, 나남출판, 1999, 220~224쪽 참조.
13 김현, 『시칠리아의 암소』, 문학과지성사, 1990, 142~143쪽 참조.

　　그러나 내가 여기서 새삼 종가 얘기를 꺼내는 것은 지나간 영욕(榮辱)이
나 내 나이 아직 어릴 때 세상을 떠난 늙은 종손 때문이 아니다. 나는 오직
그 다음 대(代)—나이는 비록 십 년 이상 층이 지지만 그래도 나와 같은 세대
를 숨쉬고 있다고 할 수 있는 동항(同行)이 젊은 종손을 위해 이 글을 쓴다.
… (중략) … 그 후 오래잖아 나는 그가 성대 씨의 회사에서 나왔다는 소문
을 들었다. 그리고 무엇인가 조그만 사업을 벌였던 모양인데, 그것마저 잘못
된 것 같다는 풍문 뿐, 근간 그를 만났다는 사람은 아무도 없었다. 아아, 생
각하면 쓸쓸한 우리 종손.(「종손」, 185, 206쪽)

　　권력의 크기는 모든 것을 자기에게로 빨아들이는 구심성에 달려 있
다. 소설가가 독재적 권력을 행사하기 위해서는 서사의 모든 힘은 작
가에게로 집중되어야 한다. 작가는 이야기를 통해 독자를 지배하려는
욕망을 갖는다. 그 목적을 실현하기 위한 도구로서의 '서사'가 필요하
다.14 한데 이문열은 자신의 메시지를 효과적으로 드러내기 위해 '유
래담(과거)→본 이야기(현재)→후일담(미래)'식의 독특한 서사 전략을
구사한다. 현재가 인간과 신의 공유지라면, 과거와 미래는 신의 전유
지이다. 까마득한 옛날의 혼돈과 그 뒷이야기를 알고 있는 사람은 오
직 신, 그리고 소설에서는 작가뿐이다. 한데 본 이야기의 앞뒤로 유래
담과 후일담을 배치하는 구성 방식은 작가의 메시지를 완벽하게 보존
하는 성벽의 구실을 한다. 그의 소설만큼 작가 개인의 메시지가 분명
한 경우는 드물다. 「종손」에서 "나와 같은 세대를 숨쉬고 있다고 할 수
있는 동항(同行)이 젊은 종손을 위해 이 글을 쓴다."와 같은 유래담과,
"그 후 오래잖아 나는 그가 성대 씨의 회사에서 나왔다는 소문을 들었
다." 등의 후일담에 의해 보호된 메시지는 어떠한 저항도 받지 않고
안전하게 독자에게 전달된다. 이처럼 이문열의 서사는 한치의 흔들림

---

14 최문규, 『기억과 망각』, 책세상, 2003, 237쪽.

도 없이 작가 의식을 향해 질주한다. 당연히 소설에 묘사는 찾아보기 어렵고 서사만이 홀로 살아 숨쉬는 것이 이문열의 소설이다. 서사가 막강한 힘을 갖고 진행되는 동안 독자는 그 힘에 짓눌려 인간 세계의 내면을 주체적으로 포착할 힘을 잃어버린다. 따라서 그의 소설은 아무런 고민을 동반하지 않는다.[15] 독자는 작가 권력의 영토 안으로 끌려가면서도 그의 충실한 신민이 되는 것조차 알지 못한다. 이문열이 즐겨 사용하는 '문학의 성채'[16]라는 표현에는 이렇게 '서사를 장악한 권력자'로서의 작가가 은폐되어 있는 것이다.

> "언젠가 제게 말씀해 주셨잖아요? 에로티즘은 본질적으로 슬픔이나 허무와 관련된 것이라구요." … (중략) …
> "그게 바로 일면적인 논리로만 짜여진 관념일 것 같다구요. 왜 원래의 세포가 가졌던 의지 혹은 목적성은 무시하죠? 원래의 세포가 분열로 생식을 의지했다면 혹은 그런 목적성에 따라 분열했다면 설령 그게 자기 존재의 소멸을 뜻한다 해도 반드시 슬픔이나 허무만을 의미할까요?"
> "세포의 의지……."
> "존재의 의지라는 편이 옳죠. 내가 보기에 에로티즘이나 그 원초적 양식인 섹스는 오히려 존재 확인 혹은 존재 확대의 의지와 관련된 어떤 것이라는 게 옳을 듯한데요."(「전야(前夜), 혹은 시대의 마지막 밤」, 6권, 201~202쪽)

서사를 장악한 작가는 이제 서사의 내부로 들어가 자신의 권력을 좀 더 공고화한다. 앞서의 이야기한 대로 이문열은 소설의 내부에서 독자를 광범위한 지성의 세계로 인도한다. 이문열이 오랫동안 독자 대중의 사랑을 받으면서도 평론가들의 관심에서 멀어지지 않고 본격작가로

---

15 강준만, 이문열과 김용옥」, 인물과 사상사, 2001, 44쪽 참조.
16 이승우, 「이문열, 그 만이 발견한 열외의 지점, 문학의 초월적 私人性」, 『문학사상』 1987년 10월호, 144쪽.

대우받는 것은 이 때문이다.[17] 동서양의 고전을 넘나드는가 하면, 이념과 종교, 법률, 철학, 미학, 역사에 이르기까지 종횡무진이다. 교양소설이라는 이름에 걸맞게 그의 소설에는 해박한 지식이 넘쳐나며, 언어는 재기발랄한 지적 교양으로 넘쳐난다. 「전야(前夜), 혹은 시대의 마지막 밤」에서는 한 차례 격정적인 성합을 치른 남녀라고는 믿어지지 않을 만큼 그들의 대화는 철학적이다. "세포가 가졌던 의지 혹은 목적성", "내가 보기에 에로티즘이나 그 원초적 양식인 섹스는 오히려 존재 확인 혹은 존재 확대의 의지와 관련된 어떤 것" 등 깊이 있는 철학지식을 장황하게 늘어놓는 작가의 지적 과시는 끝 가는 데를 모른다. 생식과 죽음의 관계를 놓고 "세포의 의지" 혹은 "존재의 의지"로 대립시켜 토론을 벌이게 하는 서술자의 지적 개입을 과감히 시도하는 모습은 오늘날의 소설에서는 희귀한 사례에 속한다. 일반적으로 작가들이 특정분야에 대한 전문지식이나 고도의 지식을 직접 노출을 꺼려하는 것과는 매우 대조적으로, 이문열은 백과사전적 지식을 빌미로 현실과 소설 사이의 벽을 소리없이 허물어 버린다.[18] 독자들은 쏟아지는 교양의 홍수에 압도당하면서도 지식의 세례를 받은 신도처럼 충만함 속에 책장을 덮는다. 이러는 동안 이문열과 독자 사이에는 보이지 않는 지식의 카르텔이 형성된다. 이 지식의 사제 관계 속에서 이문열을 정점으로 하는 문학 권력은 견고해진다.

하지만 이렇게 되면 소설은 완전한 작품으로서의 가능성을 잃어버리고 작가 개인의 이데올로기 유포를 위한 당의정으로 전락할 공산이 크다. 근대 소설은 근원적으로 자신의 몸 안에 항상 해방의 이미지를 가지고 태어난다. 재기 넘치는 근대적 개인들은 목소리의 볼륨을 높이

---

17 강준만, 앞의 책, 43쪽.
18 조남현, 「소설공간의 확대와 사상의 실험」, 김윤식 외, 『이문열』, 삼인행, 1991, 150쪽.

며 당돌하게도 작가를 대화의 광장으로 호출한다. 이 광장에서 작가와 작품과 독자는 윤회의 고리 속에서 하나가 된다. 작가는 작품으로, 작품은 독자의 목소리로, 그리고 독자의 소리는 다시 작가의 붓끝으로 환생하는 이런 윤회의 고리로부터 이문열의 소설은 아무래도 멀리 떨어져 있다. 그의 독자는 억눌린 이성과 사투를 벌이려는 투쟁의 정신을 잃어버리고, 작가의 독재선언문을 방불케 하는 전지적 목소리에 그만 숨이 죽고 만다. 물론 그의 목소리는 강력하거나 거칠지 않아 청각이 보통 예민한 독자가 아니고는 쉽게 포착되지 않는다. 몽유도원도 같은 그의 수려한 문장에 살의를 풀지 않을 눈매가 어디에 있겠는가. 여백으로 퍼져가는 은은한 먹물빛처럼 예스럽고 유장한 문장에 독자들의 비판 이성은 무기력하기만 하다. 그럴듯한 지적 유희와 로맨틱한 감상 속에 이문열의 권력은 이렇게 깊이 '감추어져' 있는 것이다.

5) 에덴의 송가

아담은 여전히 살아있다. 현대인들은 그 어느 시대보다 시각적인 것에 대한 열광 속에서 살고 있다. 20세기 현대인들은 좀더 크게, 좀더 깊은 곳까지 보려는 욕망은 다양한 영상매체까지 만들어 내면서 아담의 시선을 강화하여 왔다. 아담은 이렇게 또 다른 에덴을 꿈꾸며 살아 있는 것이다. 보고 소유하려는 그 에덴의 꿈, '권력을 향한 등정'에는 언제나 정신이 결여된 폭력과 돈에 대한 열망이 내포되어 있다. 소설가에게 권력을 향한 열망은 소설이라는 매체로 구현되기도 한다. 지성의 산물인 소설은 작가가 독자에게 송신하는 이데올로기적 구성물임에도 불구하고, 우수와 낭만과 감동이라는 미학적 장식으로 치장되어 있어 거부감이 없다.

　이문열의 소설에서도 아담의 욕망은 살아 꿈틀거린다. 살벌하기 그지없는 시대, 이문열에게 소설은 암흑의 세월을 헤쳐나가는 힘이었다. 소설의 힘으로 이문열은 독자 대중을 사로잡으며 당대의 문학 권력의 표본으로 자리매김할 수 있기 때문이다. 그렇다면 이문열에게 소설은 바로 권력을 향한 끝없는 동경과 성취, 신의 권력을 훔쳐낸 아담이 부르는 기쁨의 송가인 것이다. 그래서 이문열의 노래는 매우 달콤하고 부드럽다. 그의 소설은 권력을 사모하되, 경직되게 권력을 빨아들이지 않는 까닭이다. 권력을 지향하되 그 목표를 직선적으로 드러내는 법이 없다. 그의 소설은 지독한 우수와 낭만으로 채색되어 있어, 권력의 이데올로기는 철저하게 은폐되어 있다. 유려한 문장과 해박한 지성, ‘세련된 소설 미장센’으로 권력을 두고 벌이는 야생의 먹이사슬을 쉽게 은폐해 버린다. 그래서 그의 소설에는 저항의 냄새가 없으며, 언제나 현실과 현재로부터 한 걸음 비껴서 있는 것이다. 그런 점에서 은폐된 권력이야말로 진짜 권력이라는 명제를 이문열의 소설만큼 잘 보여주고 있는 소설은 드물다. 이렇게 이문열은 은폐된 권력을 매개로 삶의 혼돈과 아비에 대한 애증으로부터 벗어날 수 있었던 것이다. 지금도 이문열의 소설 어딘가에선 권력을 발효시키는 아담의 시선이 소리없이 숙성되어가고 있을 터이다.

3부

1.

제휴 그 이후, 예기치 않은 낯선 진실들

-영화 「300」과 게임 「스파르타: 에인션트 워」의 상호침투

1) 영향에의 갈구, 혼혈이라는 운명

문학의 시대가 가고, 영화의 시대가 열렸다는 말은 적어도 얼마 전까지는 유효했다. 하지만 지금은 사정이 다르다. 아날로그 문학과 아날로그 영화는 디지털 시대의 논리에 점령당한 지 오래다. 디지털의 기호와 감성이 고요한 상념보다 충격과 더 큰 충격을 적극적으로 요구하면서, 영화의 문은 이전과는 다른 방식으로 열리고 게임은 준비된 자신감으로 시대를 주도하고 있다. 디지털 영화들이 전성기를 구가하고 있으며, 디지털 시대에 하위문화의 첨병으로 게임이 벌어들이는 놀라운 소득을 빌미로 이제 게임은 주류문화에 강타를 가하고 있다. 게임이 변방에서 주류문화를 풍자하고 통속적으로 거부한다는 논의는 이제 더 이상 적당치 않다. 게임은 주류문화의 틀을 흔들어 대면서도,

또 한 편으로는 다른 장르를 기웃거리면서 스스로 체질 개선을 시도하고 있다. 1990년대 이후 소설에서 바톤을 이어받아 정통 서사물의 적자로 자처하던 영화도 사정은 마찬가지다. 새로운 요구에 직면하여 디지털 영화들은 시간의 파편화, 사건의 절합과 같은 서사라는 아비를 부정함으로써 흥행과 예술성을 한꺼번에 쥔 영화는 한 둘이 아니었다.

디지털人들의 새로운 감성과 새로운 충격을 위해 이제 '장르 간 엿보기와 틈입하기'는 단순한 트랜드가 아니다. 각 매체 간의 상호침투가 만들어내는 결과물들은 이제 필수로 인식되고 있으며, 또 그런 만큼 이 결과들은 현실적인 매력을 보여주고 있다. 물론 여기에 가장 신이 난 사람들은 시장의 문화상인들이다. 하지만 이 시대 장르 침투가 시장의 논리로 환원된다는 우울한 진단은 기우에 가깝다. 매체와 매체 간의 제휴는 침체된 문화시장에서 경제적인 활력만을 불어넣은 것이 아니다. 익숙한 매체끼리 연합 혹은 의도적인 착종으로 혁신과 고품질의 예술품을 생산해 낸 예는 지금 눈으로 보고 있다. 브라질의 보사노바가 재즈와 팝 등 다양한 장르의 음악에 접목되면서 침체에 빠진 음반계를 구원하고, 브라질의 야성적인 감성을 세계적인 우아함으로 재탄생시키고 있다. 클래식과 대중가요가 접목된 팝페라도 여기에서 그리 멀지 않은 사례다.

이제 혼혈은 디지털 시대의 운명이다. 문화 간 상호 침투와 틈입은 생존의 필수조건이라는 말이다. 과거 낭만주의 시대와는 달라도 한참 다른 이 시대에 모든 제작자들은 영향에의 불안이 아니라 '영향에의 갈구'에 시달린다. 영화 「300」과 「스파르타: 에인션트 워」(이하 「스파르타」)에서 '서사와 비주얼의 상호 침투'도 이러한 관점의 연장선상에서 이야기할 필요가 있다.[1]

---

1 이 게임은 영화 「300」과는 무관한 러시아의 신생개발사 월드포지(World Forge)가 제작

영화 「300」은 과감하게 서사의 자리에 디지털적인 게임 비주얼을 선보인다. 이 영화에 관한 한, 영화가 서사를 영상화한다는 고전적 명제는 이미 효용성이 없어진 듯 보인다. 익숙한 서사를 게임적으로 리세팅하며 현기증 나는 비주얼을 선보인 「300」은 개봉 2주 만에 제작비를 모두 회수하며 대성공을 거둔다. 게임 「스파르타」는 어떤가. 「스파르타」는 게임이 가진 태생적 한계, 즉 서사에 대한 열등감으로부터 벗어나려는 노력이 눈물겹다. 하지만 치밀한 스토리로 인해 오히려 게임의 그래픽이라는 중요한 요소에 소홀하게 했고, 이는 게임의 한계로 남게 된다. 더욱 흥미로운 것은 이렇게 영화 「300」이 '게임을 강하게 예감'케 하고, 게임 「스파르타」가 '서사의 연장선상'에 놓이는 장르 간 상호침투의 현상이 예기치 않게 '이전에는 보지 못했던 낯선 진실'을 이끌어내고 있다는 사실이다. 문화 간 상호침투의 관점, 즉 영향에 대한 갈구가 영화 「300」과 게임 「스파르타」의 내부에 어떤 형질 변화를 일으키고, 또 그것이 어떤 진실을 보여주느냐가 궁금한 것이다.

2) 서사와 비주얼의 제휴, 과잉이 빚어낸 색다른 실험들

올봄 영화 「300」은 헐리우드 블록버스터의 대공습을 알리면서 유난히 요란을 떨었다. 짧고 빠른 스토리 전개와 현기증 날 정도로 강한 이미지가 21세기적인 촬영기법과 화면으로 관객을 압도했다는 소문이 사실이었기 때문이다. 블루스크린을 배경으로 HD 디지털 카메라로 촬영된 장면들은 그래픽 노블이라 불리는 프랭크 밀러의 만화 『300』[2]을 완벽하게 재현하면서 감탄을 자아냈다. 헐리우드가 이란

을 맡았다. 게임은 E3 2005에 처음 소개되었고, 그로부터 2년여의 개발기간을 거쳐 2007년 3월에 출시되었다.

국민에게 전쟁을 선포했다, 오리엔탈리즘의 유포다, 고급 포르노그라
피다, 영화 「300」이 이렇게 내용에 관한 여러 잡음을 어렵지 않게 잠
재우면서 놀라운 홍행을 이끌어 낸 것은 이 영화가 바로 '스타일'에 승
부를 걸었기 때문이다. 'BC 480년. 300명의 전사들이 100만 대군과
맞섰다'는 포스터 문장은 단순한 카피에 불과하다. 「300」의 진가는 내
용의 비장함에 있지 않다. 이 영화에서 의미 있는 사건의 연쇄라는 서
사에 대한 전통적인 발상은 힘을 잃는다. 디지털 시대에 이 영화는 이
전과는 아주 낯선 방식으로 만들어졌기 때문이다.

문제는 '이야기'가 아니라, 그 이야기가 '어떻게 표현되는가'이다.
서둘러 말하자면 '판타스틱한 비주얼을 위해 서사를 양보'한 감독의
전략을 눈여겨 볼 것을 권한다. 그래서 그런지 「300」의 단순한 스토리
는 다분히 의도적이다. BC 480년. 세계 정복을 꿈꾸는 페르시아 100
만 대군이 작은 나라 스파르타를 침공한다. 스파르타의 레오니다스왕
이 300명의 용사를 이끌고 테르모필레 협곡을 지키다 장렬하게 전사
한다. 이 짧은 이야기에서 영화는 스팩터클의 극치를 보여준다. 보는
이를 홍분시키는 현대적인 메탈사운드조차 화면 비주얼로 인식될 정
도로 영화 「300」의 모든 컨셉은 오직 비주얼의 위해 존재한다. 물론
영화가 비주얼 매체라는 사실을 모르지는 않는다. 요점은 「300」의 비

---

2 이 영화의 원작은 프랭크 밀러의 동명의 만화 『300』이다. 프랭크 밀러의 만화는 그래
  픽 노블이라 불릴 정도로 비주얼에 있어서 기존 만화와 차별화된다. 이야기 하나하
  나가 그림과 글로 전개되는 만화(코믹스)에 반해, 그래픽 노블은 상당히 함축적인 그
  림을 이야기를 풀어나가는 독특한 장르다. 컷의 그림도 일반 만화에 비해 크게 나오
  고 압축적인 흑과 백의 선과 면을 강조하여 장면 장면에서 그림이 차지하는 비중은
  압도적이다. 말 그대로 그림과 이야기가 들어간 소설인 것이다. 따라서 그래픽 노블
  은 그림 하나하나가 영화장면에 해당되기에 프랭크 밀러의 많은 작품들은 헐리우드
  에서 영화로 제작된 바 있다. 「300」 이전에는 그의 만화 『신시티』를 쿠엔틴 타란티노
  감독이 영화화하여 세계적인 홍행을 기록한 바 있다.

주얼은 일반 영화의 비주얼과는 달라도 한참 다른 '사실적 비사실주의'을 보여준다는 데 있다.

특별히 배경에 사용되고 있는 색감은 유난스럽다. 사실감을 지우기 위해서 자연 배경은 모두 그래픽으로 만든 인공자연물을 선택했다. 인공자연물과 캐릭터와 합쳐지면서 부자연스러운 합성을 강한 명암대비로 상쇄시켰고, 그래픽 노블을 영화화함에 있어서 최적의 선택인 그래픽 무비로 탄생시킨 것이다. 페르시아 사신이 구렁텅이로 떨어질 때의 검은 바탕, 레오니다스 왕이 300 용사와 출전할 때의 짙은 노랑, 전투 장면에서 종종 튀어 오르는 피의 검붉은 빛. 이때 강렬한 인공 색의 향연에 가담하면서 '게임의 그래픽'을 연상하는 것은 당연하다. 강렬하지만 자연스럽지 않은 색감의 인공주의는 「300」이 자신도 모르는 사이에 게임의 영역으로 침투하고 있음을 보여준다. 최근의 게임 경향이 게임 무비를 지향한다지만, 이는 어디까지나 의도된 부자연스러움까지 포기하지 않는 범위 내의 이야기다. 게임의 부자연스러운 그래픽은 게임의 한계가 아니라 게임의 본질이다. '의도된 부자연스러움, 인공적인 그래픽'을 통해서만 게이머는 지금 이곳이 현실이 아니라 가상공간이라는 흥분을 맛볼 수 있기 때문이다.

다시 말해서 이 영화는 매우 '게임적'이다. 게임에서 가장 중요한 것은 플로어(flow) 상태, 즉 몰입이다. 일시적으로 지각의 안정을 파괴하고, 순간적으로 느끼는 아찔함과 같은 지각의 혼란 상태를 게이머들은 즐긴다. 자연의 경이로움은 인간을 성스럽게 하지만, 인공의 마력은 인간을 도취시킨다. 인공적으로 만들어진 디지털 비주얼의 전투 장면들은 관객을 유사 게임 상태에 빠지게 한다. 이뿐만이 아니다. 영화의 등장인물의 얼굴은 게임에서 클로즈업된 캐릭터의 얼굴 포즈와 닮아 있다. 죽음을 향해 돌진하는 용사들의 얼굴, "I am Spartan"을 외치는 레오니다스왕의 모습 하나하나는 게임의 그래픽처럼 과장되어 있다. 선명한 검노란 색을 배경으로 치아가 다 드러나도록 크게 벌린 왕의 입, 그와 함께 목청껏 내지르는 파워풀한 사운드는 게임의 캐릭터와 조금도 다르지 않다. 어린 레오니다스가 늑대와 사투를 벌이는 장면, 아들의 목이 날아가는 장면, 재색화면에 특수 3D로 촬영된 튀어 오르는 핏방울을 보는 쾌감은 지극히 게임적이다.

이렇게 영화가 서사를 단순화 하고 비주얼에 전력투구한 잭 스나이더 감독의 전략은 주효했다. 소비문화시대의 젊은 층을 겨냥한 만큼, 스파르타와 페르시아를 300개의 복근과 수천만 개의 화살로 대신하면서 게임적 비주얼은 말초신경으로 역사를 감각하는 시대의 기호를 정확히 읽은 것이다.

그러나 아무래도 영화의 압권은 '화면의 속도조절'이다. 빠르게 지나가는 듯하다가 갑자기 속도를 늦추는 화면 미장센은 매트릭스의 슬로우 기법보다 한 발 앞선 것이다. 이른바 슬로우-퀵의 촬영기술은 의도적으로 현실감을 떨어뜨리면서 강렬함과 충격을 이끌어내는 게임 그래픽을 연상케 한다. 그런 점에서 「300」의 비주얼은 단순히 사건의 흐름이나 대사를 대신하는 정도에 머무르지 않는다. 영화의 '게임적 비주얼은 서사를 무력화'시키고 인공의 마술에 도취하게 한다. 인공의 마술은 역사조차도 무력화한다. 고대나 중세를 배경으로 찍는 영화의 대부분이 고증에 상당한 공을 들이는 것과는 달리, 이 영화는 BC 480년 펠로폰네소스 반도라는 시간적 공간적 배경을 비웃듯 뛰어 넘으면서 오로지 레오다니스라는 왕을 부각시키는 데 전력을 다한다. 역사는 단지 레오다니스 영웅만들기를 위해 동원된 풍경에 불과하다. 컴퓨터 그래픽으로 희뿌옇게 처리된 화면은 영웅을 탄생시키는 데 모든 공력을 집중한 리라이팅 클래식의 진수를 보여준다. 역사는 인간을 고뇌하게 하지만, 비주얼은 인간을 유희하게 한다는 게임 일반의 법칙을 「300」은 그대로 이어받고 있는 것이다. 게임이 케이블 TV의 채널을 당당히 차지하고, 게임방이 청소년 오락의 중요한 무대가 되고 있는 이 시대에 「300」이 전세계적으로 7000만 달러를 벌어들일 수 있었던 마력은 바로 이 서사를 비주얼로 대체하면서 여기에 게임적 감각을 과감히 끌어들인 시대감각에 있었던 것이다.

영화 「300」이 서사를 잠재우고 게임적 그래픽에 근접하는 것과는 또 다르게 게임 「스파르타」가 그래픽보다는 '서사에 힘'을 실어준다는 점이 흥미롭다. 그간 게임에서 이야기는 논의의 대상이 아니었다. 1985년 세계적인 열풍을 일으킨 「테트리스」는 서사 없이도 충분히 매력적이었다. 그러나 이는 옛말이다. 현재 게임 산업이 문화의 첨병으로 각광받으면서 가장 절실한 것이 서사다. 게임에서 이야기는 게임 행위를 흥미진진하게 만들어 준다. 뿐만 아니라 게임의 그래픽을 비롯하여 게이머의 역할, 인터페이스의 설정 등에서 이야기가 전제되지 않으면 일관성을 유지할 수 없기 때문에 그 중요성이 더해지고 있다. 지금까지도 흥행전선에 있는 「리니지」「스타크래프트」 등은 스토리와 동영상 제작비로 오프닝에만 영화 1편에 버금가는 엄청난 제작비를 쏟아 붓는다. 디지털 시대 게임에서 서사가 급부상하고 있다는 말이다.

오프닝 동영상이 「리니지」나 「월드 오브 워」 정도 수준에까지는 이르지 못하지만 서사의 비중에 있어서는 「스파르타」도 명함을 내밀만하다. 물론 이 게임의 스토리가 「리니지」「월드 오브 워」처럼 세계적인 성공을 거둘 만큼 특별한 서사 전략이 있는 것[3]은 아니다. 이것이 문제다. 그러나 게임적 요소에 비해 서사의 힘이 상대적으로 강한 '정통 소설의 서사'를 구축하는 점은 분명 이채롭다. 오프닝에만 기반적

---

3 이인화, 『한국형 디지털 스토리텔링』, 살림, 2005, 48~54쪽 참조.

스토리를 제공하는 일반적 게임의 법칙과 달리 이 게임은 9개의 레벨마다 나름대로 정교한 서사를 제시한다. 어느 정도 훈련된 게이머라면 하나의 레벨을 통과하는 데 짧게는 10~20분, 길게는 30~40분, 더 길게는 1시간씩 걸리도록 기획되어 있다. 그런데 게임은 각 레벨 초기 화면에 상세한 이야기를 덧붙여 게이머가 단순히 미션에만 매달리지 않게 하고 어떤 서사적 과정을 밟아나가고 있는가를 분명히 인지시킨다. 그러기 위해 역사적 시간과 공간은 방대해진다. 영화 「300」이 좀 더 강한 게임적 그래픽을 창출하기 위해 BC 480년의 쌀라미 전투를 배경으로 삼는다면, 「스파르타」는 소설적 서사를 보여주기 위해 BC 700~300년의 에게해를 둘러싼 소아시아 유럽 북아프리카라는 방대한 지도를 펼쳐 놓는다.

게임에서는 접하기 어려운 과거 회상에 의한 액자구성에서 서사에 대한 제작자의 고민이 묻어난다. 과거 회상과 액자기법은 정통 서사물에서 빈도 높게 활용되지만, 게임에서는 좀 낯선 사례다. 게임을 진행할 때는 레벨1부터 레벨6까지가 레오니다스의 과거 회상에 의한 액자 내부 이야기라는 사실을 알 리 없다. 레벨7에 가서야 비로소 레오니다스의 대사에 의해 액자 내부의 이야기가 페르시아와의 전쟁에서 승리해야 하는 이유가 되고 있음이 드러난다. 페르시아와 사투를 벌여야 하는 당위성을 뒤늦게 알게 되면서 게이머는 잠시 게임을 중지하고 서사를 이성적으로 인식하게 된다. 게이머는 게임에 몰두하기보다 레오니다스 왕이 정치적 야심을 실현해 나가는 서사적 과정에 흥미를 느낀다.

물론 이러한 점은 게임으로서 「스파르타」의 점수를 깎는 요인인 것만은 틀림없다. 게임 전체의 서사틀로 계획된 기반 스토리가 강할수록 게이머가 자발적으로 사건을 만들고 그 사건들의 배열을 통해 이야기를 끊임없이 순환시키는 장치, 즉 우발적 스토리의 실현 가능성이 그만큼 희박해지기 때문이다.[4] 우발적 스토리의 비중이 많을수록 게이머가 구성하는 허구적 세계에 대한 몰입의 가능성도 커지기 때문이다. 그러나 「스파르타」의 플레이어는 치열한 대전 그 자체에 몰입되기보다, 정적(政敵)인 데모리투스를 제거하며 그리스 내부에서 주도권을 잡아가는 레오니다스 왕의 서사에 더 관여하게 만든다. 영화가 서사를 양보하고 비주얼을 포용함으로써 성공적인 체질 변화를 이룬 것과는 많이 다른 상황이다. 영화가 스파르타와 페르시아의 이원대립 체제로 갈등을 몰아가기 위해 서사 대신 비주얼에 집중하는 데 성공하고 있다면, 게임은 기반 스토리의 비중을 너무 크게 두어 그리스, 페르시아, 이집트의 3국 대립 체제로 서사를 방만하게 운영하면서 게임 몰입을 해치고 있다.

어쩌면 이는 이 게임이 이미 완성된 역사적 사건을 서사의 소재로 택하는 데서 생긴 문제일 수도 있다. 사실 에게해를 둘러싼 소아시아, 유럽, 북아프리카의 방대한 역사가 플레이어의 손끝의 감촉으로 살아나기 위해서는 서사의 규칙을 자제할 필요가 있었다. 주류문화의 사생아 혹은 B급 문화의 대표주자라는 콤플렉스를 벗어날 기회를 서사의 가능성에서 찾았지만, 역사물을 다룸으로써 '완성된 서사, 폐쇄적인 서사'로 인해 게임의 활력을 놓치고 말았다. 에피소드1, 에피소드2 하는 식으로 스토리의 끝을 두지 않는 것이 「스타크래프트」처럼 세계적으로 성공한 게임들의 대체적인 경향이다. 테란의 에피소드, 저그의 에피소드, 혹은 에피소드의 뒷이야기까지 제시하고, 여기에 새로운 유닛을 몇 년에 한 번씩 등장시키는 것은 게임에 완성은 없으며, 만족도 없다는 교묘한 게임 법칙을 감추고 있는 것이다. 「300」에 대한 폭발적인 관심과는 다르게, 「스파르타」는 일부 게임 마니아의 기억에조차 그

4 전경란, 『디지털 게임의 미학』, 살림, 2005, 36쪽 참조.

리 선명하지 않다는 것은 이러한 완성된 서사, 폐쇄된 서사의 책임이 크다는 비판은 그런 점에서 새겨들을 필요가 있다.

서사와 비주얼을 의도적으로 착종한 결과는 이렇듯 성공과 실패라는 극명한 차이로 드러나고 있다. 물론 성공과 실패에는 작품 내적인 또 다른 요인들이 작용했겠지만, 서사와 비주얼의 속성에서 기인하는 점도 분명한 사실이다. 영화 「300」의 경우 비주얼과 게임을 극장에서 경험하게 하는 색다른 즐거움이 컸다. 하지만 게임 「스파르타」의 경우에는 서사의 규칙이 지나치게 엄격한 것이 문제다. 서사의 감옥에 갇힌 유닛이 자유자재로 그래픽을 유도할 수 없다는 점을 유희를 본질로 하는 게임에서는 용납하기 어려웠을 것이기 때문이다.

3) 패션이 된 죽음, 즐거움 없는 생존 욕구

서사의 체중 조절이 작품의 성취 혹은 시장의 성공과도 관련이 있지만, 두 장르에서 죽음과 생존에 관한 색다른 진실을 보여준다는 것은 뜻하지 않은 소득이다. 비주얼에 올인을 한 「300」이 죽음의 의미를 새로 쓰고, 서사에 강박된 「스파르타」가 예상하지 못했던 생존 논리를 제출하는 것을 통해 장르 간 상호침투가 그리 단순치 않다는 사실을 알게 된다.

고대전쟁을 배경으로 찍은 새로운 스타일의 느와르 영화라는 극찬은 「300」이 '죽음이라는 테마'에서 나오는 것이다. 죽음의 비주얼은 그만큼 고혹적이다. 죽음의 비주얼을 유미주의의 극치로 올려놓기 위해 「300」은 전체를 회상의 방식으로 구성한다. 물론 회상과 비주얼의 결합은 적절했다. 회상의 목소리는 화면 밖 관객이 기꺼이 레오니다스

왕의 욕망에 가담하게 한다. 회상이라는 프레임을 거치면서 레오니다스 왕은 국가의 대의를 위해 악한 나라 페르시아를 거부한 성스러운 존재로 처리된다. 영화 전체에 배음으로 깔리는 회환 어린 보이스 오버는 노을지는 듯한 노란빛 화면으로 환원되면서 죽음의 미학을 만들어 낸다. 보이스 오버는 플롯의 빈곤을 잊게 하고, 영화 속에 내재해 있는 어떠한 이데올로기도 무력화 한다. 회상과 죽음의 이미지는 설득하지 않는다. 그저 도취시킬 뿐이다.

하지만 좀 냉정해질 필요가 있다. 회상은 과거를 그대로 재현하지 않는다. 왜곡의 차원을 넘어 없는 사실을 새로 구성하기도 한다. 단 하나의 사실에서 여러 개의 진실로 구축할 만큼 인간의 기억이 가진 왜곡의 힘은 큰 것이고 보면, 여기에 기억의 서사를 비주얼로 바꾸는 과정에서 왜곡의 가능성은 더욱 커질 수밖에 없는 것이다. 기억하는 자의 욕망이 역사적 사실을 영화적 진실로 바꾸고, 비주얼의 화면 장치를 거치면서 이 영화적 진실이 관객의 감정적 진실로 바뀌는 이중의 왜곡이 발생하게 되는 것이다. 게임 「스파르타」만 보더라도 레오니다스 왕은 권력을 잡기 위해 정적을 제거하는 지극히 속물적인 모습이다. 물론 여기서 레오니다스가 사악한가 아닌가의 여부는 중요하지 않다. 영화는 영화 내적 진실의 영역에서 다루어져야 할 것이지 역사적 진리를 추구하는 것이 아니기 때문이다.

그런데 이렇게 왜곡임을 알면서도 별 거부감 없이 그 왜곡에 동참하는 것은 서사의 비주얼화로 인한 진실이 워낙 흥미롭기 때문이다. 비주얼이 만들어 낸 그 진실은 '패션이 된 죽음'이다. 삶의 고뇌를 목적으로 했다면 이 영화가 굳이 블루 스크린에 감각적인 영상을 펼쳐놓을 필요가 없었다. 선보다는 악이 매력적인 것처럼, 미학적으로 삶보다는 죽음이 훨씬 황홀하고 자극적인 법이다. 원색의 색감 대비 속에 피와 살육이 하나의 미장센으로 배치되는 이 영화는 죽음을 미학화한다. 삶과 죽음만이 있는 극단의 현실에서 모든 스파르타 남성들은 죽기 위해 태어난다. 영화에서 삶이라는 것은 유예된 죽음에 불과하다. 멋지게 죽을 수 있는 자가 바로 강한 자이며, 가장 화려한 죽음은 왕의 몫이라는 믿음은 스파르타와 「300」에 팽배해 있다.

따라서 300가지 죽음을 보는 재미가 쏠쏠한 이 영화에서 오리엔탈리즘을 말하는 것은 그리 적합지 않아 보인다. 물론 이데올로기의 관점에서 볼 때, 이 영화가 오리엔탈리즘을 조장한다는 지적은 당연한 것일 수 있다. 하지만 오리엔탈리즘으로만 이 영화를 설명하기에는 이 영화가 가지는 비주얼의 힘은 너무도 크다. 페르시아를 과도하게 부정적으로 묘사한 것은 사실이다. 하지만 페르시아와 스파르타의 대립을 동양과 서양의 대립으로 보는 것은 영화의 핵심인 비주얼의 힘을 설명하지 못한다. 전투 장면에서 상대를 악한으로 묘사하는 것은 어느 영화에서나 익히 보아온 논리다. 페르시아를 비정상적으로 희화화한 것은 오리엔탈리즘의 논리보다 300용사의 화려한 죽음을 선보이기 위해서이다.

이렇게 이 영화의 죽음은 화려하다. 화려함이야말로 가장 현대적인 미감이다. 영화가 플롯의 빈곤을 감수하고 비주얼을 선택한 것은 영화의 의도가 내용이 아닌 화면 비주얼 그 자체에 있기 때문이다. 맥주의 본질이 거품 그 자체에 있으며, 연예인이 화려한 미관만으로 존재 가치를 다하는 것처럼 「300」의 현란한 비주얼은 그 자체가 중요한 의미인 것이다. 같은 논리로 「300」의 화려한 죽음은 싸구려 볼거리로 치부되어서는 안 된다. 「300」의 화려한 죽음이 싸구려에 머무르지 않는 것은 이 안에서 시대의 안티를 발견할 수 있기 때문이다. 그간 이성의 문화는 지나치게 생명 기르기에만 골몰한 감이 있다. 모든 과학과 종교와 학문의 발전이 생명지상주의에 빠져들면서 죽음을 어둠 혹은 죄악과 동일시하여 왔다. 생명은 소중한 것이 아니다. 생명은 그저 살아있다는 객관적인 상태일 뿐이다. 마찬가지로 죽음도 의미가 되어서는 안 된다. 여기서 잭 스나이더 감독이 의했는지 여부는 알 수 없으나, 죽음을 화려하게 포장하는 영화 「300」을 통해 이 시대의 '생명지상주의에 대한 거부'를 발견하게 된다.

영화가 비주얼에 집중함으로써 죽음의 의미를 새롭게 발견하게 한다면, 게임 「스파르타」는 오히려 비주얼의 빈곤[5]을 감수하고 서사를 강화함으로써 '생존에 집중'하게 한다. 여러 게이머들의 말에 의하면 「스파르타」에서 그래픽의 한계는 느린 속도와 함께 매우 심각한 문제라는 것이다. 이 게임은 대규모 전투를 지향하는데 하나의 미션에 동원되는 유닛의 수만 따져도 평균 5천 명 이상이다. 이러한 미션이 싱글플레이에서는 종족별로 10~12개씩 총 30개 이상이 등장한다. 그러다 보니 게임 중후반으로 가면 유닛수가 많아지면서 컴퓨터 그래픽 카드가 감당하지 못하는 결정적 결함을 노출하고 있다. 이런 문제는 게임의 본질이 퍼포먼스와 유희라는 점을 상기시킨다. 하지만 아무리 게임이 퍼포먼스와 유희라 하더라도, 살아있어야 가능한 것이다. 또한 게임의 궁극적인 목표는 전투에서 승리하는 것이다. 그러나 단순히 승리하는 것이 게임의 주목적은 아니다. 단순히 자판만을 두드려 적을 무너뜨려야 한다면 굳이 생존해야 할 이유가 없다. 어디까지나 생존의 의지를 키워주는 것은 이야기다. 자판에서 느끼는 손끝의 쾌감도 살아

---

5 물론 이 게임에서 부분적으로 재미있는 화면들은 가끔 잡힌다. 무엇보다 상대편 건물을 무너뜨릴 때마다 건물 잔해들이 뚝뚝 떨어져 나오는 장면, 건물 본진이 부서져 내리면서 엄청나게 큰 벽돌에 깔려서 중장보병들도 피를 흘리며 죽어가는 장면은 꽤 사실성 있고 하드 고어한 재미를 선사한다. 그러나 이는 화면 그래픽의 문제가 아니라 발상의 귀여움으로 해석할 수 있는 문제이다.

있어야 가능한 것이다. 그간 게임 일반에 대해 가해진 비판의 상당 부분들이 게임의 파괴력과 살상력에 집중되어 있어왔다. 하지만 이들 비판은 적을 제거하려는 욕망 뒤에 가려진 생존의 욕구는 고려하지 않은 표피적인 관찰에 불과하다.

「스파르타」에서는 이 점이 주효하다. 레벨1부터 레벨9까지, 그리고 엔딩까지 작은 이야기들은 퀼팅하면서 큰 역사 전체를 완성한다. 「스파르타」의 존속은 이렇게 서사의 힘에 전적으로 의존한다. 다시 말해서 게임 「스파르타」의 서사는 '생존을 요구'한다. 게임 화면이 공간적으로 배열된 모든 것을 탑 뷰(top view)로 보여주는 것은 이러한 생존 전략과 관계된다. 대개의 게임들이 그렇듯이 「스파르타」는 일인칭 시점보다 탑 뷰에서 쿼터 뷰(quarter view)에 이르는 삼인칭 시점을 많이 취하고 있다. 그래픽은 높은 고도에서 지상의 모든 지형을 있는 그대로 보여주면서 게이머에게 여기가 살아가야 할 공간이라는 암시를 던져준다. 연료 생명치 대사 등 화면 가장자리에 정렬되어 있는 여러 옵션 화면들은 게이머가 끊임없이 움직일 것을 권하며 살아있을 것을 명령한다. 게임의 영상에는 영화 영상에서 보이는 것과 같은 몽타주가 없다. 물리적 시간을 그대로 따라가는 게임 영상은 인간 삶의 연속성 혹은 서사의 연속성을 모사하는 것이다.

생존의 욕망이 「스파르타」의 핵심이라는 점은 이 게임이 RTS장르라는 점을 생각하면 쉽게 이해가 간다. RTS장르의 궁극적인 목적은 전투에서 승리하는 것이다. 그러기 위해 게임은 각 레벨마다 다양한 미션을 지시한다. 건물을 짓고 유닛을 뽑아 적과 물량, 전략전을 펼치게 된다. 레벨이 높아지면서 금 나무 식량 등 필요한 자원의 규모는 더욱 늘어난다. 물론 게이머는 처음부터 많은 수의 군사 유닛을 뽑아낼 수 있다. 하지만 군사의 수에 비례하는 금과 식량을 실시간으로 지원해야 하기 때문에 마냥 군사를 늘릴 수만은 없다. 금과 식량을 대주지 않으면 군사들의 이동력 및 공격력이 현저히 저하되는데, 이는 곧 전투의 패배를 의미하기 때문이다. 게임에서 지지 않기 위해서는 먹어야 하고, 내가 죽지 않기 위해서는 적을 살상할 수밖에 없는 것이 게임의 원리다. 게임이 철저하게 생존의 원리에 기대고 있다는 것은 전리품에서도 확인된다. 전투에서 승리하면 적들이 지니고 있던 무기나 갑옷 자원들을 전리품으로 획득하는 재미는 크다. 스파르타군은 유닛마다 무기, 갑옷, 장신구들을 착용할 수 있다는 특징이 있다. 승리를 통해 적의 강력한 무기들을 자신이 직접 사용한다는 점은 게임이 영화 「300」과 달리 생존의 즐거움을 향하고 있음을 알 수 있다. 이러한 게임의 법칙은 발단에서 결말로 마무리될 때까지 존속해야 하는 서사의 법칙과 같다.

그런데 「스파르타」의 생존 의지는 어느 특정인의 것이 아니다. "Our troops are under attack!", 즉 공격당하고 있으니 살고 싶으면 "공격하라"하라는 외침은 아테네 이집트 심지어 페르시아인에게도 고루 적용된다. 신의 시각으로 위에서 조감하는 「스파르타」의 탑 뷰의 중립적인 시각은 이 게임이 어느 누구의 입장으로도 환원되지 않은 '생명의 평등주의'를 확인시켜 준다. 전투를 눈으로 보아야 하는 영화와 달리, 전투를 직접 실행해야 하는 게임의 속성상 적의 존재가 없으면 게임은 지속되기 어렵다. 와이드 샷, 클로즈업으로 나타난 얼굴은 그 얼굴이 그 얼굴이라는 지적을 받지만, 이는 「스파르타」 그래픽의 한계라기보다는 살아야 한다는 욕망에 관한 한 인종과 국가의 차이가 없다는 보편성으로 볼 수도 있다. 레오니다스의 비중이 압도적인 것은 게임을 진행하기 위해서는 누군가의 입장에 서야 하는 필요성이라는 점에서 이를 영화 「300」처럼 레오니다스에 대한 일방적인 편들기로 보기는 어렵다.

하지만 생존의 보편성이 곧바로 게임의 생동감으로 연결되는 것은
아니다. 사실 생동감이라는 측면에서 「스파르타」는 현저한 문제를 노
출한다. 생존 서사에 지나치게 결박된 나머지 '생동감에 대한 기대는
일단 접어야' 하는 아이러니를 경험한다. 이 게임에서 생동감 넘치는
캐릭터는 애초부터 계산되지 않은 것 같다. 서사에 대한 배려가 지나
친 까닭이다. 게이머들은 마을을 경영하는 임무부터 떠맡게 된다. 유
닛 생산도 직접해야 하는데, 유닛도 복잡하게 구성하도록 설계되어 있
다. 무기, 보조무기, 방패, 1 2 3단계 유닛을 한 세트로 조합하여 뽑는
일은 신선하기는 하지만, 이로 인해 대전이 지체된다는 문제를 낳는
다. 창과 검은 동시장착을 못하는 규칙도 있다. 일꾼을 빼고 창과 두
번째 방패로 새총도 장착하고 정확히 300명을 뽑아서 부대를 지정하
고 공격했더니 유닛들끼리 우왕좌왕하는 해프닝도 종종 발생한다. 영
화 「300」이 비주얼 과잉이었다면, 「스파르타」는 이렇게 규칙 과잉이
다. 게이머들이 유닛의 느린 이동 속도에 대해 불만을 토로하는 것은
바로 이러한 '서사의 규칙 과잉' 때문이다. 여기저기 규칙에 걸리다 보
니 속 시원하게 유닛이 조종되지 않는 것이다.

대사는 또 어떤가. 게임으로서는 여러 모로 성공작인 「스타크래프
트」의 경우 유닛들의 공격소리나 비명소리는 종족의 개별성을 잘 살
리고 있다. 이런 식이다. 테란의 소리는 "아!"라면 저그 종족의 소리는
"워", 그리고 프로토스의 경우는 "우~에"이다. 이렇게 각기 다른 소
리, 다른 음성은 게임의 생동감과 재미에 크게 기여한다. 여기에 「스파
르타」를 비교하면 이 게임은 단순하기 이를 데 없다. "공격하라"는 지
겨울 만큼 동어 반복적이다. 게임의 생존 의지가 즉흥적인 현장 몰입
과 유희의 감정으로 연결되기 위해서는 그래픽에 대한 배려와 함께 대

사의 자유로움을 의식할 필요가 있다. 영화가 괜찮은 흥행 성적을 낸 것과는 달리, 게임이 이름조차 제대로 각인시키지 못한 요인 중에는 대사의 빈곤도 크게 작용한다. 기반 스토리만으로 모든 것을 충족시킬 수는 없다. 기반 스토리는 유희성을 사회적 이념으로 포장하는 역할과 함께 게임 전체를 지속시키는 기둥 역할일 뿐이다. 즉흥적인 쾌감, 끊임없이 자판을 두드리게 하는 현장 몰입은 게임 대사의 몫이다.

서사가 재현 양식이기 때문에 독자나 관객으로부터 감정의 자극을 유발한다면, 게임 대사는 시뮬레이션이기 때문에 플레이어로부터 행동을 유발하는 것이어야 한다.[6] 게이머는 예정된 대사를 듣는 것이 아니라 상황과 갈등에 직접 개입하여 스스로 만들어내는 현장감 넘치는 표현들을 듣고 싶어 한다. 이러한 서사의 과잉은 「스파르타」의 생존 욕망을 권리가 아닌 의무로 만들고 있다. 살아있어서 그저 끝을 보아야 한다는 오기가 게임을 지속하게 하는 것이다. 그런 점에서 「스파르타」의 서사에서 나오는 생존 욕망은 그 의미가 매우 제한적이다.

요컨대 영화 「300」은 죽음을 비주얼화 함으로써 생명지상주의의 반대편에 서고 있다. 이와 달리 게임 「스파르타」는 지나치게 서사에 힘을 실어줌으로 인해 생존의 욕망을 부각시키고는 있지만, 그래픽의 빈곤이나 대사의 문제가 해결되지 않아 게임의 가장 중요한 목적인 현장 몰입을 성공적으로 구현하지는 못하는 한계를 보여준다.

4) 육체는 새로운 집단, 아무 것도 하지 않음으로써 저항하는 게으른 비판자

스파르타 아테네 이집트 페르시아라는 국가 명칭에서 알 수 있는 바

---

6 한혜원, 『디지털 게임 스토리텔링』, 살림, 2005, 20쪽.

와 같이 두 장르는 동일하게 국가를 단위로 생각하고 행동한다. 여기에 영화에서 보여주는 동양과 서양이라는 구획짓기가 추가되면 두 장르에서 집단논리는 피하기 어려운 문제다. 하지만 영화와 게임 두 장르가 국가 간 권력 다툼을 소재로 하고 있다고 해도 집단의 문제로 해석되지 않는 점은 분명하다. 「300」과 「스파르타」의 역사적 사실들은 2007년 지금의 틀을 거치면서 색다른 형태로 변형되기 때문이다.

앞서 말한 대로 영화 「300」이 오리엔탈리즘을 조장하느냐에 대해서는 좀더 논의가 필요하겠지만, 우선 이 영화에 동양과 서양이 등장하는 것만은 사실이다. 그런데 과연 이 영화를 보는 일반 관객이 스파르타를 오리엔탈리즘을 조장하는 서양으로 인식할지는 의문이다. 스파르타의 근육질 몸매들이 짐승처럼 묘사된 페르시아 연합군의 피를 튀기는 장면은 영화의 목적이 오리엔탈리즘이 아닌 육체 그 자체에 있음을 말해준다. 무지막지한 강자와 멋진 약자라는 설정은 드라마틱한 장면이 자연스레 보장되고 그만큼 육체로 시선을 모은다. 그런 점에서 오리엔탈리즘은 영화 「300」의 본질은 아니다. 인터넷에 올라온 감정 섞인 비난들은 분명한 타당성을 갖고 있음에도 불구하고 익숙한 논리에 기대려는 손쉬운 비판이라는 점에서 영화의 본질과는 거리가 멀다.

이 영화는 애초부터 역사적 진실과는 무관한 방향으로 진행되고 있다. 스파르타라는 역사적 배경은 육체의 향연을 위한 그럴듯한 풍경일 뿐이다. 역사적 사실을 기반으로 하면서도 영화는 페르시아 왕과 병사들을 왜곡하고 존재하지도 않는 가상의 괴물들을 등장시키는 등, 현실과 가상의 경계에서 오로지 육체만을 부각하는 데 공을 들인다. 「300」이 몸을 위한 영화라는 사실은 꼽추가 등장하는 장면에서 분명해진다. 키가 작아 페르시아 용사가 될 수 없다는 레오니다스 왕의 말, 그리고 그 앙갚음으로 스파르타를 배신한 꼽추가 페르시아의 신전에서 육체적 향락으로 배신의 대가를 누리는 것은 '육체야말로 새로운 이데올로기'라는 점을 말해준다. 인간 육체는 소비문화시대를 바라보는 창이다. 수세기 동안 육체를 무시해오던 근대의 정신주의자들이 이번에는 거꾸로 육체 담론에 투항하는 모습은 전에는 보지 못했던 일이다. 이 시대에 육체만큼 많은 이야깃거리를 만들어 내는 대상은 찾아 보기 어렵다. 앙각으로 거대하게 압도해 오는 페르시아 황제의 맨몸이 얼마나 그 자체로 이데올로기를 생산하는가는 생각의 여지가 없다. 300명의 용사가 아무 것도 걸치지 않고 전쟁하러 나가는 것, 환각에 빠진 신녀의 아찔한 바디라인만으로도 이 영화의 육체는 어떤 언어보다 강한 설득력을 갖는다. 남성들은 영화에서 레오니다스의 복근과 자신을 비교한다. 여성관객은 여왕과 신녀의 관능적인 몸매에 자신을 겹쳐놓는다. 영화 이후 헬스클럽에서 몸만들기가 열풍을 일으켰다는 뒷얘기는 그저 나온 얘기가 아니다.

이렇게 육체의 미감에 연령 성별 지위 고하를 막론하고 사회 모두가 동의한다면 「300」의 육체는 그 자체로 이미 이데올로기이고 '보이지 않는 집단'이다. 이런 논리는 몹시 당황스럽지만 매우 현실적인 힘을 갖는다. 영화 속에서 혹은 그 이후 관객들은 끊임없이 현실의 자신을 영화에 합치시키려는 무의식적인 강박에 시달린다. 따라서 이 영화에서 육체는 어떠한 역사보다 강하다. 이런 시대에 육체의 이데올로기의 강제로부터 자유로운 사람은 그리 많지 않다. 국가도 역사도 아닌 '육체의 이데올로기에 통합되지 않을 수 없는 불안정한 존재'들이 이 시대의 개인들이라는 사실을 깨달은 관객은 그리 많지 않다. 크세르세스 황제의 "나는 관대하다"는 명대사는 어쩌면 육체라는 새로운 집단에 가담하지 않을 수 없는 이 시대인들의 강박관념에 대한 반어일 수 있다.

그런 점에서 이 영화의 색깔은 분명하다. 사력을 다해 페르시아와 싸운 스파르타의 강한 정신은 포장에 불과하다는 점을 분명히 한다. 고뇌하는 이성은 가라는 것이다. 당돌하게도 '인간 내면은 인간의 육체 위에서만 존재'하며, 이 육체야말로 가장 강력한 집단이라는 사실을 설득하지도 않는다. 영상의 화려함과 사운드의 향연 속에 근육질의 육체들이 부딪치는 장면들을 보여주기만 하면 자발적으로 여기에 동참하는 행렬이 줄을 이을 것이기 때문이다.

그러나 게임 「스파르타」는 통합에 대한 강박으로부터 자유롭다. 여기에서는 어떤 집단의 논리도 현실성이 없다. 레벨1에서 게임의 기반 스토리에 해당하는 스파르타의 선민의식이 등장함에도 불구하고 게임에서는 집단을 규합할 근거로 이를 활용하지 않는다. "불멸의 하나님 만이 중요한 사건 배후의 이유를 아"신다는 이야기, 그리고 "한 나라가 선택되었"다는 선민의식을 페르시아를 대적하는 당위성의 근거로 이용할 법도 한데 이는 그냥 배경 서사로 처리될 뿐이다.

이는 「스파르타」가 RTS게임이라는 데에서 기인한다. RTS게임은 견고하게 짜인 서사에 갇혀 플레이어가 누릴 수 있는 자유는 그리 많지 않다. 반면에 MMORPG나 RPG는 오프닝과 엔딩 정도만 기획이 되어 있고 서사는 게이머가 스스로 창출해 가는 과정 자체가 게임이다. 이들 게임은 특정한 하나의 이야기를 구성하는 기반 스토리가 느슨한 편이다. 대신 게이머가 새로운 이야기를 끊임없이 만들어 내는 에피소드의 비중이 매우 크다. 게이머를 몇만 시간씩 열광시킬 수 있는 힘은 여기에서 나온다. 「리니지」가 출시된 지 10여 년이 지난 지금도 무서운 흡인력으로 유저들을 몰두하게 하는 것은 게이머의 자발적 갈등 형성이나 개별적인 스토리 구축이 가능하기 때문이다. 우발적 스토리의 비중이 클수록 플레이어는 스스로 힘을 키워나가야 하는 자립의 문제에 부딪히게 된다. 생존을 위해서는 집단을 형성하지 않으면 안 되는 상황이 되는 것이다. 집단적 결속적이 강해질 수밖에 없는 것이다.

그러나 RTS게임 「스파르타」는 기반 스토리가 강하다 보니 우발적 스토리를 형성할 여지를 애초부터 차단당한다. 사실 기반 스토리는 게이머의 수행에 의해 우발적 스토리가 조합되어 구현되는 것이다. 그런데 「스파르타」에서 게이머가 누릴 수 있는 자유는 지극히 제한되어 있다. 기껏해야 선택한 캐릭터의 경험치가 쌓이면 그 캐릭터의 힘이 세지는 것을 보는 정도이다. 여기서 캐릭터의 힘을 키워가는 과정은 별 의미가 없다. 그도 그럴 것이 「스파르타」는 미션을 시작하면 정해진 서사 목적에 강하게 제약되어 있기 때문이다. 캐릭터의 힘을 키우고, 유닛과 건물을 재빠르게 생산하는 방법에 대한 고려는 되어 있지 않다. MMORPG가 아무런 제약을 주지 않고 캐릭터의 힘을 키우는 과정 자체를 즐기는 것과는 대조적이다. 게이머의 플로우 효과를 지속시키기 위해서 게임은 끊임없이 연장을 해야만 한다. 때문에 온라인 게임에서는 잘 만들어진 게임이라는 완제품의 개념보다는 잘 만들어지고 있는 게임이라는 서비스의 개념이 중요하다.[7] 그러나 유닛의 이동 속도나 게임의 진행 속도가 지나치게 느리다는 게이머들의 불만은 「스파르타」의 서사가 완제품이라는 사실에서 나온다. 여기에서 여기서 집단적으로 힘을 규합할 수 있는 여지는 근본적으로 존재하지 않는다. 「스파르타」의 게이머는 느린 속도를 견디다 보니 집단의 소속감을 느끼지 못하는 고독한 개인일 수밖에 없다. 게임의 서사가 몸이 개입해 들어가는 체험적 서사라는 특성을 살리기 위해서는 우발적 서사로 촘촘히 짜여 빠르게 진행될 필요가 있다. 그러나 느리게 진행되는 「스파

---

7 한혜원, 앞의 책, 34쪽.

르타」는 게이머가 몰입하는 것이 아니라 고민하게 한다. 현실의 자신
과 게임 캐릭터인 자신 사이에 거리가 커지면 몰입은 불가능해진다.
이 게임을 영화 「300」의 스토리를 그대로 따라가며 횡스크롤을 사용
하는 액션게임으로 기획했더라면 문제를 어느 정도 줄일 수는 있었을
터이다.

이렇게 「스파르타」의 완고한 서사가 게임의 자유도를 현격하게 해
치는 점은 게임으로서는 분명 한계다. 하지만 제작자가 의도하지는 않
았겠지만 이로 인해서 '비판적인 시선을 확보'할 수 있다는 점에서 보
면 「스파르타」의 한계가 장점으로 기능하는 측면도 없지 않다. 자유도
와 게임 몰입이 정비례 관계에 있다면, 이는 자연적으로 게임 환경뿐
만 아니라 현실 체제에 대해서도 거리를 갖기 어렵게 된다. 다시 말해
서 게임에서 자유도는 집단의 진술 체계의 은폐 정도와 깊은 상관이
있다. 게이머는 게임에 참여한다는 느낌을 통해서 자신이 집단 이데올
로기에 강요된 진술을 하고 있음을 느끼지 못하는 것이다.[8]

반대로 「스파르타」처럼 서사에 결박되어 게임에 몰입하지 못하는
경우, 집단에 대하여 비판의 시선을 보내게 된다. 「스파르타」는 게임
시작 단계에서 스파르타 페르시아 이집트 세 종족 중 하나를 선택하게
된다. 「300」이 레오니다스의 입장만을 대변하는 것과는 달리, 이 게임
은 스파르타의 레오니다스 왕도 게이머가 선택할 수 있는 여러 인물
중 하나 정도의 의미만 가진다. 다시 말해서 일단 게임이 시작하면 종
족의 개념보다 개인의 입장에서 게임을 수행하게 되는 것이다. 성벽
위에 병사를 배치하여 공선전이나 수성전을 치르기 위해 유닛을 생산
하고, 무기를 선택하는 모든 판단은 개인들의 몫이다. 주위에 금광 두

---

8 박태순, 「꿈과 게임-컴퓨터게임에 대한 정신분석학적 접근」, 『한국콘텐츠학회논문지』
  제6권 제3호, 2006, 151쪽.

개를 먹고, 나무에 시민 3~5명만 배치해주면 자원이 쑥쑥 올라오는 재미도 결국 캐릭터 혼자의 재미다. 연대의식은 찾기 어렵다.

여기서 비판이라고 해서 「스파르타」의 유저들이 적극적으로 집단을 부정하는 것은 아니다. 게임에서 불만을 표시하는 길은 게임을 접는 일밖에는 없다. 따라서 「스파르타」에서 냉정한 입장이라는 것은 자판을 덜 두드리고 마우스 조작을 덜하는 정도에 머무른다. 이 게임은 인공지능이 50% 정도밖에 안 되기 때문에 나머지는 게이머의 성실한 손조작으로 채워야 한다. 그러나 「스파르타」는 '하는' 것이 아니라 '하지 않는' 방식으로 불만을 드러낸다. 금 식량 나무 등을 채취하고 유닛을 생산하는 데 덜 적극적인 태도를 보여주는 정도에 머무른다. 그런 점에서 '아무것도 하지 않는 게으른 방식으로 집단에 대한 저항을 수행'한다는 점에서 「스파르타」의 저항은 큰 의미를 발견하기는 어렵다.

이렇게 서사와 비주얼의 차이는 집단의 존재에 대해 영화 「300」과 게임 「스파르타」에서 서로 다른 태도로 나타난다. 「300」은 비주얼의 강조로 인해 육체가 새로운 집단 이데올로기로 떠오르게 되는 원인을 제공하고 있다. 반면 「스파르타」는 서사의 과잉으로 자유도가 현격하게 떨어지고, 이는 다시 집단에 그리 적극적이지 않은 양상을 드러내고 있는 것이다.

5) 천국은 침노하는 자의 것

얼마 전 부산국제영화제에 영화감독 피터 그리너웨이가 영화 「야경」의 홍보차 한국을 찾았다. 인터뷰에서 그가 남긴 말이 인상 깊었다.

"텍스트에 기반한 영화는 끝났다, 죽었다는 말이다." 이미지에 기반한 영화를 예찬하는 그의 발언은 디지털 시대 장르 간 침투가 이제는 창조의 중요한 소스로 인식되는 것으로 들어도 무방하다. 굳이 문화 간 침투 혼종 횡단이라는 용어를 사용하지 않더라도 디지털 시대에 퓨전의 양상은 쉽게 접할 수 있다. 자동차 의상 음식은 말할 것도 없고 제도와 삶의 패턴, 심지어 학문의 영역에까지 경계는 이미 무너져 내렸다. 제휴하지 않으면 생존할 수 없는 디지털 시대에 이제는 어떤 미디어도 고립되어 존재할 수는 없다.

물론 우리는 제휴의 당위성을 인정한다. 하지만 중요한 것은 제휴 자체가 아니라 '제휴, 그 이후'다. 모든 실험들이 그래왔던 것처럼, 제휴의 결과가 어떤 진실을 가져다 주는지, 그 진실이 어떤 가치를 갖는지, 혹은 현실 사회와 어떤 관계를 맺는지는 아직 실험 중이다. 영화「300」에서 비주얼이 게임성을 체내에 주입하여 죽음과 육체라는 집단성으로 빠지면서도 다른 한편으로는 적극적인 미래를 꿈꾸는 것, 그리고 게임「스파르타」가 정통 서사로 회귀하면서 생존과 개인의 의미를 어떻든 발견하는 것에 어떤 평가를 내려야 할지는 아직도 고민 중이다. 영화감독과 게임제작자가 이러한 결과를 의도한 것이 아니기 때문이다. 다시 말해서 '상호 침투의 결과들은 우연의 소산'이다. 세간의 합의가 형성되지 않아 불가피하게 주관적 해석을 이제 시도해야 하는 상황, 그리고 그 주관적 판단들이 균질하지 않다는 것은 아직은 매체 사이의 상호침투가 안정된 문화현상은 아니라는 사실을 보여준다. 하지만 미디어 간의 결합으로 인한 결과가 예측할 수 없을수록 그 사회는 역동적으로 꿈틀거리면서 무언가를 모색하는 사회라는 역설도 가능하다. 그래서 '상호 틈입에 거는 기대는 불안하면서도 이처럼 흥미로운 것'이다.

따라서 비주얼과 서사의 상호 침투가 영화와 게임에 있어서 새로운 유토피아를 제시했는지는 확신할 수 없다. 하지만 침노하는 자가 천국에 갈 가능성을 가지는 것만은 분명하다. '예기치 않은 낯선 진실들이 비록 허구일지라도 침투는 계속되어야' 한다. 역사는 이러한 낯선 진실들이 패러다임을 바꾸면서 진화하기 때문이다.

분명 천국은 침노하는 자의 것이다.

가장무도회, 21세기 '성형' 나르시스트들

1) 육체, 소비문화시대의 새로운 징후

시선을 놓아주지 않는 아름다운 얼굴과 날씬한 몸매는 현대인들에게 부와 명예의 상징이다. 소비문화시대 멋진 육체는 사유재산과 동일한 지위를 부여받고, 물신으로까지 숭배된 지 오래다. 물론 숭배의 대상이 되는 육체가 어머니의 자궁으로부터 나오는 경우는 드물다. 그것은 철저하게 미학적 기준에 따라 만들어진다. 자본주의는 태생적으로 유행을 빌미로 끊임없이 소비를 창출할 수밖에 없다. 이러한 자본주의의 유행의 바람이 이제는 육체 위에까지 불어 닥치면서 오늘날의 육체는 유행을 좇아 끊임없이 자신을 소비하지 않으면 안 되게끔 되었다. 보드리야르의 말처럼 현대에서 육체는 가장 좋은 소비의 대상이다. 수세기 동안 육체를 무시해오던 근대의 정신주의자들이 이번에는 거꾸

로 육체가 얼마나 매력적인가를 설득하는 모습은 놀라운 일이다. 그리
하여 과거에는 꿈도 꾸지 못했던 육체의 '개조'에 이 시대 사람들 모두
가 동참하고 있는 것이다.

이렇게 육체의 아름다움에 집착하는 경향은 성형의학의 지원이 없
이는 불가능하다. 화장이나 의상을 이용하여 외모의 결점을 가리는 데
만족하지 못한 현대인들은 성형테크놀로지의 도움으로 근본적으로
자신의 몸을 개조하려 한다. 현대의 의료계는 인간의 육체를 '관리'하
느라 그 어느 때보다 분주하다. 머리끝에서 발끝까지 육체의 모든 부
분은 성형의 대상으로 떠오른다. 이제 육체는 아름다움을 생산하고 소
비하기 위해 온 사회가 결탁하여 만들어 내는 상품의 신세로 전락하여
버렸다. 물론 이것은 육체가 언제든지 수정될 수 있는 가변적인 물체
라는 의식이 내재해 있기에 가능한 일이다. 육체는 더 이상 개인적 정
체성을 담는 그릇이 아니다. 오직 육체는 시간과 금전을 투자해서 끊
임없이 재구성되고, 그 치수와 형태에 따라 사회적 등급이 매겨져 출
시를 기다리는 상품일 뿐이다.

흔히 사람들은 아름다운 육체를 무기로 세상을 편리하게 통과할 수
있다는 점에서 성형은 인간에게 행복을 가져다준다고 믿곤 한다. 그러
나 육체에 새겨지는 성형의 흔적들이 과연 아름다움이 보장하는 행복
의 최대치이며, 개인의 황금시대를 연출하는 보증서인가에 대해서는
쉽게 동의할 수 없다. 성형테크놀로지의 발달이 육체의 한계를 무너뜨
리면서 인류에게 기쁨을 선사한 것은 사실이지만, 그에 따른 부작용
또한 만만치 않았기 때문이다. 이 시대의 성형산업은 각기 다른 육체
에서 출발하여 단일한 육체 미학을 향해 가는 표준화산업이다. 성형
육체의 주인공들은 자아정체성과 타자를 내팽개치고 균일한 단 하나
의 미학을 향하여 맹목적으로 질주하고 있다.

　그렇다면 이제는 성형수술이 인류의 심성이나 사유 체계를 얼마나 심각하게 변화시켰는지 진지하게 생각해 보아야 할 때이다. 미학적인 육체에 가려진 소비문화시대의 새로운 문화적 징후를 파악하지 않으면 안 된다. 성형에 눈먼 현대인들의 의식 밖으로 밀려나 버린 것은 인간의 실존적 질문들, 즉 '타자'의 문제와 그로 인한 '정체성'의 문제인 것이다.

2) 젊음의 이데아, 노년의 종언

　늙어버린 나르시스를 상상해 본 일이 있는가. 나르시스는 샘물에 몸을 던짐으로써 영원히 젊은이로 기억될 수 있었다. 나르시스뿐만 아니라 신화 속 요정들, 여신들의 육체는 하나같이 젊은 모습이다. 소비시대의 아름다움 역시 이러한 젊음에 동참한다. 소비시대는 본질적으로 젊음의 시대이다. 물론 어느 시대를 막론하고 젊음은 생명력과 새로움의 원천으로 인식되어 왔다. 하지만 젊음의 변화생성력을 소비시대만큼 아름다움의 소비시장으로 활용하는 사회는 찾아보기 어렵다. 성형산업은 끊임없는 소비를 창출하기 위해서 미의 최고 가치는 젊음에 있다고 강조한다. 성형산업에 있어서 젊음을 끊임없이 소멸시키는 시간만큼 고마운 것은 없으며, 성형산업은 여성들에게 시간의 흐름에 거역하라고 제안하고 있다.

　이러한 점은 최근 TV나 영화 매체의 여배우들의 얼굴을 보면 좀 더 분명해진다. 배우들의 얼굴은 과거보다 현재가 훨씬 아름답고 젊다. 그러나 시간의 퇴적층을 용케 탈출하여 팽팽한 피부와 얼굴을 유지하는 것은 성형의학의 도움이 아니고는 생각하기 어렵다. 성형의학의 발달과 이를 수용할 수 있는 돈이 있는 한 배우들은 젊음을 끈질기게 붙잡을 수 있다. 사회의 조직화된 시스템은 미모의 스타들을 대거 동원하여 노년의 나이를 성형해야 할 필요성에 대해 전력을 다해 설득하고 있는 것이다. TV는 그 주된 매체이다. 성형의술의 도움이 없는 스타 이영애를 상상할 수 있을까. 현대 한국의 스타로 떠오를 수 있는 이영애의 힘은 사그러들 줄 모르는 젊음에서 나온 것이며, 그 힘의 공급원은 당연히 현대의 성형의학이다. 그녀는 수천만 원대에 이르는 피부 클리닉을 통하여 얼굴 위의 시간을 정지시킨다. 주름 하나 없는 그녀의 매끄럽고 투명한 피부는 성형이 얼마나 인생을 윤택하게 만들어주는가를 잘 말해준다. 이미 그녀의 젊고 투명한 이미지는 광고, TV 드라마, 영화를 통해서 불티나게 팔려나가면서 제작자들에게 대박으로 보답한 바 있다. '산소 같은 여자'라는 CF를 통해 한 번 완성된 순수의 이미지는 스스로 복제를 거듭하면서 이영애라는 이름 자체를 숭배의 대상으로 끌어 올린다. 대부분의 사람들은 이 젊음이 성형에 의해 조작된 것임을 알면서도 성형의 가치는 부정되거나 배척되기는커녕 오히려 적극적으로 조장된다. 물론 젊음은 개인적인 문제에 국한되지 않는다. 청년정신을 강조했던 어느 광고 카피가 시사하는 바와 같이 이 사회 모두가 '젊음에 대한 열병'으로 가득 차 있다. 가수들의 연령이 10대까지 내려가고, TV의 채널권은 청소년들 손에 넘어간 지 이미 오래이다. 대통령마저 이마에 주름을 펴고 쌍거풀을 하는 현실에서 젊음은 이제 '국시(國是)'가 되었다.

이렇게 젊은 육체를 강조하는 것은 그것이 소비문화시대에 가장 값나가는 '자본'이기 때문이다. 경기가 침체될수록 성형을 하려는 사람들로 들끓는다. 남보다 탁월한 외모로 경쟁에서 유리한 위치를 선점하려는 노력들이 성형에 모든 것을 걸게 만드는 것이다. 성형외과를 찾는 것은 치료가 아닌 경제적으로 매우 유효한 투자다. 육체는 하나의 자산으로서 관리 정비되고, 우월한 사회적 지위를 표시하는 여러 기호 형식 중의 하나로서 조작된다. 바야흐로 성형을 바탕으로 하는 새로운 카스트 사회가 도래한 것이다.

하지만 모든 사람이 똑같은 교육기회를 갖지 못하는 것처럼 모든 사람이 똑같은 성형의 기회를 부여받는 것은 아니다. 학교와 마찬가지로 성형은 하나의 계급 제도로 성립한다.[1] 선택받은 소수의 몇몇 사람만이 아름다움의 극치에 도달할 수 있기 때문이다. 그만큼 성형은 철저하게 자본의 논리와 결탁한다. 따라서 IMF도 피해 갔다는 성형외과의 번창이 아름다움의 평준화를 이룩했다고 믿는다면 큰 오산이다. 성형외과가 아름다움에 대한 접근성을 용이하게 한 것은 사실이지만, 아름다움의 차별화를 조장한 것 또한 사실이다. 성형의술이 생산하는 것은 소수의 미인과 다수의 성형부작용 사례이다. 성형 부작용으로 고통받는 사례들은 어제 오늘의 일이 아니다. 그리하여 소비사회에서 미인의 기준은 오직 고급스런 성형 테크놀로지를 도입할 수 있느냐에 따라 결정된다. 자본의 동원 능력이 미인의 탄생 여부를 결정한다는 말이다. 젊음은 은총인 시대는 지나갔다. 거액을 들여 성형하는 자는 젊을 것이며, 그렇지 않은 자는 늙을 것이다. 이렇게 젊음은 철저하게 자본의 논리에 따라 운용되고 유지되며 심지어는 세습되기까지 하는 것이다. 소비사회에서 젊음의 생산과 유통은 이렇게 불평등하다.

성형에 의한 신분증명제도를 꾸준히 유지하기 위해서는 성형에 대한 지속적인 수요 창출은 기본이다. 하지만 '성형＝젊음'이라는 공식에 따르자면 수요는 자동적으로 창출된다. 시간의 흐름에 따라 육체가 노쇠의 길을 밟는 것이 인간의 숙명이기 때문이다. 즉 성형 카스트를

---

1 장 보드리야르 지음, 이상률 옮김, 『소비의 사회』, 문예출판사, 1992, 69쪽 참조.

유지하는 비결은 꾸준한 세대교체와 젊음에 대한 욕구라는 진부한 공식이다. 한국은 실버시대 진입을 눈앞에 두고 있고, 평균 수명 100세를 앞둔 시대에 젊음은 값진 무기가 될 수 있다. 세대 간의 연계가 희미해지기 시작하면서 현세대가 미래의 세대 속에서 대신 살 수 있다는 위안은 더 이상 적용되기 어렵다. 평생을 치열하게 살아온 대가가 고작 죽음이라는 생각은 참으로 인간들을 견딜 수 없게 하며, 젊음을 무한히 연장하려는 데 매달리게 한다.

이러한 동일시의 바탕에는 아름다움에 대해서까지 사회적 합일을 이끌어내려는 사회의 지배적 의식이 깔려 있다. 미의식만큼 주관적인 정서는 없다. 하지만 오늘날은 이러한 주관성마저 철저하게 계량화하고 객관화하여 일률적인 잣대로 미(美)를 측정하는 시대이다. 각종 미인대회는 대표적인 사례이다. 젊음에 있어서도 이점은 마찬가지이다. TV의 건강관련 프로그램은 현재 20종에 육박한다.[2] 건강하고 젊은 연예인들이 건강을 오락거리 삼아 웃고 즐긴다. 혈당지수, 맥박수, 심장박동수, 허리의 유연성, 시력 등을 수치화하여 '노년을 포기'할 것을 강요하고, 젊음을 취득하라는 전 사회적인 공모가 온갖 방법으로 행해지고 있다. 사회 전반에 불고 있는 웰빙 바람 또한 노년의 여유와 고요에 대하여는 고려하지 않는다. 건강이 젊음으로 직결되는 이 사회에서 가장 쉽게 노년의 불안을 극복하는 방법은 성형이다.

하지만 이런 논리는 무차별적으로 '젊음에 대한 동일시'를 강요하는 것이다. 노년기는 젊음의 방황과 좌절을 이끌어 줄 사회적 스승이다. '노년의 상실'은 바로 젊음을 비추어 줄 '타자의 상실'이다. 젊어지기 위한 성형시술이 보편화 일상화된 사회는 노년이 실종된 사회이

---

2 윤선미, 「미디어와 자본주의 사회가 만들어낸 몸의 상품성」, 숙명여자대학교 지역학
　연구소, 『지역학 논집』 5집, 2001, 133쪽.

다. 사라져버린 것은 노년의 형이상학이다. 따라서 이제는 젊음과 경쟁하는 것은 문제가 되지 않는다. 문제는 타자 부재의 시대를 맞아 진정한 '노년의 타자를 생산'하는 것이다. 어쩌면 성형의 메스에 의해 지구상의 모든 노년이 한결같이 젊음으로 환원되는 극단적인 동일자 시대로 마감할지도 모른다. 노년의 부재, 분명 이것은 인류의 커다란 위기이다. 또한 이는 미래가 없다고 믿는 시대적 불안이 독특한 형태로 표출된 것이기도 하다.

3) 에로티즘의 생산, 성차의 소멸

나무로 만든 꼭두각시 피노키오는 코를 매개로 생명을 얻는다. 피노키오가 거짓말을 할 때마다 길어지는 코는 영혼의 진실에 대한 은유다. 흙으로 빚은 아담의 코에 생령을 불어넣었다는 성경의 이야기도 이런 맥락에서 그리 멀지 않다. 이러한 현상을 바라보는 입장들은 육체가 정신에 선행한다는 논리에 기대고 있다. 정신과 육체의 이분법을 채택하고 인간을 정신적 존재로 정의하게 만드는 데카르트식의 전통으로부터 이탈한다는 것이다. 하지만 이러한 논리는 소비사회에서는 적용되기 어렵다. 현대의 신화가 만들어낸 육체는 물질에 속하지 않는다. 육체도 하나의 관념이다.[3] 만져지는 관념이다. 이것은 근본적으로 육체와 정신의 이분법적 구분 자체를 무효화하는 제3의 입장을 창출한다. 오늘날의 성형은 가면 그 자체로 얼굴이 되어버린 얼굴없는 가면과 같다. 성형의 메스가 추구하는 핵심에 놓인 것이 바로 '내면 없는 신체'이다. 의사가 열고 재단하고 자르고 마음대로 꿰맬 수 있는 그저

---

3 장 보드리야르, 앞의 책, 203~204쪽.

대상으로서의 육체이며, 무감각한 수공업의 대상일 뿐이다.

여기서 하리수를 떠올리는 것은 그리 이상하지 않다. 긴 생머리, 가녀린 몸매, 여자도 반할 정도의 예쁜 얼굴로 등장한 그녀가 한 화장품 회사의 CF 광고에 출연하면서 유교의 정신적 패러다임에 거대한 지각 변동을 몰고 왔다. 34-24-35라는 하리수의 신체 사이즈는 현대 상품 미학의 틀에 맞추어 특수 제작되었다. 하지만 그녀의 상품성은 시중의 상품들이 갖고 있는 이데올로기를 과감히 무너뜨린다. 제조와 포장의 공정을 완벽하게 마친 후의 상품이 아니라, 성형의 '과정' 자체를 하나의 상품으로 내어 놓고 시청자들을 현혹한다. KBS 방송은 2001년 6월 11일부터 15일까지 장장 5일에 걸쳐 트랜스 젠더 여성의 분만을 온천하에 알렸다. 그 결과 「인간극장」은 그간의 평균 시청률 5~6%의 3배 이상인 16~18%를 기록하였고 인터넷 게시판은 2만 2000여건 이상의 시청자 의견으로 도배를 했다.[4] 커밍 아웃한 동성애자 홍석천을 1년 6개월 동안 실업자로 내몰았던 방송가가 유교적 성질서를 흔들어 버린 하리수에게만 유독 관대했던 것은 그녀의 육체를 휘감고 있는 상품성, 즉 '에로티시즘' 때문이다. 성적 매력이 넘치는 하리수의 몸매는 남성들의 눈을 유혹하고 소비자들의 욕망을 부채질하는 것이지만, 홍석천이 가진 갸날픈 몸과 이미지는 대중이 요구하는 강한 남성의 조건과는 거리가 멀다. 즉 이영애의 성형이 젊음의 이데올로기와 손을 잡았다면, 하리수의 성형은 에로티시즘에 근거를 두고 있다.

오늘날 육체의 재발견과 소비를 포괄하는 개념은 성욕이다. 아름다움의 지상명령은 성욕의 개발자로서의 에로티시즘을 초래하는 것이다. 그리고 에로틱한 육체를 지배하는 것은 교환의 사회적 기능이다.[5]

---

4 윤선미, 앞의 글, 141쪽 참조.
5 물론 여기서는 현대사회에서 교환의 일반적 영역인 에로티시즘과 본래 의미의 성욕

육체의 에로티시즘에는 매상을 늘리는 힘이 있다. 이것이 하리수의 성 전환을 결정짓는 가장 중요한 요소다. 하리수의 몸매는 시청자들의 호기심에 가득 찬 시선을 끌어당기고, 방송 시청률은 연일 최고치를 기록했다. 그녀의 몸 전체에는 노골적인 성적 이미지가 씌워지며, 그녀가 내뱉는 성적 언어들은 사람들의 입에 오르내리며 지속적으로 소비된다. 소비시대에서 아름다움과 에로티시즘은 불가분의 개념이며, 에로티즘의 자질은 근본적으로 남성보다는 여성 쪽이 훨씬 더 풍부하다. 대중매체가 하리수에게 열광하는 이유는 바로 이 '여성의 육체'에 내재해 있는 에로티즘과 그것의 경제적 가치 때문이다.

하리수의 성공 사례를 통해 볼 때, 소비사회에서 성적 욕망과 매력을 생산해야 하는 것은 여성들의 숙명이다. 하지만 행복과 쾌락을 생산하기 위해 수도사적인 금욕과 싸우느라 오늘날 여성의 육체는 매우 지쳐있다. 대중매체들은 온갖 이벤트 등을 통하여 전세계의 표준 아름다움을 저해하는 온갖 욕망을 잠재우라고 압력을 넣고 있다. 이것은 명백한 억압이다. 현대 소비사회는 어떠한 억압적 규범도 존재하지 않으며, 심지어 그러한 규범을 원칙적으로 배제한다고 믿으면 그것은 대단한 오해이다. 호리호리한 몸에 대한 매혹이 이만큼 큰 힘을 발휘하는 이유는 그것들이 '폭력의 한 형식'이기 때문이다. 168의 키에 몸무게 48kg, 24인치의 허리, 35인치의 가슴둘레를 유지한다는 것은 거의 불가능하다. 야윈 모델들의 사진에 나르시즘적으로 빠져들기 위해서는 육체를 남성의 미학적 기준에 굴복시키고 괴롭히지 않으면 안 된다.[6] 현대 성형의학이 분만한 하리수의 육체는 이렇게 숭배와 학대라

을 분명하게 구별할 필요가 있으며, 또한 교환되는 욕망의 기호를 매개로하는 에로틱한 육체와, 환상의 무대이며 욕망의 거처로서의 육체를 구분해야 한다. 장 보드리야르, 앞의 책, 195쪽.

는 두 개의 폭력이 각축전을 보이는 전쟁터이다. 현대 미술가 바버바 크루거가 인간의 몸은 전쟁터라고 일찍이 선언한 것처럼 몸을 둘러싼 소유와 통제의 싸움은 이제 성적 욕망과 매력을 생산하는 성형이벤트 산업의 발전과 함께 더욱 치열해지고 있다.[7]

하지만 화려한 육체의 불꽃놀이에 밀려 정작 놓쳐버린 것은 '성 정체성'에 관한 물음이다. 하리수를 탄생시킨 '성형(性形)' 기술과 '성형(成形)' 미학의 결합으로 정체성의 동요는 표면화된다. 대한민국 법원이 합법적인 여자로 선언한 이경은이 자궁없는 불임의 여성이라는 사실은 언뜻 받아들이기 힘들다. 음성변조기를 통과한 것처럼 안으로 감기는 듯 불투명한 하리수의 목소리에서 어렵지 않게 남녀를 구분할 수 있었던 기존의 성관념은 무력해진다. 하지만 자본주의 상품미학은 이러한 혼란마저도 상품화한다. 시청자들은 하리수의 곡선에서, 목소리에서 남성과 여성의 교묘한 착종에 호기심어린 혼란을 경험한다. 이러한 혼란은 현대에서 성 정체성이란 더 이상 개인의 내부에 존재하는 동질적이고 고정된 본질이 아니라는 점을 반영한다. 인간의 선택권을 벗어난 결과로 무조건 수락해야 할 운명으로 인식되지도 않는다. 현대인들이 사로잡힌 것은 동물의 변태(變態) 과정과 똑같이 성형수술대 위에서 육체가 계속 진화해 나가는 과정 그 자체이다. 영원히 완결을 바라지 않는 육체의 탈피 놀음에서 정체성을 정의한다는 것은 하리수의 광고 카피처럼 '새빨간 거짓말'이다. 보드리야르는 포스트모던 사회 현상 중 특히 이 다름, 구별, 차이의 제거에 초점을 맞추고 있다.[8] 즉 하리수의 육체는 남성 아니면, 여성이라는 이분법의 전통적인 성 정체

---

6 장 보드리야르, 앞의 책, 214~215쪽 참조.
7 윤선미, 앞의 글, 147쪽.
8 장 보드리야르 지음, 하태환 옮김, 『시뮬라시옹』, 민음사, 2001, 10~19쪽 참조.

성과는 그 성격이 판이하다. 하리수의 육체는 새로운 형태의 가장(假裝)이기 때문에 전통적인 성 정체성이 가지고 있는 사실성에 의해서 규제되지 않는다. 이것은 어떠한 정체성과도 무관한 여성성의 시뮬라르크이다. 본인의 주장과는 달리 하리수는 여성도 남성도 아니며, 그렇다고 제3의 성도 아니다. 그렇지만 하리수는 여성인 체한다. 시뮬라르크의 속성 그대로 하리수는 여성으로서의 '진짜' 징후를 생산해 낸다는 점이 문제를 어렵게 만든다. 이미 법원은 주민등록번호 뒷자리 숫자 '2'를 부여함으로써 하리수를 여성으로 규정하였으며, 하리수 역시 완벽한 여성의 삶을 살고 있다. 여성 화장품 모델로 당당히 연예계에 데뷔한 것은 잘 알려진 사실이다.

심리학과 의학은 바로 여기서 동요하는 이 성 정체성 앞에서 그만 무력해지고 만다. 그렇다면 하리수의 성전환 성형수술을 통해서 찾아 낸 육체의 진실은 무엇일까? 그것은 '성 정체성에 대한 허무'이다. 여성도 남성도, 제3의 성도 아무것도 아닌 완벽한 '성적 타자의 상실', 그것이 하리수의 성형수술이 남긴 허무의 실체이다. 이제 하리수는 전례가 없는 원본없는 이미지이며, 이미지 그 자체로 현실을 대체하고 끊임없는 복제 이미지를 만들어 내고 있다.

4) 하얀 가면, 검은 역사의 망각

육체에 대한 정치적 변형 역시 성형수술의 역사에서 매우 중요하다. 육체는 시간의 풍화작용에도 불구하고 어디서나 통용되는 화폐이며, 여전한 잠재력과 견인력으로 권력이라는 테마를 이끌어 낸다. 현대사회에서 성이 권력 행사의 중심부로 부상하며, 이러한 권력은 사회구성원의 신체를 통제함으로써 지배력을 과시한다. 즉 육체는 힘의 불균형을 반영하거나, 때로는 적극적으로 생산하는 공장이기도 하다. 이제 성형의학은 육체에 단순히 아름다움을 주입하는 것을 넘어, 얼굴 위의 '인종과 역사'를 '수정'하는 데로까지 활동 영역을 넓혀간다. 성형의학은 자신들의 번창에 이제는 인종론까지 이용하고 있다는 이야기이다. 인종론은 누가 튼튼하며 누가 병에 걸렸는지, 누가 종을 재생산하고 개선시킬 수 있으며, 누구를 배제해야 하는가를 결정하는 수단으로 외모를 이용했다. 푸코의 말대로 육체의 규율과 인구의 조절이라는 계몽주의적 이상에 기반을 둔 세계에서 성형외과 의사들은 신체 개조의 수단을 제공하고 신체를 인종적으로 용인할 만하도록 만들기 시작했던 것이다.[9] 육체 위의 시간을 성형하고, 성(性)의 전환을 거쳐 이제는 인종 청소부 노릇까지, 성형의학의 미래는 끝이 없어 보인다.

'얼굴 미학'은 '인종 미학'이다. 서구중심의 논리에서 신은 백인만을 좋아한다. 기독교 예수의 얼굴도 서구적인 인종 미학이 만들어낸 것이다. 예수의 얼굴이 서양의 백인 중년 남자의 평균 얼굴이었다면, 그렇게 만들어진 얼굴은 하나의 모델로 새겨지게 된다. 그런 식으로 예수의 얼굴 위에는 서구의 오만한 지배 이데올로기가 작동하고 있는 것이다.[10] 백인에 의한 선택과 배제의 논리에 의해 밀려난 것은 흑인의 납작하고 짧은 코, 번들거리는 검은 피부, 유난히 반짝이는 하얀 치아이다. 백인 중심의 인종미학에 의하면 흑인의 까만 피부는 미개의 상징이거나, 부패와 악덕의 상징이다. 제2차 세계대전 당시 독일인이 되고 싶었던 유대인은 독일인이 사회적 구성물이라기보다 실제로 정의된 객관적 범주라고 당연히 생각했다. 이것은 흑인과 백인에 대해서

---

9 샌더 L. 길먼, 곽재은 옮김, 『성형 수술의 문화사』, 이소출판사, 2003, 36~37쪽 참조.
10 이진경, 『노마디즘 1』, 휴머니스트, 2002, 572쪽 <그림 7.18> 해설 참조.

도 마찬가지이다.

이렇게 피부색으로 행, 불행이 결정되는 사회에서 성형의학은 흑인들이 비극적 운명을 뒤집을 수 있는 절호의 기회다. '검은 피부'가 '하얀 가면'을 쓴다는 것은 부정적 운명에서 긍정적 운명으로 옮겨갈 수 있다는 것을 의미한다. 마이클 잭슨은 그 대표적인 사례이다. 마이클은 검은 피부라는 생물학적 요인에 의해 결정되어 버린 자신의 얼굴, 자신의 운명에 반역을 꾀한다. 그의 성형 이력서는 그의 노래 경력만큼이나 오래되었고 다채롭다. 성형은 잭슨 파이브 시절부터 시작해서 1990년대 들어 수차례에 걸쳐 시술되었다. 실제로 미국에서는 고수머리를 펴고 피부색을 밝게 하는 시술이 20세기 초 아프리카계 미국인 사이에서 엄청난 인기를 누렸다. 조금이라도 덜 흑인처럼 보이려는 소망은 백인의 외모를 닮으려는 사람들과 미용시술자가 결탁하게 해 주었다. 미국인 워커 부인은 미백용품과 고수머리 펴는 기구 덕에 최초의 아프리카계 미국인 백만장자가 되었다.[11] 마이클의 「Black or White」나 「They Don't Care About Us」에서 "희거나 검거나 중요하지 않다.", "희다 검다 말하지 마."라는 흑인 옹호적인 가사와는 대조적으로 하얀 피부에 대한 열망을 감추지 않는다. 뮤직 비디오에서 세계 최초로 시도한 몰핑기법은 바로 검은 피부가 서서히 하얀 피부로 변해가는 자신의 성형 인생과 일치한다.

그러나 그의 피부는 그의 노래가 그런 것처럼 아름다움을 생산하지 않는 온갖 성형 테크놀로지가 유아독존적으로 버티고 있다. 몇 년 전 서울 공연에서 보여준 바와 같이 한 번 공연에 144개의 스피커, 190여 명의 출연자와 스탭, 대형 리프트 웬만한 소도시가 쓰는 전력 소비, 총 430통의 장비, 컴퓨터로 조정되는 바리 라이트가 없다면 공연은 형상

---

11 샌더 L. 길먼, 앞의 책, 153쪽.

화되기 힘들다.[12] 그러나 그의 공연에서 테크놀로지는 이야기성의 단단함이나 풍부함을 지원하는 병참이라기보다 그것만이 앞장을 서는 독존적 형태라는 점에서 전도의 양상이 두드러진다. 이렇게 마이클 잭슨은 피부도 그렇고 음악도 그렇고 절대적으로 테크놀로지에 의존한다. 백인의 하얀 아름다움에 대한 열망으로부터 시작된 성형 이력은 이제 얼굴을 드러낼 수 없는 흉악한 몰골만을 남기고 끝이 났다. 한때 건강과 희망과 권력의 상징이었던 하얀 피부가 지금 그에게는 재앙의 상징이다. 하얀 피부를 갖기 위해 마이클은 '모멸당하는 아프리카를 망각'해야 했고, '굴종의 역사를 수락'해야만 했다. 그의 성형은 개인의 피부색과 니그로의 역사를 맞바꾼 어리석기 이를 데 없는 거래이다. 역사를 망각한 마이클의 피부는 지나친 성형으로 인해 지금 썩어 들어가는 중이다. 1980년대 후반부터 백반증 증세가 온몸을 덮어버렸다. 하얗게 타들어가는 피부, 마이클 잭슨은 이제 백인보다 더 하얀 피부를 가졌다. 그토록 소망하던 하얀 가면은 이제 진짜 피부가 된 것이다.

알렉스 헤일리의 소설 『뿌리』에서 보았던 바와 같이 백색 대륙 최초의 흑인노예 쿤타킨테는 엄지 발가락을 잘라 인종 차별에 온몸으로 저항했다. 그러나 자본주의의 위력은 쿤타킨테의 이러한 반역마저 녹여버린다. 손에 돈을 쥔 쿤타킨테의 후예들은 반역보다는 성형의학에 의지하고 타협하는 정신을 기른다. 그 결과 성형외과 의사들은 백인의 피부를 열망하는 자에게 얼굴을 변형시켜주는 대가로 흑인의 정신적 순결을 빼앗아 버렸다. 성형의사의 손을 움직이는 원리는 쾌락과 행복이지, 진실을 검열하는 기능은 없기 때문이다. 백인에게는 하나의 사실이 있다. 스스로를 흑인보다 우수하다고 생각하는 사실 말이다. 흑인에게도 하나의 사실이 있다. 어떤 대가를 치러서라도 백인에게 뒤떨

---

12 이성욱, 「테크놀로지교의 전도사 마이클 잭슨」, 『말』 제125호, 1996년 11월, 237쪽.

어지지 않는 가치를 증명하려고 애쓴다는 사실 말이다.[13] 성형수술은
달콤한 목소리로 운명을 개척한다는 거짓 자부심을 심어주고, 민족과
역사를 배신하게 하는 의무를 지웠다. 흑인에게는 오직 하나의 운명만
이 존재한다. 그것은 백인이다. 성형수술은 이런 비뚤어진 사고의 위
에서 전개된다. 검은 피부에는 흑인의 처절한 저항의 역사가 담겨 있
다. 성형은 흑인의 '검은 역사를 망각'하게 한다. 성형은 단지 흑인성
이라는 봉인에 갇혀 있던 마이클을 백반증이라는 질병 속으로 가두어
버렸을 뿐이다. 마이클 잭슨처럼 정서적 탈선의 결과로 뿌리를 내리지
말아야 할 곳에 오히려 뿌리를 내리는 비뚤어진 현실의 결과이다. 다
시 말하면 그것은 '인종 성형이 빚어낸 타자 상실의 비극'이다.

5) 막다른 골목

인류 역사에서 거울은 분쟁의 시작이다. 거울이 없던 원시시대 인류
는 타자의 반응을 통해서 자신의 얼굴을 짐작할 수 있었다. 원시시대
에는 자신의 정체성을 확립하기 위해서 타자의 존재 혹은 타자와의 관
계는 필수적이었다. 그러나 거울이 등장하면서 인류는 타자의 도움이
없어도 자신을 발견할 수 있게 된다. 거울에 비친 얼굴은 온전히 나만
의 소유이다. 거울의 등장은 이렇게 관계 중심의 역사에서 자기 중심
의 역사로 이행하는 분기점이 되었다. 거울의 위에서 싹튼 성형의 이
데올로기도 자기중심의 문제로부터 자유롭지 못하다.

성형이 생산해낸 육체, 그 외모에 대한 관심은 20세기의 불문율이
되었고, 독재 권력처럼 흉포하지는 않았지만 줄기차게 암묵적 동의를

---

13 프란츠 파농, 이석호 옮김, 『검은 피부, 하얀 가면』, 인간사랑, 1998, 15쪽 참조.

얻어왔다. 현대의 표준미학에 순응해야 하는 대중들에게 그 불문율은 견디기 힘든 부담이 아닐 수 없다. 노년은 젊어지기를, 남성은 여성이 되기를, 그리고 흑인은 백인되기를 실천하여 어떻게든 규정된 아름다움의 지경으로 편입되지 않으면 안 된다. 소비문화시대 아름다움은 의무이며, 추함은 금기이기 때문이다. 아름다움을 획득하기 위해 이 시대 시민들은 오직 거울에만 집중하는 나르시스트가 될 수밖에 없다. 21세기 나르시스트들은 샘물이 아닌 TV를 응시하면서 자기 도취에 빠진다. 그러나 샘물이든 TV이든 여기에는 타자가 끼어들 여지는 없다. TV 속의 얼굴들조차도 자아와 동일시의 대상이라는 점에서 타인이지 타자는 아니다. 나르시스트를 사로잡는 것도, 나르시스트를 유혹하는 것도 오로지 자기 자신이다. 이렇게 성형의 이데올로기는 거울의 끊임없는 자기 반영성, 즉 자기가 자기를 반복해서 비추는 '자기중심의 이데올로기'이다.

그러나 인류가 거울의 끈질긴 압력, 즉 성형의 이념에 사로잡혀 있는 한 21세기는 새로운 밀레니엄의 시작이 아니라 역사의 막다른 골목으로 표현될 수밖에 없다. 오직 아름다움을 향해 미친 듯이 몰려드는 사람들로 성형외과가 성시를 이루는 것은 거울의 자기도취적인 동일성에서 빚어진 문제들이다. 이러한 자아도취증은 통합할 수 없는 것조차도 무차별적으로 자기 안으로 동화시키거나 완전히 흡수하여 버린다. 성형은 아름다움의 규범을 자기에게 억지로 통합시키는 폭력이다. 샘물에 몸을 던진 나르시스의 죽음은 이러한 폭력의 결과가 얼마나 무서운 것인가를 잘 보여주는 예이다. 거울에 영혼을 빼앗긴 21세기 성형 나르시스트들은 지금 영원히 타자에게로 돌아오지 못할 강을 건너고 있는 중이다. 그들이 남기고 간 과제, 즉 인류에게 절실하게 필요한 것은 '타자중심의 윤리학'이다. 자기중심이 아닌, 자아의 외부에

엄연히 존재하는 타자로부터 사유를 시작하는 것으로 방향을 틀어야한다. 자아와 타자와의 평화로운 관계맺기, 그것은 성형이 몰고 온 혼란을 잠재울 유효한 방법론이 될 것이다.

3.

문학이벤트; 위기가 허용한 고품격의
엔터테인먼트 산업

1) 한국문단의 이례적 활기

최근 한국소설이 열기라 할 만큼 이례적인 활기에 들떠 있다. 세계적으로 유래가 드문 현상이라는 점도 흥미롭지만, 특별히 이러한 활기의 진앙지가 중견 혹은 노작가들이라는 점이 더욱 눈길을 끈다. 은희경의 소설집 『아름다움이 우리를 멸시한다』가 10만 부를 훌쩍 넘겼고, 조경란의 『혀』는 표절논란으로 오히려 세간의 집중관심을 받고 있다. 공지영 작가도 『우리들의 행복한 시간』과 『즐거운 나의 집』의 연이은 대박 행진으로 스타작가의 입지를 확실히 굳혔다. 고은 시인은 노벨상 시즌에 맞추어 출간한 『허공』의 출간으로 국내외적으로 비상한 관심을 모으고 있다. 황석영 작가 역시 『개밥바라기별』로 『바리데기』의 성공을 이어가는 등, 한국문단의 다양하고 수준 높은 작품들이 중견이나 노작가의 손에서 나오고 있다.

그런데 중·노년 작가의 힘은 북이벤트의 장에서 더욱 뒷심을 받는 것 같다. 활기의 배경에는 유래가 없는 문학작품을 둘러싼 각종 이벤트가 중요한 동력이 되고 있다는 뜻이다. 어느 순간부터 북콘서트, 작가와 함께 하는 문학기행, 팬사인회, 강연회 등이 작품 출간에서 최우선적으로 고려해야 할 요소가 되었다. 다양한 매체를 통해 전달되는 이벤트 홍보와 언론 플레이는 문학의 근본적인 체질 변화를 예고한다. 보는 문학이 아니라, 관람하고 체험하는 문화산업으로.

대형인터넷서점을 클릭해 보라. 황석영의 『개밥바라기별』 홍보 강연회 목록이 제법 길다. KT&G와 예스 24가 공동으로 진행하는 '향긋한 북살롱'의 첫 작가는 공지영, 홍대 문화플래닛 상상마당카페에서 독자들과 작품에 대해 이야기를 나눌 수 있도록 했다. 최근작인 『즐거운 나의 집』 낭독을 비롯해 사인회 등 다양한 팬 서비스가 제공될 예정이다. 상상마당 홈페이지에 개설된 이벤트창에 『즐거운 나의 집』에 대해 글을 올리는 네티즌 중 추첨을 통해 초대한다. KT아트홀에서는 '소설가 김훈과 함께 하는 북콘서트'가 개최된다. 행사는 『칼의 노래』 100만 부 판매 돌파를 기념해 준비한 것으로 김훈과 함께 공연을 즐길 수 있는 기회가 있다고 한다. 예스24 홈페이지에서 칼의 노래 이벤트 게시판에 댓글을 등록한 참가자 중 20명을 선정할 예정이며, 전경린 작가는 홍대 앞에서 삶에 대한 긍정이라는 주제로 강연회를 연다.

상황이 이렇다. 지금 문학이벤트는 과거와 같은 단순 홍보의 차원은 이미 넘어섰다. 메이저 출판사와 유명 작가의 의기투합은 오로지 대중 확보를 위해 문학이벤트라는 새로운 장르를 정당화하고 있다. 작가들은 스타연예인처럼 이곳 저곳을 누비며 카메라 세례를 받고, 메이저 잡지는 이들의 소속사로 나서며 새로운 형식의 '문화엔터테인먼트산업'을 주도하고 있는 것이다. 이제 골방에서 책 읽던 시대는 지났다. 토론하고 논쟁하던 것도 옛말이다. 무대 위에서 관람하는 문학, 지금 문학은 근본적인 체질 변화를 시도하고 있다.

2) 전략적 제휴, 문화연합전선의 풀가동

오늘날 문화 분야에서 섞임과 혼성, 문화 품목의 탈경계적 유통과 소비는 세계적인 추세다. 자본주의의 충동은 한국문학에도 전통적 생산 문맥으로부터 이탈할 것을 강력히 요구하고 있다. 문학출판계가 인접 분야와의 '전략적 제휴'에 적극성을 보이는 이유는 여기에 있다. 출판계의 불황을 타개할 구원투수로 그 쓸모가 확실하게 입증된 이상, 앞으로 문학의 신분증명은 전방위적 제휴를 통한 문학마케팅을 통과하지 않고는 어려울 전망이다.

신경숙의 『리진』은 총 16만 부를 찍으면서 문학동네 출판사와 한국관광공사 공동 주관으로 경복궁 경회루와 경기 여주 일대를 둘러보는 문학기행을 열었다. 또한 인터넷서점 인터파크와 문학동네가 마련하는 리진 북콘서트도 성황리에 치러졌다. 박기영 가수가 『리진』을 바탕으로 만든 곡을 발표하며, 성우의 소설낭독, 작가와의 대화가 준비된다. 또 작품 속 경회루에서 프랑스 공사 콜랭을 환영하는 연회 장면을 위해 『리진』의 춘앵무와 강연의 대금연주 장면을 재현했다.[1] 바야흐로 '문화산업 간 연합전선'이 풀가동되고 있는 것이다.

---

1 이런 문학마케팅은 다른 작가나 출판사의 경우도 마찬가지다. 김별아의 『논개』는 캐나다에 체류 중인 작가가 책 출간과 함께 입국한 한 달여 기간에 맞춰 마케팅을 집중했다. 김훈의 『남한산성』도 출간 이후 수십 차례 인터뷰나 대중행사를 치렀다. 유사한 예는 너무도 많다.

독서인구의 감소와 출판계의 불황이 어제 오늘의 일이 아닌 이상, 문학계가 거리로, 그리고 무대로 몸을 '움직이는' 전략은 어찌 보면 당연하다. 한국출판연구소가 올 초 실시한 국민독서실태조사에 따르면 우리나라 성인 10명 당 2명은 1년에 책을 한 권도 읽지 않는다고 한다. 서점관계자들은 독서의 계절에 오히려 책이 더 나가지 않는다고 울상이다. 이에 대한 타개책으로 얼마 전 부산에서는 부산시 주관으로 출판관계자들이 대거 참석하여 '책과의 사랑을 선포하다'라는 의미심장한 행사를 치렀다. 출판사, 유통 서점, 도서관, 언론사 문학출판 담당 기자, 부산시 독서진흥 정책입안자, 일반 독서운동가 등이 함께 모여 부산지역의 독서의 현황을 점검하는 시간을 가졌다. 거의 빈사지경인 시민들의 독서의식에 대한 진단과 처방을 위한 모임이라는 점에서 자못 비장한 데가 있었다.[2]

상황이 이러니 근본적으로 연합전선의 구축에서 문학의 고유영역을 고집하는 것은 문학을 고립시키는 결과밖에는 나올 것이 없다. 소수의 문학독자에 대한 기다림을 포기하고 다수의 대중관객으로 시선을 돌리는 가운데서 제휴의 기획이 출발한다. 실제로 문화 환경의 측면에서도 이 연합전선의 위력은 눈부신 데가 있다. 고유한 문맥으로부터 단절되고 파편화된 이질적 문화요소들을 뒤섞어 새로운 문화상품을 구성해 내는 혼합성의 기술은 광범위한 수용자층을 만들어내고 있다. 그러나 영역 간 제휴의 신국면이 제기하고 있는 것은 정체성의 위기다. 문학과 음악, 문학과 무용, 문학과 관광 등의 잡종성은 '문학 내적 자질의 심각한 훼손'을 오히려 독려하고 있다. 북이벤트가 대중들에게 공개된 장소에서 진행되는 이상, 어떤 형태로든 문학작품은 대중적 코드에 적합한 자질들이 취사선택될 것이다. 그도 그럴 것이, 최근

---

2 http://www.pusannews.co.kr/ 참조.

의 문학 열기의 발원지가 다름 아닌 2030세대라는 사실이다. 최근 작품들을 베스트셀러 1위에 올린 원동력이 20·30대, 심지어 10대까지 내려간 젊은 층이라는 사실은 필연적으로 문학 내적 변화를 몰고 왔거나 몰고 오게 할 전망이다.

이벤트를 통해서 작품의 깊이와 작가의 내밀한 정신을 전달하기는 어렵다는 것이다. 『리진』의 경우, 삶의 심연을 딛는 인간 존재의 불가해성이라는 작품의 테마가 제대로 전달될 리 없다. 춘앵무와 대금연주를 듣는 관중들이 과연 '나는 누구인가'를 끝없이 묻는 『리진』의 고독을 간파할 수 있을까. 화려한 공연, 활기차고 움직이는 공연장에서 명성황후의 깊은 슬픔을 떠올리기는 더더욱 어렵다. 이벤트가 『리진』에 대한 대중의 기억은 오직 춘앵무와 대금소리에 대한 관광의 체험으로만 남아있을 것이다. 박기영 가수의 출현으로 『리진』의 애잔한 분위기가 고조되는 것은 분명하지만, 여기에는 결코 절망을 환기하지 않는 고상한 문화적 감수성에 머무를 소지가 다분하다. 소리 없이 바닥을 치며 결국 죽음으로 생을 마감하는 비감은 줄글이 소설의 집요함을 따라가기 어렵다. 결국 '독자가 아닌 관객'들은 가수의 음악을 통해 잠시 문학을 환기할 뿐이고, 문학은 내면화를 포기하고 단순화를 감수해야 할 것이다. 대중을 겨냥한 문학마케팅에서는 '북'이벤트가 아니라, 북 '이벤트'다. 문학행사는 더 이상 문학의 내면에 관여하려 하지 않는다. 문화적 감수성은 부드러운 삶의 분위기, 고상한 일상, 만족과 여유에서 작품이 가진 악착같은 고뇌의 의지를 풀어버린다. 그러므로 문화의 차원에서 향유되고 체험되는 문학이벤트가 결과적으로 문학을 역식민화하지 않는다는 보장은 없다.

이렇게 문학이 대중예술의 고급 소재로 변신하는 조짐은 작품 창작에도 이미 커다란 영향력을 행사한다. 이른 바 대박이라는 작품들은 휴머니티 보편주의 등의 모두가 동의할 수 있는 공적인 문제를 매우 사소한 방식으로 처리하려는 '공적인 사소함'의 양상으로 흐르고 있다. 대표적으로 『우리들의 행복한 시간』이 그렇다. 사형수의 시한부 생명의 문제를 사랑으로 번역하면서 사랑 속에 내재된 생명의 기운에 대한 성찰의 가능성을 얼핏 보여준다. 하지만 시한부 사랑의 절박함이 소설 전면에 드러나면서 성찰의 기회를 놓아버린다. 『즐거운 나의 집』의 대박 행진은 이혼과 양육에 얽힌 가족주의라는 거창한 명제를 갖고 있으나, 정작 시선을 모으는 부분은 이혼가정의 에피소드적 감상들이다.[3] 『우리들의 행복한 시간』의 시한부 사랑과 『즐거운 나의 집』의 이혼테마가 말하기 좋은 세간의 이야깃거리임을 작가가 모를 리 없다. 실제로 강연회의 독자 질문은 주로 이혼에 관한 쇄말사 중심의 하소연의 수준을 넘어서지 않았다. 이혼과 재혼 속에 내재된 근대가족제도의 억압과 저항 담론을 이야기할 수 있는 분위기는 애초부터 형성되기 어려웠다. 강연의 형식을 취하는 이상, 세 번의 결혼과 세 번의 이혼은 대중토크쇼의 가십성의 소재를 넘어서지 못한다.

물론 공적인 사소함이 현실적으로는 출판계의 커다란 금전적 보상이 되기만 한 것은 아니다. 시대의 보편명제 속에서 작가와 대중의 연대를 가능하게 했다는 점은 무척이나 고무적이다. 황석영 작가의 『바리데기』는 바리라는 설화의 주인공을 샤머니즘과 휴머니즘의 경계에 세워놓음으로써 한국의 보편성과 세계의 보편성을 두루 확보하고 있다. 연일 히트하고 있는 『개밥바라기별』의 효과는 더욱 크다. 노작가

---

3 최근에 소수의 마니아층에게만 어필되던 이외수 작가가 오락프로그램에 출현하면서 인터넷 검색어 순위에 오르는 모든 현상은 문학이 사소해지는 단적인 사례다. 이외수의 문학이 아닌 인간 이외수와 관련된 특이한 개인사와 가정사 등 요즘 유행하는 예능인으로서의 이외수가 새롭게 주목받고 있다.

의 작품이라 보기 어려울 정도로 문장은 젊은 감각으로 충만하다. 짧막짧막한 장 구성과 시점 변화, 영상화된 짧은 문장은 어린 독자가 읽기에 벅차지 않을 뿐만 아니라, 여러 계층에 두루 호소력을 가질 것으로 보인다. 그러면서도 젊은 영혼의 고뇌와 사유의 무게가 결코 가볍지 않다. 인터넷 시대에 새로운 황석영을 발견하게 하는 수작이다. 이 때문일까. 강연회의 청중의 상당수가 젊은 층이라 한다. 『개밥바라기별』은 문학의 세대적 단층을 극복할 수 있는 흥미로운 사례를 보여주었다. 뿐만 아니라 작가 개인적으로는 시대에 저항하는 거친 투사의 이미지에서 유머와 여유가 있는 문화인으로서 확실한 이미지 변신에 성공하게 한 작품이라는 점에서 큰 의미가 있는 작품이다.

하지만 작품의 성취와 이벤트는 별개 문제다. 이벤트라는 형식을 거치면서 작품의 문학성이 제대로 수용될 리 없다. 문학이 아닌, 문화상품으로서의 북이벤트는 지성의 작용 없는 흥미의 차원을 넘어서지 못할 것이다. 엔터테이먼트 산업에 뒤늦게 뛰어든 후발주자로 성공하기 위해서 문화상품으로서의 문학은 자본의 헤게모니 속으로 자발적으로 포섭당하게 된다. 엄숙주의와 거룩한 별세계의 영역에 있던 작가들이 부드러운 문학으로 무대에 오를 때, 확보되는 것은 돈과 대중이지 독자가 아니다. 따라서 북이벤트에 어떤 가치가 감춰져 있을지 모른다는 근거 없는 추론에 빠질 필요는 없다.

3) 확인된 영웅들만의 무대

북이벤트에 대중이 몰려드는 것은 '볼 만하다'는 만족감 때문이다. 즉 스펙터클이라는 마케팅용 정서기제를 빼놓을 수 없다. 관객의 탄성을 자아내고, 열광을 체험하게 하는 이 스팩터클의 생산성에 따라 북이벤트의 효과는 결정된다. 소비자들은 감정적 고양을 이끌어내는 문학상품의 환상을 소비하고 싶어 한다. 북마케팅은 바로 문학을 매개로 하는 환상을 무형의 상품으로 제작하는 현장이다. 그런데 스팩터클의 생산력이라는 점에서 이는 소수의 스타작가에 제한된 이야기일 수밖에 없다.

지금 한 출판사는 고은 시인의 『허공』이라는 시집 출간으로 팬사인회를 진행하고 있다. "세계가 주목하는 고은 시인"이라는 홍보문구는 『허공』의 작품보다도 대시인 고은의 존재를 살아있는 인간의 스팩터클적 표상으로 삼고 있다. 작품이 아무리 흥미롭다 한들, 파란만장한 인간의 삶에는 미치지 못한다. 팬사인회에서는 탈속과 환속, 시인·소설가·화가·실천적 지식인, 노벨상을 연상시키는 세계적 문인의 풍모 등 드라마틱한 삶이 적극적으로 활용된다. 한국시사의 절반인 50년 내내 한국시의 살아있는 상징으로 오래도록 존재하는 동안, 시인이 보여준 드라마틱한 인생역정은 작품보다 흥미롭다. 이벤트는 대중들의 스팩터클에 대한 결핍감을 겨냥한다. 작가의 삶이 일상과 괴리될수록 대중의 결핍감은 풍부해지고, 사인회는 작가가 아닌 역사적 인간의 몸 전체에서 서려있는 파란만장의 기운을 체험하기 위한 대중들로 성황을 이룬다.

만일 북이벤트가 작품보다 인간으로서의 작가가 집중 부각된다면, 앞으로 문학에서 만족이란 독서가 아닌 가벼운 체험으로 변질될 것이다. 또한 줄글에서 오는 고요한 되새김보다 상품으로서의 스타작가를 구경하려는 의욕은 끝없는 문화결핍감을 양산해 낼 것이다. 여기서 문학의 본질 운운하는 것은 듣는 입장이나 말을 꺼내는 입장이나 불편하기는 마찬가지다. 출판계의 불황이 문학관계자 모두에게 얼마나 피하고 싶은 함정인가를 알고 있기 때문이다. 자본의 명령에는 어느 누구의 예외도 없으며, 문학시장의 제일선에 있는 출판사의 입장에서야 생존의 몸부림은 그만큼 절박할 수밖에 없음을 이해 못하는 바도 아니다.

그러나 지금의 상황은 절박함에 대한 대안의 차원을 넘어, 지나치게 의욕적이다. 지금 출판자본이 이끄는 문학시장은 '우연히' 스펙터클한 것이 아니라, '의도적으로' 스펙터클하다. 문학은 본질상 非스펙터클적이다. 북이벤트는 문학의 본질보다 스펙터클의 본질에 순응한다. 침체된 문학의 활성화를 위해서 이벤트가 동원된 것이 아니다. 문학 자체가 볼거리가 되어가고 있는 인상이다. 그러니 스펙터클의 요소를 두루 갖춘 '대가들이 전례 없이 문학시장 전면 진출'이라는 기현상을 낳고 있는 것이다. 메이저출판사의 성공은 대가들의 스펙터클한 이력을 자기출판사의 페르소나로 연결시키는 데 있다고 해도 틀린 말은 아니다. 황석영 작가와 고은 시인의 경우 창비, 이문열 작가는 민음사, 신경숙 작가는 문학동네 등 드라마틱한 삶을 산 스타작가들을 확보하는 것은 출판사의 권력유지에 필수적인 인적 교량이다. 이들이 겪은 남다른 유년사는 작품 표지 날개에 반드시 언급되며 작가의 스타성을 강화하는 주된 요소로 활용된다.

이러한 인적 자원의 요긴함이 가장 첨예하게 드러나는 부분이 '노벨상 후보'라는 문구다. 인터넷서점에서는 해마다 가을만 되면 노벨상 후보를 뽑는 투표가 실시된다. 한국문학과 노벨문학상의 거리를 가늠해보는 것이겠지만, 그보다도 작가인지도와 출판사인지도를 동반 상승시키려는 윈윈(win-win)전략이라는 측면을 무시할 수 없다. 창비가 시대의 변화에도 불구하고 여전히 막강한 영향력을 행사할 수 있는 이유 중 하나는 과거의 격앙과 정치적 저항을 스펙터클로 새롭게 포장해 내는 기민한 시대감각에 있다.[4] 창비의 정체성을 대변하는 고은과 황석영 두 사람이나 노벨문학상 후보로 거론되고 있다는 점은 창비로서는 여간 소중한 사실이 아닐 수 없다. 이때 출판사가 과거에만 통용되던 대가라는 고정관념을 허물고, 여전히 살아있는 현재형 스타로 대중인지도를 창출하기까지 스펙터클 마케팅이 없이는 불가능하다. 작가가 아닌 문화계 스타, 깊이보다 화려함, 충족감이 아닌 결핍감의 활용, 본질이 아닌 마케팅의 능력, 이것이 현재 한국문학 활황의 정체다.

사정이 이러하니 신예들은 이 활황의 혜택에서 소외되기 일쑤다. 대중들은 화려한 이력을 가진 확인된 스타작가만을 원한다. 삶의 연륜을 갖지 못한 젊은 작가, 역경이 없는 신예들의 밋밋한 삶은 무슨무슨 문학상이 아니면, 그리고 박민규 작가처럼 근본적으로 문학판을 뒤집어놓지 못하면 이벤트의 수혜자가 되기 어렵다. 70년대 생 작가들에 대한 문단의 고요한 반응도 이와 무관하지 않다. 편혜영, 김숨, 백가흠, 손홍규 등 일군의 70년대생 작가들은 이전 세대와는 선명하게 구별되는 미학적 급진주의로 시선을 끌었지만, 지금 이들은 노장의 위세를 꺾기에는 역부족이다. 출판사로서는 문학적 인지도는 있지만 대중인지도가 확인되지 않은 신진작가에게까지 모험을 감수하기는 어려운 것이다. 더구나 신진들의 작품은 호흡이 짧은 단편 위주여서 이벤트를 하기에는 적당하지 않을 수 있다. 노장들의 작품이 이벤트의 대상도서가 되는 것은 작품 자체의 완성도가 물론 작용했을 것이다. 하지만 그보다 이들의 작품이 주로 장편이며, 장편이 담고 있는 유장한 이야기

---

4 그런 점에서 창비와 함께 우리나라 인문사회과학계의 잡지와 출판계의 양대 산맥이었던 『문학과사회』의 침체는 여러 요인이 있겠지만, 결국 시대를 기민하게 읽어내는 대응력의 미흡이라고 말할 수 있다. 창비가 작품을 내는 족족 히트를 하고, 정통독자뿐 아니라, 일반 대중까지 두루 포섭하면서 끌어모을 수 있는 이벤트 운영방식에 전력질주하는 것과 달리, 문학과 지성사는 정통적인 문학주의를 그대로 고수하면서 결국에는 인지도면에서 창비와 엄청난 격차를 벌이는 현실까지 오고 있는 것이다.

가 이벤트 진행에 훨씬 적합하다는 기술적 사실을 간과할 수 없다. 그런 점에서 문학마케팅은 근본적으로 중견이나 노장에게만 유리하도록 되어 있다.

그러나 노장의 무대진출이라는 '형식상의 새로움이 사실은 내용상의 진부함'으로 이어지는 것은 이벤트의 한계다. 문학과 대중가수의 조합[5]은 이색적이라는 것, 그래서 문화저변의 파급력이 있다는 사실 외에는 아무것도 전달해주지 못한다. 문학계의 새로움은 문화상품이 되는 순간 진부함에 직면한다. '2008 서울북페스티벌'에서 아무리 은희경 이어령 한승원 한비야 김형경 성석제 김훈 등 내로라하는 저명인사와 축제를 즐긴다 한들 그것이 정말 대화일 수 있는 것이며, 정말 문학의 위기에 대한 대안이 될 수 있을까. 대화의 장은 곧 스타를 보러온 팬들로 북적일 것이다. 작가는 추억과 에피소드를 적당한 웃음으로 버무려가며 친근한 이미지를 만들어낼 것이다. 사인을 하고, 악수하며 사진을 찍어주는 대중스타와 다를 바 없는 그냥 행사에 굳이 문학을 언급할 필요는 없다. 올라가는 것은 판매지수와 대중인지도, 흔히 보는 말 그대로 진부한 행사일 뿐이다. 이렇게 외양으로는 새로우나 내적으로는 진부한, 말하자면 '새로운 진부함'이 이벤트의 본질이다.

이 진부함의 피해는 모두에게 돌아간다. 마치 소속사와 스타라는 연예시스템처럼, 출판사와 거물작가는 서로가 서로를 강제하고 억압한

---

5 이러한 이색조합은 대중들에게는 꽤 설득력 있게 다가간다. 이와 관련하여 인터넷 블로그에 있는 글을 가져왔다. "황석영과 타블로, 정말 어울리지 않는 조합이다. 그리고 이 조합은 분명히 출판사에서 마케팅을 위해 인위적으로 연결시켰을 가능성이 많다. 하지만 마케팅 전략인 것을 알면서도 이 전략에는 왠지 속아주고 싶은 꽤나 괜찮은 조합이었다고 생각한다". 여기서 황석영과 타블로를 인위적으로 연결시켰을 가능성이 있지만, '왠지 속아주고 싶다'는 심정적 우호가 흥미롭다.
http://www.youngsamsung.com/campus.do?cmd=view&seq=2064&tid=159&pf=P 참조.

다. 문학의 스타급 대가들은 스팩터클적 표상으로 존재하기 위해 출판
사로부터 이미 진부해진 삶의 역경들을 반복 재생산하도록 요구받는
다. 스타작가들은 대중의 열광을 자아내기 위해 끊임없이 이슈를 만들
어 내고 언론플레이를 해야 한다. 조용하게 내면을 다지면 사회적 난
국에 혜안을 빛내주던 노작가들은 찾아보기 어렵다. 비평의 본질이 새
삼 되뇌어지는 시점이다.

4) 무지에의 의지, 비평이 실종된 이벤트의 현장

그런데 이벤트의 스타시스템이 아무리 소수의 엘리트작가 위주로
구축된다 해도, 문학판의 활황을 결정짓는 것은 결국 대중이다. 대중
의 출현은 독자가 없는 출판현실에서 새로운 돌파구를 만들어 주었다.
문학이벤트의 관람층이 순수독자가 아닌 일반대중이라는 점에서 대
중의 열광이 없는 출판계의 활황은 기대하기 어렵다. 이벤트에서의 스
타작가를 향한 대중의 열광은 가볍지만 숭고하다. 그러나 분명 예술가
에 대한 경탄이지만, 유명세에 대한 막연한 동경과 충동이라는 점에서
대중의 숭고는 가볍다. 하지만 이 가벼운 숭고는 자본주의 경제와 관
련이 있다. 열광은 새로운 것이며 더 좋을 수밖에 없다는 숭고의 논리
는 경쟁을 위해 시장에 항상 새로운 것을 내어놓고 소비자를 놀라게
하는 자본주의의 기획에서 유도된 것이기 때문이다. 출판 마케팅의 성
공 여부가 대중의 열렬한 환호에서 결정되므로, 오늘날 출판 현실에서
대중이야말로 스타작가보다 최우선적으로 고려해야 할 존재로 떠오
른다.

그러나 문학판에 엄숙주의와 권위주의를 몰아냈다고 해서, 대중이

막강하거나 용의주도하다고 보면 오산이다. 이벤트에서 대중의 반응이 결정적이라 할지라도 이들 역시 자본의 메커니즘 속에서 철저하게 휘둘리는 소비자에 불과하다. 북이벤트가 척박한 출판시장을 회생시키는 고급상품이라는 이미지가 일단 확립되면, 이 문화운동의 마술에 걸려들지 않는 대중은 없다. 특정 도서가 이벤트의 주인공이 되는 데에는 어떤 의미가 존재할지 모른다는 막연한 희망, 그리고 이를 모를 경우 문화맹인이라는 모종의 죄의식을 감수해야 한다. 결국 대중들은 교양인의 소리를 듣기 위해 이벤트에 자발적으로 동원된 엑스트라다. 하나의 작품을 밀기 위해 동원되는 말의 양은 엄청나다. 신문 문화면과 TV와 라디오 문화프로그램, 그리고 인터넷 서점의 초기화면에 이르기까지 신간소개는 예찬적 언사를 반복해서 쏟아낸다. 독자는 이 말의 홍수에 기꺼이 길을 잃어준다. 어느 시대고 문화는 한 집단이 하위집단에 대한 지배를 공고히 하는 장이다. 그러나 이 권력은 위로부터 폭력에 의해 부과되는 것이 아니다. 지배계층이 문화적인 수단을 통해 대중의 동의를 확보해 나가는 협상의 과정에서 주어진다. 따라서 홍보의 홍수에 세뇌되어 서점에서 책을 고르는 손이 누구의 손인가는 자명하다. 대중의 뒤에서 책을 고르게 하는 '보이지 않는 손은 자본의 것'이며, 행사로서의 대중은 문학상품을 체험하는 관광객으로서 북마케팅 행사장에 자발적으로 걸어들어 간다. 문화산업에서 자본의 이해관계는 언제나 대중의 타락을 부추길 때 최대의 소득을 얻는다.

문제는 이렇게 행사장 내에 비문학대중들이 대거 유입되고, 이를 떠미는 보이지 않는 손이 작용하면서 '비평의 설 자리가 없어진다'는 데 있다. 이성의 빛 대신 휴대폰과 카메라 빛으로 휘황찬란한 행사장에서, 스타작가를 보기 위해 몰려든 인파를 대상으로 문학 토론은 애초부터 불가능하다. 어쩌면 토론회조차 프로모션의 장으로 보는 것은 특정작가 개인의 문제가 아닐지 모른다. 시스템 자체가 아예 토론 없는 사랑방 대담으로 흐르고 있기 때문이다.

문학이 행사상품이 된 현실에서 비평가의 존재는 아예 생략되어 있거나, 아니면 용비어천가를 부를 것을 노골적으로 요구 당한다. 호기심과 환호가 대세인 이벤트에서 논쟁은 엄두도 내지 못한다. 비평적 질문이라도 던지면 상황이 심각해지는 사회분위기 속에는 모순을 말하지 않으려는 '무지에의 의지'만이 작동한다. 문제의 핵심을 보지 않으려는 이 적극적인 의지는 문학의 자기교정력을 마비시킨다. 작품과 작가를 향한 예찬만이 허용되는, 일방적 환호와 열광의 절정 상태가 강연회 팬사인회의 모습이다. 행사가 있는 곳, 그러나 '비평은 실종된 이벤트의 현장'에서 엔터테인먼트 산업의 새로운 주인공으로 떠오르고 있는 스타작가들을 본다. 이벤트에서 누구든 엔터테인먼트의 속성을 잘 이해하고, 예능인이 되어야 한다. 작가조차 세계와 정신에 대해 이야기하기보다 대중을 쥐락펴락하는 입담을 보여주어야 한다.

이러니 비평가가 등장하는 것 자체가 못마땅할 수밖에 없다. 스타작가의 경우 저자의 팬사인회 혹은 강연회, 혹은 문학기행의 형식으로 비평가의 매개 없이 직접 대중과 만나는 경우가 잦아졌다.『개밥바라기별』강연회만 하더라도, 2007년 1월 7일 인터파크도서 사이트 온라인 사인회, 5월 13일 강남교보문고 1층, 7월 13일 광화문 교보빌딩, 8월 11일 서울 코엑스, 8월 16일 잠실교보문고, 9월 16일 롯데시네마 부산센텀시티 등 엄청난 양의 저자의 팬사인회를 비평의 매개 없이 단독으로 진행하고 있다. 문학이 아닌 스타작가가 주목을 받고, 대중이 작가와 작품의 쓸모를 검증한다. 작가-비평가-독자라는 전통적인 대등관계는 대중-출판사-스타작가의 새로운 종속관계로 이미 바뀌었다.

모든 책이 양식이 되지는 않는다. 읽어서 오히려 해악이 되는 책도 있다는 말이다. 그런데도 독서인구가 급감하고 있다는 절박한 생존논리 속에 치러지는 이벤트에는 '그냥 책'이 있을 뿐이고, 이 책들은 무조건 '읽어야 한다'는 논리가 암암리에 유포되고 있다. 수년 전 큰 인기를 끌었던 '책책책, 책을 읽읍시다'라는 방송프로그램을 떠올려 볼 필요가 있다. 매주 방송에서 선정된 책은 조건 없는 신뢰를 받으며 매출고를 올려주었다. 처음은 독서인구의 확대라는 공익적 사명감에서 출발하였다. 하지만 독서가 책고르기 게임으로 유희화 했고, 더욱 중요한 것은 대상도서의 내용적 측면에 대한 평가시스템에 대한 고민은 보여주지 못했다. 출판시장이 협소해지는 것과 비평의 엄정성은 무관해야 한다. 당시 이 프로그램은 그 효과만큼 사회의 따가운 비판을 감수해야 했던 기억은 지금도 여전히 유효하다. 지금 세간에는 북이벤트가 한국문학의 부흥이라는 중대한 문화적 역사적 사명을 감당하고 있다는 잘못된 인식이 만연하다. 이벤트는 이벤트로 족하다. 대중의 교양 체험을 볼모로 비평을 소외시키는 이벤트만능론은 진지하게 고민해 볼 필요가 있다.

비평의 특권을 주장하는 것이 아니다. 그간 비평이 사회적 권력유지와 재생산에 관여하면서 다양한 문학권력을 형성하는 데 큰 실수를 한 것이 사실이다. 하지만 그렇다고 해서 비평의 존립 자체를 의심할 것은 아니다. 비평가는 독자가 작품의 공식적인 주장을 매끄럽게 좇아가도록 해설해주는 친절한 도우미가 아니다. 비평은 현실과 텍스트의 모순을 뒤집고 바로 잡아주는 불친절한 대화이다. 일방적인 열광과 환호가 존재하는 문학마케팅에서 비평의 전복적 대화는 더욱 더 요구된다. 북이벤트 자체를 부정하지 않는다. 다만 이벤트가 인문학의 위기에 대한 유일한 대안이 되어서는 안 된다는 것이다. 또한 이로 인해 함량미달의 작품에 대한 비판을 무마하거나, 출판사의 이익을 위해 근거 없는 극찬을 유포하는 장이 되지 않기를 바란다. 이벤트만능주의는 어떠한 경우에도 비평가의 입을 닫게 만든다. 만일 그럴 수밖에 없다면, 비평가가 함께 하는 이벤트가 되어야 한다. 비평과 문학은 결코 적대관계가 아니다.

5) 공익전도사로서의 문학, 빈곤의 은폐와 강화

19세기 말 프랑스 사람들은 신문의 인터뷰에 커다란 관심을 보였다. 에밀 졸라가 인터뷰는 공중이 가장 좋아하는 장난감이라고 비아냥거릴 정도였으니, 인터뷰에 대한 프랑스 대중의 수요가 어느 정도인지 짐작할 만하다. 뉴스 가치가 있는 대상을 상업화하여 뉴스로 가공된 인터뷰는 신문을 구입하도록 만드는 완벽한 수단임이 확인되었기 때문이다.[6] 관람되고 상업화되는 교양이라는 점에서 박물관도 같은 맥락이다. 박물관이 대중의 관심에 호소할 수 있었던 이유는 사실보다는 볼거리를 집요하게 환기시키기 때문이다. 박물관은 지식의 창이라기보다, 시대를 들여다보는 화면으로서 사람을 매료시킨다.

인터뷰나 박물관의 출현이나 지금의 북이벤트나 핵심은 다르지 않다. 대중과 교제하기 위해 대상 인물이나 텍스트에 내재된 깊이를 간명한 볼거리의 형태로 제시하는 방식, 교양의 사회적 가치를 강조하면서도 비판적 이성은 포기할 것을 암암리에 주문하는 억압의 논리라는 점에서 그렇다. 이제 북이벤트는 전시와 교양을 접목하여 고상한 문화 체험의 표준으로 자리잡아 가고 있다. 시대의 변화에 동참하고, 광범위한 볼거리를 창출하면서도 결코 공익을 잊지 않는 노련함이 여기에

---

6 바네사 R. 슈와르츠, 노명우·박성일 옮김, 『구경꾼의 탄생』, 마티, 2006, 92쪽.

있다.

하지만 박물관이 없어도 역사는 존재한다. 물론 박물관이 있으면, 많은 사람들이 역사를 보고 알게 된다. 그러나 박물관이 있음으로 해서 역사는 화면 뒤로 망각될 가능성이 커진다. 따라서 박물관이 없을 때 훼손되지 않은 진짜 역사가 가능해질지 모른다. 문학도 마찬가지다. 오히려 인문학적 소양이 거의 필요 없는 문학이벤트는 문학의 빈곤을 은폐하면서, 한편으로 문학의 빈곤을 강화한다. 진화하는 북이벤트의 테크놀러지를 볼 때, 문학이벤트는 문학과 무관한 외형적 사회 실천성만 축적될 공산이 크다. 독서가 사라진 시대, 이벤트는 문화사회의 지식인프라를 구축하는 '공익전도사로서 역할'이 더욱 부각된다.

가수의 노래와 테마여행을 통해서 찰나적으로 문학을 환기하는 동안에도 자본주의 상품미학 혹은 사회적 공익 실천이라는 차원에서 이벤트는 색다른 유용을 가진다. 관람과 체험이 고상한 현대시민의 의무라면, 이러한 문화평등주의 속의 북이벤트는 단지 대규모의 사회적 전시를 뜻하는 스펙터클 이상의 의미를 넘어설 수 없다. 문학은 개인의 자율적인 선택이다. 문학이벤트가 공공예술교육 프로그램처럼 사회적 실천의 의미로 해석되고 소비된다면, 문학은 없는 것이나 마찬가지다. 작가도 소용없고, 비평가도 소용이 없다. 모두가 제한된 자본주의 시장 안에서 미학의 상품화, 그리고 공공재로서의 문화교육일 뿐이다.

이렇게 북이벤트에는 익숙한 사실과 새로운 사실이 나란히 병존하고 있다. 익숙하다는 말은 문학이 가장 낡은 영역이라는 사실이다. 새롭다는 것은 문학이 엔터테인먼트산업에서 새롭게 각광받는 흥미로운 소재라는 사실이다.

얼마 전 노벨상 수상자가 발표되었다. 전세계적으로 노벨상을 둘러싼 엄청난 양의 북이벤트가 또 시작될 것이다.

4 부

1.

바리가 영국으로 간 까닭, '우리'에 대한 지극한 강박

— 황석영의 『바리데기』

1) 설화의 세계화, '우리'가 불편한 이유

황석영과 설화? 무척이나 흥미로운 이질적 결합이다. 오랫동안 역사와 현실의 민감한 문제에 온몸으로 부딪치던 투사의 모습은 간 데 없고 한결 부드러워진 모습이 전에 없던 변화다. 『오래된 정원』에서 시작한 새로운 여정은 『손님』과 『심청, 연꽃의 길』, 그리고 『바리데기』에 이르면서 고난과 격랑의 시간들을 하나도 빠트리지 않고 되짚어 주고 있다. 10년의 절필 기간을 보상받으려는 듯 최근 들어 부쩍 서사적 실험에 과감한 그의 노력은 흥미롭지만, 또 그만큼 강박의 흔적이 적지 않다. 역사의 풍파를 한 발짝 물러나 보려는 모습은 여유롭지만 어딘가 작위적이다. 『손님』이 진지하지만 지루한 굿판이라면, 『심청, 연꽃의 길』은 다이나믹하면서도 흥미롭다. 『바리데기』는 어떤가. 『바

리데기』는 거침없이 국경선을 넘어버리는 공간 확장과는 달리 역동적
이지도 않고 흥미롭지도 않다. 무리하게 '우리'로 나아가려는 데서 생
긴 부작용이다.

　『심청, 연꽃의 길』에서 조짐을 보인 대로 황석영의 소설은 어느 순
간 거친 세계와 맞대응해야 하는 고독한 남성을 포기하고 여성을 어루
만지기 시작했다. 물론 그렇다고 해서 『바리데기』가 남성중심제에서
여성이라는 존재가 얼마나 불편한 운명인가를 보여주는 것은 아니다.
『바리데기』에서 버림받은 여성의 설화는 오로지 '우리라는 보편성을
생산'하기 위한 혐의가 짙다. 이야기의 뼈대만 놓고 보면 전통설화의
바리공주를 그대로 가져오고 있다. 인류의 보편성에 호소한다는 점에
서 설화라는 사실 자체만으로도 모두의 동의를 손쉽게 이끌어 낼 수
있다. 세계의 횡포에 휩쓸린 한 여인의 이야기에는 국적이 있을 리 없
다. 소설이 세계인의 것이 되기 위해 바리의 동선을 세계로 확장할 수
밖에 없었을 것이다. 북한 청진에서 시작해 중국을 거쳐 영국 런던까
지 지구 반 바퀴를 돈다. 작품 전체의 무대는 훨씬 더 넓다. 미국, 아프
가니스탄, 이라크, 아프리카까지. 바리가 지나가는 시간은 어떤가.
1994년 김일성 주석 사망, 2001년 9.11 테러, 2003년 미국의 이라크
전쟁, 2005년 영국 버스와 지하철 폭파사건을 집어넣음으로써 소설은
'지금 우리 모두'의 가치관에 기꺼이 동참하고자 한다. 바리의 굴곡 많
은 인생을 세계시민의 것으로 만들기 위해 한국과 중국, 그리고 영국
의 공간적 특성을 과감히 지워버린다. 인물 설정도 마찬가지다. 바리
와 구원자의 관계는 공간이 따로 없다. 북조선에서의 할머니와 칠성이
는 밀항선을 탔을 때의 샹 언니와 그의 남편, 그리고 영국에서 압둘 할
아버지로 이름만 달라질 뿐 그 관계는 이곳저곳에서 동일하게 반복된
다. 공간과 인물, 그리고 신비화에 의존한 오컬티즘에 이르기까지 소

설은 끊임없는 반복이다. 참혹한 한 '여인의 수난사를 세계와 공유하려는 의욕'은 이렇게 과도하다.

물론 의욕 없는 소설, 의도 없는 소설이 있을 리 없다. 문제는 이 의욕과 의도를 뒷받침할 만한 소설적 장치가 제대로 해명되지 않음으로써 소설적 진실을 포기한다는 데 있다. 『심청, 연꽃의 길』이 거둔 성취로부터 한참이나 후퇴한 모습이다. 물론 『심청, 연꽃의 길』은 심청의 편력과 국제적 화폐의 흐름을 연결시키는 과정에서 서양의 존재를 중시한 한계는 엄존한다. 하지만 심청이 동아시아의 넓은 지역을 떠돌 수 있었던 이유를 이 지역들 사이의 상품 유통이며 그것을 매개하는 화폐라는 관계를 들어 착실하게 독자를 설득하는 모습은 『바리데기』의 허술함에는 비할 바가 아니다. 그러니 『바리데기』의 폭이 여성들이 상품과 동시에 혹은 상품보다 훨씬 앞서서 흘러가는 수난사를 성공적으로 그려내고 있는 『심청, 연꽃의 길』과 대비하여 훨씬 옹졸해 보이는 것은 당연한 일이다. 세계적 보편성에 대한 열망[1]에 짓눌린 『바리데기』는 바리데기라는 한국적 설화를 채용하면서도 서양적인 것으로 투항할 공산이 크다. 소문난 잔치에 먹을 것 없다는 격으로 국경을 넘는 스펙타클만 화려하고 정작 불가피하게 다국적 여인이 된 바리의 치열한 고투는 풍경이 되어버리니 소설이 공허할 수밖에 없다.

2) 보편성의 그늘, 짐과 수동성

사실 바리의 삶이 파란만장해야 할 필연성은 별로 없어 보인다. 극심한 기아로 중국으로 건너가는 부분을 제외하면 런던에 정착하기까

---

1 작가 인터뷰, 『인터넷 경향신문』, 2007년 8월 4일자.
  http://newsmaker.khan.co.kr/khnm.html?mode=view&code=116&artid...

지 바리의 유랑은 단순히 유행하고 있는 디아스포라 담론에 합류하기 위한 혐의가 짙다. 세계지도를 소설에 담겠다는 강한 의욕[2]을 위해서는 모두가 합의하는 눈물지점이 필요했을 것이다. 인신매매의 상품으로 밀항선에 타고 런던으로 팔려가는 여성의 수난사는 기존 남성 서사의 오랜 메뉴였던 만큼 세계 대중과 만나는 가장 빠른 지름길이었을 터이다.

하지만 '보편성이 바리의 삶을 그늘지게 한 주요인'인 것만은 분명하다. 이는 바리의 동선을 살펴보면 알 수 있다. 세계의 절반을 횡단하면서도 실제로 바리의 활동 영역은 협소하기 이를 데가 없다. 바리는 늘상 집 안에만 존재한다. "누운 아버지의 나직하게 코고는 소리에도 행복했다. 아, 우리에게도 집이 생겨난 것이다", "할머니의 옛날이야기를 듣고 있으면 나는 어느 결에 청진의 그 언덕바지에 있던 마당 너른 집으로 돌아간 듯했다", "이제 아무도 없는 움집에 나 혼자 남은 것이다"처럼 바리의 모든 의식은 '집이라는 공간에 결박'당해 있다.

일반적으로 근대적 주체로서의 삶을 논의할 때 도시의 거리는 매우 중요한 역할을 한다. 근대적인 성찰이나 사유를 대표하는 주체는 집이 아닌 도시의 거리를 산책한다. 근대인으로서의 산책자가 거리를 걸으면서 관찰하고 탐구한 도시의 풍경 자체가 바로 근대의 산물이다. 그런데 바리는 육체와 정신은 집을 지향한다. 오로지 가족만을 지향한다. 바리가 거리를 산책하는 모습은 매춘부에 마약중독자로 전락해버린 샹 언니를 만날 때뿐이다. 도시 자체가 남성의 공간으로 간주되었기에 도시를 거니는 행위도 남성의 전유물로 인식되었고, 거리를 배회하는 여성은 대부분 성적으로 타락한 창녀들로 취급된다. 『심청, 연꽃의 길』에서 매춘부로 살아가는 심청의 삶이 도시의 거리에 상당 부분

2 작가 인터뷰, 황석영, 『바리데기』, 창비, 2007, 297쪽.

할애되어 있다는 점을 떠올려 보면 된다.

따라서 『심청, 연꽃의 길』과 함께 『바리데기』가 여성을 주인공을 삼았다고 황석영 소설에서 고질적인 한계가 극복되었다고 생각하면 오산이다. 여성의 수동성은 『바리데기』에서 소설 도처에 완고하게 버티고 있다. 바리의 초인적 능력조차 '수동성의 산물'이다. 청진과 런던의 안마시술소에서 바리가 막장인생을 벗어날 수 있는 것은 바리의 말대로 "운이 좋았"거나 혹은 "나에게 이상한 능력이 있"어서다. 위기의 순간마다 어김없이 나타나는 꿈과 환상은 바리를 미리 짜인 시나리오대로 움직이는 인형같은 존재로 전락시킨다. "사람이 살아간다는 건 시간을 기다리고 견디는 일"이며, "어쨌든 살아 있는 한 시간은 흐르고 모든 것은 지나"가기 마련이라고 말하는 바리가 과연 설화에서 역동적으로 고난을 극복했던 여성 영웅 바리인가 질문하게 한다. 설화의 바리는 비록 효라는 유교적 이념에 조종되고는 있지만, 남성 세계의 우울증을 여성 고유의 캐릭터로 치유해내고 있다. 인내에 대한 개념조차 추상이 아닌 아이 낳고 물 긷는 행동으로 바꾸어 버린 능동적인 여인이다. 『바리데기』는 한국의 바리를 서양인으로 귀화시킨다. 서양의 진보가 상당 부분 여성의 수동성에 빚지고 있다는 얘기는 이제는 낡은 논리다. 한데 이러한 서구적 진보의 역설을 보편의 논리로 삼고 있는 『바리데기』는 작가의 진보적 역사 인식의 얼마간 후퇴를 보여준 것은 아닐까. 이제 바리의 수동성은 한민족의 특수 종교인 샤머니즘을 탈각시키고 세계적 보편 이념인 휴머니즘과 혼재하는 새로운 문제로 나아간다.

3) 샤머니즘과 휴머니즘의 착종

두루 알다시피 바리데기는 바리가 무당이 되어가는 과정을 설명하고 있는 샤머니즘 설화이다. 한반도 내에서 오래도록 유통되던 이 샤머니즘 설화가 중국과 유럽 대륙과 어떤 접점을 확보할 것인지가 적잖이 궁금했다. 샤머니즘의 핵심은 샤먼의 엑스터시 체험에 있는데, 엑스터시는 현실 세계의 모든 것을 자발적으로 포기하는 정신 착란의 상태에서만 가능한 몰입의 극치다. 그래서 샤머니즘은 이성으로 해명되기 어려운 불가사의한 부분을 가질 수밖에 없다. 한데 소설에서 샤머니즘이 사실상 실종 상태라는 점이 무척이나 흥미롭다. 바리의 이름에서 이미 강한 암시를 한 바 있고, 그녀의 험난한 인생을 예언하는 대목에서 바리설화가 직접적으로 언급되어 가까스로 샤머니즘이라는 간판을 유지하고는 있다. 하지만 느닷없이, 그리고 불쑥 출현하는 할머니와 칠성이의 등장은 환상과 꿈의 형태를 띠지만, 환상과 꿈이 샤머니즘으로 등치되지는 않는다. 환상과 꿈은 인간의 의지와 결부되어있다는 점에서 철저하게 현실적이며, 그래서 휴머니즘의 가능성을 내포한다.

이는 바리가 공수를 하는 부분을 보면 오해가 아님을 알게 된다. 딸 홀리야를 잃고, 남편 알리마저 납치된 절망의 상황에서 어린 계집아이의 목소리로 공수가 터져 나온다. 죽어간 원혼들이 "우리가 받은 고통은 무엇 때문인지, 우리는 왜 여기 있는지"에 대해 묻고 바리가 "이승의 정의란 늘 반쪽이"라는 대답하는 과정에서 부각되는 것은 불지옥, 피바다, 모든 것을 삼켜버리는 모랫바닥과 같은 이 시대의 고통이다. 왜 영매 바리가 저승 세계의 혼령들과 접신하는 장면에서 이성으로 해명할 수 없는 불가사의한 인간의 내면을 보여주는 데 소설의 힘이 집중되지 않을까. 오히려 모든 환상 하나 하나는 현실과 일대일로 대응되면서 참혹한 현실만을 강하게 환기하는 것일까. 모든 것은 휴머니즘 때문이다.

내내 혼란스러웠던 것은 '샤머니즘과 휴머니즘의 착종'이다. 바리의 공수를 가만히 들여다보면 소설은 접신의 상태를 논리적이며 이성적으로 접근한다. 접신의 상태조차 영매 바리가 압둘 할아버지의 조언에 의지하고 있는 것 자체가 이미 샤머니즘이 구현될 가능성을 배제하고 있는 것이다. "우리가 약하고 가진 것도 없지만 저들을 도와줄 수 있다는 믿음을 가져야 한다. 세상은 좀 더 나아질 거"라는 주제마저 바리가 아닌 압둘 할아버지로부터 나온다. 인도, 북조선, 파키스탄, 영국, 미국, 중국, 이슬람교도, 샤머니즘, 이 광범위한 것에 대한 포용과 화해의 정신은 휴머니즘이 아니고는 무엇인가. '광범위한'이라는 용어에 이미 샤머니즘을 소재적 차원으로 한정하고 서구의 휴머니즘을 끌어들일 가능성은 그래서 매우 높다.

그러나 포용과 화해는 그럴 수밖에 없도록 운명지워진 패자의 자기 합리화가 아닐까. "네가 바라는 생명수가 어떤 것인지 모르겠다만, 사람은 스스로를 구원하기 위해서도 남을 위해 눈물을 흘려야 한다. 어떤 지독한 일을 겪을지라도 타인과 세상에 대한 희망을 버려서는 안 된다"는 말이 타협이라면 샤먼 바리가 지옥행을 감행했던 무모한 도전과는 달라도 한참 다른 것이다. 이는 샤머니즘에서 바리가 철저하게 행동하는 인물이라면 소설의 바리는 사념적 인물이라는 데서 그 징후가 이미 드러났던 바다. 행동의 부족을 공수로 대신했지만, 공수는 환상이고 꿈이었지 바리가 몸으로 피비린내 나는 실재 세계와 맞섰던 것은 아니기 때문이다. 따라서 폭탄이 터지는 가운데 새로 아이를 배고, "믿음. 세상을 좀 더 나아질 거다"라는 말은 포용과 화해는 자기기만이다. 진실은 언제나 일면적이다. 수십억 개의 욕망이 피비린내 나게 부딪치는 이 세계에서 모두를 포용하고 모두가 화해할 수 있는 휴머니즘이 과연 가능할까. 한때, 물론 지금도, 휴머니즘이라는 용어는 딜레마를 돌파하기 위해 손쉽게 거론되지만, 이는 실현되기 어려운 '존재하지 않는 탈출구'다. 서구의 휴머니즘을 보편화하고 거룩한 이념처럼 소설 속에 주입하고 있는 『바리데기』는 그래서 더욱 무책임하게 보인다.

이러한 비판에도 불구하고 『바리데기』의 약진은 질기고도 무섭다. 『남한산성』의 바톤을 이어받아 후반기 소설 베스트셀러 1위까지 넘보고 있다고 한다. 황석영은 팬 사인회와 독서토론회, 한강 유람선상의 낭송회에 이르기까지 문학마케팅의 엄청난 스케줄을 모두 소화하면서 작가는 극심한 피로를 호소한 바 있다. 문학마케팅의 양상이 이전에는 볼 수 없었던 전면전의 양상이다. 언론의 용비어천가식 황석영 띄워주기도 『바리데기』 마케팅에 일조를 하고 있다. 한 인터넷 사이트에서 설문조사에서 노벨문학상 후보로 1위를 차지한 황석영에게 거는 국민적 염원도 무시할 수 없는 요인이다. 여기에는 바리보다 더 파란만장한 삶을 산 인간 황석영의 힘이 무섭게 작용하는 느낌이 없지 않다. 『바리데기』의 책표지에는 "세계가 주목하는 황석영 신작소설"이라는 문구가 선명하게 박혀 있다. 이 모든 것은 '바리가 영국으로 간 까닭'과 연결되어 있다. 황석영의 『바리데기』의 아쉬움은 여기에서 연유한다.

2.

조심스럽지만 피할 수 없는 진단, 윤성희 소설의 곤경

-윤성희의 『감기』

　윤성희의 소설이 경쾌해지고 있다. 『거기, 당신?』에서부터 감지되기 시작한 변화는 슬픔이 눅진눅진 배어나오던 『레고로 만든 집』과는 사뭇 다른 모습이다. 『레고로 만든 집』은 십자가를 지고 가는 인물들의 선명한 슬픔에 선뜻 동의하게 해주었다. 하지만 최신작 『감기』에 이르면 과거의 느리고 정적이며, 선명한 슬픔은 간 데 없다. 변화를 가져온 저간의 사정이 궁금하다.

1) 경계 위의 표류, 의도적인 판단 중지

　모든 정서와 태도가 모호한 『감기』는 이야기를 회색지대에 던져 놓는다. 선명함에 대한 거부, 스스로 흔적을 지워버리는 자의식은 이색적이다. 의도적으로 경계를 지워가면서 독자를 당혹시키는 능수능란함이 물이 오를 대로 올랐다.

황당한 숫자놀음으로 잠 못 이루는 아버지(「구멍」), 파산을 했는데도 음식 여행에 혈안이 된 가족들(「하다 만 말」), 신경통과 몽유병, 발목 인대 치료를 위한 희한한 약재와 민간요법들(「감기」), 고백의 날의 기원을 알기 위한 쓸 데 없는 몸부림들(「재채기」). 여기서 선명한 줄거리를 찾으려 한다면 부질없는 일이다. 우리의 일상이 그렇게 일목요연하지 않다는 것을 아예 작정을 하고 보여주려는 듯 정체불명의 에피소드들은 끊임없이 명쾌한 판단을 교란한다. 첫 작품집인 『레고로 만든 집』에서는 미세하게 배치된 작은 결들이 곱게 얽히면서 깊은 울림을 이끌어 내는 슬픔이 매우 인상적이었다. 하지만 『감기』는 할아버지가 오빠의 장래운수를 점치러가는 과정이 불필요할 정도로 자세히 서술되어 있다. 백두산보살을 만나 퀴즈를 풀어야 하는 장면, 산 속에서 심마니를 만나 심마니가 가진 산삼 세 뿌리를 모두 먹어치운 일(「하다 만 말」) 등 에피소드의 과잉은 『감기』가 서사'일 수도' 있고 '아닐 수도' 있다는 경계 위에서 의도적으로 표류한다.

무의미한 일상에서 의미 있는 사건을 연결하려는 의지를 서사라 부른다면, 서사는 인간의 삶을 의미 있는 것과 의미 없는 것을 나누는 경계가 된다. 그러나 이번 『감기』는 그 경계 위에서 '이다'와 '아니다'를 동시에 보여준다. 『감기』의 서사가 혼란스러운 것은 경계 위에서 양쪽을 동시에 보여주느라 생긴 결과이다. 공들여 흘려 쓴 글씨와 같이 『감기』의 안 짜인 서사는 의도적이다. '경계에 대한 강박'이 산만함으로 읽는 이를 방기하지만, 그 산만함으로 인해 오히려 굉장한 설득력을 얻는다.

잘 짜인 서사는 읽는 사람을 자기의 논리로 결박한다. 잘 짜인 독재자의 서사와는 달리, 헐거운 농담따먹기 식의 이야기는 읽는 이를 중독시키는 대신 자활의 프로그램을 제시한다. 이런 문장들이다. "한 그루에는 잎이 가득하고 다른 한 그루에는 잎이 하나도 남아 있지 않"은 "두 그루의 나무가" 서로를 배척하지 않고 "나란히 서 있"다는 문장은 그저 무심히 흘려 쓴 문장이 아니다. "감기 기운이 있"는 아버지와 찬란한 "오월"의 공존, "죽은 오빠가 생명의 은인"(「구멍」)이라는 문장 역시 경계선에서 볼 때는 불필요한 잉여가 아니다. 실제로 생일 하나 정확하게 기억 못해 "3월 1일"과 "3월 2일" 일 년에 "생일이 일 년에 두 번"(「감기」)인 경우는 우리 일상에서 흔히 볼 수 있는 사소한 진실이기도 하다. 생일이 두 번이라는 비논리가 오히려 진솔한 인간을 드러내기 때문이다. 무심히 스쳐지나갈 뻔한 배경 같은 문장 속에서 단호하고도 분명한 진실을 숨겨 놓을 수 있는 것은 『감기』가 서사의 '경계 위에서 표류'하기 때문에 가능한 일이다. 그런 점에서 윤성희의 변신은 어느 정도 성공적이다.

「이어달리기」는 경계 위의 표류를 즐기는 윤성희의 자신감이 돋보이는 소설이다. 소설은 내면을 상상할 수 없을 만큼 두껍고 단단한 사실의 껍데기에 둘러싸여 있다. 구체성과 사실성으로 승부를 거는 것이다. "13호 가게", "하루에 삼백 스물다섯 그릇도 넘게 팔았다", "딸이 세 명", "2055년쯤, 반으로 갈라진 도마가 신문 1면을 장식할 것이다", "회의는 저녁 열 시에 열렸다. 아홉 시 삼십 분에 가게 문을 닫은 그녀는", "일주일이면 다섯 번 이상 야근을 하는 첫째는"(「이어달리기」) 등. 다른 예가 더 필요할까. 정확한 숫자가 동원된 문장들의 그 치밀한 재현을 무심코 따라가다 보면 자발적으로 내면을 포기하거나 판단을 중지하게 된다. 그러나 수치들이 구체성을 띨수록 이들 숫자가 아무것도 의미하지 않는 추상이 되는 것은 흥미롭다. 역시 사실을 의도적으로 구체와 추상의 경계에 놓아두고 있는 것이다.

'철저한 구체성이 오히려 더욱 무서운 추상성'을 만들어 내면서 이제 내면의 문제는 독자의 몫으로 남겨진다. 비딱하게 보면, 이는 자신이 풀어야 할 숙제를 독자에게 떠넘기는 얄팍한 심리이기도 하다. 마음대로 던져놓은 숫자들과 구체적인 사물들의 나열 속에서 명민하게 의미를 창출하는 독자의 판단에 무임승차하는 것일 수 있다. 이때 의미 파악에 실패한 경우 수준 이하의 독자라는 질타를 감수해야 할 것이다. 소설의 주도권은 당연히 작가에게 있다. 독자들은 암호와도 같은 혼란 속에서 숙제를 수행하는 학생의 위치로 낮아진다. 말하자면 독자의 입장에서 보면 소설은 판단을 요구하는 차용증서인 셈이다.

독자 비평가를 성실한 학생으로 만드는 능란함은 또 다른 소득을 올린다. 희한하게도 『감기』에는 인물들의 이름이 없다. 모든 소설의 주인공들은 "우리", "나", "어머니", "오빠", "아버지"로만 통한다. 몇몇 특정한 경우 "원"(「부분들」)과 같은 성으로 이름을 대신한다. 아니면 "E"나 "H"(「안녕! 물고기자리」)같은 영어 이니셜, 혹은 그저 평범하게 "남자", "여자"(「감기」)가 전부이다. 여기서 이름을 숨김으로써 소설이 어느 특정인의 이야기가 아니라 인간 일반의 문제를 다루고 있다는 느낌은 독특하면서도 재미나다. 한 명 한 명의 이름을 구체적으로 거론하기에는 "치열하게 살아봤자 남는 것은 방이 없는"(「무릎」) 누추한 현실은 우리 모두의 것이라는 동류의식을 만들어낸다. 대화에서조차 호칭을 사용하지 않는 것 역시 고통을 우리 모두의 고통으로 만들고 싶은 마음을 보여준다. "인생에서 가장 중요한 게 무엇인지 알았단다. 그건 잘 지우는 거"(「구멍」)라는 패배의식 때문이다. 구체적인 명명을 버리고 인물을 추상화함으로써 『감기』는 분명 주변부 삶의 불안과 고독을 무심한 듯 다독이려는 휴머니즘의 한 측면을 획득한다.

이러한 휴머니즘은 표면적으로는 하류인생들의 구질구질함을 모두의 것으로 인식하게 하면서 공감의 폭을 넓혀간다. 하지만 익명의 존재들이 실제로 아무도 의미하지 않는 추상이 되고 있다면 이 역시 '구체와 추상의 경계' 위에서 판단의 문제를 독자에게 떠넘기는 것이다. 윤성희의『감기』에 대한 당혹감은 바로 이 '판단 중지'에서 나온다. 작가의 책임회피 혹은 독자의 자율성에 대한 섬세한 배려, 이 경계에서 우리 역시 작가와 함께 표류하고 있는 것이다.

2) 새로운 방법적 자각 혹은 머뭇거림을 감추려는 은폐물

당혹감은 또 다른 곳에도 잠복해 있다. 이를 위해 윤성희의 소설이 부유층의 이야기를 외면하는 이유를 생각해 보아야 한다.『레고로 만든 집』에서부터『거기, 당신?』에 거쳐『감기』에 이르기까지 윤성희 소설에서 가난의 이야기는 작가의 신념과 관련되어 있다. 하류인생들을 극진하게 배려한다는 말은 애초부터 이 소설집이 철저하게 상류계층을 염두에 두지 않고 기획되었다는 말과 같다. 물론 막장인생에 집중하는 것이 비단 윤성희의 경우만은 아니다. 실제로 대부분의 소설들은 하잘것없는 인간의 삶을 소재로 한다. 하지만 윤성희의 경우는 조금 다른 면이 있다. 하류인생에만 골몰하는 것의 한계야 어떤 식으로든 제기될 수는 있겠으나, 적어도 하류계층에 대한 관심과 배려가 단순한 소재의 차원에서 머무르지 않는다는 것만은 이미 중요한 가능성을 보여주는 것이다. 아마도 여기에는 하류인생의 드라마가 그렇지 않은 경우보다 훨씬 진실할 것이라는 평범한 믿음이 크게 작용했을 것이다.

하지만 인간이 존재하는 한 진실은 어디에나 있다. 상류층이 소설에서 외면당하는 것은 이들에게 진실이 없어서가 아니다. 중요한 것은 질문의 문제다. 그것은 이들이 세계에 대해 질문을 하지 않기 때문이다. 그런 점에서 하류층의 질문에 민감한 『감기』는 매우 중요한 의미를 갖는다. 말 많은 하류인생들을 반복적으로 보여줌으로써, 세계에 대한 새로운 태도를 강조하려는 모습이 자주 감지된다.

『감기』에는 침묵으로 고통을 수용하는 수동적인 인물들은 찾아보기 어렵다. 목소리를 높이는 가운데 자신의 요구를 관철시키려는 능동성은 아주 분명하다. 하류인생들의 질문이 구체화된 '여행', '소원', 그리고 '기적'이라는 모티프는 바로 이러한 능동성을 발견하는 색다른 재미를 안겨준다. 마을버스 운전사가 생업을 포기하고 떠나는 고속도로 여행(「감기」), 집을 잃은 가족들이 오로지 먹기 위해 함께 떠나는 슬프지만 즐거운 여행(「구멍」), 고백의 날의 기원을 알기 위한 황당한 여행(「재채기」), 시계수리공(「구멍」)과 금으로 번쩍이는 담벼락을 만들고 싶다는 소원(「무릎」), 심지어는 "'소원의 집'이라는 선물가게"(「저 너머」)도 있다. 이들은 질문을 이상화 체질화함으로써 질문이 없는 상류층의 삶을 공손히 거절한다. 너무 쉽게, 언제나 기적이 이루어진다고 토를 달아서는 안 되는 이유는 바로 이러한 상류층에 대한 '공손한 무관심' 때문이다. 이러한 태도는 분명 사유는 많으나 결국 운명의 십자가에 묶이고 마는 『레고로 지은 집』의 인물보다는 한 단계 나아간 모습이다.

막장인생들의 질문이 더욱 의미를 갖는 것은 질문 없는 세상에 대한 '조용한 무관용성'을 은연중에 드러내고 있기 때문이다. "아무것도 키우지 않는 정원사"(「무릎」)처럼 인물들은 질문 없는 자동화된 세상에 저항한다. 잘못 탄 버스를 내린 후로 "팔 년이 지나도록 다시 돌아가는 버스를 탈 마음이 생기지 않는"(「안녕! 물고기자리」) 주인공, 영원히 "돌아오지 않을지도 모른"다고 말하는 어머니(「부분들」), "페달을 밟을 때마다 집과 점점 멀어"져서, 결국에는 "집에 도착하지 못"하는 "오리배"(「무릎」)들은 상처를 준 세계에 대해 결코 너그러워질 수 없는 신념을 표현하고 있는 것이다.

이제 우리는 새로운 질문에 봉착한다. "똑같은 곳을 계속 맴도"는 현실을 수정하기 위해서 무슨 일이 일어나야 하는가. 그러나 이 질문은 세계에 대한 추궁이 아니라 오히려 이 세계는 과연 어떤 세계이어야 하는가 하는 성찰이 될 수밖에 없다. 그런 점에서 "이 세상에서 가장 쓸모없는 물건들"을 상상하지 않고서는 "깊이 잠들 수가 없"다는 고백, 그리고 "제 기능을 잃어버리고 버려진 물건들을 보면, 한겨울에 쇠로 된 난간에 이마를 맞대고 싶은 충동이 일곤 했다. 그 안에 깃들인 슬픔을 잊지 않으려고 애썼다"(「무릎」)는 고백은 공손한 무관심이 빠른 속도로 무관용으로 변해가는 과정을 스케치한다. 이 과정에서 『감기』는 이전 작품집에서는 볼 수 없었던 새로운 양상을 만들어내고 있다. 인물들이 '움직임이 과도하게 많아진다'는 점이다. 모두가 부산하게 움직이는 소설은 꿈을 꾼다는 것, 소원과 기적이 결코 명사가 아니라는 사실을 암시한다. 전편(全篇)의 인물들은 언제나 움직이고 있다. 정서를 망각하고 맹목적으로 지엽적인 동기에 매달리는 탈내면의 서사라는 평가는 여기에서 연유한다.

그런데 끝도 없는 움직임들이 소설을 역동적으로 만들기보다 오히려 다른 차원, 즉 진실을 실천의 영역으로 이끌고 간다는 점을 놓쳐 버린다면 재미없다. "의외로 자신의 물건을 제대로 정리하지 못하는 사람이 많은" 세상을 위해서 일하는 서랍정리전문가(「리모컨」), 아무것도 키우지 않는 정원사(「무릎」)들은 이제 삶의 진실이 사유하는 데에만 있지는 않다는 새로운 윤리로 제시한다. 움직이는 데서 진실이 생성된다는 윤성희의 발상은 충분히 흥미롭다. 『감기』의 움직임은 단순한 행동으로 치부할 수 없는 보다 근본적인 변신의 근거를 내장하고 있다. 고요하게 머물러서 사유하는 일반적인 진실을 '뒤죽박죽 꿈틀거리면서 움직이는 하류계층의 실천적 진실'로 바꾸어 보려는 노력은 독특하고 의미있는 작업이다.

따라서 하류인생들과 친화함으로써 세계를 밑으로부터 움직이려는 진실의 논리를 부정할 생각은 없다. 문제는 명사적 진실이 동사로 바뀌는 과정에서 나타난 움직임의 과잉, 그로 인한 진실의 암호화라는 데 있다. 두 가지 생각이 가능하다. 움직임은 '진실을 새로운 차원에서 발견하려는 방법적 자각'인가. 아니면 '진실에 대한 확신 부족으로 인한 머뭇거림을 감추려는 은폐물'인가. 이야기는 다시 앞으로 돌아간다. 윤성희가 진실에 대한 해석을 유보함으로써 작가로서의 책임을 회피한 것인지, 아니면 독자에 대한 배려를 하는 것인지 앞의 이야기와 같은 질문이다. 진실이 움직임 속으로 자리를 옮기면서 암호화되는 색다른 발견 속에서 그 진실의 구체적인 내용은 언급되지 않는다. 진실에 대해 말하려는 것 같으나, '어떤' 진실을 말하려는 것인지 알 수가 없다. 분명한 것은 이러한 혼란이 작가의 정신적 고갈 혹은 정신의 쇠약에서 오는 것이라는 짐작은 조심스럽지만 피할 수 없는 진단이다. 이러한 정신의 고갈이 진실의 세부를 피해 진실 자체를 선언하는 방식을 택하게 했을 수 있다는 말이다. 말하자면 방법적 자각으로 시선을 유도하면서 윤성희의 소설은 잠시 숨고르기를 하고 있는 중이다.

8년이 흘렀다. 세 권의 소설집을 내는 과정에서 누구나 정신은 지치고 철학은 마모되기 마련이다. 의도적으로 경계 위에서 표류하고, 진실의 방법만을 말하는 윤성희의 소설은 지금 곤경에 빠져있다. 우리는

『감기』의 활기와 발랄함에서 바로 이런 윤성희 소설의 곤경을 읽는 것
이다.

3.

깨진 거울은 하나의 그림을 보여주지 않는다
-윤명수의 『내 여자 친구의 귀여운 연애』『내 안의 황무지』

과작의 작가로서 오랜만에 책을 낸다는 것은 상당한 부담일 것이다. 그림자로 보낸 시간, 오랜 공백을 해명하라는 말없는 요구가 신작에 세금처럼 부과되기 마련이다. 화려한 스포트라이트까지는 아니었지만, 작가 윤영수가 90년대의 목소리로서 일정한 지분을 차지했던 것만은 사실이다. 윤영수를 향한 우리의 기억 역시 『사랑하라, 희망없이』(1994), 『착한 사람 문성현』(1997), 『자린고비의 죽음을 애도함』(1998)와 함께 90년대에 한정된 것이다. 실상 2006년 『소설 쓰는 밤』을 냈으나 90년대의 관성에 묶여 평단에서 별 반응을 이끌어내지는 못했다.

그렇다면 윤영수를 90년대라는 추억 속에서 만나는 이유는 무엇일까. 90년대적 발상이 그리 뛰어났기 때문인가. 그렇지 않다. 중견작가로서 분명한 입지를 보여주지 못하고 있기 때문에 자동적으로 90년대 소속이 된 것이다. 세트로 묶인 두 권의 신작『내 여자 친구의 귀여운 연애』『내 안의 황무지』[1]에는 한 두 작품을 빼고는 자신만의 특성을 잃고 허둥대는 모습이 역력하다. 윤영수라는 브랜드를 붙이기에는 박완서의 흔적이 역력하고, 서영은의 모습도 언뜻 언뜻 비친다. 젊은 작가 김윤영, 김애란도 보인다. 서둘러 말하자면,『내 여자 친구의 귀여운 연애』『내 안의 황무지』에는 '윤영수가 없다'.

1) 일탈의 순간 머뭇거리다

『내 여자 친구의 귀여운 연애』『내 안의 황무지』 두 권에서 쉽게 감지되는 부분은 비일상적인 과장과 황당함이다. 황당함이나 과장은 일상에서 포착하기 어려운 낯선 진실을 포착하는 데 종종 활용된다. 물론 이는 세계에 대한 젊은 발성(發聲)이라는 점에서 유효성을 획득한다. 김애란, 이기호, 박민규 등 2000년대의 새로운 징후로 언급되었던 젊은 작가들이 기발함과 황당함으로 기존의 문학을 덮어쓰기 하는 젊은 전략으로 문단 진입에 멋지게 성공했다. 멋진 신세계는 낡은 시선으로 포착될 수 없다는 발상이 황당함으로 등장한 것이라면 그 나름대로 설득력이 없지 않다.

하지만 윤영수의『내 여자 친구의 귀여운 연애』『내 안의 황무지』는

---

1 각 권에 수록된 작품은 다음과 같다.『내 여자 친구의 귀여운 연애』에는 「내 여자 친구의 귀여운 연애」「광고맨 강과 그의 사랑하는 아들」「이인소극 二人笑劇」「새 떼」「윗마을 혼인 잔치」, 그리고『내 안의 황무지』에는 「내 안의 황무지」「적도 부근」「만장 輓章」「이우천하지선사」「개나리가 활짝 핀 봄날 버스를 타다」이다. 이하 작품집과 인용 쪽수는 생략하고 작품명만 표기하기로 한다.

황당함이 가져야 할 일탈에 대한 기대가 없다. 몇몇 작품을 제외한 대다수 작품들은 '도덕의 족쇄'에 얽매여 있다. 「광고맨 강과 그의 사랑하는 아들」「이인소극」의 핏줄의식, 「내 여자 친구의 귀여운 연애」의 사랑, 「새 떼」「이우천하지선사」의 양심은 세간의 눈치를 살피는 흔적이 역력하다.

「광고맨 강과 그의 사랑하는 아들」은 프리한 삶을 지상목표로 하는 전문직 부부가 실상은 입양아로부터 보호를 받지 않으면 안 되는 철딱서니라는 설정은 현대적 자유의 이면을 재치와 생동감으로 폭로하고 있다. 하지만 스와핑(swapping) 같은 극단적인 성적 자유까지 누리는 부부가 결국 핏줄에서 무너진다는 설정은 간극이 너무 크다. 아버지를 버린 친할머니와 배다른 형제들이 들이닥치면서 황당함은 핏줄이라는 오래된 도덕관으로 급격히 후퇴한다. 도덕적 선명성은 기존의 가족관념을 무너뜨리는 양부모의 치기어린 발랄함과 할머니의 구태의연한 노망을 혈연이라는 하나의 의미망 속에 묶어 버린다. 황당함이 아니고서는 포착할 수 없는 인간 삶의 내적 파장을 고려한 것이 아니라, 황당함을 단지 표면적인 특이함 정도로만 인지하고 있기 때문이다. 계약으로 유지되는 비혈연 가족으로 산뜻하게 끌고 가려면, 할머니를 등장시키지 않는 편이 좋았다. 할머니가 등장하면서 시한부 계약 아들인 '나'와 입양부모 사이의 새로운 가족관계는 살필 틈이 없다. "혹시 내가 네 친아빠 아닐까?"라고 핏줄의 해피엔딩을 희망하는 순간 과격했던 전반부의 힘은 빠진다.

황당함이 세계에 대한 역동적 해석과 서사적 활기로 연결되기 위해서는 도덕의 껍데기를 벗기는 데 좀 더 공격적일 필요가 있다. 노쇠의 근거는 도덕적 일탈에 대한 포용의 의욕이 줄어드는 데 있다. 생기발랄을 도덕적 카타르시스로 김을 빼지 않으려면, 황당무게 속에 내재된 누추함를 급히 감추기보다는 까발리는 뻔뻔함이 절실하다. 그러기 위해 「광고맨 강과 그의 사랑하는 아들」의 경우는 할머니 없이 비혈연 가족의 문제에 집중했더라면 좋았을 것이다. 「내 여자 친구의 귀여운 연애」는 서술자를 좀더 파격적으로 설정하는 것이 괜찮을 뻔 했다. "20년 동안 그야말로 몸을 바쳐 동생들 학비와 가족들의 생계를 책임져"왔다는 양미의 상황을 "진정한 사랑"으로 보상받아야 한다는 현수의 온정주의는 허무맹랑함을 새롭게 해석할 기회를 잃어버린다. "사랑도, 분명히 있지만 보이진 않"는다는 신파로 이끌지 말고, 차라리 양미의 기형적 사랑에 내재한 인간 삶의 엉터리와 이를 바라보는 우울한 시선을 과장하는 것이 낫지 않을까.

소설의 폭과 깊이는 기형화된 삶마저 포용할 수 있는 유연성에서 나온다. 「광고맨 강과 그의 사랑하는 아들」도 그렇고, 「내 여자 친구의 귀여운 연애」도 그렇듯, 대상을 철저히 이해하려는 강박은 소설을 협소하게 만든다. 입양아가 양부모를, 혹은 현수가 양미를 이해하려 하기보다, 차라리 '적극적으로 오해'하는 길이 너저분한 살이의 커커에서 미묘한 인간 존재에 대한 연민이 가능해진다.

물론 「내 안의 황무지」「적도 부근」의 경우는 상황이 다르다. '오해에 대한 열정'과 '파국을 기다리는 스릴감'은 절망의 효력을 제대로 활용하며 세상에 정면 대응한다. 「내 안의 황무지」에서 아이를 저승으로 보내고, 남편과 멀어진 아내는 적극적으로 황무지를 불러들이는 아내는 스스로 독(毒)을 만드는 여인이다. 아내는 소설을 읽으면서 자신과 세상을 좀먹는 독을 찾는다. 「내 안의 황무지」에서는 독이 존재의 수단이라면, 「적도 부근」에서는 저주가 그렇다. "오라 얼마든지 오라. 나는 두렵지 않다"며 의처증 환자인 남편에 대한 증오를 자학으로 삼키는 아내의 모습은 그 비정함이 오히려 압도할 만큼 아름답다. 자학과 절망을 끈기 있게 밀어붙이는 수작들이다.

"우리는 모두 속고 싶다"는 「이인소극」이나, "100프로 순수 가짜인 내가 단언하건대 이 시대의 잘 먹고 잘사는 인간들은 다 나 같은 가짜"라는 「새 떼」의 자학적 뻔뻔함도 그냥 겉멋은 아니다. "속임수임을 밝힐 수 없는 허구, 우리는 그것을 진리라 부른다"는 「이인소극」의 자기모멸이 「새 떼」에서 가짜를 자조적으로 옹호하는 타락의 열정으로 심화된다. 함부로 다루어도 좋을 만만한 존재들은 타락하고 싶다. 적극적으로 속으면서, 자기의 타락을 용서받고 싶기 때문이다. 이런 체면을 차리지 않는 얄팍함이 연극배우와 직업적 사주쟁이라는 거짓과 가짜의 본성을 통해 비로소 도덕의 오염으로부터 벗어나고 있다. 도덕적 오해를 자초하지 않으면 인간의 본질은 이해되기 어렵다. 오해가 이해의 시작이라는 말이다. "멀리, 이곳으로부터 되도록 멀리 내빼"기 위해 치매에 걸린 노모를 버리고 사기꾼 이용훈을 만나러 가는 진희의 파국의 길에 평화는 없지만, 진실이 있다.

그러나 파국의 극점으로까지 가기는 힘에 부쳤는지, 대부분의 소설들은 역시 막판에 힘을 살짝 뺀다. 「새 떼」에서 박윤명이 자살한 충격인지, 가짜임을 과도하게 강조하는 모습이 수상쩍다. 엄마에게 수면제를 초콜릿 주워 먹듯 즐기게 내버려 두고 사기를 당하기 위해 조급하게 종종걸음치는 「이인소극」의 마지막 부분에서 진희의 뻔뻔함은 미세하게 흔들린다. 「광고맨 강과 그의 사랑하는 아들」「내 여자 친구의 귀여운 연애」도 결말에서 독기는 급속도로 약화된다. 이들은 '일탈의 순간, 뒤를 돌아본다'. 침묵하는 악은 악으로 인식되지만, 과도하게 강조되는 악은 위악으로 보여, 그 뒤에 선의 의지가 남아 있을지 모른다는 일말의 여지를 남겨 두는 것이다. 이러한 나약함, 이러한 머뭇거림이 이번 소설들을 도덕으로 환원시키고 있다.

2) 도덕은 반복하기를 좋아한다

문턱을 넘어, 삶을 한없이 하찮은 것으로 만들어 버림으로써 현실을 혹독하게 통찰하는 여유는 도덕만으로 확보되지 않는다. 현실의 필요에 의해 만들어진 도덕은 현실의 표면만을 보는 데 주력하며, '도덕은 현실의 메시지를 반복하기를 좋아한다'. 유사한 증언으로 과거를 재구성하는 「만장」「개나리가 활짝 핀 봄날 버스를 타다」, 이야기 방식의 반복인 「윗마을 혼인 잔치」, 아닌 듯하지만 「이우천하지선사」도 영락없이 도덕이 만들어낸 반복이라는 함정에 걸려든다.

「만장」이 흥미롭다면 잠꼬대가 한 가족을 파탄낼 수 있다는 소재적 특이성 때문이다. 지루하다면 증언이 진전되지 못하고 계속 쳇바퀴를 돌기 때문일 것이다. 은자의 잠꼬대를 추억하는 동거인, 수도사, 자유인, 이모, 옛 친구, 옛 연인 등의 이야기가 비슷하게 반복된다. 「개나리가 활짝 핀 봄날 버스를 타다」도 화가 이일순에 얽혀든 여기자와 교수, 퇴역 군인, 보이지 않는 승객, 5세 미만의 어린이, 그리고 65세 이상 노인의 인생을 친절하게, 그러나 지겹도록 들어야 한다.

모자이크 처리하게 되면, 작품을 다양한 스팩트럼으로 작품을 입체적으로 조명할 수 있는 여지를 갖는다. 잠꼬대가 예언인지 욕망에 의한 조작인지, 신이 베푼 은총인지 아니면 세속의 고통인지, 정리되지 않는 혼탁한 인간 내면을 「만장」의 증언들은 소설을 하나의 색깔로 한정하지 않는다. 유기적 짜임새와는 무관하게 이야기 조각 사이의 틈새가 너무 큰 「개나리가 활짝 핀 봄날 버스를 타다」의 반복은 오히려 이로 인해 예기치 않은 성과를 내기도 한다. 사실 여기자와 교수, 퇴역 군인, 보이지 않는 승객, 5세 미만의 어린이, 그리고 65세 이상 노인이 합일하는 지점으로 "개나리가 활짝 핀 봄날"의 상징성은 지나치게 헐

겁다. 어느 인물이 더 추가된다 해도 하나도 문제될 것 없도록 이야기 틀은 완전히 열려 있다. 한데 물처럼 아무렇게나 흘러 하나의 구심으로 수렴되지 않는 삶의 양상은 반영하는 데는 이런 헐거운 틀이 제격이다.

하지만 만족하기는 아직 이르다. 패턴화된 반복이 삶의 이면에 잠복해 있는 허위를 통찰하기보다 「윗마을 혼인 잔치」의 식상한 말장난의 양적 팽창이나 「이우천하지선사」의 유치한 자기 계몽의 유포에 몰입한다면 얘기는 다르다. 「개나리가 활짝 핀 봄날 버스를 타다」는 "인생이 왜 이리 너저분한지 몰라. 살아가는 순간순간이 왜 이리 구차하고 민망한지 알 수가 없어."라는 하소연으로 모든 증언을 일괄해 버리는 인식의 느슨함은 무모함과 다르지 않다. 배수아의 소설처럼, 현실 자체가 끝없는 양적 확장과 동일 세포를 복제하는 특이한 세계를 기반으로 할 작정이 아니었다면, 일상적 세계를 바탕으로 하는 단순한 세포 분열은 사유의 빈곤을 말하기에 앞서 무모함을 지적할 수밖에 없다.

하나의 거울로 파편화된 현실을 담으려 했다면, 이는 과욕이다. 현실의 복잡다단한 이면을 투시하지 않는 팽창은 무의미하다. 삶의 밑바닥을 해명하지 못한다면, 「윗마을 혼인 잔치」의 두 여자들의 허세는 뒤가 뻔한 삼류개그에 머물고 만다. 이 방면에 박완서의 전매특허가 그리 쉽게 얻어진 게 아니다. 뒤통수를 치는 이면의 미세한 진실은 감성과 이성 모두에 충분한 공감을 얻는다. 이 작품의 유머가 힘을 얻기 위해서는 표면의 말장난보다, 내면의 작은 꿈틀거림에 민감해야 한다. 겉똑똑이들은 태양과 생명을 옹호하지만, 성숙한 자는 어둠과 죽음에서 인생을 발견한다. 신발을 끄는 미세한 발인기척이 성큼걸음보다 더 깊은 진정을 담는 경우는 많다. 그렇지 않다면 「윗마을 혼인 잔치」에서 단발머리와 긴 파마머리의 속물근성은 양심을 계몽하기 위한 일회성 해프닝 그 이상도, 그 이하도 아니다.

　계몽주의자들이 필요로 하는 것은 성숙이 아니라 미숙이다. 미숙도 과도한 미숙이다. 과도하게 어리석을수록 계몽의 효과는 커진다. 계몽이 거짓 현실을 만들어 내는 근거는 여기에 있다. 「이우천하지선사」의 "우리의 친구들이 아니면 더불어 공감해 줄 사람이 없다는 터무니 없는 독단은 언제부터 싹텄던 것일까"라는 근거 없는 자기 비하, 「만장」의 "더 이상 무의식에 끌려 다니고 싶지 않아. 내 깨어 있는 의식으로 결정할 거야"로 인생 전체를 후회로 끝내 버리는 피해의식은 사실과 무관한 계몽의 조작이다. 사물이 있고 이를 비추어야 할 거울이 존재한다. 사물이 거울을 위해 존재하는 것은 아니다. 거울이 사물을 반영하기 위해서 거울 자체는 아무 것도 아니어야 한다. 그러나 계몽의 거울은 자신을 위해 미숙한 현실을 준비한다. 어리석고 악한 현실의 상(象)은 이미 정해져 있어서, 도덕의 거울에 비친 현실은 가짜 현실이 될 수밖에 없다. 계몽이 설 자리를 마련하기 위해 들러리를 선 인간 존재 역시 가짜이기는 마찬가지다. 가짜들만의 세상, 그래서 『내 여자 친구의 귀여운 연애』『내 안의 황무지』에는 '진실이 없다'.

　문제는 '반복을 해석하는 내면의 폭'이다. 라벨의 「볼레로」, 파헬벨의 「캐논 변주곡」, 바흐의 「골드베르크 변주곡」, 이들 음악이 감성을 오래도록, 그리고 내면 깊이 터치하는 것은 반복하면서도 계몽하지 않기 때문이다. 목적 없이, 욕망 없이 다양한 생의 빛깔을 천천히 음미하는 폭과 깊이는 반복을 의미 있는 것으로 만들어 준다. 물론 『내 여자 친구의 귀여운 연애』『내 안의 황무지』처럼 인생사가 따지고 보면 그게 그거라는 상투적 반복이겠지만, 희로애락의 적나라한 실존은 그렇게 간단한 것이 아니다. 반복하지 않으면 울화통이라도 터질 것 같은, 그 열병을 앓지 않으려는 인간의 자기보존의 다급함이 반복하게 하는 것은 아닐까.

'깨진 거울은 하나의 그림을 보여주는 법이 없다'. 깨진 거울이 조각마다 조금씩 다른 모습을 비추어 줄 때, 그 세계는 역동적이며 살아있다. 반복을 깊이 있게 사유하는 조각 거울의 세계, 그 깨진 거울이 보여주는 폭넓은 세계 인식에 빠져보는 것은 어떤가. '깨져라. 얼마든지 깨져라. 나는 두렵지 않다'고 거울을 향해 자학적으로 말할 의향은 없는가.

4.

단지 덧없음이 아닌, 힘 있는 덧없음

─한강의 『채식주의자』

작품만으로 사랑받는 작가는 그리 많지 않다. 언론의 스타작가 만들기, 화려한 외모, 특이한 사생활, 밑바닥 투쟁 경력 하나 없어도 한강은 오로지 작품만으로 작가로서 자기 존재를 각인시켜 왔다. 한국문단의 조용한 힘, 한강에게는 결코 과찬이 아니다. 『채식주의자』에서도 작가 한강이 자신을 확인시키려는 그 꿍꿍이가 만만치 않다. 여기서 채식에 대한 고정관념은 버릴 것을 권한다. 채식도 육식도 아닌, '새로운 인간 존재론'이 펼쳐지기 때문이다.

1) 옷을 입는 것보단 벗는 게 자연스럽잖아요

『채식주의자』에 관한 가장 눈에 띄는 뉴스는 '인간의 알몸이 얼마나 잔혹하게 진실을 드러내는가'다. 어느 모로 봐도 평범한 영혜가 우연히 꿈을 꾸면서 모든 삶이 파탄으로 치닫는다. 고기를 모조리 쓰레기통으로 쳐 넣으면서 오로지 먹는 것이라곤 식물뿐이다. 그러나 『채식주의자』는 여러 주장들과 달리, 육식과 채식의 대립, 혹은 선과 악의 대립이라는 손쉬운 틀에 안주하지 않는다. 육중한 사유가 버겁지도 않은지, 「채식주의자」「몽고반점」「나무 불꽃」 세 편은 채식 뒤에 도사리고 있는 '잔혹한 진실'을 당차게 파고든다.

영혜의 입장에서 일상의 하찮음이 관류하고 있는 세계에서 사회적 가치는 무의미하고, 육식은 껍데기일 뿐이다. 사실 삶의 무의미성은 20세기가 우리에게 넘겨준 유산이라 해도 과언이 아니다. 『채식주의자』는 이 무의미함을 자동적으로 거부하는 불행한 몸을 만들어 낸다. "물컹한 날고기를" 받아들이지 않는 영혜의 불행한 위(胃). 사실 신혼 초 "브래이지어" 때문에 "가슴이 조여서 견딜 수 없"다고 말했을 때부터 알아봤어야 했다. 그러나 남성의 성기조차 날고기라서 수용할 수 없다는 영혜의 몸이 문제적인 것은 단순히 육식과 세속의 본능을 거스르기 때문이 아니다. 껍데기를 벗기고 인간의 알몸을 정면으로 바라보는 일이 얼마나 참혹한가를 몸소 경험하고 있기 때문이다. 따라서 "옷을 입는 것보단 벗는 게 자연스럽"다는 말은 그냥 비유가 아니다. 영혜 엉덩이의 몽고반점은 이러한 참혹한 진실의 유전자다. 몽고반점은 끊임없이 영혜의 내면을 충동질한다. 아예 작정을 한 듯, "더 이상 사람이 아닌" 상태, 혹은 "사람에서 벗어나오려는 몸부림"을 유혹하는 것이다. 몽고반점을 드러내는 순간, 형부에게는 모자란 예술혼, 남편에게는 출세, 언니에게는 교양이 넘치는 가정, 이 모든 것은 한꺼번에 무너져 내린다.

그러나 두 사람의 알몸은 어떠한 논리보다 무섭고 거칠게 세속적 삶에 육박해 들어온다. 껍데기로서의 세속이 주는 박해, 균질한 삶에 대한 공포를 영혜는 몸뚱어리를 노출하는 것으로 그저 '반응'한다. 사실 이론과는 다르게, 평범한 대다수의 인간들은 데카르트적 이성과는 크게 동떨어진 육체를 통해 존재를 인식한다. 소설 전편을 통하여 사유하는 영혜의 모습은 한 차례도 발견할 수 없다. 다음 공정으로 넘어가는 기계처럼 '무심하게' 얽히면서 형부와 처제의 육체는 폐륜을 저지르면서도 폐륜을 알지 못한다. 비이성의 알몸은 인간의 정체 모를 근원을 찾기 위한 고독한 희생제의다.

그러나 영혜의 알몸은 한도 끝도 없이 훼손되고, '삶이란 영원히 허무에 유혹 당하는 과정'일 뿐이다. 실제 인간 삶이 그렇지 않은가. 실존이 하나의 지식으로 암기되는 세계에서 존재에 대해 회의하는 목소리는 작지 않다. 따라서 "아무것도 없음"을 자학적으로 보여주는 영혜의 몸부림이 비록 허황하고 모질게 들릴 지라도 여기에 동의하지 않을 도리가 없다. 물론 영혜의 일탈에 어떠한 원인도 마련하지 못하는 점이 의도를 가장한 실수의 혐의가 짙다. 하지만 결과적으로 이것이 세속에 대한 욕망, 성적 쾌락의 인간적 흥분, 여기에 이성마저 소거된 '완전한 공복의 상태'를 밑바닥까지 치고 들어가는 치열함으로 작용하고 있다는 것만은 분명하다. 단지 흠이라면 치열함 혹은 처참함 그 자체에서 더 나아가지 못한다는 점이다. 물론 그렇기 때문에 의미가 있다고 한다면 할 말은 없지만.

2) 이제 곧, 말도 생각도 모두 사라질 거야

이렇게 '부재를 증명'하는『채식주의자는』의 목소리에는 어떠한 수사(修辭)도, 역설도 없다. 부재를 통해 존재를 강화하는 것이 아니라 오로지 직설적으로 부재'만'을 증명하는 것이다. 남편이 "정말 사랑한 것은 그가 찍은 이미지들이거나 그가 찍을 이미지들뿐이"라는 인혜의 관찰은 어쩌면 인간 부재에 대한 적절한 잠언일지 모른다. 이미지로 살아가면서 단 한 번도 서로에게 존재한 적이 없는 영혜와 남편, 또 인혜와 남편. 삶은 단지 의무로 버티고 있고, 인간은 종이 위에 클립처럼 하찮게 끼워져 있다. '허무'는 여기서 자란다.

하찮은 인간이 무엇인가 추구한다는 것 자체가 무효라는『채식주의자』의 해석이 오류이기를 바라지만, 현실이 끊임없이 이 사실을 확인시켜 주고 있으니 비관은 자연스럽게 엄습해 온다. 정말 낙관주의자들의 외침대로 인간이 부단히 갱신하며 맹렬히 긴장을 돌파해 나가는 존재라면, 오늘날 여기저기에서 음울하게 흘러나오는 곡성은 무엇인가. 영혜의 '자기 소멸'에「몽고반점」에서는 형부를,「나무 불꽃」에서는 인혜를 동참시키면서 거짓 낙관으로 입에 발린 소리 못하는 작가의 정직은 여지 없이 드러난다. 정도의 차이는 있지만, 허무에 동참한다는 점에서『채식주의자』의 인물들은 '모두가 영혜'다.

그렇다고 이러한 영혜'들'의 자기 소멸을 새로운 진실로 인정할 생각은 없다. 보통의 인간학은 볼 수 있는 인간만을 다룬다. 영혜'들'은 다시 살기 위해 죽음을 통과하는 것뿐이다. 형부에게는 소멸 뒤에 예술이 있으며, 언니는 아들을 위해 다시 사회로 진입한다. 그러나 영혜는 그렇지 않다. 영혜는 "남들이 보지 못하는 것을 본다". 인간의 탈을 벗기, 땅 속으로 뿌리 뻗는 나무되기, 곧 소멸이다. 소멸이 아니고서는 해결할 수 없기에 영혜는 사력을 다해 죽음을 향한다. 아예 삶 자체를 인정하지 않는 것이다. 그렇기 때문에 출세가 달려 있는 회사 임원과의 식사 자리에서도 영혜는 브래이지어 없이 포실한 젖꼭지를 그대로 드러낸다. 엉덩이의 운명과도 같은 몽고반점에 꽃을 그리며 형부와 살을 섞는 것은 일탈이 아니라 '소멸제의'다. 따라서 영혜의 일탈을 두고 세계의 이성적 질서에 대한 저항이라고 해석하는 것은 아무래도 무리가 있다. 저항은 의식의 한 양상이다. 영혜는 세계의 소리에 귀를 기울이지 않은 것뿐이다. 영혜는 "뱃속에서부터 올라온" "내 뱃속 얼굴"에 이끌린 것뿐이다. 따라서 "나는 이제 동물이 아니"라는 말은 세계에 대한 저항이 아니다. "햇빛만 있으면" "살 수 있"다는 영혜의 말은 '단지' 소멸을 원하는 내면의 소리를 그저 '무심하게' 따른 것으로 보아야 한다.

그런데 영혜가 언어를 버리고 존재를 망각함으로써 『채식주의자』는 인간을 소멸시키는 것이 아니라, '세계를 무력화' 한다. 신이나 영혼, 우주와 같은 형이상학적 이념들이 어쩔 수 없이 언어라는 틀 속에서 생성되고, 세계는 이 언어를 통해서 인간을 장악해 나간다. 따라서 "이제 곧, 말도 생각도 모두 사라질 거"라며, 영혜가 언어의 세계 밖으로 나가버리면, 세계는 인간을 설득력 있게 설명할 힘을 잃어버린다. "처음부터 바로 그것, 죽음을 원해온" 영혜는 애초부터 사회의 대기권 밖에 있던 존재다. 세상 밖의 존재에 어떠한 성찰과 철학이 있을 리 없다. 그런 점에서 새로운 정답을 받아쓰게 하기보다는 스스로 증발하는 방식으로 세계의 종말을 사유하게 하는 『채식주의자』의 의미는 크다.

여기에 『채식주의자』의 매력이 있다. 영혜의 허무는 인간에 대한 위협이 아니라, 세계의 존재 기반에 대한 위협이라는 것이다. 물론 인간 실존의 문제를 세계 운행의 불가능성으로 바꾸어 놓으면서 덧없음은 증폭된다. 덧없음을 향한 영혜의 외곬은 "왜, 죽으면 안 되는 거야?"라는 질문 속에 압축되어 있다. 영혜가 선택한 죽음, 그리고 예술가인 형부가 선택한 파멸은 그래서 자신을 해치는 것이 아니라 '세상을 겨눈'다.

3) 그녀의 시선은 그 날개짓을 더 따라하지 못한다

알고 보면 모두가 이 생(生)에 진저리를 치고 있다. 다만 내색하지 않을 뿐이다. 인혜는 생각한다. 만일 영혜가 스스로 제물 삼지 않았다면 정작 "무너졌을 사람은 바로 그녀였을지도 모른다"고. "그렇다면, 오늘 영혜가 토한 피는 그녀의 가슴에서 터져나왔어야 할 피일"지 모른다. 영혜의 격정에도 불구하고, 「나무 불꽃」은 영혜의 일탈을 순간의 명멸하는 불꽃으로 처리해 버린다. 영혜 자신에게는 목숨을 건 것이겠지만, 세계 전체로 보면 지극히 '사소한 해프닝'에 불과하다. 이러한 처리는 실수라기보다 의도에 가깝다. 인혜에 대한 배려를 읽어내기 위해서는 꼼꼼한 독서가 필요하다.

세상의 경계를 간단하게 넘어 버린 영혜와 달리, 언니 인혜는 존재와 소멸의 경계에서 서성거린다. 거식증으로 목숨이 위태로운 영혜를 태운 앰블런스를 타고 가며, 인혜의 시선이 "먹구름장을 향해 날아오르는" 검은 새의 "날개짓을 더 따라하지 못"하는 모습은 영혜의 충격을 넘어설 만한 의미를 갖는다. 충분히 좌절할 만큼 무모하지도 못하고, 현실을 낙관할 만큼 어리석지도 않은 경계에 선 자들을 마지막까지 남겨두는 인물 설정이 혼선으로 여겨진다 할지라도, 이 '혼선이야말로 값진 것'이다. 광란하는 영혜를 슬머시 뒤로 밀어 버리고, 인혜를

전면에 배치하면서 비로소 『채식주의자』는 진짜 소설이 된다. 『채식
주의자』의 참맛은 표제작인 「채식주의자」도 아니고, 이상문학상 수상
작인 「몽고반점」도 아닌, 인혜의 목소리를 들을 수 있는 「나무 불꽃」
에 있다. 영혜가 '철학적 인간'이라면, 형부는 '예술적 인간'이고, 인
혜는 '소설적 인간'이다. 허무에 대한 후회 없는 실천은 정답이 정해진
철학 시험문제에서나 있을 법한 일이다. "덩굴처럼 알몸으로 얽혀 있
던" 불륜에 대한 증오, 그리고 "사람에서 벗어나오려는 몸부림"으로
"전부를 걸고, 전부를 잃"을 수 있는 존재에 대한 경외. 경계에서 이
두 가지를 깊이 이해하면서도 아무 것도 될 수 없는 고뇌하는 인간 인
혜의 모습은 깊은 울림을 전해 준다. 정작 비이성의 알몸으로 나무처
럼 비를 맞으며 서 있는 영혜는 고통이 없다. 고백은 고통이 무엇인지
를 아는 사람의 것이다. 소멸을 소멸로 끝내버리는 비정한 세계에서
만, 그 소멸은 가치를 얻는다. 만일 인혜가 아슬아슬한 경계에 서 있지
않았다면, 영혜의 소멸은 성스러운 희생제의가 되면서 진정한 소멸의
가치를 잃어버리게 된다. 영혜의 죽음을 일회용 소모품으로 만들어 버
림으로써 오히려 실존의 맥락을 새롭게 하는 것은 분명히 인혜에 의해
서 가능한 것이다.

　『채식주의자』가 진정한 실존이 무엇이라고 묻지 않아서 다행이다.
격정적으로 삶의 밑바닥을 훑으며, 단호하게 고통에 올인하는 작위적
인간의 이야기는 오만한 철학이지 소설은 아니다. 서두에서 새로운 인
간 존재론이라고 했던 것은 『채식주의자』가 존재와 소멸의 '경계에서
머뭇거리는 인간', 인혜를 발견했기 때문이다. 이렇게 경계에서 머뭇
거리는 자로 인해 비로소 삶의 덧없음이 '단지 덧없음이 아닌, 힘 있는
덧없음'의 의미를 획득하게 된다. 그런 점에서 「나무 불꽃」에서 "소름

끼칠 만큼 담담한 진실"을 인혜의 몫으로 남겨둔 한강의 판단은 옳았
다. 인혜의 머뭇거림이 오류일 수 없는 것은 이 안에 진실이 도사리고
있기 때문이다.

5.

마이크로코스모스, 가짜 낙원

-김연경의 『내 아내의 모든 것』

1) 새털처럼 가벼운 증상

자동차의 무한 증식은 궁극적으로 속도를 빼앗아 갔고, 식탁 위의 풍요로운 먹거리들은 질병과 근심을 살찌워 왔다. 그리고 빛의 속도 거미줄 통신망이 소통 가능성 백 퍼센트를 자랑할수록 고독한 현대인들은 늘어만 가는, 이러한 역설들이 현대를 구성한다. 이렇게 최첨단의 문명 발전을 구가하는 자본주의가 낳은 사생아는 바로 '고독'이다. 17세기에 이르러 고독은 인간 존재의 본질적인 부분으로, 그리고 인간임을 각성하는 조건으로 제시되어 왔다. 회의를 철학적 방법론으로 삼고 있는 데카르트에게 고독은 세계와 적절한 관계를 유지하기 위한 기본 조건이었다. 개별자로서의 존재 양식을 탐구했던 루소 역시 스스로를 현실로부터 유폐함으로써 자의식의 영역을 보존하고 이를 통해서 세계에 대응하려는 태도를 보여준 바 있다. 이들에게 고독은 자기 상실의 위기이면서 동시에 내면을 재구성하는 통로라는 양면적 의미를 갖고 있었다.

　최근에 출간된 김연경의 소설집『내 아내의 모든 것』은 고독한 자들의 축제의 현장이다. 「내 아내의 모든 것」에서 아내는 남편의 부재를 슬퍼만 할 뿐 찾아 나서지는 않는다. 「눈꽃 놀이」에서는 사랑을 나누어야 할 애인이 타인으로 인식되고, 「드레스덴에서 온 엽서」에서 남편과의 결혼 생활은 외교적 관계 이상을 넘어서지 못한다. 「나의 가자미 색시」는 이혼녀와 연하의 남자 사이의 끝없는 어긋남을 주선율로 하고 있다. 소설에서 모든 관계들은 단절되어 있는 만큼, 이들의 이야기는 하나같이 고독으로부터 시작된다. 고독해서 머나먼 러시아로 도망치듯 날아갔고, 고독해서 독백을 하며, 급기야는 벌레가 되기까지 한다. 하지만 이들은 고독에 대해 저항하지 않고, 도리어 고독으로 숨을 쉬며, 고독의 힘으로 살아간다. 이를 위해 김연경은 망각이라는 공법에 기댄다. 그리하여 휴대 가능한 오락 기구 정도로 고독의 의미를 축소시킨다. 따라서『내 아내의 모든 것』에서 고독에 대한 김연경 특유의 자세를 찾으려는 것은 헛수고이다. 이들은 단지 '고독할 뿐'이다. 인물들은 구태여 고독을 통해 자신을 반추하고 성찰하는 계기로 삼지 않는다. 이들에게 고독은 그저 무게가 증발해 버린 '새털처럼 가벼운' 증상에 불과하기 때문이다.

　당신과 시은을 놀라게, 두렵게 만든 여관의 지저분한 담요 위의 선연한 피도, 천국보다 낯선 감각도, 파열의 순간도, 증오와 그리움으로 뒤척여야 했던 수많은 '그 후'의 시간들도, 모두 화석처럼 경질된다. (그렇다고, 당신에 의해서, 확증된다.) 하여 당신은 이 년 뒤 시은의 몸과 그 몸에 대한 시은

의 지나친 (당신을 몹시 괴롭혔을 것이 분명한) 콤플렉스를 '끔찍함'으로
회상하면서, 서슴없이 (정녕 서슴없었을까?) '끔·찍·했·다'를 두드리고야
만다.(「결코 주체가 드러나지 않으려는 시편」, 64~65쪽)

　　문장 역시 가볍다. 소설의 특이한 서술 방식에는 고독과 함께 '가볍
게 놀아보려'는 태도가 솔직하게 드러난다. 소설의 스토리에는 인간
의 욕망이 담겨 있다. 인물들끼리 좌충우돌하며 온갖 사건들을 만들어
내는데, 여기에 욕망이 개입되지 않을 수는 없기 때문이다. 그런 점에
서 줄거리가 없는 「결코 주체를 드러내지 않으려는 시편」은 욕망을 잃
어버린 인간과 같다. 마침표를 넘어서지 못하고 문장 내부에서 서성거
리는 자는 새로운 문장과 교감할 욕망을 상실한 자이다. 무차별적인
동어반복과 끊임없이 출몰하는 쉼표는 이야기의 흐름을 끊어버린다.
"당신과 시은을 놀라게, 두렵게 만든 여관의 지저분한 담요 위의 선연
한 피도, 천국보다 낯선 감각도, 파열의 순간도, 증오와 그리움으로 뒤
척여야 했던 수많은 '그 후'의 시간들도, 모두 화석처럼 경질된다."는
식으로 동일한 유형의 수식어가 나아갈 듯 나아갈 듯 하며 좀처럼 마
침표에 가 닿지 않는다. 하나의 문장을 끝까지 읽는 데 넘어야 할 산은
또 있다. 소설에 사용되는 괄호는 "서슴없이 (정녕 서슴없었을까?)"와
같이 스스로의 발언을 부정하는 횡설수설은 고독한 자의 넋두리와 조
금도 다르지 않다. 게다가 괄호의 남발은 중심 문장의 독자적인 의미
를 끊임없이 침범함으로써 앞 페이지를 다시 들추지 않고는 도무지 내
용을 이해할 수가 없게 한다. 따라서 한 문장에 담겨 있는 정보량은 극
히 미미하며, 줄거리는 쉽게 파악되지 않는다. 『내 아내의 모든 것』이
친근감보다는 현기증을 불러일으키는 것은 바로 이 때문이다. 고독한
이의 문장은 온통 가벼운 수사적 일탈들로 도배되어 있다. 관습을 넘

어서는 자유분방한 통사구조, 김연경의 소설은 이것만으로도 충분히 '고독'하다.

2) 마이크로코스모스, 가짜 낙원

고독한 사람은 길을 잃은 자이다. 세상과 소통하지 못하는 고독은 그래서 작은 세계에서 더욱 번성하게 된다. 이제 『내 아내의 모든 것』은 세계에 대한 총체적인 시선을 폐기하면서 고독한 인물들을 혹은 독자들을 현미경적 세계 속으로 끌어들인다. 그런데 극도의 미세 촬영으로 대상을 가늠할 수 없는 흐릿하고 불분명한 영화를 보는 것은 무척이나 불편하다. 대상으로부터 일정한 거리를 유지하지 못할 때 사실로부터 벗어나기 때문이다. 『내 아내의 모든 것』에서 '현미경적인 시선'으로 사건 전개 없이 느리고 치밀하게 한 장면 한 장면에 집착하는 방식은 '현실을 망각'하고 싶은 소망을 있는 그대로 노출시킨다. '현미경적 세계'는 삶이 '고독한 자들의 천국'이다. 이 새로운 세계는 일상의 고통으로부터 놓여나며, 현실의 법칙을 연상시키지 않는 독특한 소품들과 더불어 권태로운 삶을 즐기는 놀이 공간이다.

이전부터 김연경 소설에서 현실은 거의 존재하지 않거나 극도로 절제되어 있었다. 마치 소설 쓰기 이외에는 지상에 어떠한 관심사도 존재하지 않는다는 듯이, 혹은 텍스트 밖에는 아무것도 없다는 데리다의 명제를 증명이라도 하듯 김연경은 결코 텍스트 외부를 참조하지 않는다. 이번 작품집에 실린 최근작 「피진의 가을」까지 김연경의 이러한 현미경적 모험은 끝없이 이어져 왔다. 이것은 김연경의 소설이 보편적인 것, 상식적인 것, 절대적인 것과 결별할 수밖에 없는 이유이기도 하다. 김연경은 관습적이고 낡은 서사를 혐오하거나 아니면 망각하는 방식으로 서사를 꾸려나간다. 관습에 대한 공포를 텍스트 내부로 도피하여 해결하려는 듯 텍스트 외부의 세계에 대하여는 철저하게 무관심한 태도를 보여준다.[1] 「허(虛)를 죽이다」에서 '나'는 아파트에 들끓는 파리를 퇴치하는 데 촉각을 곤두세운다. 파리와의 한 판 승부를 위해 고양이를 데려오고, 다시 곰을 데려온다. 무려 5~6 페이지의 분량을 할애하여 파리의 번성과 죽음의 다양한 양상들, 고양이 꼬직이가 후텁지근한 오후 인간의 침대에 누워 망중한을 즐기는 장면, 육중한 곰이 파리를 생포하는 장면 등을 마치 현미경을 들이댄 것처럼 극도로 치밀하게 그려내고 있다. 이 부분에 이르면 소설이 과연 인간의 이야기인가 혼란스럽기만 하다. 뿐만 아니다. 「내 몸 속의 곰팡이」에서 남자인 '나'는 여성에게나 있을 법한 질염이라는 특이한 병으로 고통을 겪는다. 한데 환자가 정작 관심을 두는 것은 병의 치료가 아니라 형광펜의 행방이다. 화장실에서까지 형광펜을 찾으려는 노력은 자못 눈물겹기까지 하다. 또한 「두 횡사」의 '나'를 동토의 땅 페테르부르크까지 날아가게 한 것은 다름 아닌 여인의 브래이지어이다. 뼛가루가 되어 버린 여인의 시신보다 색깔과 장식이 조금씩 다른 스물다섯 개의 브래이지어가 더 소중한 것이다.

이처럼 『내 아내의 모든 것』은 서술의 중심이 인간이 아닌 조그만 물건 혹은 작고 추한 벌레에 놓여 있다. 고독한 개인들은 '사소한 데 목숨을 거는' 식으로 이러한 소품으로 타자의 부재와 고독을 메꾸어 간다. 90년대 초반 윤대녕이 풍성한 문화 상품을 인간 삶의 존재적론 의미와 연결시킨 것과는 달리, 이 소설집의 인물들이 집착하는 소품들

---

1 김형중, 「실연(實演)되는 통속과 권태, 혹은 행위 예술이 된 소설」, 김연경, 『내 아내의 모든 것』, 문학과지성사, 2005, 311쪽.

은 존재론적 의미 혹은 삶의 진정성들과는 아예 무관한 것들이다. 인간의 울타리를 벗어난 이 작은 세계에서 나는 누구이며, 어디서 왔으며, 어떻게 살아야 하는가하는 질문을 던지는 것은 어리석은 일이다. 인물들은 오직 쇄말적 대상들을 현미경 들여다보듯 치밀하게 관찰하면서 시간을 죽일 뿐이다. 고독한 개인들은 현실을 이탈하여 현미경적 세계의 미시성에 빠져들면서 '마이크로코스모스'에서 '낙원'을 발견한다. 아니 발견하고 싶어 한다. 이 세계에는 집착은 있되, 욕망이 없다. 또한 벌레와 짐승과 소품들은 있으나, 인간이 없다. 인간과 욕망이 없으면 고독도 없으며, 고독이 없는 곳이 바로 낙원이다.

벌레와 짐승들과 소품들이 판을 치는 그로테스크한 낙원에서는 온통 황당한 일들뿐이다. 현실의 비장감은 웃음으로, 진지함은 냉소로, 절망은 희망으로 전복된다. 현실의 논리가 적용되지 않는 것이다. 그리하여 고독은 자신의 출신 성분을 잊고 만다. 자신을 낳아준 현실로부터 너무 멀리 와 버렸기 때문이다. 「두 횡사」에서 형상 기억 합금으로 된 브래이지어 쇠줄에 번개가 흘러 감전사한 여인들의 이야기는 황당하고 우스꽝스럽다. 「절망」은 스승의 모습을 "아가리를 쩍 벌리고 있는 하마"로 회화화하는 데 전력을 다한다. 임종을 앞두고 20여년 전에 놔두고 간 하찮은 열쇠고리를 돌려주기 위해 제자를 급히 호출하는 스승이나, 스승의 죽음보다 그의 미발표작 소설 원고를 손에 넣는 것에만 관심이 있는 제자나 정상적인 논리를 벗어나 있기는 매일반이다. 『내 여자의 모든 것』에서 고독은 이렇게 '전복과 놀이'의 기능을 동시에 수행하면서, 그간 의심없이 받아 들여졌던 관념들의 치부를 들추어 낸다는 점에서 일면 긍정적이다. 그러나 새로운 성찰이 바탕이 되지 않은 채 전복 그 자체에서만 의의를 찾는 것은 어쩌면 무모한 모험일지도 모른다. 왜냐하면 김연경의 『내 아내의 모든 것』은 고독을 망각

해야 할 필연성을 뒷받침할 만한 근거를 전혀 갖고 있지 않기 때문이
다. 그러나 고독은 인간을 구성하는 본질이며, 인간임을 각성하는 조
건이 된다. 따라서 고독을 망각한 낙원은 낙원이 아니라 '낙원의 포기'
이며, 또한 인간의 존재론적 의미를 상실한 '가짜 낙원'일 수밖에 없
다. 김연경이 창조해낸 '현미경적 세계의 비극'은 바로 여기에 있다.

3) 변신變身, 존재의 회색빛 미래

『내 아내의 모든 것』에서 역사는 인간의 의지에 따라 기획되거나 진
행되지 않는다. 여기에서 인간은 세계를 통치하고, 역사를 짊어지고
가야할 의무로부터 해방된다. 인간들은 생각하기를 멈추며, 형이상학
으로부터 이성적 존재라는 후광을 얻고 싶어 하지도 않는다. 이미 인
간임은 '망각'되었고, 사람의 피부가 아니라, 벌레의 딱딱한 껍질이 새
로운 신분증명서가 된다. 이렇게 『내 아내의 모든 것』에서 인간 세계
는 아주 보잘것없는 벌레에 의해서 급격하게 그리고 분명하게 무너져
내린다. 이렇게 인간이 '망각의 형식', 즉 '변신'(變身)을 통해서만 존
재할 수 있다는 특이한 관찰은 이 소설집에서 가장 흥미로운 부분이
다. 인간이 작고 추한 벌레로 변해버리는 세계에서 '인간중심주의 신
화'는 서서히 '붕괴'될 조짐을 보인다.

「피진(皮疹)의 가을」에서 육체는 언제나 가려움증에 시달린다. 살갗
이 마모될 정도로 긁어댄 끝에 소년은 한 마리 벌레로 퇴화한다. 짐승
이 되기 위해 끊임없이 탈피를 하는 인간의 성장 과정은 대단한 역설
이다. 「내 아내의 모든 것」의 아내는 오랫동안 남편의 귀가가 지연되
자 아주 작은 벌레가 된다. 「결코 주체가 드러나지 않으려는 시편」에

서는 머릿속의 벌레가 의식을 점령하면서 몸뚱어리 전체가 작고 둥근
머리통으로 변해 버린다. 「허를 죽이다」에서 파리들의 번식력은 인간
의 힘을 압도하며, 고양이와 곰과 같은 짐승들이 생활의 중심으로 떠
오른다. 카프카 소설에서 그레고르의 변신이 형벌일 수 있었던 것은
벌레의 몸과 인간의 정신이라는 기묘한 결합 속에서 견딜 수 없는 비
동일성과 분열 때문이다. 벌레이지만 벌레가 아니고, 인간이지만 인간
이 아닌 것이 비동일성의 고통이다.[2] 오래전 카프카는 『변신』의 그레
고르를 통해서 간접적으로 현대인의 낯설고 기이한 불안을 형상화하
하였다. 그러나 김연경 소설에서 변신은 형벌이 아니다. 그간 세계를
혼란으로 몰아넣은 필연이나 인과 관계는 인간의 형이상학이다. 인간
의 형이상학이 낳은 것은 불행과 권태와 고독이며, 이들은 이미 막강
한 영향력으로 인류의 숨통을 조여왔다. 김연경은 인간의 씻을 수 없
는 죄악, 인간으로 생긴 현대의 병리적 증상을 변신을 통해 '달래며 잊
고' 싶은 것이다. 따라서 카프카 소설의 그레고르와 달리 김연경의 인
물들에게 변신은 결코 저주가 아니다. 오히려 '인간'이라는 사실이야
말로 '생생한 악몽'인 것이다.

　이러한 변신의 주제는 우리 문학사에서 매우 희귀한 사례임에 틀림
없다. 이를 두고 인간의 종말론적 징후라고 줄여 말하는 것은 성급한
결론일 수 있다. 또한 이 소설집의 전위적인 내용을 단순하게 퍼포먼
스 혹은 클리셰에 대한 불안과 공포[3]의 결과물로 일축하기도 어렵다.
소설이 현실을 보존하느냐, 왜곡하느냐, 아니면 비판하느냐 하는 것은
소설가의 자유이다. 그러나 절대 진리가 버티고 있는 자본주의 현대에
대응하기 위해서 작가는 어쩔 수 없이 진보적이거나 전위적일 수밖에

---

2 도정일, 『시인은 숲으로 가지 못한다』, 민음사, 1994, 161쪽 참조.
3 김형중, 앞의 글, 322쪽.

없을 것이다.

그러면서도 『내 아내의 모든 것』의 '지나친 부정성과 경박함'은 인생에 대한 깊이 있는 분석과 통찰을 빠트린 데서 나온 결과일지 모른다는 생각을 들게 한다. 미시 세계가 거대 세계에 대한 대안 카드로 활용되기 보다는 '자폐성'을 키우는 온실이 되는 것은 아닌지 걱정스럽다. 고독에 있어서도 김연경 소설의 파격과 일탈이 현대의 고독에 대한 비판적 대응이 되기보다는 오히려 '싸구려 고독에 편승'한 것은 아닐까 하는 우려가 없지 않다. 이러한 의혹을 피해갈 수 있을 때, 김연경 소설이 가지는 독특한 윤리와 파격적인 소설 미학은 비로소 긍정적 의미를 가질 수 있을 것이다.

6.

살아있으므로, 미쳐가는 모든 것들

-박완서의 『그 남자네 집』

1) 허무의 구멍으로 부는 바람

아직도 이야기할 것이 남았단 말인가. 박완서가 다시 전쟁이야기를 하고 있다. 박완서의 새로운 장편『그 남자네 집』은 전후의 폐허 속에서 두 남녀의 회오리치는 욕망과 그 소멸을 동시에 그려내고 있다. 새파랗게 젊은 나이로 비정한 현실을 살아간다는 것은 행복보다는 불행 쪽에 훨씬 가깝다. 소설은 예순을 훌쩍 넘긴 한 노년의 여주인공이 불행했던 시절의 첫사랑을 회상하는 형식으로 진행된다. 반복되는 일상을 저주하며 가슴 짜릿한 황홀을 꿈꾸는 20대 여성의 미묘한 심리를 탁월하게 형상화하고 있는『그 남자네 집』은 읽는 사람의 마음을 잡아끄는 힘이 보통이 아니다. 하지만 삶의 표피 아래 잠복해 있는 허위를 벗기는 날카로운 시선, 혹은 사실적이고 감각적인 서술만으로 이 소설을 말하기에 그것은 너무나 진부한 지적이다. 박완서가 정작 공을 들이는 것은 전쟁으로 빛나는 젊음을 차압당한 한 여성이 '살아있기에' 느껴야 하는 '전쟁의 허무'와 그 '허무의 치유' 과정이다.

한데『그 남자네 집』에서 '살아있다'는 단어는 도덕적 도식과 그것이 내포하는 윤리적 규범들을 벗어난다. 이 소설은 인간이 신의 섭리에 따라야 한다는 고전적인 도덕률을 벗어난다. 소설에서 절대 진리인 신은 죽었거나 아니면 무기력하다. 신이 없는 시대에는 합리적 이성으로 해명되지 않는 많은 일들이 인간의 삶을 마음대로 휘젓고 다니기 때문이다. 곯는 배를 움켜잡고 미군 부대에 취직했으나 양갈보로 전락한 춘희, 절체절명의 사랑이 뇌에 침입한 벌레의 장난으로 판명된 '나', 정신의 귀족으로 살고자 했으나 시력을 잃고 사랑마저 잃은 그 남자. 이렇게 소설 속의 인물들이 겪는 전쟁, 사랑, 결혼, 이별 등은 신의 개입없이 '우발적'이고 '우연한' 사건에 의해 결정된다. 따라서 신이 없는 시대 홀로 모든 것을 감내해야 하는 인간의 두려움과 허무를 소설은 철저하게 인간적 시각으로 포착할 수밖에 없다. 숭고한 사랑과 무조건적 희생 뒤에 배신과 혐오, 분노와 불안이 대기하고 있다는 사실 앞에서 어리석고 순결한 영혼들은 '미치지 않을 수'가 없는 것이다.

꽃다운 20살에 두 과부와 두 조카의 가장이 되어 버린 '나', 만신창이가 된 정신으로 비뚤게 살아가는 그 남자. 전쟁은 인간 모두에게 재난을 골고루 나누어 주었지만, 두 사람은 전쟁이 자신만의 불행인 양 과장하며 살아간다. 미래를 점칠 수 없는 생활 속에서 불행만큼 쉽게 전염되는 병은 없다. 따라서 동일한 재난을 겪은 두 사람은 지구상의 마지막 남녀인 양 서로의 불행에 쉽게 동의한다. 그것은 사랑의 형태를 띠지만 사실은 채워지지 않으면 미쳐버릴지도 모르는 살아있음에 대한 강박에서 비롯된다. 모두가 짐승으로 변해 버리는 악다구니 속에서 남녀의 사랑만큼 사람을 요동치게 하는 것은 없다.

하지만 재난이 맺어준 사랑은 위험하다. 재난을 나눈 사랑은 어느 한쪽이 재난의 손아귀에서 빠져나가는 순간 종말을 맞는 시한부 사랑이기 때문이다. '나'는 은행원이 보장해 주는 경제적 여유를 치밀하게 계산한 후 미련없이 그 남자와의 비현실적인 사랑을 끝내 버린다.『그 남자네 집』에서 박완서는 전쟁의 불확실성 속에서 살아있다는 것이 아무것도 보장할 수 없는 그야말로 허방짚기라는 점을 아예 작정을 하고 드러낸다. 하지만 이에 따른 부작용도 없지는 않다. 우발적인 사건에 모든 것이 좌우되는 세계, 우연에 끌려가는 존재들은 허무에 빠져 있다. 신념은 있지만 무력하여 인물들의 내면은 끝없는 혼란에 휩싸인다. 그리하여 인물의 존재에는 구멍이 뚫려있고, 그 구멍으로 '허무의 바람'이 분다. 그리고 그 허무는 일탈의 형태로 드러난다.

2) 벌레의 시간, 허무의 시간

삶은 우발적이고 세계를 주재하는 어떠한 진리도 없다. 절대진리가 없는 전후의 흉흉한 현실에서 삶은 방향없이 갈팡질팡 흘러갈 뿐만 아니라, 한순간에 사라질 수도 있는 우연의 존재들이다. 그리하여 젊음의 동경과 전쟁의 절망이 엉망으로 뒤섞여 최소한의 생존조차 보장되지 않는 가파른 현장에서 인간은 무엇을 선택하든 비참할 수밖에 없다. 기아의 가파른 줄타기를 모면한 것에 감사하면서도 한 덩이 떡에 머리를 처박는 그 비속함에 분개하고, 돈의 부정성을 꿰뚫고 있으면서도 손갈퀴에 지폐를 그러쥐는 천박함은 모두가 전쟁의 탓으로 돌려도 좋다. 이렇게 지옥을 겪은 자는 성급하게 천국을 꿈꾼다. 사랑이라도

하지 않으면 영영 지옥불에서 벗어날 수 없을 것 같은 두려움에 두 남
녀는 열병을 앓듯 서로에게 빠져든다.

하지만 그 천국의 입구는 곧바로 지옥으로 연결된다. 그 남자의 뇌
속으로 유충이 혈관을 타고 뇌에 올라가 그 남자가 실명을 한 것이다.
이 소설은 아주 익숙하고 정형화된 것을 부정하는 방식으로 뒤통수를
친다. 그간 '나'를 황홀경에 빠트렸던 미친 사랑의 실체가 뇌세포를 갉
아먹는 벌레의 장난이라는 것이다. 소설은 사랑이라는 절대가치가 배
후에 은밀히 도사리고 있는 하찮은 실수와 우연한 장난에 의한 것일
수도 있다는 점을 폭로한다. 전쟁 속에서 살아있다는 것이 이렇게 황
당한 사건에 의해 얼마든지 휘둘릴 수 있는 인간 존재란 얼마나 초라
하고 한심한 것인가. 아이러니한 것은 '나'를 전쟁의 허무로부터 끌어
낸 것도 벌레라는 사실이다. 두 남녀가 함께 했던 사랑의 시간은 벌레
의 시간이라는 것을, 결혼은 그때 마침 남편이 옆에 있었기 때문이라
는 것을, 시력을 잃은 그 남자로 인해 입맛이 까칠했던 것은 사랑의 아
픔이 아닌 임신의 입덧이었다는 것을 깨닫는다. 이렇게 모든 것은 '우
연의 산물'이다. 이후 '나'는 다시는 입덧을 하지 않는다. 이러한 존재
의 우연성을 하이데거는 불안이라고 불렀고, 샤르트르는 구토라고 불
렀다. 모든 것에 이유는 없다. 다만 인간은 그것을 깨닫는 순간 속이
메스꺼워 줄창 웩웩대며 입덧으로 반응만 할 뿐이다.

박완서는 한 인터뷰에서 자신을 정통 6.25세대라 칭하면서 그 세대
가 가질 수밖에 없는 한계를 '삶과 정신의 운명적 이중성'으로 말한 적
이 있다.[1] 하지만 이 부분 박완서의 말을 액면 그대로 수긍하기는 어려
운 점이 있다. 정상을 이탈하며 미쳐가는 두 사람의 결핍과 욕정은 삶
과 정신의 이중성이 아니라, 신이 죽고 우연이 판을 치는 '시대의 허

---

1 박완서, 「60대-삶과 정신의 운명적 이중성」, 『역사비평』 제2호, 1996, 181쪽 참조.

무’라는 편이 더 타당하다. 박완서가 일탈의 원인을 결핍과 욕정으로 인식하는 한 그의 소설은 평범한 소시민의 속물근성을 제시하는 것 이상을 넘어서지 못한다. 평범한 사람들의 고통과 허위를 손에 잡힐 듯 재현하는 것도 중요하지만, 보다 근본적이고 철학적 차원의 의미를 길어 올리는 작업도 그것 못지 않게 긴요하기 때문이다.

3) 인스턴트 커피믹스의 진실

박완서 문학에서 전쟁은 언제나 끝날 것인가. 박완서만큼 전쟁의 폭력성을 압도적으로 언어화한 경우는 달리 없다. 40세에 문학 세계에 발디디게 한 등단작 『나목』으로부터 시작하여 75세가 된 『그 남자네 집』에서도 전쟁은 여전히 치열하게 진행되고 있다. 인물들은 전쟁이 남기고 간 상처로 내면을 갉아 먹히면서 치유를 열망하고 있다. 박완서가 유통기간 지난 전쟁을 이토록 집요하게 후벼파는 것은 치유를 기다리기 때문인가. 『그 남자네 집』의 후반부는 이런 의문과 함께 읽어야 한다. 다시 말해서 소설의 전반부가 ‘전쟁의 허무’에 관한 것이라면, 후반부는 그 ‘허무를 치유하는 방식’에 대한 이야기이다. 여기서 박완서가 주목하는 인물은 단연 춘희이다. 박완서는 매춘으로 평생을 날려버린 춘희의 삶을 가감없이 내보이면서 이제는 치유에 대하여 말하고 싶은 것이다.

소설에서 ‘나’와 춘희를 하나로 묶기는 쉽지 않다. 허위로 꼭꼭 단추를 채운 ‘나’와 달리 춘희는 아주 손쉽게 자신의 밑바닥을 드러낸다. ‘나’가 그 남자와 사랑에 빠져있을 때 춘희는 미군 일등병에게 버림을 받았고, ‘나’가 가족의 축복 속에 첫아이를 가졌을 때 춘희는 가랑이 속의 아이를 열두 번도 더 긁어냈다. '나'의 집에 들를 때마다 가져오는 '인스턴트 커피믹스'는 이러한 춘희 인생을 잘 상징하고 있다. 손쉽게 먹고 마구잡이로 버려지는 인스턴트식품의 속성 그대로 일회용으로밖에 사랑받을 수 없었던 것이 춘희의 인생이다. 그러나 박완서는 커피믹스를 통해서 '이것이 인생이다'라고 말하고 있다. 미처 섞이지 않은 커피와 설탕, 프림 덩어리들이 시커먼 물 위를 보기 흉하게 떠다니는 커피믹스 인생에서 춘희의 독백은 시작된다.

고통이 많은 사람은 독백이 많다. 털어버리지 않으면 울화라도 생길 것 같아 사람들은 독백을 하는 것이다. 춘희의 배 위를 거쳐간 미군들과의 사랑없는 섹스는 늙은 노모와 일곱 동생의 행복한 미래를 보장해주었다. 그러나 춘희는 미국의 한인사회에까지 따라온 소문으로 인해서 매춘에서 은퇴한 현재에도 춘희는 여전히 양갈보 춘희이기를 요구당한다. 춘희의 독백 속에 습관적으로 튀어나오는 "엠병"은 이렇게 보상없는 현실에 대한 슬픔과 분노의 표현이다. 춘희는 '나'가 듣든 말든 전쟁이 남긴 고통을 되풀이하여 말함으로써 그것을 조금씩 치유하고 있다. 6·25의 상처에서 벗어나기 위한 필사적인 몸부림이 자기만의 해결 방식이었을 터이다. 그래서 춘희의 독백은 전쟁이 새겨놓은 가슴속의 상처를 논리적이고 이성적으로 꿰메는 것이 아니라, 있는 모든 것을 자꾸 뒤집어 털어버리는 언어적 주술행위이다. 『나목』에서 옥희도가 겨울을 견디는 나목을 그리면서 역설적으로 절망을 벗어나는 것처럼, 늙은 춘희는 주절대는 독백을 통해서 숱한 굴욕의 기억들을 뿌리부터 지워나간다.

'나'가 춘희에게 떨어져 나갈 수 없는 이유는 여기에 있다. 남편이 주는 일상의 행복이 아무리 달콤하다 해도, 영혼 깊숙한 곳에 첫사랑의 상처는 치유되지 않는다. 인스턴트 커피믹스는 춘희에게서 '나'에게로, 다시 '나'에게서 춘희에게로 옮겨 다니면서 사람과 사람 사이에 교감의 다리를 놓는다. 그 남자와의 포옹은 어떤가. 젊은 날 손 한 번 잡지 못하고 육체와 정신의 경계를 위태롭게 감내해야 했던 '나'는 어머니 잃은 슬픔으로 무너지듯 안겨오는 늙은 그 남자를 담담하게 끌어안을 수 있게 된다. 남자와 여자가 임신의 공포없이 서로를 용납할 수 있는 경지는 춘희가 가져온 인스턴트 커피믹스의 경지와 같다. 이 포옹 속에서 새파란 청춘을 임신에 대한 공포로 억눌러 버린 순결 이데올로기, 인간을 미치광이 열정으로 몰아붙인 전쟁의 광기는 이제 사라지고 없다. 광기와 허무가 사라진 포옹 속에서 '살아있으므로 미쳐가는 모든 것들'의 상처는 치유된다.

그런데 이야기를 이렇게 끝내도 되는 것인가. 그러기에 찜찜한 느낌은 여전하다. 춘희의 독백에 '나'는 왜 침묵으로 일관하였을까. 마지막 포옹에서 왜 '나'는 스스로 그 남자의 품에 쓰러지지 않았을까. 정작 주인공인 '나'는 품위와 고상을 떨며 끝까지 내면을 털어버리지 않는다. 따라서 『그 남자네 집』에서 상처를 딛고 일어서는 것은 주변 인물인 춘희와 그 남자뿐이다. 이렇게 중심 인물의 내면은 그대로 둔 채 주변 인물의 상처에만 약을 바르는 것은 '진정한 치유'라 보기 어렵다. 드러내지 않는 상처는 영원히 치유되지 않는다. 단지 시간의 무덤 속에서 묻혀버릴 뿐이다. 박완서 소설에서 '젊은 날의 상처와 노년의 회상'이라는 공식의 한계는 바로 여기에 있다. 노년의 회상은 젊은 날의 고통을 넘어서지 못하고, 느리게 스며드는 비애의 쾌감만을 즐기고 있을 뿐이다.

박완서의 나이 이제 75세. 박완서가 나이를 먹는다면 그의 문학도 나이를 먹어야 자연스럽다. 하지만 박완서가 20대적 낭만에 빠져있는 한, 그의 문학에서 6·25는 영원히 '상처'로만 존재할 것이다. 상처는 과장되면 될수록 '진실'에서 멀어진다. 진실이 떠나버린 빈 자리에는 과장된 낭만이 자리를 잡는다. 물론 두 남녀의 사랑과 일탈을 섬세한 터치로 포착하는 능력은 우리 문학에서는 매우 소중한 부분임에는 틀림없다. 하지만 치유에 대한 통찰없이 동일한 상처만을 반복 재생산하는 일은 '이제 그만'둘 때도 된 듯싶다. 대체 무엇이 미진하여 자꾸 상처만을 곱씹는 것인지 그게 늘 의문이다.

7.

호모 루덴스, 놀이하는 인간

-박민규의 『카스테라』

1) 잘 '노는' 이야기

한 TV 드라마의 시청률이 40%를 넘어섰다. 그 드라마의 털인형 소품은 여름인데도 불구하고 없어서 못 파는 상황이고, 인터넷 케릭터에서 시작하여 감자탕, 파티쉐가 만든 수제 과자와 빵에 이르기까지 이 드라마 덕에 짭짤한 재미를 보는 사람이 한 둘이 아니다. 그러면 방송국과 배우를 살찌게 하고, 시청자들을 TV 앞으로 불러 모으는 이 힘은 어디에서 나오는가? 후기자본주의 시대를 먹여 살리는 가장 큰 힘 단연 웃음이다. 그 어느 시대보다 웃음에 대한 욕구가 왕성한 현대에서 웃음은 이미 소통의 기호로서 자리잡은 지 오래이다. 그러나 현대의 웃음 속에 '놀이'가 끼어들 여지를 별로 없어 보인다. 웃음을 터지게 하기 위한 기상천외한 발상들이 사람들의 몸과 마음을 잡아끈다 해도 정작 놀이의 본질과는 정반대로 흘러가고 있기 때문이다.

우리 문학사에서 해학과 익살로 독자를 사로잡는 작가와 작품은 있으나 놀이하는 작품은 드문 형편이다. 이만교 성석제 김종광 김영하 등의 작품이 희극적인 것은 틀림없지만 놀이의 개념에까지 이르렀다고는 보기 어렵다. 이들 작가가 유도하는 웃음은 현실을 끝없이 상기시키면서 끝내는 서늘한 기운과 우울을 불러오는 까닭이다. 놀이는 끝까지 아무것도 광고하지 않는다. 놀이의 목적은 놀이 안에 있으며 거기는 행복으로 가득 차 있어야 한다.[1] 놀이는 그 어떤 특정한 문명 단계나 세계관과는 아무런 관계가 없다. 심지어는 참과 거짓, 선과 악과의 대립마저도 벗어나 있다. 놀이는 오직 노는 것 자체에서만 즐거움을 얻는 정신적·육체적 활동이다. 따라서 놀이 뒤에는 어떠한 찝찝함과 불편함도 남기지 않아야 한다.[2]

박민규의 소설집 『카스테라』가 의미 있게 다가오는 것은 바로 이 때문이다. 『카스테라』는 황당하고 기발한 상상력으로 광활한 우주 공간을 활보하며 현실에서는 맛볼 수 없는 '놀이하기'의 진수를 보여주고 있다. 지구인과 외계인, 동물과 사물과 인간, 힘있는 자와 힘없는 자가 함께 어우러진다. 너와 나의 구별이 없는 가운데 한바탕 유쾌한 놀이가 펼쳐진다. '마이클 잭슨에게 교황 요한 바오로 2세에게'라는 속표지의 헌사는 『카스테라』의 놀이미학이 함께 할 수 없는 모든 것을 끌어안느라 얼마나 고심하고 있는가를 잘 보여준다. 이제 지구의 불황과, 인간의 존재론적 불안 속에서 '신나게 노는 이야기' 속으로 들어가 보자.

---

1 J. 호이징하, 김윤수 옮김, 『호모 루덴스』, 까치, 1981, 272쪽.
2 J. 호이징하, 앞의 책, 17~26쪽 참조.

2) 고독과의 놀이

서구의 경제는 18~19세기에 이르는 긴 시간을 보낸 후에야 비로소 생산과 소비의 측면에서 세계화의 징후가 보이기 시작했다. 그렇지만 베를린 장벽이 무너진 이후로 전 세계는 단번에 세계적인 차원에 들어섰다. 돈을 해방시키면서 인간은 시간을 해방시켰고, 시간을 해방시키면서 인간은 공간을 해방시켰다. 문제는 인간이 가동시킨 이 무서운 세계화의 역학으로부터 인간 자신이 과연 해방될 수 있는가 하는 것이다.[3] 박민규의 『카스테라』는 시간과 공간의 압축 양식 속에 있는 세계화 시대 혹은 우주 시대 인간의 고민을 '놀이'라는 독특한 방식으로 풀어가고 있다.

『카스테라』의 인물들에게 지구는 사람 살 곳이 못 된다. 지구는 너무도 부패해서(「카스테라」), 더 이상 나빠질 수 없을 정도로 엉망이며(「고마워, 과연 너구리야」)이며, 끝없이 흔들리는 답답한 공간(「그렇습니까? 기린입니다」)이다. 따라서 지구 위의 인류는 지독하게 고독하다. 관(棺)으로밖에 안 보이는 고시원의 방에서 다리를 오그리고 자며(「갑을고시원 체류기」), 불쾌할 정도로 외로워서(「카스테라」), 유원지 오리배의 외로운 모습에서 동질감을 느낀다(「아, 하세요 펠리컨」). 최첨단의 정보 통신 발달로 인류는 세계 전역과 우주 전체를 자유롭게 날아다니지만, 정작 인간은 이렇게 '고독'한 것이다.

그러나 출구가 보이지 않는 시대, 출구가 여기에 있다고 거짓 희망을 보여주기 보다는 출구 없는 상황을 놀이판으로 만들어 버리는 것이 『카스테라』의 처세술이다. 그리하여 냉장고와 친구가 되고(「카스테라」), 너구리와 놀고(「고마워, 과연 너구리야」), 기린과 이야기하고(「그

---

3 자키 라이디, 김종명 옮김, 『세계화의 불안』, 동문선, 2004, 8쪽.

렇습니까? 기린입니다」), 인간이 펠리컨도 되고 게임 속의 두더지로 변하는(「아, 하세요 펠리컨」) 것이다. 공상과학 영화에서조차 인간에서 짐승으로 변하는 일은 유전자 조작 실패와 같은 합리적 배경을 설정한다. 그러나 『카스테라』의 놀이 정신은 어떠한 가장(假裝)도 어떠한 변신도 무제한적으로 허용한다. 여기서 '왜?'라는 물음은 의미가 없다. 놀이는 목적없이 '그저 노는 것'이며, 한 가지 물음이 있다면 그것은 '어떻게' 노는가이다. 이들은 놀이를 통해 고독을 망각하는 것이 아니다. 고독 자체가 아예 날아가 버리는 것이다. 인물들은 고독의 와중에서도 좌충우돌, 황당무계한 사건들을 논리와 상식을 벗어날 정도로 즐긴다. 너무 외로워서 변비에 걸린 민방위대원, 소년, 영업사원, 젊은 여자, 미술 전공자, 가정주부, 주차안내 도우미 등 변비를 빌미로 황당무계한 너스레를 떠는 인터넷 변비 동호회원들의 모습(「야쿠르트 아줌마」)은 현실에 얽매이지 않는 즉흥적이고 돌발적인 놀이가 어떤 것인가를 잘 보여주고 있다.

이들의 놀이 무대인 인터넷 공간은 이들의 내면적 특성을 잘 반영하고 있다. 인터넷 공간은 무한정 열려 있으면서도, 한편으로 지극히 폐쇄적이며 고독한 공간이다. 고독한 이들은 지식과 정보 교환을 빌미로 이곳으로 모여든다. 물론 여기의 지식은 말이 좋아 지식이지 검색창을 열기만 하면 누구나 쉽게 손에 넣을 수 있는 좋은 놀이거리이다. 개복치에 관한 온갖 백과사전적 지식(「몰라 몰라. 개복치라니」), 변비 탈출 동호회의 게시글(「야쿠르트 아줌마」), 애덤 스미스 『국부론』의 한 구절(「카스테라」) 등이 혼자 노는 재료로서 안성맞춤이다. 지식놀이를 하며 장난꾼들은 누구도 의심하지 않았던 보편적 진리에 대해 회의한다. 「몰라 몰라, 개복치라니」의 인물은 지구는 평평한 것이며, 심지어는 지구가 한 마리의 거대한 개복치였더라고 말한다. 오늘날 전문 지

식을 숭배하는 경향은 현대의 지식이 옛날의 가부장적 권위를 대신한
다. 그러나 여기의 인물들에게 지식과 권위는 언제든지 수정될 수 있
는 것이고, 심지어는 폐기될 수도 있는 것이다. 이들에게 지식이 권력
에 봉사한다는 푸코적 명제는 통하지 않는다. 지식에 매달리는 동물은
인간밖에 없으며, 지식에 의존하는 한 인간은 왜소할 수밖에 없다는
(「대왕오징어의 기습」) 이들의 지식관은 삶의 깊이와는 무관한 오락을
지향한다. 물론 여기에 나오는 내용들을 믿건 안 믿건 그것은 중요하
지 않다. 단지 믿는 체하며 재미를 추구하기만 하면 된다. 이러는 가운
데 고독한 인간들은 놀이 속으로 빠져들어 간다. 그리하여 고상한 지
식, 교양과 품위로부터 벗어나 놀이가 제공하는 독특한 세계에서 즐거
움을 되찾으려고 하는 것이다.

3) 놀이의 원근법

『카스테라』의 '거대 세계'는 거꾸로 인류를 '좁은 공간' 속으로 몰
아넣으며 그들의 삶을 일그러뜨린다. 세계화는 원근성과 인간 사이의
심리적 관계를 얼마나 심각하게 변화시켰는지 모른다. 매스컴과 새로
운 정보 기술의 덕택으로 수많은 경제적·사회적·문화적 현실들이
인간에게 즉시, 그리고 직접적으로 접근 가능한 것처럼 보이게 되었
다. 그러나 이런 접근 가능성이란 것이 사실은 아주 애매모호하다. 이
접근 가능성은 오히려 타자와 교감할 수 있는 기회를 박탈하고, 관계
를 피상적인 의사소통 정도로 축소시켜 버리기 때문이다.[4]
　「그렇습니까? 기린입니다」에서는 지하철이라는 직사각형의 공간

---

4 자키 라이디, 앞의 책, 15쪽 참조.

속으로 다양한 인류를 무차별적으로 밀어 넣는다. 180명이 탈 수 있는 열차의 사각 유리에 400명의 얼굴과 몸통이 찌그러지고 구겨진다. 「카스테라」에서는 스위프트의 「걸리버 여행기」, 학교, 오락실, 7개의 대기업, 67명의 국회의원과 대통령, 미국, 12억 6,810만 명의 중국인, 그리고 심지어는 아버지까지, 세상의 모든 해악은 부패 방지를 위해 냉장고 속으로 넣어진다. 그러나 우주의 유성군만큼이나 다양하고 복잡한 인간의 내면을 비좁고 규격화된 틀 속으로 통합하는 것이 오히려 더 큰 해악이다. 세계화 시대는 전 세계의 통합, 통합된 세계 시장을 말하지 않고서는 단 하루도 그냥 지나가는 법이 없다. 그런데 통합이 반드시 인간 사이의 연대를 강화시켜 주는 것은 아니다. 물리적 거리가 어느 한도 이상 가까워지면 그것은 해방이 아니라 도리어 감옥임을 알아야 한다.

『카스테라』의 놀이미학은 아이러니하게 세계화, 통합을 부르짖는 거대 시대에 오히려 좁아지기만 하는 지구를 놀이 장소로 정한다. 납작해진 돼지코, 터질 듯 짓눌린 볼과 입술, 앞에 선 아가씨의 치마에 사정(射精)을 한 변태의 살찐 목과 근처의 주름. 특별히 인간 과부하의 공간에서는 이들의 세부가 극도로 클로즈-업되면서 놀이의 효과는 더 커진다. 우주에서 내려다보는 듯한 망원경적 시선으로 지구를 한 눈으로 훑어보다가도 느닷없이, 현실의 한 귀퉁이를 현미경적으로 분해하는 '원근법적 놀이미학'은 한국문학사에서는 매우 희귀한 사례에 속한다. 이렇게 노는 몸짓에서 세상에 대한 분노, 진지한 세상을 향한 혁명적 열정은 찾아보기 어렵다. 분노를 슬쩍 놀이판으로 바꾸어 버리는 태도는 혁명이 아니라, 오히려 해프닝에 더 가깝다.[5] 거대한 우주와 좁

---

5 신수성, 「뒤죽박죽, 얼렁뚱땅, 장애물 넘어서기」, 박민규, 『카스테라』, 문학동네, 2005, 323쪽 참조.

아터진 냉장고 속을 자유자재로 왔다갔다 하는 것은 분명 박민규만의
독특한 수완이다.

　이렇게 논리적 매개없이 하늘과 땅을 오가는 뜬금없는 이야기 방식,
믿거나 말거나 황당무계한 무용담을 장황하게 늘어놓다가도 어느 순
간 엉뚱한 발상으로 압축시켜 버리는 놀이 방식이 젊은 층의 사고와
맞아떨어진 것은 분명하다. 또한 세계화 뒤의 은폐된 조종자의 전략을
눈치 채면서도 그것을 지적한다거나 심각하게 극복의 대안을 이끌어
내려 하지 않는 것도 박민규가 젊은 층에게 인기를 누리고 있는 한 요
인이 될 것이다. 그만의 독특한 스타일이 대중에게 먹혀들고 있는 것
은 그가 이러한 시류를 작품에 적극 끌어들이고 있기 때문이다.[6] 그런
점에서 박민규의 『카스테라』에서 과거의 방식으로 진정성을 찾으려
고 하다가는 결국에는 길을 잃고 말 것이다. 세계에 대한 논리적인 대
응을 포기한 채, 박민규의 주관이 만들어 놓은 요지경 속에서 막춤을
추는 것도 역설적으로 현실을 환기하는 문학적 진정성의 한 형식일 수
있다. 그저 알아도 모르는 척 능청스레 시치미를 떼고 함께 놀이에 동
참하는 것이 최상의 독법(?)일지 모르겠다.

4) 놀이를 잃어버린 시대

　놀이는 인류가 살고 있는 모든 문화 현상 속에 함께 있어 왔다. 문화
는 말할 것도 없고 언어 지식 문학 신화, 심지어 전쟁에 이르기까지 인
류의 모든 삶 속에 놀이적 성격은 존재한다.[7] 그러나 세계화 시대의 인
류에게는 놀이가 없다. 인류가 지독하게 외로운 것은 바로 이 때문이

---

6 김동현, 「길들여지지 않은 '괴물', 그 탄생의 전조」, 『말』 2003년 8월호, 168쪽.
7 J. 호이징하, 앞의 책, 14쪽.

다. 그간 이성의 낙관주의를 고지식하게 믿으며, 놀이를 물리쳐왔던 인류는 지금 심한 후유증을 겪으면서 그것이 중대한 실수였음을 깨달아야 한다. 상업적 의도를 고려하지 않는 스포츠는 오늘날 존재하지 않으며, 예술은 상업으로부터 격리되면서 오히려 더욱 상업과 가까워지며 일찌감치 놀이정신을 포기해 버렸다. 1분에 한 번씩은 폭소를 터트려야 살아남는 TV 오락 프로마저 물질에 대한 저속한 동경과 모방을 깊이 감춘 거짓된 놀이로 전락하고 있다. 다시 말해 오늘날 문명은 이미 놀이를 잃었다. 오늘날의 오락에 폭소는 있으되 놀이는 없다.

그런 점에서 『카스테라』가 놀이가 사라진 시대, 즐겁게 '잘 노는 인간'을 강조하는 모습은 새로운 의미로 다가온다. 심각성과 진지함을 벗어버린 지식이 과장과 입담, 그리고 능청과 너스레로 인류의 본능 속에 내재되어 있는 놀이적 속성을 일깨워 주고 있는 것이다. 숭고함을 떼어버린 이러한 반 칸트적 미학은 문화 생성물의 깊이 없음, 진정한 정서의 고갈, 해체된 자아에 대한 도착적 행복감, 비판적 거리의 소멸 등 제임슨이 꼽은 포스트모더니즘 문화의 길에 합류[8]하는 것처럼 보이면서도, 놀이로 향하는 또 다른 오솔길을 내고 있다. 그러나 이것은 박민규의 말과는 달리 단순히 웃음을 필요로 하는 시대적 요구에 편승한 것이 아니라, 시대를 초월한 보다 근본적인 문제와 만나는 것이다. 따라서 놀라운 판매부수와 열광적인 독자들의 반응은 단순한 흥행이 아니라 놀이를 잃어버린 시대 '순백의 웃음'을 향한 인류의 본원적 갈망일 수 있다. 박민규의 『카스테라』가 가지는 참신함은 바로 여기에 있다.

---

8 전경갑, 『현대와 탈현대의 사회사상』, 한길사, 1993, 392쪽.

8.

씁쓸한, 너무나 씁쓸한 진실

-김인숙의 『그 여자의 자서전』, 조명숙의 『나의 얄미운 발렌타인』

1) 허구를 통해 진실이 더욱 단단해지는 역설

어느 날 아침, 가족들은 한 마리의 흉측한 벌레로 변해버린 그레고르 잠자를 보고 충격에 휩싸인다. 카프카의 『변신』은 이렇게 시작된다. 정체를 유폐해버린 딱딱한 갑각의 껍질은 이제 더 이상 인간 그레고르 잠자의 존재에 대한 증명이 되지 못한다. 정체성을 휘발당한 텅빈 갑각의 육체, 이 돌연한 사태가 매일 아침 우리의 침대 위에서 벌어지지 않는다고 자신있게 말할 수 있는 현대인은 아무도 없다. 김인숙의 『그 여자의 자서전』은 『변신』이 현대를 향해 쏜 화살, 즉 녹슬어버린 정체성 혹은 증발된 인간 실존의 문제를 다시 들추어내고 있다. 한 인간이 안정적이고 정상적인 실존을 영위하기 위해서는 타인과 세계의 일관된 정체성에 대한 신뢰가 바탕이 되어야 한다. 그러나 김인숙의 『그 여자의 자서전』은 인간 삶에서 고정된 정체성은 '없다'고 잘라 말한다. 불확실한 정체성으로 혼란을 겪는 인간의 내면을 냉담한 듯하지만 끝내는 따뜻하게 보듬고 있는 김인숙의 『그 여자의 자서전』은 한 편 한 편이 깊이를 담보하고 있는 수작들이다.

국회의원을 꿈꾸는 사장의 자서전을 대필하는 '나'는 소설가인지 아니면 국회의원 자신인지(「그 여자의 자서전」), '갖고 싶어요'를 입에 달고 있는 '나'는 잘 나가던 가전제품 CF성우인지 아니면 감시카메라 앞에서 교양있는 척해야 하는 베이비 씨터인지(「빨간 풍선」), 통장의 잔고와 노후에 받게 될 연금의 액수를 착실히 계산하며 살아가는 남편과의 결혼 생활은 아내에게 행복인지 불행인지(「바다와 나비」), 사고로 불구가 된 남편과 늙은 시어미를 봉양하는 윤의 내면에 있는 것은 사랑인지 증오인지(「모텔 알프스」), 이 모든 인물들의 정체성은 이쪽인지 저쪽인지 분명하지 않다. 여기가 어딘지, 내가 무엇을 하고 있는지, 그리고 당신은 누구인지. 허깨비로 가득 찬 거울의 방처럼 정체성이 끓어 넘치는 기이한 세계가 인물들은 혼란스러울 뿐이다.

> 십오 년 전에, 나는 여자에게 물었다. 너 대체 누구야? 나는 점심시간에도 여자를 동사무소 바깥으로 불러냈고, 퇴근시간에도 여자를 찾아갔다. 여자를 가장 가까운 소줏집이나 까페, 혹은 공원으로 끌고 가 내 분이 풀릴 때까지 묻고 또 물었다. 네 정체가 뭔지 그것만 말해. 그러면 된다구. 그것만 말하란 말이야.(「밤의 고속도로」, 153쪽)

대담하게도 「밤의 고속도로」는 '증발된 정체성'의 문제를 정면으로 제기하고 있다. 정수기 영업사원이었던 '나'는 소리없이 떠나버린 과거 여인의 정체에 대한 의구심을 15년이 지난 오늘날까지 떨쳐버리지 못한다. 첫 입맞춤에 입술을 떨며 '나는 겁이 나요'라고 말하던 그 여인, 미래의 행복을 예감하게 했던 그 여인과 여러 남자를 두루 거친 창녀가 동일인이라는 사실이 '나'에게는 충격일 수밖에 없다. 하나의 몸 안에 다 가둘 수 없는 정체성의 잉여 속에서 '나'가 느끼는 것은 어지러움증이다. 모든 새가 창공을 나는 것은 아니라는 소설 속의 말은 모든 현존재가 반드시 실존을 드러내는 것은 아니라는 하이데거의 말을 떠올리게 한다. 확고한 실존을 드러내지 못하는 그녀의 이름은 딱딱한 갑각 속에 인간의 육체와 함께 정체성마저 숨겨버린 그레고르 잠자의 상황과 꼭 같다. 내가 알고 있는 정애실과 타인이 알고 있는 정애실 사이의 엄청난 괴리. 도대체 인간에게 단일한 정체성이 가능하기나 한 걸까. 「밤의 고속도로」는 빵집 정애실이 과거의 그녀와 단순히 이름만 같은 존재일 뿐이라는 쑥쓰한 결말을 통해서 진실을 믿고 있는 순진한 인간들의 기대를 보기 좋게 무너뜨리고 만다.

하지만 김인숙의 『그 여자의 자서전』은 이 허구의 만연에서 오히려 새로운 진실의 싹을 보고 있다. 다중적 정체의 틀 밖에 서 있는 주체의 갈망이 깊다는 것은 존재의 공허를 메우려는 인간의 욕구가 그만큼 크다는 것을 의미한다. 다중적 정체는 무엇을 해도 실패하게 되어 있는 주변부 인생들의 실패를 조금이나마 위로해준다. 성우가 아닌 베이비 씨터, 나의 자서전이 아닌 그 남자의 자서전, 판사가 아닌 보험외판원, 이들은 자신의 다중적 정체 속에서 어느 것이든 하나를 신기루 삼아 초라한 변두리 인생을 위로받고자 한다. 너무 많은 정체, 그래서 단 하나의 실존도 갖지 못하는 초라함이 곧바로 존재의 죽음을 의미하는 것은 아니다. 인간을 죽이는 것은 무기력과 나른함이지, 알지 못하는 실존에 대한 타오르는 분노만큼 인간을 결사적으로 살게 하는 것은 없기 때문이다. 따라서 하나의 정체성, 하나의 진실이 없다고 슬퍼할 필요는 없다. 확고한 정체성과 진실이 존재한다는 교과서적 인식을 현실에서 기대하는 것은 어리석은 일이기 때문이다. 현대적 삶에서 단일한 진리란 입질을 하는 순간 사라져버리는 낚시의 미끼 같은 개념일 뿐이다. 눈에 보이는 감각 세계에서 진리를 구하는 것만큼 무모한 짓은 없다는 플라톤의 말은 현대에 관한 한 아주 적확한 지적이다.

그렇다면 증발해버린 실존을 찾아 영원히 헤맬 것이 아니라, 진실 없는 현실을 긍정하는 것이 어쩌면 바람직할 지도 모른다.『그 여자의 자서전』의 인물들이 고생 끝에 다다른 곳은 여기이다. 비참한 현실을 가감없이 긍정하게 될 때, 비로소 썩어들어가는 남편의 몸뚱이를 알몸으로 받아낼 수 있게 되고(「모텔 알프스」), 냉장고 따위가 아니라 살아 있는 아기를 원하게 되고(「빨간 풍선」), 남편과의 사랑을 회복하게 되는(「짧은 여행」,「바다와 나비」) 것이다. 허무한 세계를 허무한 그대로 받아들여 생을 긍정하고 애정을 쏟는 니체의 운명애 사상처럼『그 여자의 자서전』은 이렇게 불안한 실존을 통해 오히려 삶의 열정을 달구고, '허구를 통해 진실이 더욱 단단해지는 역설'을 낳고 있다.

2) 죽음이 관리하는 삶

조명숙의『나의 얄미운 발렌타인』은 죽음이 미만한 세계 속에서 살아가는 하류인생들의 이야기이다. 소망이라고 할 것도 없는 아주 소박한 꿈을 꾸지만, 이들의 삶은 어차피 죽음의 힘에 의해 일그러지게 되어 있다. 잘못 선 보증으로 집을 나가 버린 아버지가 설마 자신이 타고 있는 전동차 밑에 깔려 있으리라고는 상상할 수도 없다(「흰 각시 거울」). 가출한 여고생의 돈을 빌려달라는 요구에 대해 현이 망설인 것이

태아를 옥상 위에 유기하도록 방치하게 될 줄 현이는 알지 못했다(「미즈 맘 Ms. Mam」). 왕복 2시간 30분이나 걸리는 먼 출퇴근길의 기름값을 줄여보기 위해 휘발유 대신 값이 싼 첨가제를 넣는 날 남편은 남편의 몸이 싸늘한 시신으로 변해 버릴 줄 효정은 모르는 것이다(「소리의 덫」). 이렇게 아무런 의미도 갖지 못하고 평범한 일상 속에 묻혀 버리는 죽음, 그러나 이 죽음의 힘은 매우 강렬하다. 삶의 욕망은 번번이 죽음의 그림자에 의해 압도당한다. 삶을 위해 몸부림치면 칠수록 죽음은 더욱 가깝게 삶의 틈새를 파고들다가 어느 순간 삶 전체를 장악해 버린다. 따라서 이 작품에서 죽음이란 조금도 성스럽다거나 진지하지 않다. 이 작품에서 죽음은 얼마나 비정한 것이며, 이러한 죽음에 의해 포기되어야만 하는 삶의 의미란 또 얼마나 초라하고 연약한 것인가를 잘 보여주고 있다.

> 나는 주체할 수 없는 마음으로 탄성을 질렀다. 여자의 이마가 아주 납작했다. 김수남이 말했고, 또한 김해경이 말했던 납작한 가야 여인의 성형된 이마였다. 이상한 기분에 사로잡혀 나도 모르는 사이에 혜미 앞으로 다가가 그 납작한 이마를 만졌다. … (중략) … 그런 줄 알았다. 그랬는데, 납작한 이마의 아이가 내게 오다니. 예안리에서의 일은 꿈이 아니었을까? 나는 내 이마가 납작해지도록 꾸욱 눌렀다.(「우연·2」, 271~272, 282쪽)

「우연·2」는 삶 속에 끈질기게 따라붙는 죽음의 이미지를 몽환적으로 다루고 있는 작품이다. '나'의 갓 태어난 딸 혜미의 납작한 이마 속에는 시간의 저쪽에서 온 혜미라는 여인의 죽음, 더욱 거슬러 올라 예안리 고분에서 출토된 고대 가야시대 여인들의 죽음이 고스란히 유전되고 있다. 죽음은 수천 년의 시간을 견디며 타인의 갓 태어난 생명 속에 자신의 흔적을 남긴다. 철학적으로 죽음은 삶만큼이나 오랜 이야깃거리가 되어 왔다. 하이데거에게 죽음은 현존재의 가장 깊은 곳에 있는 가능성, 즉 진정한 삶을 선택하는 과정이다. 자신을 죽음에 이르는 존재로서 시간적 본질을 깨닫도록 인간을 자극한다. 샤르트르가 말했듯이 실존이 불안이라면 삶의 종말을 의미하는 죽음은 불안으로부터의 해방이며, 슬픔이 아니라 축복의 원천이다. 이처럼 죽음이 의미를 가지기 위해서는 인간 삶의 진정한 종말이어야만 한다. 죽음이 고귀한 것은 그 죽음이 삶과 완벽하게 단절되어 새로운 삶을 긍정하기 때문이다.

하지만 살아있는 죽음, 혹은 죽음의 편재를 삶의 현장 곳곳에서 만난다는 것은 섬뜩하고 불길한 일이다. 다시 말해서 『나의 얄미운 발렌타인』에서 죽음은 결코 삶과 단절되어 있지 않다. 죽음은 강력한 흡착판으로 삶의 모든 부분에 달라붙어 떨어지지 않으려 한다. 죽음이 항상 함께 하고 있다는 불안 아래에서 인물들은 살아있다는 것을 증명할 방법이 없다. 그리하여 삶이 희박한 최소자아는 오직 죽음에 의해 존재를 증명받을 수밖에 없다. 물론 죽음의 그늘 아래에서 살아간다고 해서 삶이 멎어버리는 것은 아니다. 삶은 허망한대로 계속해서 흘러가며, 그 초라함도 계속 될 터이다. 아버지가 전동차에 깔려 죽었든 말았든 아버지를 기다리는 원희는 수정동 산471번지에서 여전히 아버지를 기다릴 것이다(「흰 각시거울」). 홍식이가 비참한 노후를 맞고 있든 말았든 그는 여전히 나의 발렌타인일 터이다(「나의 얄미운 발렌타인」).

그러나 산자들의 삶 속에 자신의 흔적을 남기면서 끊임없이 살아 질척거리는 죽음이야말로 현대적 삶의 참모습일지도 모른다. 살아있는 자가 무덤을 관리한다고 해서 삶이 죽음을 관리한다고 생각하면 큰 오산이다. 생명과 죽음의 경계는 그리 분명한 것이 아니며, 실제로 인간 삶의 많은 부분은 죽음에 빚지고 있다고 해도 과언이 아니다. 온갖 매체에서 빠지지 않고 등장하는 보험광고, 나날이 높아만 가는 보험회사의 건물은 죽음의 힘이 얼마나 막강하며, 인간 사회가 죽음을 통해서 얼마나 잘 유지되고 번성하고 있는가를 잘 보여주고 있다. 에이즈, 광우병, 사스, 9·11테러, 걸프전, 2003년 인도네시아를 강타한 쓰나미, 2005 여름 미국 플로리다주의 허리케인. 더 많은 열거가 필요할까. 이 정도면 죽음에 의해 관리되는 사회라 할 만하지 않겠는가. 2005 가을. 지진 파키스탄 초토화라는 대재앙의 연속극 속에서 조명숙의 『나의 얄미운 발렌타인』을 떠올리는 것은 그래서 결코 우연이 아니다.

많은 사람들이 강조했듯이 현대의 삶은 상실이 특히 많은 시대라는 말은 사실이 아니다. 슬픔과 상실은 우리 시대뿐만 아니라 다른 시대에도 미만해 있었으며, 따라서 과거 삶이 훨씬 평탄한 행로를 가지고 있었을 것이라는 가정은 정당성이 없다. 그러나 지배적인 상실의 내용과 형태가 달라진 것만은 분명하다. 현대의 상실은 사고의 근본적 토대를 위협하는 차원으로까지 번져가고 있다는 점이 분명하게 감지된다. 김인숙의 『그 여자의 자서전』이 인간을 존재하게 하는 것이 아니라 오히려 인간을 거꾸러트리는 정체성의 증발에 관한 이야기라면, 조명숙의 『나의 얄미운 발렌타인』은 죽음의 위력에 짓눌리고 있는 삶에 관한 이야기이다. 두 작품은 동일하게 존재증명을 잃어버린 현대인의 심리적 위기와 실존적 불안을 반영하고 있다. 확고한 정체성에 대한 열정, 삶에 대한 열정을 잃어버려서 자신의 존재론적 근거마저 잃어버려 최소의 자아로 연명하는 현대적 삶의 치부를 들추어내고 있는 것이다. 다만 『그 여자의 자서전』은 모든 절망을 끌어안으려는 위로의 길을 터놓는다면, 『나의 얄미운 발렌타인』은 냉정하게 절망스럽고 불길

한 죽음을 고수함으로써 위로의 길마저 차단된 씁쓸한 현실을 보여주
고 있다는 점만이 다르다면 다를 뿐이다.